A Livraria dos Achados e Perdidos

SUSAN WIGGS

A Livraria dos Achados e Perdidos

TRADUÇÃO
FLORA PINHEIRO

Rio de Janeiro, 2025

Copyright © 2020 by Susan Wiggs. All rights reserved.
Título original: *The Lost and Found Bookshop*

Todos os personagens neste livro são fictícios. Qualquer semelhança com pessoas vivas ou mortas é mera coincidência.

Direitos de edição da obra em língua portuguesa no Brasil adquiridos pela Editora HR LTDA. Todos os direitos reservados. Nenhuma parte desta obra pode ser apropriada e estocada em sistema de banco de dados ou processo similar, em qualquer forma ou meio, seja eletrônico, de fotocópia, gravação etc., sem a permissão do detentor do copyright.

Direitos exclusivos de publicação em língua portuguesa cedidos pela Harlequin Enterprises II B.V./ S.À.R.L para Editora HR Ltda.

A Harlequin é um selo da HarperCollins Brasil.

Contatos: Rua da Quitanda, 86, sala 601A — Centro — 20091-005
Rio de Janeiro — RJ
Tel.: (21) 3175-1030

Diretora editorial: *Raquel Cozer*

Editor: *Julia Barreto*

Copidesque: *Camila Berto*

Revisão: *Kátia Regina Silva*

Imagens de capa: *Shutterstock*

Capa: *Renata Vidal*

Diagramação: *Abreu's System*

CIP-Brasil. Catalogação na Publicação
Sindicato Nacional dos Editores de Livros, RJ

W655L

Wiggs, Susan, 1958-
    A livraria dos achados e perdidos / Susan Wiggs ; tradução Flora Pinheiro. — 1. ed. – Rio de Janeiro : Harlequin, 2020.
    368 p.

    Tradução de : The lost and found bookshop
    ISBN 9786587721132

    1. Ficção americana. I. Pinheiro, Flora. II. Título.

20-66270
                                    CDD: 813
                                    CDU: 82-3(73)

Camila Donis Hartmann – Bibliotecária – CRB-7/6472

Aos livreiros, mercadores de sonhos

PRÓLOGO

Mansão dos Flood
São Francisco

Parada diante das pessoas reunidas para o funeral de sua mãe, Natalie Harper olhou para o pódio. Na superfície inclinada havia um folheto intitulado INFORMAÇÕES SOBRE O LUTO, junto às anotações que fizera. O guia era um compêndio de conselhos, mas não explicava uma coisa: como ela iria seguir em frente depois de tudo aquilo?

Natalie carregava o folheto consigo havia dias, na esperança de encontrar, de alguma forma, uma explicação para o inexplicável ou uma maneira de expressar o inexprimível. Mas todas as informações e sugestões do mundo fracassavam em dar sentido à narrativa inacabada da vida de sua mãe, que parecia balançar ao sabor da tristeza de Natalie, fora de sua compreensão. As palavras ondulavam em um borrão molhado diante dos olhos dela.

Ela tentou se lembrar do que queria dizer — como se pudesse resumir a vida de Blythe Harper em um discurso de três minutos. O que *dizer* na derradeira despedida de sua mãe? Que ela tinha estado ao seu lado em cada minuto de sua vida, desde o segundo em que Natalie respirara pela primeira vez até uma semana antes, quando ela partira para sempre. Que ela era linda e inspiradora. Brilhante, mas muitas vezes tola. Peculiar e irritante. Complicada e amada. Que ela era tudo — mãe, filha, amiga, livreira, uma mercadora de sonhos.

E que, no momento em que Natalie mais precisou dela, Blythe Harper caíra do céu.

Parte Um

Não tema a morte, e sim a vida não vivida. Você não precisa viver para sempre, só precisa viver.

— NATALIE BABBITT, *A FONTE SECRETA*

1

Archangel, Sonoma County, Califórnia
Uma semana antes

Era uma ocasião importante para Natalie. Sem dúvida, o ápice de sua carreira até agora. A empresa inteira estava reunida no salão da Pinnacle Vinhos Finos para comemorar sua promoção e o acordo de um milhão de dólares que ela havia conseguido. Mas a própria mãe tinha faltado.

Típico.

A bem da verdade, o trânsito da cidade até Archangel era imprevisível à tarde. Mas também era possível que Blythe Harper tivesse se esquecido completamente de que prometera comparecer para comemorar a conquista da filha.

Natalie forçou um sorriso e alisou a frente do blazer, uma peça sóbria e feita sob medida que usava por cima da blusa de seda branca com gola laço que comprara, apesar do preço, especialmente para a ocasião. Ao mesmo tempo, observava o proprietário da empresa, Rupert Carnaby, enquanto ele caminhava para o pódio no palco, parando para cumprimentar alguns colegas ao longo do caminho. Então Natalie olhou para a porta, metade dela esperando que a mãe aparecesse esbaforida, no último minuto.

A outra metade sabia que não seria o caso.

Natalie lembrou a si mesma que era uma adulta, não uma criança que precisava que a mãe comparecesse a um evento escolar. Não que Blythe tivesse ido a esses também.

Embora não estivesse fazendo um registro mental consciente, Natalie sabia que a mãe havia perdido muitos eventos importantes da vida da filha, da cerimônia de iniciação nas escoteiras e a participação na olimpíada de matemática da Califórnia até a formatura da faculdade. Sempre havia um motivo — precisava cuidar da loja, receberia um representante de vendas, não conseguira um carro emprestado, tinha um evento com um autor famoso —, todos eles bons motivos, que faziam Natalie se sentir mesquinha por discutir.

Que seja, pensou Natalie, mudando o peso de um pé para o outro, apertados em seus saltos médios estilosos, mas desconfortáveis. *Não tem problema.* Sua mãe teria uma desculpa e Natalie a aceitaria bem. Era sempre assim. E, para ser sincera, Blythe — que havia criado Natalie sozinha — quase não tinha tempo para si por causa da livraria. Ela cuidara do lugar quase sozinha pelos últimos trinta e três anos, com o orçamento normalmente apertado demais para contratar ajuda.

Mandy McDowell, colega de trabalho de Natalie do setor de logística, aproximou-se com uma taça de vinho na mão, entretendo uma das colegas com mais uma história sobre seus filhos adoráveis, mas malcomportados.

Já era tarde demais quando Natalie percebeu que Mandy não estava prestando atenção por onde andava. Natalie não saiu da frente a tempo e acabou sendo banhada pelo vinho de Mandy.

— Ai meu Deus, Natalie — exclamou Mandy, com os olhos arregalados de angústia. — Eu não vi você aí. Droga, me desculpe!

Natalie puxou a blusa de seda branca, agora colada ao corpo.

— Ótimo — murmurou ela, pegando um guardanapo e esfregando sobre a mancha de vinho tinto.

— Água com gás em ação. — A amiga de Mandy, Cheryl, avançou com um guardanapo e uma garrafinha. — Venha aqui, deixe-me ajudar.

Enquanto Natalie segurava a blusa longe do sutiã também manchado, Mandy e Cheryl tentavam conter o estrago.

— Sou tão desastrada — disse Mandy. — Você me perdoa? Ai, a verdade é que nem deveria. Ainda mais hoje, quando você está prestes a subir no palco...

— Foi um acidente — disse Natalie em tom conciliatório, tentando manter a calma. Tentando minimizar a situação.

— Prometa que vai me mandar a conta da lavanderia — disse Mandy. — E, se a mancha não sair, pode deixar que compro uma blusa nova para você.

— É justo — murmurou Natalie.

Mas sabia que a colega de trabalho não cumpriria a promessa. Mandy era uma mãe solo e vivia sem dinheiro. Ela sempre parecia ter dificuldade para pagar as contas em dia. A julgar pelo alongamento de cílios e pelas unhas feitas, ela não se importava em gastar dinheiro consigo mesma. No entanto, estava sempre na pindaíba.

Não julgue, lembrou Natalie a si mesma. *As pessoas têm seus motivos.*

Os olhos de Mandy estavam úmidos de compaixão.

— Eu achava que sua mãe viria hoje, não?

Natalie rangeu os dentes, então se forçou a relaxar a mandíbula.

— Sim, não sei o que aconteceu. Engarrafamento, talvez. Ou teve algum imprevisto na livraria. É sempre difícil para ela deixar a loja.

— Você lembrou de dizer a ela que essa festa toda é em sua homenagem?

— Ela sabe — murmurou Natalie.

Mandy era muito sincera, mas suas perguntas não estavam ajudando.

— E cadê o Rick? Seu namorado não vai querer perder seu grande dia, não é?

— Ele tinha um voo de teste hoje e não podia faltar — disse Natalie.

— Nossa, que pena. Mas então ele deve estar crescendo na Aviação Inovação. Quando nós dois estávamos juntos, ele nunca perdia um compromisso importante meu. — Mandy e Rick namoraram antes de Natalie se mudar para Archangel. Os dois ainda eram amigos, algo que Mandy gostava de lembrar com uma frequência irritante. Ela sacou o celular. — Já sei, vou mandar uma foto sua para ele, assim ele vai ver o que está perdendo.

Sem dar tempo para reclamações, Mandy tirou uma foto de Natalie, que saiu de boca aberta e uma expressão não muito lisonjeira, e enviou para Rick antes que Natalie pudesse detê-la.

Obrigada, ela pensou. E então: *Não é um grande dia. É trabalho, só isso.* Ela olhou para os colegas de trabalho, comendo canapés e pegando vinho no bar. *Não é um dos pontos altos da minha vida.*

Foi então que um barulho vindo do palco, o tilintar de um talher batendo em uma taça, chamou a atenção de todos.

— Boa tarde a todos — cumprimentou Rupert, inclinando-se para o microfone e examinando o salão com o sorriso maroto que era sua marca registrada. — E por boa, quero dizer ótima. E por tarde, quero dizer happy hour.

Um murmúrio de risadas percorreu a multidão.

— Gostaria de separar alguns minutinhos para fazermos uma comemoração. Natalie Harper dispensa apresentações porque todos a conhecem, mas eu gostaria de dizer algumas palavras. Natalie! — Rupert gesticulou. — Venha até aqui em cima comigo.

Ela sentiu o rosto corar enquanto abotoava o blazer, sabendo que a mancha de vinho ainda estaria visível acima das lapelas. Seu peito estava úmido e grudento, fedendo a zinfandel.

— Se me permitem, gostaria de começar com uma breve história. — Uma das coisas que Rupert mais gostava de fazer era discursar sobre a história de sua família no ramo da distribuição de vinhos. — Quando minha avó, Clothilde, me colocou para dirigir a Pinnacle, ela disse: "Você só tem um trabalho". — Ele fez uma imitação perfeita do sotaque francês da avó. — "Levar vinhos ao mundo e ser excelente nisso." E a maneira de fazer isso acontecer é trabalhar apenas com colegas excelentes. — Ele ficou de lado e gesticulou para Natalie se aproximar. — Meus amigos, Natalie Harper é a personificação da ordem de minha avó. Então, hoje eu lhes apresento nossa nova vice-presidente de inventário digital.

Um aplauso discreto a acompanhou ao pódio. Rupert sorriu, mostrando os dentes brilhantes e cobertos com facetas. Em um pequeno e mesquinho canto de sua mente, Natalie acreditava que Rupert sabia que era ela quem mantinha tudo funcionando enquanto ele saía para jantar com fornecedores e clientes e jogava golfe durante o expediente. Provavelmente esse era o verdadeiro motivo da promoção.

— Obrigada — disse ela, sem jeito, não muito acostumada a estar no centro das atenções.

Pronunciado em voz alta, seu novo cargo parecia idiota ou talvez até um título inventado. Essa era a natureza da área, considerou ela. Natalie escolhera aquele trabalho pela estabilidade e pelo potencial de marketing.

Sempre haveria um lugar para alguém que soubesse gerenciar tecnologia da informação e logística, porque era o tipo de trabalho que noventa e nove por cento das pessoas desprezavam e não suportavam fazer.

Gerenciar inventário não era como ser um diplomata, um mergulhador das profundezas do mar, um enólogo ou um livreiro — coisas que as pessoas realmente podiam gostar de fazer.

— Sou grata por esta oportunidade — continuou ela — e estou ansiosa pelo que podemos conquistar juntos.

Para falar a verdade, ela também não suportava o trabalho, mas não era esse o ponto. Seu objetivo era ter uma carreira estável que nunca a deixasse na mão.

— Outra história interessante — disse Rupert, piscando para Natalie e pegando o microfone. — Era uma vez uma jovem que me procurou em busca de uma vaga aqui na empresa e eu, sempre muito sábio, a contratei imediatamente. — Ele fez uma pausa. — Agora olhem para ela, com seus olhos doces de cachorrinho, os instintos de uma leoa e provavelmente mais inteligência do que todos nós juntos. O que ela fez com nosso sistema de inventário foi um verdadeiro milagre. Graças a Natalie tomando as rédeas da situação, tivemos nosso melhor ano de todos aqui na Pinnacle. — Ele riu. — Certo, já percebi que estou entediando vocês. Então, vou encerrar com um anúncio final. A única filha do governador Clements vai se casar com o proprietário do Cast Iron. — O Cast Iron, um grupo de restaurantes de luxo muito populares, havia sido fundado por uma estrela da internet também muito popular. As combinações criativas de comida e vinho que eles ofereciam estavam conquistando o mundo gastronômico. — Como podem imaginar, será o casamento do ano em nosso maravilhoso estado. — Outra pausa. — O que isso tem a ver com a gente, vocês devem estar se perguntando. Bem, vou pedir a Natalie que explique.

Ela conseguiu sentir o próprio cheiro ao pegar o microfone. Vinho derramado e suor nervoso. Que combinação maravilhosa.

— Vou tentar resumir uma longa história. A Pinnacle Vinhos Finos agora tem um acordo exclusivo para fornecer o vinho ao casamento de Bitsy Clements. E, depois, seremos o fornecedor exclusivo do grupo Cast Iron.

As palavras dela não transmitiram um décimo da complexidade e do estresse das negociações pelas quais passara. Natalie fez sua equipe trabalhar até o limite, elaborando a combinação perfeita de produtos e taxas de desconto. O acordo multimilionário estava quase completo.

Havia um último prazo a cumprir — a compra de um vinho branco raro da Alsácia que o noivo insistia em ter. Uma vez confirmada a aquisição, os detalhes seriam finalizados.

— Gostaria de agradecer à minha equipe, Mandy, Cheryl, Dave e Lana, pela ajuda no projeto. — Era uma pequena mentira, ela admitiu para si. A equipe havia sido uma pedra em seu sapato, exigindo vigilância constante por parte dela.

— Agora, vamos todos tomar um vinho — disse Rupert, voltando ao tom simpático ao recuperar o microfone outra vez.

Ele também tinha criado algumas dificuldades. Embora tivesse boas intenções, não possuía a perspicácia comercial e financeira necessárias para articular um acordo tão complicado. Mas ficava feliz em receber crédito e era decente o suficiente para recompensar Natalie com um novo cargo.

Taças foram erguidas. Ela olhou ao redor da sala para todas as pessoas conversando e rindo, apreciando a vista que os andares superiores do edifício proporcionavam.

Com a promoção viria uma sala nova a uma boa distância do mar de cubículos onde ficava o departamento de inventário. Agora Natalie teria sua própria vista. Estivera ansiosa para mostrá-la à mãe — uma janela do chão ao teto emoldurando a paisagem permanente de colinas de Sonoma, um refúgio da conversa constante e improdutiva dos colegas de trabalho.

Rupert voltou às piadinhas simpáticas sobre o casamento que estava por vir, que já estava sendo comparado, com entusiasmo hiperbólico, a um casamento real. Natalie desceu do palco e pegou o celular. Uma notificação do aplicativo de frases diárias brilhou na tela: *Confio que estou no caminho certo.*

Ela deslizou o dedo e ligou para o último número do histórico de chamadas, mas, como ela previa, o telefone da mãe caiu na caixa postal: *Aqui quem fala é Blythe Harper, da Livraria dos Achados e Perdidos, no coração do centro histórico de São Francisco. Deixe uma mensagem. Ou, melhor ainda, venha me visitar na livraria!*

Natalie não deixou recado. Sua mãe quase nunca conferia a caixa postal. Natalie enviou uma mensagem: *Você não perdeu muita coisa, só a hora que derramaram vinho tinto na minha blusa e meu discurso sem graça.*

Foi quando ela notou uma mensagem em sua caixa postal. Natalie saiu da sala discretamente, sabendo que ninguém sentiria falta dela. Ela era o tipo de pessoa que passava despercebida. Andou pelo corredor e foi buscar a tranquilidade de sua sala nova. A maioria de seus pertences estava em caixas no chão. Ela tivera esperanças de que a mãe lhe desse uma mãozinha para organizar a sala durante sua visita. Quando parou na janela, tirou uma foto da vista impressionante. Então mandou a foto para a mãe. *Ainda melhor ao vivo*, ela escreveu.

A mensagem na caixa postal era do número de Rick. Ela se encolheu um pouquinho ao ouvi-la. *Oi, querida, desculpe perder seu grande dia*, ele disse com sua voz grave e amigável. *Não consegui não fazer o voo de teste hoje. Mal posso esperar pelo fim de semana. Te amo.*

Será mesmo? Será que ele a amava? Será que ela o amava?

Parte de Natalie não queria pensar muito na resposta, mas, se estivesse sendo sincera consigo mesma, teria que admitir que a paixão tinha desaparecido havia um tempo.

À primeira vista, ela e Rick eram o casal ideal — uma executiva na área de vinhos ambiciosa e um engenheiro de aviação e piloto ocupado. Ele era bonito e vinha de uma boa família. No entanto, por baixo dessa superfície perfeita, havia uma previsibilidade constante. Às vezes, ela temia que os dois só estivessem juntos porque era confortável. Se é que *confortável* pudesse significar um relacionamento sem imaginação e sem desafios.

Era possível que cada um estivesse esperando o outro tomar a iniciativa de terminar.

Uma notificação de e-mail distraiu Natalie de seus pensamentos. Provavelmente era um assunto de trabalho que poderia esperar até segunda-feira, mas não pôde deixar de olhar o computador. E então não pôde deixar de ver o campo de assunto em negrito que quase fez seu coração parar: URGENTE: PRAZO DE LICENCIAMENTO PERDIDO.

O quê?

Ela desabou desajeitadamente na cadeira ergonômica do escritório, sentindo o sangue se esvair de seu rosto. A mensagem tinha sido enviada pelo secretário executivo do governador Clements.

Srta. Harper, lamento informar que o prazo de licenciamento do Conselho de Equalização foi perdido e que o contrato será cancelado nos termos do…

Um grito silencioso surgiu no peito de Natalie. Perder um prazo importante colocava todo o contrato em risco. Como algo assim podia ter acontecido?

Lá no fundo, ela sabia. Mandy tinha ficado encarregada daquela tarefa.

Natalie havia repetido inúmeras vezes que o prazo era crucial. Mandy respondera de bate-pronto que ela resolveria aquilo e enviaria todos os documentos necessários. Natalie checara a situação duas vezes com a funcionária.

Mas não três.

Tentando manter o pânico sob controle, ela discou um número no telefone. Esse era o acordo que ela havia se esforçado tanto para fazer, competindo ferozmente com outros fornecedores pelos contratos do casamento e da parceria.

Se o acordo não se concretizasse, Natalie teria que decidir se queria limpar a barra de Mandy para que ela não fosse demitida. A mulher cometia um erro após o outro, mas, normalmente, Natalie a acobertava. Mandy era a favorita de todos. A protegida. Era simpática, engraçada, encantadora, querida.

Natalie estava quase quebrando o telefone em sua mão enquanto tentava entrar em contato com o escritório do controlador estadual e o gerente do distrito. No fim das contas, ainda bem que sua mãe e Rick não tinham vindo. Não seria divertido para eles, nem para ela, vê-la correndo para corrigir o erro de sua colega de trabalho.

Depois de uma hora de tensão, Natalie havia resolvido a situação. Estava encharcada de suor e vinho tinto e à beira de um ataque de nervos quando entrou no banheiro. De alguma forma, conseguira salvar a pele de Mandy — de novo. Foram necessários muita puxação de saco e um adicional de dez mil dólares em descontos — que Natalie sabia que sairiam de seu bônus.

Na cabine, ela não vomitou, mas sentia ânsia. Tirou o blazer e a blusa. Ambos provavelmente arruinados. Não suportava passar mais nem um segundo sequer com aquela blusa, então a enfiou no lixo e abotoou o blazer por cima do sutiã manchado de vinho.

Estava prestes a sair da cabine quando ouviu o som de uma porta se abrindo.

— … viu a cara dela quando Rupert ficou discursando para sempre? — A voz veio de alguém que tinha acabado de entrar no banheiro. A voz de Mandy.

Natalie ficou imóvel. Parou de respirar.

— Sim — disse a outra pessoa. A amiga de Mandy, Cheryl. — A cara de poucos amigos dela, a mesma de sempre. Graças a Deus não precisamos mais olhar para aquilo todos os dias.

— Não é? — Mandy riu. — Essa suposta promoção é a melhor coisa que já nos aconteceu.

— Você acha?

— Aquela sala legal com vista para a janela? O RH a colocou lá para que ninguém tenha que ficar ouvindo ela reclamar o tempo todo. Ela vai parar de ficar no nosso pé, e só vai interagir com as planilhas. Vai ser perfeito. Fui pessoalmente agradecer a Rupert por tirá-la de nossa seção. Estamos livres!

Natalie ouviu uma risadinha e o som das amigas batendo na mão uma da outra para comemorar.

— Um brinde a isso e um brinde à nossa vida longe de chefes tóxicos.

Uma delas começou a cantarolar "Ding-Dong! A Bruxa Está Morta" quando cada uma entrou em uma cabine.

Agora Natalie realmente estava com vontade de vomitar. Em vez disso, fugiu do banheiro o mais silenciosamente possível, rezando para que as duas não soubessem que ela tinha ouvido.

2

Tomar banho e mudar de roupa ajudou um pouco, mas Natalie ainda se sentia arrasada pela conversa que entreouvira. Arrasada, mas, lá no fundo, não muito surpresa. Ela não negava que era detalhista. Organizada. Que exigia muito de si mesma e das outras pessoas.

Olhando em volta para seu apartamento modesto, admitiu que tinha uma propensão à ordem.

Mas isso fazia dela uma pessoa horrível?

Enquanto penteava com os dedos o cabelo escuro encaracolado, provavelmente a única coisa indisciplinada nela, Natalie pensou em seu carro, que já estava quitado, em sua casa arrumada, a vidinha segura... e — uma voz fininha dentro dela sussurrou — o vazio.

Não sabia como preencher esse vazio. Tinha criado o lar que lhe faltara quando criança — algo previsível, simples, arrumado. Embora o apartamento fosse agradável, faltava um quê essencial que ela não sabia identificar. Ela morava em um prédio de estuque rosa, pequeno e doce como um cupcake, mobiliado com as coisas de que ela gostava — cadeiras confortáveis e prateleiras cheias de livros e uma cama macia onde se aconchegava para ler.

Deveria ser a escolha certa. Deveria passar a sensação de um lar, de um lugar ao qual ela pertencia. No entanto, apesar do cenário perfeito de Sonoma, com vinhedos e pomares, o vazio tomava conta. Ela não se sentia em casa.

Sem dúvida alguma seu emprego não ajudava, apesar de seu trabalho duro e dedicação à Pinnacle. Na maioria dos dias, sentia-se como se estivesse quebrando pedras. Em determinado momento, ela tinha passado a odiar o trabalho. Isso, além da ideia deprimente de que ela e Rick estavam prestes a terminar, fez com que sentisse uma nova onda de náusea.

Pare com isso, Natalie disse a si mesma. A promoção incluíra um grande aumento e algumas ações da empresa. Se continuasse naquele caminho, estaria com a vida ganha. Ela havia passado a infância na livraria com a mãe inconstante no comando e sentira falta dessa sensação de segurança, de equilíbrio.

Na maioria dos dias, refletiu Natalie, tentando ignorar a náusea, isso era motivo suficiente para continuar no emprego na Pinnacle.

Ela terminou de se vestir; calça corsário, blusa listrada e tênis de lona. Tentando afastar a inquietação, olhou o telefone. A mãe ainda não havia respondido sua mensagem. Rick ainda devia estar no meio de algum voo.

Havia uma mensagem de sua amiga Tess, convidando-a para ir à casa dela. A única coisa positiva em um dia péssimo.

Ela pulou em seu carro compacto híbrido e partiu em direção à casa de Tess. No caminho, parou para comprar um pote de mel em uma barraca na beira da estrada. Jamie Westfall, a dona da barraca, era uma apicultora que havia se mudado para a região alguns anos antes, sozinha e grávida. No entanto, ela não estava mais sozinha. Agora tinha um menino chamado Ollie.

Quando Natalie escolheu um pote com o rótulo que dizia SALVEM AS ABELHAS e colocou cinco dólares na caixinha de gorjetas, Ollie veio encontrá-la.

— Oi, srta. Natalie — disse ele.

— Olá, olá. E aí?

O menino deu de ombros de maneira exagerada. Ele era tímido de um jeito adorável.

— Devia estar lendo para minha mãe como dever de casa.

— E como está indo?

Outro dar de ombros. Sua mãe apareceu na varanda, uma jovem de macacão e bata bordada.

— Ele lê bem, mas é superexigente. Ele adorou o último que você nos deu, *Uma família*.

— Ah, que legal, fico feliz que tenha gostado. Quem me dera esse livro já existisse quando eu tinha sua idade, Ollie. Na minha família éramos só eu, minha mãe e meu avô, e eu teria gostado de ler sobre os diferentes tipos de famílias. Não só sobre aquelas com mãe, pai, filhos e cachorro.

— Ela contou os quatro elementos nos dedos.

Ele mordeu o lábio inferior.

— Eu gosto de ler sobre cachorros.

— Da próxima vez eu trago um novo livro. Tem um muito bom chamado *Cheirando igual Cachorro*. Eu já disse que minha mãe tem uma livraria? Eu costumava trabalhar lá, e isso me deu um superpoder: escolher o livro certo para a criança certa.

— Por que você não trabalha mais lá? — perguntou Ollie.

— Depois do dia que tive hoje, estou me fazendo essa pergunta — admitiu Natalie. — Estou indo visitar Tess para um momento de chá e compaixão.

— Não gosto de chá — disse Ollie. — Compaixão tem gosto de quê? Natalie riu e bagunçou o cabelo dele, depois voltou para o carro.

— Tem gosto de marshmallow derretido com calda de chocolate.

— Talvez essa seja a nossa sobremesa hoje à noite — disse Jamie. Os dois ficaram parados juntos na varanda e acenaram em despedida.

Enquanto olhava Jamie com o filho, Natalie não pôde deixar de observar como pareciam felizes juntos. De vez em quando, sentia vontade de ter um bebê. *Tudo a seu tempo*, ela disse a si mesma.

Ela e Rick já tinham conversado sobre ter filhos. Correção: Rick havia falado sobre ter filhos. Ela ficara ouvindo. E duvidando. Eles não tocaram mais no assunto.

No caminho para a casa de Tess, outras dúvidas surgiram. Tess era sua amiga de verdade ou ela acolhia Natalie como um gato de rua? Depois do que entreouvira no trabalho, Natalie não sabia mais. Não sabia de nada.

Seguindo as placas para os Vinhedos Rossi e a Vinícola de Angel Creek, ela percorreu a longa pista de cascalho. Como Natalie, Tess Delaney Rossi havia sido criada por uma mãe solo e morara em São Francisco antes de se mudar para Archangel. No entanto, ao contrário de Natalie, Tess havia se mudado para a pequena cidade para se casar, seguindo seu coração, não uma carreira.

Natalie estacionou em frente à casa rústica onde Tess morava com marido, filhos, enteados e dois cães resgatados — um galgo italiano velho e de focinho pontudo e um vira-lata enorme, uma mistura de akita e Chewbacca, até onde sabiam. Os cães estavam passeando livremente no espaço entre a garagem e a casa.

Tess saiu para cumprimentá-la. A amiga estava com o cabelo ruivo preso em um lenço e um avental manchado de uva amarrado por cima das roupas.

— Oi, Nat — cumprimentou ela. — Achei que você ia gostar de se juntar a nós para o happy hour.

— Parece ótimo. Obrigada.

— Dominic e as crianças estão lá nos fundos. Foi uma grande colheita aqui em nosso pequeno vinhedo.

Com um gesto para que Natalie a seguisse, Tess foi na frente até um espaço ensolarado ao lado de um grande galpão. A equipe de colheita descarregava as caixas de uvas recém-colhidas, jogando-as na extensa mesa de triagem de aço inoxidável. Em uma extremidade, a mesa vibrava, eliminando uvas verdes ou podres. No extremo oposto, as uvas se moviam ao longo de uma esteira para a retirada do caroço.

A família estava toda reunida, separando as uvas manualmente, rindo e conversando enquanto o suco manchava tudo o que tocava.

Ela viu crianças e cachorros correndo; o marido de Tess assobiando; os filhos mais velhos ajudando Dominic com uma destreza decorrente da prática. Tudo parecia tão normal, uma família se divertindo só por estarem todos juntos.

— Oi, pessoal — disse ela.

— Olá — disse Dominic. — Bem-vinda a uma sexta-feira em Angel Creek.

Dominic Rossi era o tipo de marido que dava uma boa definição à palavra marido. O tipo de cara para quem a expressão *moreno alto e bonito* fora cunhada. O tipo de cara que transmitia bom humor e afabilidade, além de uma disposição para pôr a mão na massa. Havia sido presidente do banco de Archangel, mas sua paixão era fazer vinho.

E bebês com sua linda esposa, ao que parecia. Natalie olhou para o avental de Tess. Com a amiga de lado, a barriga era inconfundível.

— Você está grávida de novo? — perguntou ela baixinho.

Tess respondeu com seu corar típico de ruiva e um sorriso de alegria.

— Ela me prometeu uma irmã — disse Trini.

A filha de Dominic, agora no ensino médio, lançou um olhar para o irmão, Antonio, que se afastara da mesa para brincar com os dois filhos de

Tess, correndo atrás deles com as mãos manchadas de uva. Os meninos, apelidados de Tico e Teco, reagiram com gritos de alegria.

— Isso é ótimo — disse Natalie. — Parabéns, pessoal.

Os Rossi faziam aquela história de família moderna parecer fácil. Era uma ilusão, Tess sempre dizia. Natalie sabia que tinha sido um desafio aproximar os filhos do casamento anterior de Dominic aos dois que ele e Tess tiveram juntos. Mas não havia como negar que, em momentos como aqueles, todos pareciam felizes e seguros. Era impossível não notar a paixão que Dominic e Tess sentiam um pelo outro.

— As pessoas dizem que a terceira tentativa não falha — disse Trini.

— Por que dizem isso?

— Boa pergunta — comentou Natalie. — Isso por acaso quer dizer que as duas primeiras *não* funcionaram? Porque quando olho para esses dois meninos, vejo um grande sucesso. — Enquanto ela falava, Tico jogou um punhado de polpa de uva descartada na cabeça do irmão. O mais novo uivou de indignação.

A irmã de Dominic, Gina, limpou as mãos.

— Deixa que eu resolvo, Tess.

— Obrigada. — Tess se acomodou em um banquinho e olhou para Natalie. — Então... cadê o Rick?

— Não sei bem. Ele teve um voo de teste no fim da tarde.

— Parece que você teve um dia difícil — observou Tess.

Natalie não se deu ao trabalho de negar.

— Recebi uma superpromoção no trabalho...

— Ei, isso é ótimo — disse Tess. Natalie deve ter feito uma cara estranha, porque ela acrescentou: — Não é?

— Parecia uma coisa boa. A empresa fez até uma festinha, até porque eu consegui fechar um grande acordo. Era para minha mãe ter ido, mas ela não apareceu. O que foi até bom, porque no fim das contas essa promoção foi uma desculpa para me deixar isolada e eu não trabalhar perto das outras pessoas.

— O quê? — As mãos de Tess manuseavam as uvas com rapidez e habilidade. — Eu não entendo.

Natalie suspirou, encarando o chão.

— Eu sou uma chefe tóxica.

— De jeito nenhum. Você é uma das minhas pessoas favoritas.

— É que você não precisa trabalhar comigo. Aparentemente eu sou um pesadelo. Fico no pé de todo mundo, sou controladora, uma vaca. Pela conversa que ouvi no banheiro, sou tudo isso e muito mais.

— Ah, Natalie. Não parece ser algo que você faria. Se vale de alguma coisa, acho que o problema são seus colegas de trabalho, não você. Alguém capaz de dizer uma coisa dessas é uma pessoa horrível. Lamento que você tenha ouvido falarem isso e quero que saiba que não é verdade.

— Obrigada — disse Natalie. — Você provavelmente tem razão, mas foi difícil de ouvir. Para dizer a verdade, estou feliz que tenham me colocado em um departamento em que meu único colega de trabalho é um monitor de tela plana. — Ela suspirou. — Meus colegas de trabalho não me suportam.

— Bem, nós amamos você aqui na Vinícola de Angel Creek, então arregace as mangas e ajude. — Tess jogou um avental de borracha para ela.

— Está me colocando para trabalhar?

— Nesta época do ano, todo mundo trabalha.

— Sou uma colega de trabalho tóxica, não esqueça.

Ela amarrou o avental.

— Diga adeus às unhas feitas — alertou Tess. — A próxima ida à manicure é por minha conta.

Natalie sempre estava com as unhas impecáveis. Era algo que considerava necessário para uma aparência profissional. Não que tivesse adiantado de alguma coisa. Ela começou a tirar o caroço com ambas as mãos, enquanto os dedos iam ficando da cor escura da zinfandel.

Elas trabalharam lado a lado por um tempo. A tarefa repetitiva e a conversa da família de Tess ajudaram um pouco.

— E se eles estiverem certos? — disse Natalie em voz alta. — Meus colegas de trabalho, quero dizer. E se estiverem certos e eu for tóxica, e ninguém me suporta?

Tess não disse nada de imediato, mas Natalie sentiu o olhar atento da amiga estudando-a.

— O quê? — perguntou ela por fim.

— Você precisa de uma bebida. — Tess chamou a atenção de Dominic.

— Vamos fazer uma pausa — disse ela, gesticulando para que Natalie a seguisse até um tanque com uma mangueira.

— Preguiçosa — provocou o marido com um sorriso.

Tess mostrou a língua para ele e se virou.

— Eu também sou uma chefe tóxica, às vezes. Só não se atrevem a dizer nada.

Depois de se limparem, Tess serviu a Natalie um copo de zinfandel de um barril chamado OLD VINE — CREEK SLOPE. Para si mesma, abriu uma garrafa gelada de água com gás, e as duas se sentaram na varanda ao lado da casa. À sombra de um pergolado, a área pavimentada de pedra estava repleta de brinquedos infantis e oferecia uma vista imponente do vinhedo. Mais além ficava o pomar de maçãs do terreno vizinho, onde a irmã de Tess morava e dirigia uma escola de culinária na região vinícola.

— Escute — disse Tess. — Eu costumava ser que nem você. Eu costumava *ser* você. Eu vivia para o trabalho, com raiva do mundo sem saber realmente o porquê.

— O quê? — Natalie franziu a testa, depois olhou para a casa de cerca branca e as crianças e os cães. — Mentira.

— Verdade. Sabia que uma vez fui parar no pronto-socorro com um ataque de pânico?

— Sério? Ah, Tess. Eu nunca soube disso. Sinto muito.

— Obrigada. Sinceramente, eu estava desequilibrada. Pensei que estava tendo um infarto. — Ela ficou quieta por alguns minutos. Então disse: — Parece que faz muito tempo, quase como se fosse uma vida diferente, quando eu era solteira e morava na cidade, antes de tudo isso acontecer. — Ela fez um gesto para indicar o vinhedo, o marido e a família. — Estava obcecada com a minha carreira. Uma carreira em que eu era muito, muito boa.

Tudo o que Natalie sabia era que a amiga costumava trabalhar como analista de procedência de uma sofisticada casa de leilões de antiguidades. Inclusive, Tess havia ajudado a mãe de Natalie a avaliar alguns dos livros raros da Achados e Perdidos.

— Tenho certeza de que eu deixava as pessoas malucas — admitiu Tess. — Eu *me* deixava maluca.

— Não consigo nem imaginar.

— Mas é verdade. E eu sobrevivi. Não estou tentando assustar você. Não estou dizendo que você está com ansiedade ou algo do tipo, mas, para mim, ficar lá deitada no pronto-socorro, certa de que estava morrendo, foi um sinal de que eu precisava prestar mais atenção.

— Eu presto atenção. Até demais, segundo as pessoas no trabalho.

Ela contou a Tess sobre o costume que Mandy tinha de cometer erros, e a própria vigilância constante e trabalho extra para corrigi-los.

— Deixe-me ver se entendi — começou Tess. — Essa mulher estraga tudo todos os dias, e você a protege. Se você não deve nada a ela, por que a ajuda o tempo todo?

— Porque sou a supervisora dela. E porque eu posso.

— Bem, deixa eu fazer uma pergunta: o que aconteceria se você parasse de acobertar Mandy e a deixasse fracassar? Hein?

— Eu me perguntei isso muitas vezes — admitiu Natalie. — Seria péssimo para a empresa. Se eu não tivesse resolvido tudo hoje à tarde, teríamos perdido o acordo e a reputação da empresa seria prejudicada. A minha também, já que sou a supervisora dela. Ela acabaria sendo demitida. E ela precisa do emprego. Ela é mãe solo, cria dois filhos pequenos.

— E isso é responsabilidade sua por quê? — perguntou Tess.

— Porque eu... — Natalie fez uma pausa. — Não é.

— Então...?

Natalie rodou o vinho na taça. E que líquido lindo, complexo, rico e delicioso. A empresa onde trabalhava havia sido fundada com base naquela bebida fina, que trazia conforto e alegria a quem soubesse apreciá-la.

Para Natalie, no entanto, não havia alegria. Era só um trabalho. Um trabalho estável e lucrativo, com benefícios. Um plano de aposentadoria. Todas as coisas sem as quais sua mãe vivera a vida toda.

— Parece bastante manipulador não ajudar Mandy quando sei exatamente como fazer isso. Não quero ser a responsável pelo fracasso dela.

— Entendo o que você quer dizer. Nós duas fomos criadas só por nossas mães. Sem a ajuda de um pai. Nossas mães fracassaram?

Natalie pensou em sua mãe, que de alguma forma conseguira enfrentar dificuldades financeiras sem desmoronar por completo. Tess e sua meia-irmã, Isabel, cresceram sem o pai, que tinha desaparecido antes de nascerem.

Natalie, por outro lado, sabia direitinho onde estava seu pai. Embora Blythe gostasse de dizer que a vida lhe dera tudo o que queria, Natalie às vezes se perguntava se isso era mesmo verdade. Blythe era cheia de contradições. Ela correria qualquer risco nos negócios, mas nunca no amor.

— Se continuar acobertando sua colega de trabalho — continuou Tess —, ela nunca vai aprender a fazer as coisas sozinha. Você vai ficar surpresa com quanto é possível aprender com o fracasso.

— É um presente eterno — comentou Natalie, um pouco sarcástica.

— Veja bem, o que quero dizer é que você não está fazendo nenhum favor ao ficar sempre ajeitando a bagunça dela. Ficar resolvendo tudo para a pessoa tira dela a chance de aprender e seguir em frente.

— Como você ficou tão inteligente nesses assuntos? — perguntou Natalie. — Hormônios da gravidez?

— Até parece. — Tess riu.

Natalie lembrou a si mesma que deveria aproveitar o vinho saboroso e as cores lindas do pôr do sol. Ela tinha uma vida boa. Um bom trabalho. Uma boa amiga.

— Devo dizer que você é melhor que terapia. Foi um dia ruim. Não só por causa do trabalho e por minha mãe não ter ido. — Ela suspirou de novo. — Acho que Rick e eu estamos mal das pernas.

— É mesmo? Mas vocês parecem tão bem juntos. O que aconteceu? — perguntou Tess.

— Bem, é esse o problema. Nada aconteceu. Nada mesmo. Ele é um cara legal e acho que, tirando no trabalho, sou uma pessoa legal. Somos compatíveis, mas… Não tenho certeza se ser compatível é suficiente. Estamos juntos há quase um ano e as coisas ainda não progrediram muito.

— Nossa. E você queria que isso acontecesse?

Natalie olhou para a vista arrebatadora, os vinhedos e pomares, uma abundância infinita. Rick às vezes a levava de avião para apreciar a paisagem, e ela amava os passeios. Ela queria poder dizer que sentia o mesmo por *ele* também.

— Eu queria ser louca por ele. Eu *deveria* ser louca por ele. Ele é bonito. Bem-sucedido. Bom o suficiente na cama. Tem uma boa família em Petaluma.

— Mas…

— Exatamente. Tem um *mas*. — Ela estudou o horizonte, as curvas suaves das colinas encontrando o céu. — Eu queria que não houvesse. Eu queria estar apaixonada. — Era a verdade. Ela ansiava por uma mistura inebriante de paixão, certeza e emoção que não parecesse ameaçadora ou arriscada.

Mas talvez aquele fosse o ponto. Talvez a própria natureza da emoção fosse o risco.

Nesse caso, ela poderia viver sem a emoção.

— Minha mãe diz que sou fechada demais para ter intimidade — confessou. — Olha quem fala. Ela passou a vida toda solteira. E diz que está feliz. Então por que ela acha que *eu* preciso de alguém? Não posso ser feliz também?

— Claro que pode. Sua mãe parece a minha, cheia de contradições. Mantém as coisas interessantes. Ai, Nat. Sinto muito que sua mãe não tenha se dado ao trabalho de ir e que você e Rick não estejam bem. Mas sua promoção é incrível e muito merecida. — Ela fez uma pausa. — Você é minha amiga e eu te amo, então estou falando isso com a melhor das intenções. Você acha que talvez esteja irritadiça por causa do trabalho?

— Dã, com certeza — respondeu Natalie. — O trabalho é… ah, só um trabalho. Mas sou excelente nele. Por mais que eu tenha vontade de encontrar algo estável e inspirador, acho que isso não existe para mim.

— Em algum momento, você se convenceu de que emoção é risco.

— São os efeitos de crescer em uma livraria. Não vou negar que foi divertido viver cercada por tantos livros, os clientes indo e vindo, as remessas de novos títulos todos os meses… essa foi a parte divertida. Mas, em algum momento, percebi que minha mãe estava se afundando em dívidas, todos os meses.

— E isso assustou você e a fez seguir uma carreira estável, sem surpresas. Natalie assentiu.

— Não consigo ser destemida como minha mãe. Talvez ela goste da montanha-russa de emoções. Ela não se importa de estar com as contas atrasadas, porque sempre tem certeza de que amanhã será um dia melhor. — A ideia de viver assim provocava um nó no estômago de Natalie. — A única vez que a vi ficar balançada foi quando meu avô caiu e quebrou o quadril. Agora ele está tendo algo que minha mãe chama de "problemas cognitivos". Eu realmente queria vê-la hoje à noite para ouvir mais sobre isso. Coitado do vovô. Talvez seja por isso que ela furou, algum problema com meu avô.

Ela se abraçou, imaginando o homem adorável que fora como o pai que ela nunca teve, sua babá, seu professor e mentor, o companheiro de brincadeiras de sua infância.

— Isso também aconteceu com meu avô — disse Tess.

— Com o Seu Magnus?

Natalie tinha encontrado o senhor idoso uma ou duas vezes. Como seu avô, era um bom homem. Tinha aquele calor e fala mansa que eram típicos dos melhores avôs.

— Ele caiu?

— Não recentemente. Ele caiu de uma escada lá no pomar há alguns anos. Foi um susto, mas ele se recuperou.

— Espero poder dizer o mesmo sobre meu avô. Desde que ele quebrou o quadril, não é mais o mesmo. Talvez eu vá até a cidade amanhã para visitá-lo.

— Aposto que ele adoraria ver você.

Natalie se levantou e levou as taças para o bar do pátio.

— E, já que estamos nesse clima alegre, vou deixar você voltar para sua família. Preciso ir para casa e passar algum tempo descobrindo o que fazer com as pessoas que me odeiam.

— Pare com isso.

— Vou tentar, Tess. Não vou permitir que isso me deixe para baixo.

Enquanto dirigia de volta à cidade, Natalie repetiu as palavras como um mantra. *Não permita que isso deixe você para baixo.*

O mantra não funcionou, então ela ligou o rádio e cantou junto com Eddie Vedder enquanto o pôr do sol passava pela janela. A música "Wishlist" a fez compilar sua própria lista de desejos. Um trabalho diferente. Uma postura diferente. Uma vida diferente.

— Temos mais algumas informações sobre as últimas notícias... — Um locutor interrompeu a música.

Irritada, ela estendeu a mão para mudar de estação, mas parou quando ouviu "Aviação Inovação". Era a empresa onde Rick trabalhava.

— A Administração Federal de Aviação está investigando a queda de um pequeno avião registrado pela Aviação Inovação em Lake Loma esta tarde — disse o locutor. — Tanto o piloto quanto o passageiro não sobreviveram ao impacto. Os nomes dos falecidos não serão divulgados até que as famílias sejam notificadas.

Natalie ouviu a notícia com um medo crescente e um sentimento de alívio culpado. Era a empresa de Rick, mas a vítima não poderia ter sido Rick. Ele voaria sozinho em um voo de teste. Ela parou no acostamento e ligou para ele. Ninguém atendeu, então ela enviou uma mensagem rápida. *Acabei de ficar sabendo do acidente. Sinto muito. Era alguém conhecido?*

Ele não respondeu, e Natalie continuou dirigindo. Tinha que ser alguém conhecido. Afinal, era uma empresa pequena. Talvez ela até conhecesse a vítima. Ela e Rick haviam saído com alguns dos outros pilotos, em degustações de vinhos e passeios panorâmicos. Ela começou a se perguntar se a vida com Rick era realmente tão ruim assim. Ele era sério. Previsível. Confiável. Tudo o que ela valorizava.

Por impulso, ela saiu da estrada principal e foi em direção à sede da Aviação Inovação. O estacionamento estava lotado de veículos oficiais e pessoas correndo de um lado para o outro. Ela procurou Rick no meio da multidão — um cara com a típica beleza americana, arrumadinho, de ombros largos, cabelo raspado curto e um belo sorriso.

Ela não o viu em meio à confusão de pessoas entre o prédio principal e os hangares. Mas então viu Miriam, a assistente dele, sentada nos degraus da frente, falando ao celular.

Miriam olhou para cima e viu Natalie.

— Eu ligo depois — disse ela para a pessoa na linha.

— Oi, eu acabei de ficar sabendo do acidente — disse Natalie. — Vim ver se Rick já voltou.

Miriam pegou o corrimão da escada e se levantou.

— Natalie... — O rosto da mulher estava tão branco quanto as nuvens fofas que pairavam sobre as colinas de Sonoma.

Natalie parou de andar. O medo foi surgindo em etapas — confusão e descrença, depois pura negação.

— Não foi o Rick — disse ela. Sua voz saiu áspera, quase hostil. Ocorreu-lhe que ela devia falar assim no trabalho.

— Ai, Natalie. É terrível. Horrível. Sinto muito. Eu nem consigo...

— Miriam pegou sua mão. — Sente-se um pouco.

Natalie se encolheu e afastou a mão.

— Eu não preciso me sentar. Eu preciso... Eu... Eu... — Ela não fazia ideia do que precisava naquele momento surreal e insuportável. Sorveu uma lufada de ar. — Ele disse que passaria o dia fora. É. Disse que não iria à minha festa no trabalho. Ele estaria em um voo de teste. Meu Deus, ele caiu durante o teste? Ele... Ele...

— Não foi um voo de teste.

— Então ele está bem?

Natalie estava desesperada para que isso fosse verdade.

O pânico brilhou nos olhos de Miriam. Ela parecia estar com dificuldades para fazer contato visual com Natalie. Então ela respirou fundo.

— Ele, hã... Ele não estava voando sozinho.

— Sim, ouvi isso no rádio.

A mente de Natalie estava em turbilhão. Meu Deus. *Rick*.

Os pais dele moravam em Petaluma. Ele também tinha uma irmã. Natalie a conhecera apenas algumas semanas antes. Rita? Não, Rhonda.

— Será que eu devia ir ver os pais dele? — perguntou ela a Miriam. — Alguém foi falar com eles?

Seu coração batia furiosamente. As mãos estavam úmidas, os pulmões doíam, clamando por ar.

Rick tinha morrido. Como isso era possível? Eles tinham planos para jantar no dia seguinte no French Laundry em Yountville. Ela estava sofrendo, preocupada com a conversa que precisavam ter sobre o fato de que o relacionamento não parecia estar dando certo. Ela estivera se perguntando qual deles teria a iniciativa de terminar.

Como ele podia ter morrido?

— Natalie, por favor, preciso que você se sente.

Miriam colocou a mão no ombro de Natalie e a conduziu até os degraus de pedra calcária clara em frente ao edifício baixo e moderno. Seu toque era firme, mas Natalie podia sentir suas mãos tremendo.

— Sim, está bem. Eu... Acho que todo mundo está em choque... —
Ela percebeu que algumas pessoas estavam olhando na direção delas,
sussurrando.

— Ele não estava sozinho — Miriam repetiu. — A passageira também
morreu.

— Ah. Nossa, isso é terrível.

A mente de Natalie estava em turbilhão, tentando escapar de algo
horrível demais para compreender. *A passageira*. Outra mulher? Rick estava
tendo um caso?

Não mais, ela pensou. E então se odiou por pensar nisso.

Miriam se virou para ela. Segurou suas mãos em um aperto firme.

— Sinto muito. Eu não sei como... Meu Deus. A outra passageira era
a sua *mãe*.

O tempo parou. Tudo parou — respiração, batimentos cardíacos, a
rotação da Terra, o vento que balançava as árvores, a multidão de pessoas
se aproximando. Natalie se forçou a ouvir a explicação de Miriam, tendo
muita dificuldade para absorver as palavras, ao mesmo tempo que sentia
tudo dentro de si protestar em uma negação furiosa. Isso não poderia estar
acontecendo, mas conforme mais pessoas se aproximavam, ela sentiu o
choque devastador da certeza.

Ela olhou para a mulher que acabara de lhe dizer que sua mãe estava
morta, mas Natalie não conseguia ver nada através da cegueira do choque.
E então ele veio, um sofrimento tão insuportável que a deixou paralisada
enquanto a dor atravessava seu peito.

3

— *V*ovô. — Natalie chamou o avô bem baixinho, com o máximo de gentileza possível. — Está na hora de ir.

Quando ela entrou pela porta, Andrew Harper levantou-se de sua poltrona favorita no minúsculo apartamento em que morava, nos fundos da livraria. Ele não conseguia mais subir e descer as escadas do prédio antigo e havia se mudado do apartamento no andar de cima, onde tinha vivido quase a vida toda, para o novo espaço. O pequeno conjugado do térreo antes funcionava como depósito. O lar improvisado às pressas não era o ideal, mas poupava o avô de ter que deixar a casa que tivera a vida inteira. Embora o espaço fosse apertado, havia uma janela panorâmica com vista para o pequeno jardim dos fundos, agora colorido pelas últimas malvas e rosas da estação.

Segurando firme sua bengala, ele se virou para Natalie. Um sorriso doce levantou os cantos da boca.

— Ah, aí está você, Blythe. Eu estava te esperando. Como está bonita. Isso é um vestido novo?

O coração de Natalie ficou cheio de amor quando ela atravessou a sala até ele. O avô sempre fora uma constante em sua vida. Mesmo nas lembranças mais antigas dela, ele sempre estivera presente, restaurando livros antigos no porão ou conversando com clientes na loja. À noite, ele lia histórias em voz alta enquanto Natalie se aconchegava perto dele, sentindo seu cheiro familiar de loção de barbear. Ela tivera grandes lições de sabedoria e bondade pelo exemplo gentil do avô.

E agora ele precisava dela. Na última semana, Andrew vinha confundindo Natalie com a mãe dela. Talvez a tristeza fosse grande demais para suportar, e sua mente frágil tinha começado a ver os traços de Blythe no rosto de Natalie. Embora tivessem se passado vários dias desde a notícia terrível, em muitos momentos ele se recusava a aceitar que sua filha — sua única filha — se fora.

Agora que Natalie estava mais presente, ela podia ver quanto sua mãe estivera ocupada cuidando de seu avô. De alguma forma, Natalie teria que assumir aqueles cuidados. Andrew insistia que podia se virar sozinho, mas ela não tinha tanta certeza. Havia consultas com seu médico de longa data e com vários especialistas. Remédios para organizar. Refeições para preparar. Limpeza a fazer. Olhando em volta, ela conseguiu ver algumas melhorias que poderiam tornar o lugar mais agradável. Uma nova mão de tinta. Uma estante próxima da poltrona. Talvez trocar o aquecedor velho e pesado que gemia relutantemente ao ganhar vida no inverno.

À luz da janela do jardim, seu avô parecia maravilhoso para ela — alto e imponente, de uma beleza atemporal em seu terno sob medida e camisa branca, que ela passara durante as altas horas da noite anterior. Ela sabia que Andrew queria estar bem-vestido para a cerimônia. Ele puxou a gravata.

— Me ajude com isso, Blythe. Não consigo… Não sei como… — As palavras dele evaporaram em uma nuvem de confusão.

— Deixe que eu ajudo.

Ela se pôs na frente dele e amarrou a gravata em um nó inglês, algo que o próprio avô a havia ensinado a fazer anos antes. A gravata era uma Hermès vintage, de seda brilhante estampada com um padrão de relógio de sol. Provavelmente era algo que a mãe havia encontrado em um brechó, graças ao faro infalível que tinha para roupas de marca a preços baixos.

— Sou eu, Natalie — disse ela, a garganta áspera de tanto chorar. — Natalie. Sua neta. — Era estranho e horrível ter que explicar quem ela era para um homem que a conhecia melhor do que ela mesma.

— É claro — disse ele em tom afável. — Você é tão parecida com a sua mãe, mas às vezes acho que você é ainda mais bonita. E minha adorável filha seria a primeira a concordar comigo.

— Hoje é o funeral dela — lembrou Natalie, terminando de dar nó na gravata com um puxão suave.

A ideia ainda tinha uma dimensão grande demais para entender. Ela se sentia nadando em um mar de dor e culpa, tentando não se afogar. Se não tivesse achado que sua festa idiota na empresa merecesse a presença da mãe... Se tivesse sido sincera com Rick, em vez de esperar que ele tomasse a inciativa de terminar. Em vez disso, ela havia provocado a morte de sua mãe e de um bom homem que ainda estava no auge da vida.

— Tem um carro esperando na frente.

— Um carro...?

— O funeral — repetiu ela. — É por isso que estamos arrumados.

Ele tocou a gravata e deu-lhe um olhar confuso.

— A mamãe morreu, vovô. Eu vim assim que descobri e passei a semana toda aqui.

Depois de receber a notícia chocante no trabalho de Rick, Natalie fugiu de maneira mecânica, entrando no carro e indo direto para a cidade ficar com o avô. Embora mal se lembrasse do trajeto, Natalie não parava de reviver o momento em que teve que dar a notícia. O rosto dele havia se iluminado quando ela entrara pela porta e, por alguns segundos preciosos, ela o deixara ficar feliz com a visita da neta.

Então ela disse as palavras que ainda não pareciam reais: *A mamãe morreu em um acidente de avião.*

Seu avô não compreendeu, assim como tinha acontecido com Natalie. Blythe não podia ter morrido. Como isso era possível? Como ela podia ter sido roubada do mundo daquela maneira?

Foram necessárias várias explicações antes que a compreensão e o horror profundo vencessem a negação. Uma rachadura se abriu — então um terremoto. Uma fissura gigantesca e intransponível. Ela podia ouvir o pobre coração dele se partindo.

Os dois choraram juntos, arrasados pelo sofrimento compartilhado. Dias depois, ela ainda sentia os efeitos da devastação emocional.

Os problemas de memória de Andrew pioravam a situação que já era terrível. Ele começara a perder partes de si mesmo — a memória de curto prazo, o controle motor fino, a capacidade de raciocínio. Os médicos diagnosticaram uma forma branda de demência. Intermitente. Estágio inicial — a terrível implicação de que iria progredir. A perda de memória se agravaria, então viriam a desinibição e as alucinações. A mãe de Natalie já dissera que o avô ficava assustado e confuso de vez em quando. Outras vezes, ele voltava a ser quem ele era. Tinha emagrecido e sofria de dores de cabeça, tremores e fadiga, algo que a equipe médica não conseguiu explicar.

Natalie não estava preparada para quão difícil as coisas estavam se mostrando. Toda vez que Andrew se esquecia de que sua filha havia morrido e precisava ser lembrado da situação atual, era um horror tudo de novo. Será que ele sentia a mesma onda de choque e tristeza? Será que precisava continuar sentindo aquela dor de novo e de novo? Natalie não podia imaginar como seria terrível ter que vivenciar aquele baque inicial arrasador infinitas vezes.

Andrew respirou fundo. A expressão dele não mudou. Ele mal se mexeu. Mas seus olhos escuros refletiam uma tristeza tão inexprimível que Natalie se encolheu.

— Eu sei — sussurrou ela, pegando a mão dele e levando-o para a porta. — Dói o tempo todo. Não para nem por um segundo.

— Sim — disse ele. — Essa dor é um reflexo do quanto a amávamos.

— O senhor sempre foi bom com as palavras.

— Blythe disse que é de família. Ela estava lendo os diários de Colleen.

— Colleen. O senhor quer dizer a nossa antepassada, aquela que morreu no terremoto de 1906?

— A avó que nunca conheci. Meu querido pai tinha apenas 7 anos quando a perdeu e foi mandado para o orfanato. Ele quase não falava sobre aquele dia, mas acredito que o assombrou pelo resto da vida.

Nos últimos tempos, o avô tinha lembranças mais claras do passado distante do que dos eventos ocorridos cinco minutos atrás.

— Eu não sabia sobre esses diários de Colleen.

— Blythe os encontrou não faz muito tempo. Não sei o que fez com eles.

Era possível que os diários fossem fruto da imaginação do avô, pois tudo o que eles sabiam sobre Colleen O'Rourke Harper era que ela havia imigrado da Irlanda, tinha um filho — Julius, o pai de Andrew — e desaparecera no terremoto. A história da família havia sido alterada para sempre por uma misteriosa reviravolta do destino.

Foi isso que aconteceu com você e Rick, mãe?, Natalie se perguntou. *Uma reviravolta do destino?* Ou a própria Natalie havia orquestrado tudo aquilo quando convidou a mãe para a festa da empresa? Todos os dias, ela desejava poder mudar aquele momento.

Ela parou diante do cabideiro ao lado da porta enquanto o avô executava a já familiar rotina pré-saída. Primeiro, o pano macio e fino em volta do pescoço. Depois, o sobretudo, o chapéu preto e, finalmente, a bengala. Não precisava de guarda-chuva naquele dia. Estava nublado e úmido, mas não chovia. As folhas amarelas brilhantes do início do outono cobriam a calçada.

Ele segurou a porta para Natalie e ela saiu.

— O senhor quer a cadeira de rodas? — ofereceu ela.

Ele hesitou, olhando para a cadeira, com o rosto enrugado de dor.

— Não — respondeu por fim. — Entrarei andando no funeral de minha filha e falarei no pódio de pé.

A resposta orgulhosa fez doer o coração de Natalie enquanto ela seguia devagar pelo corredor estreito, passando por uma sala de depósito cheia de livros, pelo escritório dos fundos e depois pela parte da frente da livraria.

Quando menina, Natalie costumava começar todos os dias pulando pela loja, dando bom-dia para seus personagens favoritos enquanto passava por eles — Angelina Bailarina, Charlotte e Ramona, Lilly e sua bolsa plástica roxa. Então saía para pegar o ônibus para a escola. Agora, grande parte da loja estava cheia de homenagens e bilhetes com as condolências das muitas pessoas que conheceram Blythe.

Na porta da frente estava pendurada a placa de FECHADO e um anúncio impresso do funeral. UMA CELEBRAÇÃO DA VIDA DE BLYTHE HARPER.

Por que a cerimônia era chamada assim quando a última coisa que uma filha em luto queria era uma celebração?

Ela abriu a porta e abriu caminho pelas homenagens que haviam sido deixadas de maneira espontânea — buquês de flores, romances com os cantos de algumas páginas dobrados, lembranças, velas e desenhos e cartões feitos à mão. A Livraria dos Achados e Perdidos tinha sido uma constante na Perdita Street desde que Natalie nascera, e o súbito desaparecimento da proprietária inspirou uma reação enorme, amorosa e imensamente triste.

Uma coisa que Natalie nunca havia se perguntado até agora: depois da explosão de homenagens, o que acontecia? Quem retiraria as flores murchas, os poemas encharcados de chuva, as fotos desfocadas, os copos com velas?

O carro preto à sua espera cheirava a desodorizante em lata. O motorista ajudou o avô a se acomodar no banco de trás. O trânsito estava intenso, mesmo na manhã de sábado, e o caminho até o prédio da Mansão dos

Flood foi feito devagar, passando por rastros de neblina, árvores torcidas e moldadas pelo vento e pelos telhados inclinados das casas vitorianas restauradas da cidade. Os bondes barulhentos passavam por lojas e cafés movimentados. À medida que o carro subia as ladeiras, ia rompendo a neblina e adentrando outro microclima, um céu de clareza surpreendente que iluminava as vistas mais esplêndidas da cidade.

Aquela fora a cidade de Blythe Harper, essa península coroada por quarenta e três colinas "oficiais" e cercada por água, um lugar que ela jurou que nunca deixaria. No entanto, ela o deixara para nunca mais voltar, e agora Natalie e Andrew precisavam atravessar o labirinto escuro de um luto inesperado.

— Ela me disse que voltaria na sexta à noite — disse o avô, os olhos mais uma vez turvos de confusão.

— Esse era o plano dela — reconheceu Natalie.

— Então o que diabo aconteceu?

Sua boca ficou seca. Ela não disse nada.

— Natty, querida — disse ele, usando o apelido dela —, sei que ando esquecido, mas mereço ouvir a verdade.

Natalie assentiu. Ela já havia contado. Ele precisava que ela passasse por aquilo outra vez.

— Sinto muito, vovô. É difícil para mim falar sobre isso, porque me sinto responsável. Eu queria que a mamãe viesse a uma festa idiota lá da empresa. Não sabia que ela e Rick estavam planejando uma surpresa, que iam aparecer juntos. Ele me disse que tinha um voo de teste, mas era só uma desculpa. Em vez disso, ele voou até aqui e a buscou no Píer 39. Era para terem aterrissado na pista de pouso de Archangel por volta das três da tarde. Mas algo deu errado durante o voo.

— Rick é um piloto experiente.

Ela cruzou as mãos e apertou até doer.

— Ele era. Ai, vovô.

Natalie lembrou-se de quando pensou que a passageira do avião dele era alguém com quem ele estava tendo um caso. Que coisa horrível de se pensar de um homem que estava apenas tentando fazê-la feliz.

O funeral de Rick acontecera em Petaluma na véspera. Natalie fora até lá, infeliz, suportando o balançar de cabeças, os amigos e conhecidos oferecendo consolo. Todos os discursos mencionaram a experiência e o profissionalismo dele.

— Se ele tinha tanta experiência, como isso pode ter acontecido? — perguntou o avô.

— O Conselho Nacional de Segurança nos Transportes ainda está investigando — disse ela, torcendo para não ter que precisar explicar os detalhes de novo.

Ela tinha lido os relatórios preliminares, como se saber exatamente o que dera errado fosse tornar a tragédia menos cataclísmica. Segundo o documento, a pequena aeronave anfíbia estava voando muito baixo e — provavelmente devido ao nevoeiro — entrou por engano em um desfiladeiro cercado por terreno íngreme. Os investigadores imaginaram que o piloto pensou estar em um cânion diferente que levava à parte maior e aberta do lago. Logo antes do acidente, um homem que estava pescando em um barco avistou o avião cerca de quinze metros acima da água.

"Quando o avião passou voando baixo, acenei para o piloto e ele acenou de volta", disse a testemunha. "Tudo parecia normal. Imaginei que estivessem passeando pelo lago ou indo pousar na água. Alguns segundos depois, ouvi os motores rangerem e acelerarem muito. Acho que ele estava tentando virar."

Assim que Rick percebeu que o cânion não possuía uma saída, tentou uma curva de cento e oitenta graus para escapar. Pelos limites de desempenho, o avião não seria capaz de subir acima do terreno íngreme.

O avião sumiu e então o homem ouviu um estrondo. Ele acelerou em seu barco até o local. Ao aproximar-se da enseada, ele viu os destroços e gritou para o piloto, mas não houve resposta, então ligou para a emergência.

Funcionários do escritório do xerife, da Administração Federal de Aviação e equipes de resgate do Departamento Florestal e de Incêndios e do Departamento de Recursos Hídricos dos Estados Unidos foram até o local do acidente. Eles especularam que a densa neblina costeira havia levado Rick a confundir um cânion com outro. Quando descobrira onde estava, não teve espaço suficiente para voltar.

Natalie estremeceu, assombrada pela imagem. Várias vezes, ela ficou pensando naqueles últimos segundos, imaginando o que sua mãe devia ter sentindo — a súbita compreensão, o pânico, o terror. Natalie contou ao avô o que havia descoberto, mas não compartilhou os detalhes do relatório. O sangue. Os corpos imóveis encontrados pelo pescador.

— Ambos morreram na hora — disse ela ao avô.

Ele estendeu o braço e cobriu a mão dela com a dele.

— Nunca conheci seu Rick pessoalmente. Queria tê-lo encontrado.

Ele nunca foi meu Rick, pensou Natalie.

— No funeral de ontem, a irmã dele me deu algo. — Ela deixou o comentário escapar.

— O quê?

Natalie enfiou a mão na bolsa.

— Isso foi encontrado no bolso do colete de voo. — Ela entregou a caixinha ao avô.

— Um anel de diamante — disse ele, segurando-o na mão trêmula.

— Rick ia me pedir em casamento — disse Natalie. — Imagino que ele quisesse que minha mãe estivesse presente.

— Sim, era o plano dele — disse o avô. — Quando falamos ao telefone...

— Você falou com ele? — Natalie se sentiu enjoada.

— Falei. Ele me contou sobre o plano. Não estava exatamente pedindo minha permissão, mas queria que eu soubesse que ele te amava. Queria construir uma vida com você.

A garganta de Natalie se fechou com uma dor inexprimível. Ela forçou as palavras a sair, engasgadas:

— Ele falou com você e com a mamãe? Vocês sabiam?

Não podia ser. Talvez fosse um dos episódios de seu avô — *delirium* era o termo que o médico usava.

— Rick tinha um ótimo plano — continuou o avô. — Ele ia pedir para você se casar com ele e depois levar você e sua mãe de volta à cidade. Ele tinha uma suíte reservada para vocês dois no Four Seasons, em Nob Hill. Fiquei muito feliz em saber que um jovem tão bom queria se casar com você. Nunca sonhei que daria tão errado. — As mãos de Andrew tremiam quando ele ajeitou a gravata. — Blythe nunca encontrou ninguém, e ela sempre teve medo de que o mesmo fosse acontecer com você. Ela achava que Rick era o homem certo.

Natalie guardou o anel.

— Quando eu disse a ela que estava com dúvidas, ela não quis ouvir. Não sei o que fazer, vovô. O que eu faço?

Ele a olhou, sem expressão. Estava em um de seus momentos perdidos. Natalie estava começando a reconhecer os sinais — o olhar distante, os movimentos agitados das mãos, a expressão impenetrável.

Percebendo que precisaria enfrentar aquilo sozinha, Natalie olhou pela janela do carro. Enquanto Rick planejava um pedido de casamento e uma viagem romântica, ela estava pensando na maneira mais civilizada e discreta de terminar com ele. Enquanto ele estava no ar, voando com a mãe, com um lindo anel de noivado enfiado no colete, Natalie estava imaginando uma vida sem ele.

Ela estivera na expectativa de Rick tomar a iniciativa de pôr um fim ao relacionamento. Em vez disso, ele fora comprar um anel de diamante em segredo para pedir a mão dela, enquanto cuidava dos preparativos para uma escapada romântica no fim de semana. Um *casamento*.

Teria sido mesmo uma surpresa. Uma surpresa terrível.

Como ela podia ter interpretado tão mal a situação?

Participar da cerimônia em homenagem a Rick fora uma experiência sofrida e extremamente desconfortável. A família dele era formada por pessoas muito legais que presumiam que Natalie também fosse muito legal. Ela não era. Como não viam isso? Sentiu-se ainda menos legal quando Mandy apareceu no culto, expressando uma compaixão tão vazia quanto o coração de Natalie.

A irmã dele lhe entregara a caixa com o anel.

— Ele te amava muito. Ele teria gostado que você ficasse com isso.

Natalie não ousara tocar no anel, aninhado na caixa de veludo.

— Ah, não, por favor, não posso aceitar.

— Eu sei que você não está pensando direito agora, são muitas emo-ções. — Rhonda deixara a caixa cair na bolsa de Natalie. — Você não precisa usá-lo. Pode modificá-lo, talvez transformá-lo em outra coisa. Ou vender e usar o dinheiro em algo importante para você. Rick também teria gostado disso.

— Não parece certo — dissera Natalie.

— Nada nesta situação parece certo. — A voz de Rhonda falhara e ela dera um breve abraço em Natalie. — Lamento muito por não podermos ter sido cunhadas.

Natalie se sentia um monstro.

Ela *era* um monstro.

A limusine seguiu em direção ao edifício, uma construção suntuosa coroando o topo de uma colina com uma vista magnífica para a área da Baía de São Francisco — a própria baía em si, a ponte Golden Gate e as colinas do condado de Marin.

— Este edifício tem uma história romântica — disse o avô, rompendo seu silêncio de repente. — Depois do grande terremoto, Maud Flood ficou com tanto medo de incêndios que o marido construiu para ela um casarão de mármore no topo desta colina de granito. Ele queria lhe dar um novo lugar todo feito de pedra, para que a esposa se sentisse segura.

— Isso sim é um bom marido — disse Natalie.

Rick teria sido um bom marido, ela pensou, afundando-se na culpa outra vez. Ele tinha sido carinhoso e zeloso, e sabia como cuidar das coisas. Era seguro e estável, as duas qualidades favoritas de Natalie não apenas nas pessoas, mas na própria vida.

Dois funcionários de luvas brancas seguravam a porta para ela e para o avô. Alguém no vestíbulo levou os casacos que eles vestiam e o chapéu do avô para o guarda-volumes. Um pôster lindo exibido em um cavalete dava as boas-vindas aos convidados da celebração.

A voz de Bryan Ferry cantando "Avalon" saía de alto-falantes que não estavam à vista. Sua mãe adorava Roxy Music. Em uma noite insone, alguns dias antes, Natalie tinha montado uma playlist a partir da biblioteca digital de Blythe.

Natalie quase tropeçou quando passaram pelas fotos ampliadas exibidas na rotunda. A dor do luto foi como um soco no estômago. Uma agonia de tirar o fôlego a encheu de desespero e desconforto. Os joelhos dela teriam falhado não fosse o avô. Embora caminhasse devagar e se apoiasse na bengala, ele era forte. Com o pai indiferente e famoso pela ausência corriqueira, seu avô tinha sido a figura masculina mais importante na vida de Natalie, algo pelo qual ela era grata todos os dias.

Ela, o avô, os funcionários e frequentadores da livraria haviam reunido fotos de sua mãe, revirando álbuns antigos e arquivos digitais e mandando-as para uma galeria especializada em ampliações. O resultado foi uma bela sequência de imagens cobrindo as paredes que capturavam a energia, a beleza e o espírito de Blythe.

Lá estava ela, uma garota dos anos 1970, colhendo morangos em uma fazenda em algum lugar. Uma jovem orgulhosa, posando de beca e chapéu nos tons azul-marinho e dourado da Universidade Berkeley. Uma mãe incrivelmente jovem, banhada pela luz clara que entrava pela janela, segurando a filha pequena nos braços e com uma mistura de orgulho e terror no rosto. Uma mulher em pé com seu gato na grande porta aberta da Livraria dos Achados e Perdidos, com sua incrível vivacidade. Uma filha de olhos amorosos abraçando o pai que estava ficando velho.

O último retrato era a foto favorita que Natalie tinha de sua mãe. Ninguém sabia quem havia feito aquele registro de Blythe em pé na praia de Fort Funston, no extremo sudoeste da cidade, olhando para longe, com uma expressão enigmática. Para Natalie, por baixo do jeito alegre que todos tinham amado, Blythe sempre parecia um pouco triste. Às vezes, quando criança, ocorria a Natalie que ela não conhecia sua mãe de verdade. E agora era tarde demais.

Ainda mais comovente do que as fotos era o tamanho da multidão ali dentro. Enquanto Natalie acompanhava o avô até os assentos na frente, ele disse:

— Sempre imaginei que levaria minha filha pelo corredor no dia do casamento dela, não no funeral.

Natalie quase tropeçou ao ouvir essas palavras. Sua determinação em apoiá-lo a manteve de pé. O lugar já estava lotado, e ainda havia mais gente chegando. Uma corda de veludo bloqueava uma seção na frente, demarcando alguns assentos com um cartão que dizia RESERVADO PARA A FAMÍLIA.

No sentido mais literal, eles precisavam de apenas dois assentos — um para ela e outro para o avô. A mãe de Blythe tinha morrido havia muito tempo. Lavínia partira quando Blythe era bebê, deixando um desastre e um escândalo. O pai de Natalie, Dean Fogarty, provavelmente ficara sabendo sobre a cerimônia, mas estava ausente naquele momento, como fora durante toda a vida da filha.

A família de Natalie tinha sido formada apenas pelos três. E agora, de repente, havia apenas dois. Natalie e vovô. E seu avô parecia estar deixando-a aos pouquinhos, partindo seu coração.

Ela reconheceu muitos dos presentes — amigos de sua mãe, clientes de longa data da livraria, até mesmo vendedores de Nova York, editores e colegas da indústria do livro —, pessoas que confiavam em seus gostos e opiniões. Havia autores cujos livros tinham sido expostos em suas prateleiras, comerciantes locais e vizinhos do enclave arborizado de Perdita Street.

Pessoas dos dois lados do corredor ofereciam acenos hesitantes, demonstrações de consolo silenciosas ou gestos de compaixão, pondo a mão sobre o peito.

Ninguém sabia o que dizer para alguém enfrentando uma perda tão grande e chocante. Natalie também não saberia. Estava com dificuldade de olhá-los diretamente, sentindo uma vergonha irracional, talvez até culpa.

Ela e o avô se sentaram diante do pódio, enfeitado com lírios perfumados e crisântemos da Fazenda Bonner Flower em Glenmuir, flores orgânicas e sustentáveis, como Blythe teria gostado. Várias bandeiras de oração budistas estavam penduradas no salão. Sua mãe nunca seguira um dogma específico, alegando que a religião organizada era a causa de muita violência e conflito no mundo. Mas costumava falar de seus livros espirituais favoritos, incluindo *O nobre caminho óctuplo*, e não escondia seu apreço pelos princípios amorosos e não violentos do budismo.

A urna lisa era ofuscada por outro retrato de Blythe Harper, maior que todos os outros da galeria. Tinha sido escolhido por Natalie. Blythe estava em seu lugar favorito na livraria — uma poltrona confortável cheia de almofadas, posicionada perto da cortina de renda da vitrine da loja. A luz natural, filtrada pelas cortinas de renda antiga, iluminava os traços bem-feitos do rosto de sua mãe, emoldurados por cachos finos escuros, lábios sorridentes e olhos que brilhavam cheio de ideias. No colo, havia um livro de poemas de Mary Oliver, que a maioria das pessoas sabia ser um dos favoritos de Blythe. A legenda abaixo da foto era um verso de um poema conhecido: *Diga-me, o que você pretende fazer com sua vida, selvagem, preciosa e única?*

Natalie também havia escolhido o verso. Ela se recostou no assento e tentou se concentrar na foto. A imagem se desfocou como uma aquarela destruída. Ela pôs a mão dentro da bolsa para ver se a pasta com suas anotações continuava lá. Não havia como expressar aquela despedida terrível, mas ela revirara sua alma para encontrar as palavras certas.

O avô apoiou a bengala no encosto do banco e olhou para a frente.

Natalie passou o braço em volta do dele e se perguntou quando pararia de se sentir como se estivesse à beira das lágrimas.

— Como o senhor está?

— Estou mantendo a calma — disse ele simplesmente.

Amigo de longa data de Andrew, Charlie Wong, vestido com um paletó Nehru preto e sofisticado, chegou e sentou-se ao lado dele. Um artista talentoso que fazia dioramas, Charlie conhecia Andrew desde que corriam à solta pela cidade na juventude. Muitos anos atrás, Charlie havia criado uma obra de arte inspirada no prédio da livraria, que na época era a loja de máquinas de escrever do avô de Natalie. Agora, os dois idosos se encontravam várias vezes por semana para jantar na casa de uma das filhas de Charlie ou para uma noite de jogos no centro de convivência para idosos. Charlie exibia seu sorriso de sempre, apesar de obscurecido pela tristeza em seus olhos.

Tess e Dominic se sentaram na fileira atrás de Natalie. Tess se inclinou para a frente e apertou o ombro da amiga. Natalie retribuiu com um tapinha para reconhecer sua presença.

Cleo e Bertie, funcionários da livraria, chegaram e sentaram-se do outro lado de Natalie.

— Oi, pessoal — sussurrou ela. — Obrigada por terem vindo.

— Como você está? — perguntou Bertie. — Desculpe pelo clichê, mas quero mesmo saber, querida.

Aspirante a ator, ele era ágil e gracioso, o corpo inteiro expressando sentimentos sem palavras, por meio da inclinação da cabeça e do caimento dos ombros. Bertie era inteligente, engraçado e melancólico, e corria atrás de seu sonho de estrelar uma grande produção teatral. Ele amava a mãe de Natalie, que incentivava a carreira de ator do funcionário dando-lhe folgas sempre que ele tinha uma audição ou ensaio.

— Vovô e eu estamos fazendo companhia um ao outro — disse Natalie.

— Sinceramente, nunca tive o coração arrancado do peito. Mas imagino que a sensação seja esta.

Os olhos de Cleo estavam opacos como o crepúsculo, cobertos por uma névoa de tristeza. Ela assentiu e secou as bochechas com um lenço de papel.

— Caramba. Você lembra muito ela.

— É mesmo?

Bertie se inclinou para a frente.

— Com certeza. Da melhor maneira possível.

Cleo tinha a idade de Natalie e crescera na vizinhança. As meninas costumavam brincar juntas no parque Portsmouth Square, cercadas por velhinhas chinesas tomando chá com leite e jogando jogos de tabuleiro. Eles lanchavam pãezinhos doces recheados com coco e, quando chovia, entravam nas lojas que vendiam objetos excêntricos ou na Fábrica de Biscoitos da Sorte Golden Gate, cujo aroma delicioso e açucarado envolvia seus sentidos.

Cleo era o braço direito de Blythe, ajudando-a a gerenciar a loja, e, em seu tempo livre, escrevia peças de teatro.

Frieda Mills, amiga de longa data de Blythe, havia se oferecido para conduzir o funeral. Agora ela estava subindo ao pódio. O cabelo grisalho revolto estava arrepiado acima do rosto pequeno e cansado.

A música diminuiu enquanto Frieda ajustava o microfone.

— Bom dia e bem-vindos — disse ela. — Em nome de Natalie e Andrew Harper, quero agradecer a presença de todos. — Ela olhou para a multidão. — Conheci Blythe quando éramos calouras na faculdade. Ela era a colega de quarto que eu temia ter: bagunceira e falante, mais bonita do que eu, sempre atrasada, sempre fazendo alguma coisa, ocupando todos os espaços que habitava. — Ela disse isso com um sorriso, mas o sorriso fraquejou quando ela parou e respirou fundo. — Apesar de tudo isso, ou talvez justamente por isso tudo, eu a amava como se fôssemos irmãs. Passávamos feriados juntas, criamos nossos filhos juntas...

Os dois filhos de Frieda de vez em quando convidavam Natalie para festas e bailes. Ela suspeitava — e provavelmente os meninos também — que as mães estavam tentando armar um relacionamento entre eles.

— E também havia os livros — continuou Frieda. — Mesmo na faculdade, Blythe tinha tantos livros que nós os usávamos como móveis improvisados: banquinhos, bancos, mesinhas de cabeceira, estantes para outros livros...

Natalie conseguia imaginar a cena com muita facilidade. Quando era bem pequena, sua mãe costumava lhe dizer que os livros estavam vivos de uma maneira especial. Logo após a capa, cada personagem tinha sua vida, seus dramas, seus amores e desamores, suas confusões, seus problemas. Mesmo se estivesse fechado na prateleira, o livro tinha vida própria. Quando alguém o abria, a mágica acontecia.

— Minha amiga Blythe costumava dizer que sua vida era uma grande aventura — continuou Frieda. — Os livros eram sua paixão, então eu queria compartilhar com vocês um trecho de um dos títulos favoritos dela. — Ela colocou um par de óculos de armação e começou a ler uma edição bem gasta de *A teia de Charlotte*. A passagem do romance clássico ficou ainda mais comovente quando ela concluiu com as famosas palavras da protagonista: — "Afinal, o que é uma vida? Nós nascemos, vivemos um pouco e morremos."

Natalie ouvira aquela história muitas vezes, mas agora se apegava à sabedoria de Charlotte, desejando de coração que sua mãe tivesse deixado o mundo com a mesma aceitação calma e prática. Assombrada pelas imagens dos últimos momentos de Blythe, Natalie refletiu que isso parecia pouco provável, dada a maneira como tudo acontecera.

Outros foram ao pódio compartilhar lembranças sobre sua mãe. Em vozes trêmulas ou falhando, recontaram suas lembranças percorrendo as prateleiras com aquela livreira tão culta, relaxando no pequeno café e aproveitando a comunidade que Blythe construía. Os relatos eram elogiosos e sinceros, um claro indício das muitas vidas que havia impactado. Em meio ao choque e à tristeza, Natalie conseguiu compreender por que a mãe era tão dedicada à livraria.

As leituras e homenagens foram seguidas por uma música, e todos foram convidados a cantar. A letra havia sido impressa no programa. "No Rain", de Blind Melon, fora uma das canções favoritas de Blythe, e expressava a maravilha de escapar para as páginas de um livro. A mulher tocando a música no violão era frequentadora assídua da livraria. Ela havia entrado em contato com Natalie e Frieda enquanto as duas organizavam a cerimônia e pedira para tocar em homenagem a Blythe.

Quando Natalie começou a cantar com voz trêmula, desejou poder fazer exatamente o que as palavras expressavam: *Escapar, escapar, escapar.*

Andrew Harper sentiu o afago suave da música em seu rosto enquanto esperava. Esperava o quê?

Sua mente foi atrás da resposta. Era um processo escorregadio, como tentar pegar girinos na parte rasa de um lago durante a primavera. Olhou para a jovem sentada ao seu lado. Ela tinha pele pálida e cabelo cacheado escuro, e um rosto tão bonito e tão triste que partiu seu coração.

Agora que estava velho e sofria desses estranhos episódios de esquecimento, Andrew estava aprendendo a prestar atenção a certos detalhes que antigamente teria deixado passar — sons e cheiros, cores e imagens fugazes. Concentrar-se em uma coisa só — o timbre de uma voz, a narrativa na página de um livro — estava ficando cada vez mais difícil e desagradável. Andar na rua era como entrar em um anfiteatro tomado por uma cacofonia confusa, esmagadora e ensurdecedora.

Ele ancorou seus pensamentos. Teria que aprender a pensar de uma maneira diferente.

Embora soubesse que o dr. Yang não estaria de acordo, Andrew havia deixado de tomar os remédios naquela manhã. Em teoria, as pílulas o ajudavam a não se sentir ansioso. Talvez fosse até verdade, mas ele precisava estar alerta para enfrentar os acontecimentos, e os remédios o deixavam sonolento. Não devia enfrentar aquele dia se sentindo grogue.

Era um dia importante. Ele só não conseguia se lembrar por quê.

Andrew sentiu a jovem triste observá-lo com seus olhos feridos de dor e olhou para o programa em suas mãos. Era bonito, um papel grosso impresso no prelo tipográfico no porão da livraria. Depois que fechara seu negócio de conserto de máquinas de escrever e abrira a livraria com Blythe, ninguém quis tirar a máquina pesada de lá, então continuaram com ela e de vez em quando a usavam para impressões especiais — uma lembrancinha do nascimento de Natalie, um cartaz para a grande inauguração da livraria três décadas atrás, o convite para uma mostra de Charlie Wong. Andrew costumava dizer a Blythe que já estava ficando velho e, ainda assim, nada de imprimir o anúncio de que a filha finalmente se casaria!

Isso sempre a fazia rir e dizer que ele a tornara muito exigente; Blythe nunca encontraria um homem que se comparasse a ele. Depois do que aconteceu com o rapaz que acabou se tornando pai de Natalie, Andrew ficava feliz que a filha ainda conseguisse rir.

Então, em um piscar de olhos, compreendeu a situação. A jovem mulher ao seu lado era Natalie, sua neta, Natalie. O olhar dela era como o bater das asas de mariposa contra sua bochecha, depositando na pele um resíduo como o pó de May Lin, quando os dois moravam juntos e eram felizes.

Andrew se obrigou a abrir um sorriso para Blythe. Não, Blythe não. Natalie. Blythe havia partido, repentina e irremediavelmente, como um zéfiro subindo no céu noturno, deixando um rastro de partículas iluminadas pela lua que rodopiavam em uma beleza efêmera e indescritível e depois desapareciam.

A música pop doce que estava tocando era a mesma que ele tinha ouvido tantas vezes no rádio de Blythe, então ele sabia que a canção estava quase chegando ao fim. Ele voltou a pegar o lenço e olhou para Natalie, aquela tristeza silenciosa ao lado dele.

O rosto da neta era um retrato de tudo que ambos estavam sentindo. Os olhos dela refletiam a dor dele. O choque e a tristeza de perder Blythe eram tão profundos e intensos que parecia até que uma emoção nova e devastadora havia sido inventada só para eles.

Natalie notou o olhar do avô e segurou a mão dele. Inclinando-se, ela sussurrou:

— O senhor está bem?

Não, ele pensou. *Um homem não deveria viver mais que a filha.*

— Sim — sussurrou ele em resposta, a mentira sibilando por entre os dentes.

— Se não quiser falar... Se for demais para você...

Ele apertou a mão dela.

— Eu sei o que quero dizer. Vou conseguir.

— O senhor é incrível, vovô. Estou tão feliz por ter você.

— E eu por ter você.

Ele ficou parado enquanto a oficiante fazia outra leitura. Tentou pensar no que queria dizer. No que precisava dizer.

Como homenagear a vida de uma mulher em um discurso de cinco minutos?

Ele tinha sofrido muitas perdas ao longo dos anos, claro, como qualquer pessoa da idade de Andrew. Muito tempo atrás, Lavínia o havia abandonado por outro homem que lhe prometera coisa melhor. No final das contas, May Lin havia voltado para sua vida por um breve período, trazendo uma alegria ainda mais doce por ter sido adiada, e morrera nos braços dele no ano passado.

Talvez aquele tenha sido o início de seu declínio. Dr. Yang chamava de declínio. A descida gradual de uma colina em direção ao nada.

Andrew não conseguia identificar o momento exato em que suas memórias começaram a desaparecer e seus pensamentos ficaram confusos. Provavelmente algum tempo depois do problema no quadril. Antes disso, e mesmo durante sua estadia no hospital e na clínica de fisioterapia, suas ideias estavam claras.

Então, depois que ele terminara de se recuperar e voltara a Perdita Street, Blythe o havia mudado para o andar de baixo. Escadas agora estavam fora de cogitação. O quarto ao lado do jardim costumava servir de despensa para as infusões, os remédios e as ervas do pai de Andrew, farmacêutico. Anos mais tarde, ele atulhara o espaço com as ferramentas de sua profissão — querosene, pincéis e pinças minúsculas, além de lubrificantes e produtos de limpeza para consertar máquinas de escrever.

Enquanto se instalava em seus novos aposentos, que não eram desagradáveis, aquele nevoeiro mental começara a atormentá-lo pouco a pouco. Vivia tomado pela fadiga e seu estômago reagia mal a todos os alimentos. A comida tinha gosto de metal. Os dias de Andrew começaram a definhar e sua vida ficou tão rala quanto água morna. Ele era um fantasma que via o mundo através de um vidro cinza e ondulado.

Em algum momento, perdeu-se do homem orgulhoso que costumava andar pela vizinhança, todo cheio de si. Atualmente, Andrew começava a vagar em busca da saída, e então se perguntava: saída de quê? Ele queria ir para casa. Então se lembrava de que estava em casa.

Ele era Odisseu em um momento, o Velho Marinheiro no outro, um homem comum como Tom Joad ou um aventureiro como o mochileiro de Douglas Adams. Ele vagava em busca de um passado que existia apenas dentro de si. Procurava por campos de flores e penhascos que se projetavam sobre o mar e as montanhas que atravessavam as nuvens.

Talvez ele ficasse vagando porque havia passado a vida inteira em apenas um lugar — a loja em Perdita Street. Ele morara no andar de cima, primeiro com os pais quando era menino. Depois com Lavínia, a esposa que o traíra. Então com Blythe, a quem havia criado sozinho. E agora era obrigado a enterrar sua filha sem a ajuda de ninguém.

A leitura foi concluída, e uma música suave começou a sair dos alto-falantes escondidos. Então chegou a vez de Andrew. Com Natalie ao seu lado e a bengala na mão, ele foi até o pódio. Ele se virou um pouco, dizendo à neta que podia ficar de pé sozinho e deixou a bengala de lado. O mínimo que podia fazer era ficar de pé por sua filha.

Em seguida, tirou os óculos e os guardou no bolso da camisa. Não precisava consultar nenhum papel. Anotações não eram necessárias quando se falava com o coração.

— No dia em que nasceu, minha linda filha, Blythe, se tornou parte da minha jornada e seguimos os dois juntos até... até... que o impensável aconteceu. Portanto, não vamos ficar pensando sobre a maneira como ela morreu. Vamos celebrar a maneira como viveu. — Ele teve que fazer uma pausa, pois o desespero o deixou sem fôlego. Recalibrar. Falar de Blythe, que não podia mais falar. — O que posso dizer a vocês sobre minha filha que morreu?

Ele ouviu alguns soluços ofegantes.

— Posso dizer que ela teve uma vida feliz. Posso dizer que a vida dela foi curta demais, e a minha longa demais. Na minha idade, achei que já soubesse o que era o luto. Nestes anos todos, perdi muitas pessoas. Meus pais, amigos queridos, a mulher que amei. Mas até o dia em que minha filha foi tirada de mim, eu não fazia ideia de que o sofrimento podia ser tão profundo ou tão doloroso. — Ele fez uma pausa, ouvindo a respiração entrecortada de Natalie. — E isso é tudo o que direi sobre o que estou sentindo, porque o dia de hoje não é sobre mim. É sobre minha filha, Blythe Harper. No dia em que nasceu, ela mudou minha vida. E, no dia em que partiu, deixou uma marca indelével em todos nós. E, entre esses dois acontecimentos, ela levou uma vida notável.

4

A esposa de Andrew Harper o abandonou em uma segunda-feira. Ele sempre se lembraria de que foi em uma segunda-feira porque era o dia em que May Lin devolvia a roupa lavada, dobrada à perfeição e embrulhada em papel. Em seguida, ela pegava a sacola da semana, identificada com *Harper* e caracteres chineses.

A sacola de roupa suja estava bem mais leve sem as roupas de Lavínia, que havia guardado tudo em um baú antigo que ela o fizera arrastar do porão. O baú era uma herança de família misteriosa que havia pertencido a Colleen O'Rourke, a avó que ele jamais conhecera. Colleen havia migrado da Irlanda na década de 1880 e chegara aos Estados Unidos com apenas 15 anos. Ela tinha encontrado trabalho como empregada no mesmo prédio onde agora ficava a livraria, de alguma forma se virando sozinha no mundo.

Agora o baú de Colleen estaria viajando com Lavínia, uma verdadeira beldade, não em um navio a vapor, mas em um trem rumo a Los Angeles, onde seu amante rico prometera lhe dar a vida que ela sempre acreditou merecer.

Sua despedida de Andrew e Blythe foi sucinta.

— Não consigo ser feliz aqui — dissera ela naquela segunda-feira de manhã, enquanto o taxista levava o baú para o porta-malas de seu Plymouth. — Vocês vão ficar melhor sem mim.

Blythe, com menos de 1 ano e ainda de fraldas, havia feito barulhinhos e batido palmas, molhando a manga de Andrew com a baba de quem estava ganhando dentes. O rádio estava tocando aquela música insípida de Sonny e Cher, "I Got You Babe". A bebê estendeu as mãozinhas abertas para a mãe, como duas estrelas-do-mar. Lavínia parou, mas o breve lampejo de hesitação em seus olhos logo endureceu em uma determinação gélida.

— Fiquem bem — disse ela, e depois se foi.

Alguns instantes depois, May Lin chegou com a entrega da roupa. Andrew ainda estava parado no meio da loja, imóvel, cercado pelas máquinas de escrever dos clientes, pela caixa registradora e pela máquina de calcular, com Blythe aconchegada em seu peito.

Ver May Lin o derreteu. Os dois tinham se apaixonado quando adolescentes, mas a família dela a proibira de ser cortejada por Andrew, um *gweilo*. Os pais de Andrew não haviam proibido a relação, mas tinham avisado que o futuro não seria fácil com uma "celestial" — o termo arcaico que usavam para os chineses nos Estados Unidos. May Lin teve um casamento arranjado com um homem mais velho do distrito de seu pai na China. Ele tinha uma lavanderia, precisava de uma esposa, e isso era tudo.

De coração partido, Andrew tinha buscado consolo nos braços de Lavínia. Ela era belíssima e, quando engravidou, ele foi tolo o suficiente para acreditar que o senso de obrigação que o prendia a ela era um tipo de amor.

Toda semana, quando ele e May Lin se viam, raramente se falavam. Não precisavam, pois conheciam o coração um do outro sem palavras.

Então a pequena Blythe se tornou o mundo de Andrew. Seu raio de sol, ele a chamava, uma margarida-amarela que cantava canções e lia histórias o dia inteiro. A menina tinha uma pequena cadeira de balanço ao lado da dele perto da janela da sala de estar, e Andrew ainda conseguia se lembrar de como a luz da tarde entrava pela janela, iluminando-a como uma bênção enquanto a menina estava absorta em um livro.

Com o passar dos anos, os dois tiveram seus altos e baixos, mas no cerne de seu relacionamento havia um amor feroz e protetor. Ele a ensinou a datilografar e a assistiu ganhar concursos de soletrar. Embora a adolescência de Blythe o tivesse desconcertado, Andrew fez as vontades dela, dando-lhe roupas bonitas e maquiagem. Para a dança de pai e filha no ensino médio, ele lhe ensinou alguns passos decentes de foxtrote e Blythe lamentou que ele a deixara tão exigente que nenhum garoto seria bom o bastante.

Ele não se arrependia de como as coisas aconteceram. Teve a filha mais maravilhosa do mundo e bom senso suficiente para saber, finalmente, que o amor pegava o coração de surpresa. Lavínia havia partido, mas deixara para trás a melhor parte de si. Deles dois.

— Éramos só nós dois — disse Andrew para a multidão que viera homenagear Blythe. Os rostos eram um borrão distante, mas as memórias estavam nítidas em sua mente. — Ela era minha alegria diária. Deve ser difícil para vocês imaginarem, mas em outros tempos a Livraria dos Achados e Perdidos era uma sala cheia de máquinas de escrever, com um prelo tipográfico no porão. Eu ganhava a vida consertando justo os instrumentos de trabalho de um escritor. Blythe teve a ideia de abrir a livraria, e foi uma grande aventura para nós dois.

No dia em que Blythe foi embora para a faculdade, Andrew achou que morreria de saudade. Ficava do outro lado da baía, em Berkeley, mas, para o coração solitário do pai, era como se ela estivesse num país no meio da África. Ele vivia esperando os fins de semana, quando a filha voltava para casa com ideias extravagantes e uma sacola de pano velha cheia de roupas sujas, ainda identificada com o sobrenome deles e os caracteres chineses. Seu negócio de consertar máquinas de escrever estava em acentuado declínio graças à revolução dos computadores, e Andrew passava a maior parte dos dias lendo os livros antigos que alguém havia deixado no porão décadas antes. Ele se tornou um especialista em restauração de volumes raros, que ele exibia em um mostruário de vidro. De vez em quando, um colecionador entrava e comprava um dos livros, e o empreendimento se tornou mais que um hobby.

Quatro anos depois, Blythe voltou para casa com um diploma universitário, um coração partido e uma gravidez inesperada. Confessou aos prantos que havia se apaixonado por um professor assistente que lhe prometera mundos e fundos. Ingênua e romântica, ela havia acreditado nele, imaginando uma vida de aventura com o jovem doutorando.

Então ela descobrira, da maneira mais dolorosa possível, que o homem já era casado e tinha três filhos.

O segredo mais secreto e egoísta de Andrew era sua profunda gratidão a Dean Fogarty. O homem que partira o coração de sua filha dera a

Andrew um novo propósito. Blythe precisava encontrar uma maneira de sustentar a si mesma e sua bebê. Andrew precisava de novos objetivos. Juntos, abriram a livraria, ambos energizados pela perspectiva de criar um futuro para si e para a pequena Natalie.

Ele olhou para as pessoas ali reunidas mais uma vez e se concentrou no presente. Rostos familiares, nomes perdidos nas teias de aranha de sua mente. Também havia alguns fantasmas, pessoas que já tinham partido, mas das quais não se esquecera. Ele teve um pensamento fantasioso de que, de um jeito ou de outro, esses fantasmas acolheriam Blythe com carinho, de braços abertos.

Por favor, que isso seja verdade, ele pensou.

O resto de seu discurso foi breve e tratou das qualidades de Blythe que ele mais amava, as coisas de que mais sentiria falta. Ele sabia que as palavras não eram suficientes, mas eram tudo o que tinha para prestar homenagem a sua única filha.

— Tenho certeza de que nunca vou rir sem ouvi-la rir também. Nunca vou sorrir sem ver seu sorriso luminoso. Sou grato a todos vocês por terem feito parte de sua vida brilhante e preciosa. Tenho pena de quem não pôde conhecer essa pessoa excepcional. — Um suspiro de tristeza cresceu no peito de Andrew, que fez uma pausa antes de continuar. — Daqui a alguns instantes, vocês vão ouvir outra pessoa excepcional. De todos os presentes que minha filha deu ao mundo, o maior deles foi sua filha, Natalie.

Andrew se manteve firme ao dar um passo para trás, embora os joelhos ameaçassem ceder. Uma nova música começou, e Natalie o acompanhou de volta ao lugar onde estavam, e Andrew se deixou cair no banco com o máximo de dignidade que pôde.

— Eu sou a próxima — disse ela — e vai ser impossível superar isso.

As lágrimas de Natalie eram dois rastros prateados de pesar salgando o rosto adorável. O rosto de Blythe. As duas eram muito parecidas, e talvez fosse por isso que ele às vezes se confundia. Ele segurou firmemente a bengala quando "What a Wonderful World" começou a tocar. Não precisava realmente do apoio, mas já havia incorporado o hábito. E talvez uma maneira de evitar ficar à deriva em um mar de tristeza indescritível.

Natalie não cantou com o resto dos presentes enquanto esperava sua vez no pódio. Em vez disso, viajou no tempo, tentando visitar a mãe em uma era diferente, tentando trazê-la de volta à vida.

Quando Natalie era pequena, sua mãe era o centro reluzente de seu mundo, uma força incandescente que organizava a vida delas em função de livros e ideias.

Mesmo bem nova, Natalie já entendia que isso era incomum. Que a família delas era incomum.

Lembrou-se de quando estava no quarto ano — com a sra. Blessing, professora de história da Califórnia — e chegou em casa com um problema:

— Estamos fazendo árvores genealógicas na escola — disse ela à mãe — e estou me sentindo esquisita com a minha.

— Por que você está se sentindo esquisita?

Blythe muitas vezes respondia Natalie com uma pergunta sobre o que a menina estava sentindo. Ela lia vários livros sobre como criar os filhos e eles lhe davam muitas ideias.

— Kayla disse que nós temos um estilo de vida alternativo. Ela falou para todo mundo no recreio que isso quer dizer que somos estranhos.

— Você fala como se isso fosse ruim — comentou a mãe, alisando as páginas de um livro antigo.

Ela gostava de exibir os itens de colecionador mais especiais em um mostruário de vidro iluminado embaixo do balcão. As pessoas que queriam olhar mais de perto precisavam pedir autorização e tinham que usar luvas brancas ao folhear as páginas.

— Isso é uma coisa boa? — perguntou Natalie.

— Na verdade — disse Blythe, finalmente olhando para cima —, não é da merda da conta dela.

Natalie sempre sentia a emoção de estarem fazendo algo proibido quando a mãe xingava alguém. Ela não costumava fazer isso, porque dizia que usar palavrão demais fazia o xingamento perder o efeito.

— Posso dizer isso para ela?

— Claro, mas prepare-se para a reação.

Com todo cuidado, sua mãe colocou o livro de volta no mostruário, abrindo-o em uma página com a ilustração de um pássaro. Então foi até o café e deu a Natalie um biscoito da Sugar, a padaria que ficava do outro lado da rua, e serviu-lhe um copo de leite frio. Era seu ritual da tarde depois que Natalie chegava da escola.

Blythe pousou a bandeja em uma mesinha na área do café. Ela vivia dizendo que queria ampliar o espaço do café para atender mais clientes, mas não queria sacrificar as prateleiras de livros.

— Eu amo a nossa família. E sei que você também. Não é como as outras famílias, mas isso não quer dizer nada. Com certeza não quer dizer que somos estranhos.

Natalie ia de ônibus para a escola. Os amigos iam de carro, alguns eram até levados por motoristas uniformizados. A mãe dela nem sequer tinha carro. Os amigos de Natalie tinham pais. Ou padrastos. Ou duas mães. Ou dois pais. Ela só vira o pai biológico algumas vezes. Seu nome era Dean Fogarty, e ela não gostava muito dele. Principalmente porque ele não parecia gostar dela. Blythe o chamava de seu maior erro, que tinha trazido sua maior conquista.

— Ele me deu você, Nat — dizia sua mãe. — Então nunca terei um pingo de arrependimento.

Natalie mordeu o biscoito macio de melaço e gengibre com açúcar. Não tinha muita certeza de que ser a maior conquista de alguém era tão importante quanto parecia.

— A gente teve que desenhar a nossa família e eu me senti estranha.

Ela pegou o desenho na mochila e o colocou no balcão. Desenhara cada um deles da maneira mais precisa possível — o cabelo preto e ondulado da mãe, o avô maravilhosamente alto, a própria Natalie com o dente da frente faltando, o sorriso largo de May Lin e Gilly, a gata da loja, enrolada em uma bola amarela.

— O que fez você se sentir estranha?

Natalie se lembrou dos desenhos das outras crianças. A maioria tinha uma mãe, um pai e um irmão ou irmã, às vezes até mais, sempre com uma linda casa ao fundo. Havia algumas que sra. Blessing chamou de "famílias mistas", algo que parecia muito agradável, como um refrigerante especial da Máquina de Refrigerante Arco-Íris no fim da rua. E também havia Calvin com seus dois pais e Anson com suas duas mães, o que não era nada de mais, já que estavam em São Francisco. Ninguém nunca dizia nada maldoso sobre famílias assim. Blythe vivia lembrando a menina que muitas crianças só tinham mães. Ainda assim, quando se tratava de Natalie, as outras crianças faziam perguntas.

— Por que você tem um avô, mas não um pai? — perguntaram.

— Quem é essa velhinha chinesa? — questionara Kayla.

— Ela mora com a gente — explicara Natalie.

— Ela é sua empregada ou sua babá?

A maioria das crianças da sala de Natalie tinha empregadas e babás, porque era uma vizinhança cara e todos moravam em casas ou até mansões, e não em apartamentos em cima de uma livraria.

— E aí? — insistira Kayla.

Natalie tinha ficado com muita vontade de inventar uma resposta, mas era péssima em contar mentiras.

— Ela é amiga do meu avô.

— Tipo uma namorada?

— Acho que sim.

Por algum motivo, a conversa a deixara envergonhada. Ela olhou para a mãe e decidiu não mencionar essa parte específica.

— Ninguém pode lhe dizer o que pensar ou como se sentir — disse sua mãe. — É uma escolha sua.

— Então por que me sinto uma aberração? Porque com certeza eu não escolheria sentir isso.

A mãe dela a olhou. Então seus olhos brilharam de repente.

— Por aqui — disse ela, apontando para a seção infantil.

Ai, ai. Uma Conversa com Livros, a especialidade de sua mãe. Natalie terminou o biscoito e tomou o último gole de leite, depois lavou as mãos na pia. Gostava de ler, mas às vezes só queria conversar com a mãe. No entanto, ela sempre ouvia a história, porque sua mãe sempre encontrava o livro perfeito para a situação, e ela lia de uma maneira que fazia qualquer um querer ouvi-la para sempre.

Como sempre, sua mãe estava certa. Havia um livro para tudo. Em algum lugar da vasta Biblioteca do Universo, o nome que Natalie dera, sua mãe sempre conseguia encontrar um livro que tratava justamente das coisas que preocupavam Natalie.

E, é claro, o livro de Anjali Banerjee sobre Maya, uma menina da Índia com uma família diferente, a ajudou se sentir melhor. Como se não fosse a única criança no mundo com uma família incomum. *Você nunca está sozinha quando está lendo um livro*, sua mãe sempre dizia.

Quando a música terminou, Natalie voltou ao pódio com um livro e sua pasta de anotações, assim como um pacote de lenços de papel. Com muito cuidado, ela abriu o livro e abaixou o microfone.

— Eu sou Natalie — disse ela. — A filha de Blythe.

Quase imediatamente, sua garganta ficou entupida por lágrimas que ardiam. Natalie começou a entrar em pânico, pois queria muito que conseguissem ouvi-la. Engoliu em seco. Respirou bem fundo. Tinha acordado mais cedo para treinar o discurso sem desabar. Uma técnica recomendada era apertar a pele entre o dedo indicador e o polegar o mais forte possível, para que o beliscão servisse para lembrá-la de manter o controle.

— Os livros eram o mundo da minha mãe, mas ela era o meu. Morávamos no apartamento em cima da livraria, e todos os dias com minha mãe eram uma aventura. Nas férias, não viajávamos muito por causa da loja.

Natalie costumava implorar para viajar pelo mundo como seus amigos faziam nas férias escolares — Disneylândia, Havaí, Londres, Japão. Em vez disso, sua mãe fazia sua imaginação voar até a Ilha do Príncipe Eduardo, até a serraria do Moinho Sutter, Nárnia, a Fazenda Sunnybrook, o espaço sideral e Hogwarts.

Ela tentou ao máximo trazer a mãe de volta à vida com algumas anedotas importantes e lembranças regadas a lágrimas. E então olhou para a página que havia lido tantas vezes quando criança — um trecho de *Os Minpins*, de Roald Dahl.

— A primeira vez que minha mãe leu este livro para mim foi depois de uma visita ao Arboreto de Claymore. Eu tinha 5 anos e achava que as libélulas eram fadas, e que pequenas criaturas mágicas andavam nas costas dos passarinhos. Ela me deixou continuar pensando assim pelo tempo que eu quis. E, para mim, este é o melhor conselho que existe sobre como educar os filhos.

Ela inspirou, imaginando o cheiro reconfortante do roupão de banho de sua mãe enquanto as duas se aconchegavam juntas para a história antes de dormir. Soltou o ar, esperando que suas palavras de alguma forma tocassem sua mãe mais uma vez:

— "E, acima de tudo, observe o mundo ao seu redor com olhos curiosos, porque os maiores segredos estão sempre escondidos nos lugares mais improváveis. Aqueles que não acreditam em magia nunca irão encontrá-los."

Natalie fechou o livro e o abraçou contra o peito, como costumava fazer quando criança. Quando falou de novo, a voz saiu surpreendentemente firme, o que a deixou grata.

— Eu poderia passar o dia todo contando histórias sobre minha mãe — disse ela. — Mas ela não teria gostado disso. Ela sempre acreditou que cada um de nós é capaz de viver as próprias histórias, e nada se compara a isso. Então gostaria de encerrar dizendo obrigada.

5

*E*m meio aos sons de conversas e música ambiente que se seguiram ao funeral, Natalie se viu arrastada por uma onda, junto a todas as outras pessoas. Na recepção com canapés que se seguiu, ela se sentiu energizada pelos demais enlutados e se entregou à sensação, mesmo sabendo que o poder de tudo aquilo vinha da tristeza mais profunda. Deixou-se ser levada, arrastada como uma folha caída na correnteza agitada de um rio.

No fim do dia, a energia esmoreceu. As pessoas prometeram manter contato — uma promessa da qual duvidava. Elas pediam para que Natalie as procurasse caso precisasse de alguma coisa, qualquer coisa. Todos voltaram para suas vidas, seus empregos e suas preocupações, suas famílias e seus amigos. Quando estivessem de novo em casa ou no escritório ou entrassem em um avião ou um trem, voltariam ao mesmo mundo que haviam deixado.

Para Natalie, não era assim. Para ela, nada seria igual. Agora sabia que os momentos seguintes a um sofrimento grande e repentino eram diferentes, um reino horrível que ela jamais havia explorado, como um livro ainda não lido na prateleira. Quando voltou à livraria naquela noite, sentia um vazio tão grande que quase não conseguia respirar. Era como se tudo nela tivesse se esvaído.

— É cansativo, não é? — perguntou o avô. — Sentir uma tristeza como essa. É fisicamente desgastante.

— Tem razão — disse ela, observando-o sob as luzes fracas de segurança da loja. — Vamos dormir cedo hoje.

Enquanto caminhava pelo corredor, o avô lhe pareceu menor. Ainda não haviam conversado sobre o que aconteceria agora que Blythe se fora. Natalie sabia que seria uma conversa difícil e dolorosa sobre decisões que não estavam prontos para tomar.

Depois de alguns minutos, ela bateu na porta dele e entrou no quarto. O avô estava de pijama de flanela com viés bordado e sandálias de couro. Havia comprimidos e um copo d'água na mesinha de cabeceira, assim como uma pilha de livros. No canto, o velho aquecedor de ferro servia de prateleira para os materiais de leitura e outras lembranças do funeral.

— Quer que eu pegue alguma coisa para o senhor? — ofereceu ela.

O avô se sentou na cama.

— Não, obrigado.

Natalie queria que houvesse algo que pudesse dizer para consolá-lo, mas não conseguia pensar em nada.

— Estou lá em cima — disse ela. — Se precisar de alguma coisa, é só chamar.

Inclinando-se, ela o beijou na testa e se afastou, mas se demorou na porta enquanto ele ficava imóvel por um momento. Então ele levou as mãos até o rosto e os ombros começaram a tremer. Natalie teve vontade de ir até ele, mas havia algo de privado e inacessível no avô. Um pouco depois, ele retirou os aparelhos auditivos com todo cuidado e os guardou em uma caixa na mesa de cabeceira.

Natalie saiu em silêncio. Ela voltou à loja, tirou o cartaz anunciando o funeral e o jogou no lixo reciclável. Podia cuidar das flores e dos outros tributos próximos à porta pela manhã.

Quando ela se virou para subir as escadas do corredor que levavam ao apartamento, alguém bateu na porta, sobressaltando-a. Seria outra pessoa oferecendo condolências? Outra caçarola vegana de quinoa ou uma fornada de biscoitos?

A claridade das luzes do lado de dentro tornavam impossível identificar o visitante. A pessoa estava de pé na entrada da loja e não na porta residencial, que ficava na lateral do prédio.

Natalie destrancou a porta e ficou cara a cara com alguém que quase não reconheceu. Dean Fogarty estava mais velho agora, mas ainda era alto e forte, o cabelo loiro com um corte de aparência cara. Na época em que a mãe de Natalie havia se apaixonado e tido um romance ilícito com ele, seu pai devia ser bastante atraente.

— Natalie — disse ele. — Eu li sobre Blythe no *Examiner*. Eu... Que choque. Lamento muito.

Ela queria ficar sozinha com a tristeza pesada e cansativa. Não, ela queria a mãe. E isso a deixou ainda mais triste. Acenando, ela convidou o pai a entrar.

Eles não se abraçaram, apertaram as mãos ou tiveram qualquer contato físico. A relação dos dois era indefinida demais para isso. Quando era pequena, Dean a visitava de vez em quando, mas mesmo nessas ocasiões não ficavam à vontade nos encontros, como se fossem estranhos forçados a ficar próximos em um espaço lotado demais.

Natalie indicou o canto do café da livraria.

— Quer se sentar?

— Obrigado.

Ela tirou a tampa de um prato de plástico.

— Aceita um biscoito? Há dias as pessoas estão trazendo comida.

— Como você está? — perguntou ele.

Natalie estava em um transe desde o momento em que soubera do acidente. Mas Dean não era a pessoa com quem compartilharia suas tristezas.

— Ainda estou em choque — disse ela. — Estou tentando me concentrar em meu avô agora.

— Fico feliz que você e Andrew tenham um ao outro. Nunca cuidei de você e da sua mãe. Gostaria de ter feito isso. Vocês duas mereciam coisa melhor.

Natalie hesitou. *Agora?*, ela pensou. *Você quer desabafar agora? Ah, cara...*

— Minha mãe merecia — concordou Natalie.

— Sempre me arrependo de não ter encontrado uma maneira de ter você na minha vida — disse ele.

— É, fica meio difícil quando você tem uma esposa e três filhos em casa.

Dean estremeceu.

— Eu fui a porra de um idiota. Tenho tantos arrependimentos. — Ele fez uma pausa e perguntou: — Ela... Blythe falava de mim?

— Que tal a gente não entrar nessa? — disse Natalie. — Que tal a gente não fazer isso tudo girar em torno de você? Você poderia ter perguntado para minha mãe em algum momento nos últimos trinta anos. Acha que ela teria dito o quê? Que você é o cara que a engravidou e mentiu sobre querer passar o resto da vida com ela? Minha mãe não ficou pensando em você, Dean.

Os homens sempre queriam imaginar suas ex-namoradas pensando neles.

Natalie estudou o rosto dele, ainda bonito como uma estrela de cinema mais velha. Implorando por perdão. Querendo acreditar que não era responsável pelo estrago que ambos sabiam que ele havia causado. Natalie estava exausta demais para sentir amargura agora.

— Olha, se você está aqui atrás de perdão, não é a mim que deveria ter vindo pedir. Minha mãe foi feliz. Ela adorava a livraria e, a julgar pelo número de presentes no funeral, estava cercada de amigos.

— Ela era uma pessoa fantástica, e sei que ela foi uma ótima mãe para você.

Ele contraiu e relaxou os punhos. Olhou em volta para a livraria e todas as bugigangas e lembrancinhas que as pessoas tinham deixado.

Natalie sentiu que ele queria conversar mais. Ela não queria.

— Foi um longo dia — disse ela.

Dean entendeu a indireta e se levantou.

— Será que... podíamos tomar um café algum dia desses?

— Eu ando bem ocupada.

— Entendi. Cuide-se, Natalie — disse Dean.

— Pode deixar.

Natalie ficou imóvel enquanto ele abria a porta e saía, desaparecendo nas sombras. Aquele homem era a prova viva de que relacionamentos eram incertos. A única certeza sobre um relacionamento era seu fim. Talvez fosse por esse motivo que sua mãe nem se desse ao trabalho de ter um, para início de conversa.

A lembrança mais antiga que Natalie tinha de Dean Fogarty era de quando ela tinha acabado de completar 5 anos. Sua mãe dissera que um homem chamado Dean estava indo encontrá-la. Dean era o pai dela.

— Ele vem morar com a gente? — perguntara Natalie.

— *Não*. Nossa, não. Você não precisa conhecê-lo, querida. É só se você quiser.

Natalie deu de ombros, sem saber bem o que queria, mas curiosa. Então disse que tudo bem. Dean tinha uma sorriso com dentes muito brancos e olhos sérios que não sorriam nem um pouco. Ele lhe trouxe um presente de aniversário, embora o aniversário dela tivesse sido na semana anterior.

Ela aceitou com um *obrigada* tímido. Ele e Blythe trocaram alguns sussurros tensos, e ele enfiou algo na mão dela. Depois que Dean saiu, Natalie olhou para a mãe e viu que ela estava enxugando lágrimas.

— Por que você está chorando? — perguntou ela. Ficou assustada ao ver sua mãe chorar.

— Quando eu era criança, tive um pai maravilhoso. Queria que você tivesse um pai como o vovô.

— Eu tenho o vovô. Não quero que Dean volte. Ele deixa você triste.

— Não, querida, ele não deixa. Só quero ter certeza de que sou o suficiente para você.

Você era, mãe, Natalie agora pensava. *Tomara que você soubesse disso. Tomara que eu tenha sido suficiente para você.*

Alguns anos depois daquela visita, Natalie entrou para o time de futebol infantil. No primeiro treino, ela viu Dean Fogarty de novo. Para seu horror, ele era um dos ajudantes do técnico e o filho dele estava no time. Suportar aquele primeiro treino foi uma agonia e, quando chegou em casa, disse à mãe que nunca mais voltaria.

— Não gosto de ver Dean com o filho dele de verdade — explicara ela.

— Você é uma filha de verdade — dissera a mãe.

— Não é a mesma coisa — respondera Natalie.

Blythe a abraçara e sussurrara:

— Não é a mesma coisa mesmo. É melhor. É melhor só com nós duas.

— A outra família dele sabe sobre a gente?

— Você quer que eles saibam?

— Não!

Ela nunca mais voltou para o time de futebol. Ao longo dos anos, Dean surgia com presentes e um sorriso suave de arrependimento e olhos famintos de vontades, igualzinho ao gato da livraria perto da hora de comer. Natalie tentava pensar nele como algo mais do que um estranho bem-intencionado, um cliente atrás do último best-seller, mas nunca foi capaz de vê-lo como seu pai.

Agora o perfume das flores pairava no ar, tão pesado quanto as lembranças antigas. Natalie massageou a nuca, o corpo dolorido de tristeza e cansaço. Ela apagou as luzes da livraria e ativou o alarme de segurança. Havia duas entradas no prédio: o grande vestíbulo que levava à livraria e uma porta particular que dava para a rua onde a correspondência chegava, com uma escada que levava ao apartamento onde ela morara quando menina.

Natalie costumava ter inveja das amigas que moravam em casas de verdade, com grandes quintais, balanços e garagens cheias de motonetas e bicicletas. Agora, com a alta de preços no mercado imobiliário de São Francisco, aquele prédio antigo e decrépito era provavelmente um dos endereços mais cobiçados do bairro. Com o charme histórico e todos seus detalhes, o Edifício Sunrose, como era chamado, sem dúvida enchia os olhos do pessoal do mercado imobiliário. Ao que parecia, o nome do edifício veio de um detalhe no telhado — um sol piscando. O letreiro e o logotipo da livraria reproduziam a imagem. O marcador da livraria, impresso no prelo antigo e distribuído em cada compra, exibia a fachada com o slogan *De olho nos melhores livros*.

Na cozinha, Natalie foi arrumar as coisas, guardando o máximo que podia da comida que as pessoas haviam deixado para eles e separando o resto para doar à caridade. Ela entendia por que as pessoas levavam comida para os enlutados, mas ela e o avô não dariam conta de comer tudo.

O caráter definitivo da morte de sua mãe ainda estava sendo absorvido, lenta e dolorosamente. Ela vagou pelo labirinto de memórias. O pequeno apartamento estava tomado por uma bagunça agradável — objetos interessantes, livros, claro, móveis que estavam na família havia gerações, pequenos projetos de costura largados aqui e ali. Era como se Blythe tivesse dado uma saidinha e fosse voltar em breve. Natalie notou uma xícara de chá suja na pia, uma lista de supermercado rabiscada, roupas limpas esperando para serem dobradas e guardadas.

O apartamento superior tinha alguns detalhes cativantes do Velho Mundo. Um teto pontiagudo incomum sob o coruchéu da frente, com uma espreguiçadeira antiga onde Natalie costumava deitar, observando o sol nascer sobre o parque. As velhas janelas em formato de arco, os pisos de madeira, os floreios góticos e a lareira de mármore remontavam às origens do edifício — um bar no térreo e, no andar de cima, um bordel bastante sofisticado, com um grande banheiro à moda antiga no fim do corredor.

A mãe de Natalie sempre levou jeito para combinar tecidos e texturas bonitos, dando ao local um ar boêmio. Quando era mais nova, Natalie não tinha reparado no charme imperfeito do apartamento, mas agora ela apreciava o gosto e o talento de sua mãe. A bagunça, talvez um pouco menos. Ela reprimiu a pontada de aborrecimento. Não queria ficar irritada com a mãe.

Depois de ir correndo para a cidade ao receber as notícias do acidente de avião, Natalie dormira no quarto que ocupou durante toda a infância, um espaço menor que costumava ser aconchegante. Quando ela saiu de casa, o quarto se tornara um depósito de coisas com as quais a mãe não queria lidar. A cama de solteiro estava atulhada de malas que nunca eram usadas. Sua coleção de CDs e livros do ensino médio ainda ocupavam a mesma estante, exatamente onde ela a deixara. Natalie tinha empurrado um pouco da bagunça para fora do caminho e dormido — mal — em sua cama antiga.

Durante a semana, Natalie não ousara se aventurar no quarto da mãe. Ela manteve a porta fechada, com medo da tempestade emocional que viria quando fosse aberta. Naquela noite, porém, não estava com vontade de enfrentar o cheiro de mofo e a bagunça de seu antigo quarto. Ela era Cachinhos Dourados escolhendo uma cama. O antigo quarto do avô estava cheio de lixeiras hospitalares e pastas de documentos. Na parede, havia uma foto emoldurada de May Lin.

Natalie entrou no quarto da mãe e quase se afogou.

Todo o espaço era um registro do mundo de sua mãe. De um momento no tempo. Uma vida interrompida. O quarto aguardava a dona voltar, vestir a camisola e os chinelos, sentar-se com as palavras cruzadas e um livro. Sua mãe estava tão presente ali, desde as fotos da família na parede até o prato de porcelana com brincos sem pares em cima da escrivaninha. Blythe vivia perdendo brincos.

A camisola estava pendurada em um gancho atrás da porta. O jornal *San Francisco Examiner*, o eterno favorito de Blythe, estava na mesa de cabeceira, dobrado nas palavras cruzadas, feitas pela metade.

O ritual noturno de sua mãe era fazer as palavras cruzadas e depois ler até pegar no sono. Quando Natalie era pequena, Blythe costumava deixá-la ajudar. Natalie olhou para o jornal e soube imediatamente a resposta para a número 23 na horizontal: pássaro venerado no Antigo Egito, quatro letras terminando em s. *Íbis*. E a número 39 na vertical: elegante, quatro espaços em branco seguidos por *eiro*. *Linheiro*. Quase preencheu as respostas por reflexo.

Uma pequena pilha de livros e um par de óculos de leitura estavam no lugar de sempre na mesa de cabeceira. Natalie pegou o livro do topo. *Atos de luz*. PROVA ANTECIPADA — VENDA PROIBIDA. Sua mãe adorava receber exemplares antecipados das editoras, e os representantes comerciais experientes valorizavam as opiniões dela. Havia uma dedicatória do autor na folha de rosto, agradecendo a Blythe por ser uma boa organizadora de livros e leitores.

Natalie abriu na página marcada. Sentiu um calafrio. Aquilo fora a última coisa que sua mãe tinha lido?

Começou a ler na página marcada: *A primeira pessoa a atravessar a parede sempre se machuca — disse Finn.* Certo, quem era Finn e por que ele estava falando de paredes? Por alguns momentos abençoados, ela mergulhou na história e foi capaz de se lembrar do prazer de se perder em um bom livro.

Então veio a inevitável onda de tristeza. Blythe nunca terminaria de ler aquele ótimo livro nem os outros empilhados no quarto, esperando ser abertos por uma leitora curiosa. Natalie deixou o livro de lado, tomada pela maré de tristeza e nostalgia. Será que sua mãe tinha sido feliz, como Natalie disse a Dean? Será que Natalie tinha sido parte dessa felicidade?

Ela quis chorar um pouco mais, mas estava cansada de tudo aquilo. Estava tarde e ela precisava dormir.

Natalie se levantou e vestiu uma camisola que pegou em sua mala, depois foi lavar o rosto e escovar os dentes. O banheiro era outra natureza morta — a grande pia de porcelana, a enorme banheira com pés. O chão estava um pouco úmido, o que a preocupou. Assim como as dobradiças enferrujadas e as vidraças que sacudiam, as luzes que zumbiam e provavelmente uma série de outros problemas ainda desconhecidos. O prédio antigo sempre precisava de reparos.

Porém não naquela noite.

Sabonetes e cosméticos cobriam a bancada, e os aromas evocavam lembranças doces e dolorosas. Apoiado no suporte da banheira estava um livro sobre como lidar com demência, as páginas marcadas com uma dobrinha no canto. O papel estava ondulado por conta da umidade, com passagens grifadas. *Ai, mãe. Por que não me contou mais sobre o estado do vovô?*

O armário de remédios continha algumas surpresas. Junto aos cremes para o rosto e protetores labiais, havia frascos de medicamentos contra ansiedade e outro para dormir. *Sem direito a refil.*

— Ansiedade? Sério? Eu queria que você tivesse me contado — disse Natalie à mãe no espelho. — Você deveria ter dito alguma coisa. Achei que a gente contasse tudo uma para a outra.

Ela escovou os dentes e se deitou na cama da mãe. Ainda tinha o cheiro dela, familiar, que evocava a infância de Natalie, quando ela costumava entrar no quarto de manhã e pular na cama para se aconchegar. Então reabriu o romance na mesa de cabeceira. Ela e a mãe costumavam fazer brincadeiras com livros. *A primeira frase da página 72 é seu plano para o dia seguinte. Ou seu segredo mais profundo.*

A página 72 daquele livro dizia: "A câmara escura de fotografia era o único lugar onde ela conseguia enxergar com clareza, onde ela se sentia mais competente e no controle".

Depois de algumas horas de leitura, Natalie deixou o livro de lado e foi até o armário de remédios. Pegou um comprimido para insônia.

Obrigada, mãe.

Natalie precisava tomar algumas decisões. Aquele foi seu primeiro pensamento depois de se arrastar para fora das profundezas do sono induzido por zolpidem. Então, é claro, uma nova onda de luto a atingiu como a maré da manhã, seguida pela forte ressaca de arrependimento, tentando arrastá-la para o mar e afogá-la. Como Natalie queria poder rebobinar sua vida até o momento em que pedira à mãe para ir a Archangel. Ah, por que tinha convidado a mãe para aquela festa idiota da empresa?

Ela se levantou e tomou um banho de banheira, afundando na água coberta de bolhas com cheiro de lavanda. Leu alguns trechos do livro sobre demência que a deixaram assustada e sobrecarregada. Então se vestiu e desceu as escadas para ver como estava seu avô. Ele estava em um sono profundo, os aparelhos auditivos em um pote na mesa de cabeceira. Natalie saiu na ponta dos pés e ligou a máquina de café expresso no café da livraria. Quando era pequena, aquela era sua tarefa. Vestir-se rápido, descer as escadas e ligar a máquina de café para a água chegar aos noventa graus célsius, a temperatura ideal para um expresso matinal perfeito. Os clientes que vinham todos os dias tinham canecas personalizadas em uma prateleira acima da máquina.

O suave assobio da máquina, o zumbido dos grãos sendo triturados e o aroma carregado do café a faziam se lembrar das manhãs de sua infância. Agora o barulho da máquina de café era um som solitário. Não faria sua mãe descer as escadas ainda bocejando. Não comeriam o bolinho maravilhoso da padaria do outro lado da rua e não fariam uma leitura conjunta do *Examiner*.

Natalie começou os preparativos para o café, usando uma caneca promocional de alguma editora lhe dizendo para ir atrás de seus sonhos. O livro que estava sendo divulgado se chamava *Diário de um nadador*, com o slogan *Vá atrás da vitória. Vá atrás de seus sonhos.*

Ela preparou um café cortado, a bebida cremosa servida na Espanha. Natalie descobrira aquele tipo de café em um livro e aprendera a fazê-lo com perfeição. Um dia, ela pensou, gostaria de visitar o país. Ela até teve a oportunidade de ir para lá durante seu intercâmbio na faculdade — a Espanha tinha sido uma das opções mais atraentes. Teria sido incrível desfrutar da brisa suave de Málaga e ver os maravilhosos artefatos mouros em Granada. Mas passar seis meses na Espanha não era prático. Era caro e a faculdade de lá não oferecia as aulas técnicas de que precisava. Em vez disso, Natalie optara por Xangai. Era perfeito para seu programa de graduação. Enfrentando a poluição e os engarrafamentos todos os dias, ela aprendeu sobre gerenciamento digital com a cultura que o inventou. Ficara hospedada com uma família especializada em antiguidades. Fora a maior aventura de sua vida, abrindo seu apetite para novos desafios. Mas o trabalho vinha primeiro, sempre. A Espanha teria que esperar.

Ainda assim, sabia fazer café como os espanhóis.

No meio do silêncio, ela ouviu um miado baixinho.

— Sylvia — disse ela, sentindo uma onda de alívio. — Finalmente você apareceu. Cleo disse que você tinha sumido.

A gata malhada fora nomeada em homenagem a Sylvia Beach — não Sylvia Plath, sua mãe costumava insistir. Sylvia Beach tinha um salão e uma livraria em Paris — e, até onde se sabia, sua saúde mental era boa.

Natalie estava sentada em uma das três pequenas mesas do café. Sylvia entrou pelo parapeito da janela e aterrissou na cadeira em frente a Natalie. Ela olhou nos olhos topázios da gata.

— Oi, lindinha. Como você vai ficar agora? Será que o vovô vai cuidar de você? — Ela estendeu a mão por cima da mesa para acariciar Sylvia. No momento em que sua mão roçou o pelo macio, Sylvia a arranhou, as garras rápidas como um raio. — Ei! — Natalie afastou a mão, examinando o arranhão. — Por que você fez isso? — Ela foi até a pia e lavou o machucado. — Ah, é mesmo. Você é uma gata. — Voltando à mesa, ela pegou um pouco da espuma quente de seu cortado com uma colher e estendeu para a gata lamber. — Que bom que ela tinha você para fazer companhia. Você estava com ela todos os dias. Foi uma boa companheira, imagino. Ou será que você também a arranhava? Acho bom você não ter ficado incomodando os clientes.

A livraria estava com a mesma cara de sempre. Sua mãe nunca gostou de mudanças. As prateleiras até o teto podiam ser alcançadas graças a escadas de rodinha com detalhes de latão. Mostruários exibiam os últimos best-sellers. A seção infantil tinha um tapete e pufes. Os livros raros ficavam atrás das vitrines. A prateleira favorita de Blythe ficava perto da área do café. Ela a rotulara de PS (Palavras Sábias) e a enchera com suas obras favoritas com alguns trechos destacados.

Natalie adorava examinar aquela prateleira. Um livro nunca a trairia, mudaria de ideia ou faria você se sentir idiota. Ela pegou *A espada e a pedra* e encontrou uma passagem destacada: "'A melhor coisa a fazer quando se está triste', respondeu Merlin, começando a fumar e soltar baforadas, 'é aprender alguma coisa. Essa é a única coisa que nunca falha.'"

— Então é isso — disse Natalie à gata. — Meu plano para o dia.

O período que se seguia a uma morte inesperada era uma provação longa e complicada. Ela abriu o notebook e o documento que havia criado — uma lista de tudo o que precisava ser feito. Não sabia como chamá-lo, então intitulou o documento de "E agora?".

Olhando para a gata, ela a adicionou à lista. Outro detalhe do qual cuidar. O que seria da livraria sem a mãe dela? Será que Natalie podia confiar no avô para cuidar de Sylvia? Encher a tigela de água? Postar sua foto no Instagram para todo mundo ver? E se ele se esquecesse de alimentá-

-la? Ela acrescentou um ponto de interrogação à lista de pendências, que ficava assustadoramente maior a cada dia.

Ela pôs ração para a gata, e Sylvia deu algumas mordidas delicadas, depois saiu pela portinha dos gatos para o jardim dos fundos.

Um novo redemoinho de tristeza tomou conta de Natalie, e ela estremeceu de sofrimento. Quando ia parar de chorar? Quando ia parar de sentir tanta dor? Não era uma simples enxaqueca ou uma doença que poderia ser tratada com remédios. Não, essa dor da saudade e do arrependimento parecia uma mazela constante e incurável.

No escritório atrás do balcão do caixa, ela ligou o notebook da mãe. Ela sabia que fazer isso a faria sofrer ainda mais, porém era inevitável. Tinha que acessar a vida digital de Blythe. Natalie deveria ser boa nisso — em colocar as coisas em ordem.

A tela de abertura mostrava uma foto de Sylvia lambendo o próprio pelo na vitrine da loja e a mensagem *Bem-vinda, Blythe*. As senhas e os códigos necessários estavam em uma lista à mão sob o mata-borrão da mesa. Sua mãe brincava que era o sonho de consumo de qualquer pessoa que estivesse atrás de suas informações, porque sempre usava as mesmas senhas para tudo e nunca as trocava. Ela sempre dizia que era porque não tinha nada a esconder e não conseguia se lembrar de códigos e senhas, de qualquer maneira.

Examinar a vida digital privada de sua mãe era estranho e intrusivo, e Natalie sabia que a provação estava só começando. Quando alguém morria de maneira repentina, havia muito trabalho a ser feito.

Sua mãe provavelmente tinha um testamento em algum lugar. Natalie olhou os arquivos do computador, tentando descobrir onde procurar primeiro.

Ela abriu uma pasta chamada LIVRARIA DOS ACHADOS E PERDIDOS: UMA _____.

O que sua mãe pretendera colocar no espaço em branco?

Ela encontrou várias digitalizações de anotações na caligrafia de sua mãe, bem como documentos que pareciam amarelados devido ao tempo. Havia um manifesto de carga de um navio de 1888 com o nome Colleen O'Rourke grifado e uma lista de algo chamado "Astor Battery" com o nome Julio Harper destacado. Outro arquivo continha muitas informações sobre William Randolph Hearst.

Havia também um relatório de um desses testes genéticos feitos à distância. Natalie ficou fascinada com os resultados. Sua mãe, como já era de se esperar, era principalmente descendente de anglo-europeus. Mas os resultados também mostraram que ela era sete por cento espanhola e doze por cento africana. Sério?

Natalie olhou para o rosto no vidro ondulado do velho armário atrás do balcão. Cachos cacheados escuros como os da mãe. Pele pálida e olhos castanhos — traços que ela tinha em comum com o homem que a gerou. O que os doze por cento significavam? Como se determina a etnia de uma pessoa? Quem eram seus ancestrais?

Muitas vezes, ao longo de sua vida, ela se sentiu uma estranha de si mesma. Será que sua mãe também tinha vivenciado a mesma sensação? Seria esse o motivo? Natalie ardeu de frustração com as perguntas que nunca poderia fazer à mãe. *O que você estava procurando? E por que não me contou?*

Natalie verificou as contas bancárias e o extrato do cartão de crédito e estremeceu de apreensão. Havia contas enormes e dívidas relativas ao quadril quebrado do avô — incluindo muitos custos que não foram cobertos pelo seguro de saúde. E, o mais assustador de tudo, hipotecas pelo município, condado e estado por impostos não pagos. Despesas comerciais, impostos e taxas, além de contas de luz, água e manutenção da livraria. O valor deixou Natalie sem fôlego. Se os números estivessem certos, sua mãe — e a livraria — estavam se afogando em dívidas, e isso já havia algum tempo.

Ela encontrou mais más notícias dentro de um envelope aberto e escondido — um aviso de execução de hipoteca. Pelo que Natalie conseguiu entender, um grande empréstimo de um credor privado tinha sido feito no nome de seu avô e os pagamentos estavam atrasados.

Natalie sentiu uma onda de raiva. *É sério, mãe? Sério?*

Não precisava lidar com isso agora, ela pensou. Não naquele momento em específico. Mas a verdade estava ali, nua e crua. A livraria e seu inventário precisariam ser vendidos em breve.

Natalie guardou a xícara de café e olhou a hora. Ela, Cleo e Bertie planejavam abrir a livraria naquele dia. Por enquanto, para honrar o trabalho da vida inteira de sua mãe, eles continuariam. Tudo de volta ao normal.

Ela sabia como abrir a livraria, embora não fizesse aquilo desde os anos de faculdade. A rotina da manhã era familiar e triste ao mesmo tempo. Ao acender as luzes da livraria, Natalie passou por prateleiras e mostruários que sua mãe havia arrumado. Havia avisos escritos com a caligrafia de Blythe, destacando assuntos e títulos de interesse. Na área do café, sua mãe havia escolhido a promoção de cinco dólares da semana — um bolinho matinal e café com leite com especiarias. Natalie verificou a despensa e fez uma anotação para comprar os bolinhos da padaria do lado da rua.

Por fim, ela ligou o letreiro — um livro aberto néon — e foi para trás do balcão. O banco junto ao caixa tinha sido o poleiro de sua mãe nos últimos trinta e poucos anos. Sua mãe era canhota, então Natalie teve que mudar de lugar a caneca cheia de canetas, assim como mouse e o teclado.

Sentando-se no banco, Natalie foi inundada pela ansiedade.

A julgar pelo conteúdo do armário de remédios de sua mãe, Blythe sofria com as próprias preocupações secretas. Será que estivera ansiosa com as finanças? Já teria traçado um plano? Ou acreditava que, como a resolução de um romance favorito, tudo daria certo no final?

Não quero ficar com raiva de você, pensou Natalie. No entanto, não havia como confundir a frustração ardendo dentro dela.

Sua mãe costumava dizer: "Para descobrir quem você é, lembre-se de quem você foi".

Respire fundo. Feche os olhos. Tente não chorar. Natalie abriu o coração para a mãe, lembrando-se de quando percebera que não era uma menina como as outras.

Todos os dias depois da aula, Natalie pegava o ônibus da cidade de volta para casa, descendo na esquina da Perdita Street com a Encontra Street e correndo meio quarteirão até a livraria. A entrada grandiosa tinha uma porta de vidro pesada emoldurada por madeira pintada de preto e um padrão de favo de mel preto e branco nos ladrilhos do chão do vestíbulo.

Ela entrou, o que fez tocar o sininho da porta. A mãe estava no balcão, empoleirada em um banquinho alto que girava, com um livro aberto no colo e um lenço bonito na cabeça.

— Mãe, a gente é pobre? — perguntou Natalie, tirando a mochila.

— Não — respondeu a mãe na hora, sem nem tirar os olhos do livro.

— Por que a pergunta?

— Kayla Cramer disse que a gente é pobre. Ela me chamou de pobretona.

Os lábios de sua mãe se contraíram um pouco. Como costumava fazer, pegou *O sol é para todos* de sua estante PS e leu:

— "Querida, não se importe de ser chamada de algo que as pessoas acham que é um insulto. Isso só mostra como essa pessoa é mesquinha, e não a atinge."

— Ela não é pobre — insistiu Natalie. — Nós somos. Kayla diz que é por isso que a gente nunca viaja, mesmo durante as férias.

— Nós saímos em uma grande aventura toda vez que abrimos um livro. — Sua mãe lhe entregou um envelope acolchoado que ela pegou na pilha de correspondência no balcão. — O livro novo de Judy Blume acabou de chegar da editora e você pode ler o primeiro exemplar.

Ansiosa, Natalie pegou o livro.

— Mal posso esperar — declarou ela. — Mas ler um livro não é o mesmo que viajar nas férias, e você sabe disso.

— Se você está falando de ir de avião para o Havaí ou Paris, você tem razão. Mas só porque não temos dinheiro para viagens de luxo não quer dizer que somos pobres. Você tem dever de casa?

— Eu tinha de matemática, mas fiz durante o recreio.

— Você deveria brincar durante o recreio.

— Não gosto de brincar com crianças que me chamam de pobre.

Blythe franziu a testa.

— Não culpo você. Eu também não gostaria. Que bom que seu dever de casa já está feito. Temos planos para esta noite.

— É mesmo? Que planos?

Sua mãe sorriu para ela.

— Nós vamos para a China. Uma viagem e tanto, hein? — Ela fez um sinal para Natalie entrar no cubículo do escritório e pegou uma barra de granola de uma caixa na prateleira. — May Lin nos chamou para ir ao Dias Celestiais.

Era o restaurante favorito deles em Chinatown.

— Posso pedir a Tigela do Guerreiro?

— Claro. — Sua mãe empurrou uma mecha de cabelo solta para trás da orelha. — Olha, nós temos saúde, casa, comida e livros. Estamos bem, garota.

Natalie se sentiu desanimada diante da lógica da mãe. Era o tipo de coisa com a qual você não podia discutir e, se tentasse, acabaria parecendo uma boba.

— Cadê o vovô? — perguntou ela.

— No porão, revirando as coisas — disse Blythe. — Ele vive procurando pelo tesouro escondido do pai dele.

Era uma piada de família que o pai de seu avô, o velho Julius Harper, acreditava que havia um tesouro escondido no prédio deles. Segundo o avô, a mãe de Julius havia escondido algo e então morrera no terremoto de 1906. Julius fora para um orfanato e o tesouro se perdera para sempre. O avô tinha crescido ouvindo histórias sobre o tesouro, mas não passavam disso — histórias. Não era de verdade, como as viagens de férias de suas amigas para lugares como Manhattan e México.

O sininho da porta tocou e sua mãe foi rapidamente para a frente da livraria.

— Olá. Posso ajudar?

O cliente era um rapaz com um rabo de cavalo e uma camiseta de algum show. Seu avô o teria chamado de hippie.

— Obrigado. Só estou dando uma olhadinha — disse ele. — Acabei de terminar um livro do Tim O'Brien e meu cérebro precisa de um descanso.

— Eu entendo — concordou sua mãe. — O livro parece um labirinto. Talvez você fosse gostar de uma narrativa mais direta? Aqui está a nossa mesa de ficção.

— Algum que você recomenda? — perguntou o homem.

— Todos — disse ela. — Caso contrário, não estariam na minha mesa. Se gosta de um passatempo mais divertido, pode gostar deste aqui. É o primeiro romance de um autor local. — Ela entregou a ele uma cópia do *Guia prático para cuidar de demônios*. — É uma história de dois amigos bem diferentes. Achei engraçadíssima.

— Pelo visto eu sou um livro aberto para você. — O cara balançou a cabeça como se estivesse envergonhado da piada sem graça que acabara de fazer. Então ele olhou para Blythe. Natalie viu o olhar de relance para o suéter vermelho de gola em V e a saia curta da mãe. — Como você sabia que era exatamente o que eu queria? — perguntou ele.

Ai, ai. Ele estava flertando. Os homens faziam muito isso com sua mãe. Ela era muito bonita, e Natalie sabia que não achava isso só porque era sua mãe e todas as crianças achavam suas mães bonitas. Até suas amigas mais metidas, como Kayla, diziam que Blythe parecia uma modelo. Ou a Julia Roberts. Além disso, a mãe de Natalie tinha um talento especial para se vestir bem e socializar — ela sabia conversar com qualquer pessoa e fazê-la gostar dela.

Além disso, tinha um superpoder, que estava sendo usado no momento. Ela conseguia ver uma pessoa pela primeira vez e saber quase de imediato qual livro recomendar. Ela era muito inteligente e tinha lido todos os livros do mundo, ou era o que Natalie pensava. Ela era capaz de conversar com alunos do ensino médio sobre *Ivanhoé* e *Silas Marner*. Organizava um grupo de leitura de romances de mistério. Sabia informar às pessoas o dia exato em que um novo romance de Mary Higgins Clark seria lançado. Conseguia identificar quais crianças só leriam livros da série Goosebumps, não importava o quê, e quais tentariam outras coisas, como Edward Eager ou Philip Pullman.

Às vezes, tudo que as pessoas sabiam sobre o livro que estavam procurando era que ele era "azul com as bordas douradas", e sua mãe de alguma forma era capaz de encontrá-lo.

A única coisa que sua mãe não conseguia entender era que às vezes Natalie queria que morassem em uma casa de verdade como uma família comum.

O sininho da porta tocou, trazendo Natalie de volta ao presente. Com a morte da mãe, o passado lhe parecia diferente de um modo que ela não esperava.

— Bom dia, pessoal — disse ela, levantando-se para dar um breve abraço em Cleo e Bertie. Ela sentiu os dois examinando-a e dispensou a preocupação deles com um aceno.

— Seu avô está acordado? — perguntou Cleo, levando os casacos para o escritório.

— Ainda não — disse Natalie.

— Como ele está?

Natalie se lembrou do momento em que lhe dera boa-noite. Da tristeza nos olhos dele.

— Ele estava muito cansado ontem à noite. Vou ver como ele está daqui a pouco.

Bertie a olhou com atenção.

— Você está péssima.

— Que novidade. — Natalie espalhou alguns papéis sobre a mesa. — Eu estava dando uma olhada nos arquivos da minha mãe. Consegui encontrar o testamento dela. — Não era bem um testamento, na verdade. Foi feito a partir de um documento-padrão no ano em que Natalie nasceu. Segundo o documento, o avô era seu guardião. — Não foi atualizado desde que ela assinou, mas suponho que ainda seja válido. Vou ter que marcar uma reunião com um advogado para ver o que isso significa.

Um advogado. Que advogado? Natalie não tinha um. Até onde ela sabia, a mãe também não.

Cleo examinou a contabilidade, que apenas confirmou o que Natalie já sabia.

— Gostaria de poder dar notícias melhores, mas sua mãe estava com dificuldades financeiras.

Natalie assentiu.

— Ela sempre esteve com dificuldades. Eu só não fazia ideia do tamanho da coisa. Ela nunca me disse que estava cobrindo tantas despesas do meu avô depois que ele quebrou o quadril. A menos que a gente encontre El Dorado, vamos ter que fechar a livraria e vender tudo. Liquidar o inventário e colocar o prédio à venda. — Natalie foi tomada por um arrepio de pavor. — Vou tentar explicar a situação para o meu avô.

Cleo e Bertie se entreolharam.

— Ainda há muito o que resolver — admitiu Natalie. — Posso ficar mais um ou dois dias, mas logo vou precisar voltar para Archangel. Vocês conseguem segurar as pontas por enquanto?

— Claro — disse Cleo.

— E o meu avô? Ele me disse que fica bem sozinho. — Natalie olhou de um para o outro. — O que vocês acham?

— Andrew se vira bem no novo apartamento no térreo. Sua mãe estava planejando mais alguns reparos no local, consertar o corrimão, instalar umas barras de apoio no banheiro, esse tipo de coisa. Ele costuma jantar na lanchonete da esquina e eles fazem entregas. Ele e Charlie ainda se veem quase todo dia, como sempre.

— Estou nervosa de ter que dizer a ele que vamos ter que fechar a livraria — confessou Natalie. — Vai ser a conversa mais difícil da minha vida. Como vou explicar isso?

— Que tal você fazer um plano e depois contar a ele? — sugeriu Bertie. — Você não precisa fazer tudo hoje.

Ela respondeu com um sorriso vacilante.

— Obrigada. Você tem razão. Então… Por hoje, tudo normal? Como a gente faz isso? — O peito de Natalie estava apertado de apreensão e pesar.

Um momento depois, o sininho da porta tocou de novo, e uma menininha entrou saltitando, com o olhar brilhante e o rosto animado. Tinha tranças loiras e grandes olhos azuis. A primeira cliente do dia.

Cleo a empurrou de leve.

— Fazendo — sussurrou ela.

Cleo e Bertie foram para o escritório, deixando Natalie no balcão. Embora já tivesse ficado no caixa muitas vezes e ajudado na livraria durante todo o ensino médio e todos os verões durante a faculdade, o momento parecia surreal, como se tivesse voltado no tempo. Todos — incluindo a mãe e o avô — presumiram que ela se juntaria à equipe da livraria depois de terminar a faculdade. Foi uma conversa difícil quando teve que dizer que seguiria um caminho diferente.

— Achei que você gostasse da livraria — dissera a mãe.

— Eu gosto. Mas não gosto dos problemas.

Sua mãe pareceu sinceramente confusa.

— Problemas? Ah, as tarefas administrativas, você quer dizer. Não é tão ruim. Você se acostuma.

— Você é incrível. — Natalie havia respondido. — Nunca vou ser tão incrível quanto você. Não dou para isso. Sou do tipo que quer salário e benefícios.

— Talvez você mude de ideia — dissera a mãe, indicando a livraria com o pé-direito alto e os ornamentos antigos. — Isto é uma grande aventura.

Houve momentos, Natalie admitia, em que o trabalho com inventário digital ameaçava destruir sua alma. Era o oposto de uma grande aventura. Mas então ela se lembrava do salário fixo, dos benefícios e do plano de aposentadoria e decidia que tudo valia a pena. A estabilidade tinha seu preço.

— Você paga a si mesma um salário menor do que o dos funcionários — dissera ela certa vez para a mãe. — Seus avisos de contas atrasadas estão recebendo avisos de atraso. Você nunca tira férias. Nunca compra nada legal para si mesma. Sua vida é manter a livraria funcionando.

— Você fala como se isso fosse uma coisa ruim.

— Não é, mãe. Mas não é *para mim*.

A garotinha estava olhando em volta com tanta animação que Natalie conseguiu dar seu primeiro sorriso sincero desde o acidente.

— Olá — disse ela. — Posso ajudar?

A garota inclinou a cabeça para o lado, as tranças seguindo o movimento. Ela usava calça jeans, tênis de cano alto e uma camisa xadrez com as mangas dobradas. Um cotovelo exibia a faixa pálida de um curativo removido havia pouco tempo. Ela era encantadora, com um sorriso torto, sardas no nariz e nas bochechas, pernas magras e um dente da frente faltando.

— Minha mãe me deu um vale-presente por ter me comportado no dentista — anunciou ela. — É por isso que não estou na escola agora de manhã, porque eu tinha dentista. Eu fiz uma restauração, viu? — Ela abriu bem a boca e inclinou a cabeça para trás, colocando um dedo na bochecha e puxando-a para o lado.

— Meu Deus — disse Natalie. — Doeu muito?

— Não. Mas a anestesia doeu. — Ela estremeceu.

Isso explicava o sorriso torto.

— A anestesia é sempre a pior parte.

— E aí parecia que eles tinham botado um apito dentro da minha boca. — Ela imitou o som, sua voz ficando mais adulta.

Natalie sentiu vontade de rir pela primeira vez em dias.

— Não me admira você ter ganhado um vale-presente. Foi bem legal sua mãe fazer isso.

— Sim.

A garota mostrou o cartão para ela. Ele tinha uma mensagem no verso. *Muito bem, Dorothy! Com amor, mamãe.*

— Dorothy é um nome bonito. Uma das melhores personagens de todos os tempos é Dorothy Gale. Do *Mágico de Oz*.

— Meu pai diz que foi por isso que escolheu Dorothy. Ele leu o primeiro livro para mim, inclusive as partes assustadoras.

— Isso é impressionante. Você está procurando por algum livro em especial?

— Sim — declarou ela, dirigindo-se à seção infantil. — Eu sei como encontrar, está na letra *D*.

A seção infantil era um recanto lá no fundo da livraria, marcada por um tapete oval trançado, almofadas coloridas e pufes, cercada por prateleiras de livros expostos. Uma cadeira de balanço era usada na hora de contar histórias, e ao lado dela ficava o cavalete com os horários.

A garota sentou-se em uma almofada e começou a analisar os títulos infantojuvenis. Ela ainda parecia nova para os livros que estava olhando, mas algo na expressão de Dorothy dizia que ela era uma leitora avançada, como Natalie tinha sido em sua idade. A menina passou o dedo pela prateleira superior, que continha várias cópias de títulos de um autor específico.

— Trevor Dashwood — disse Natalie, juntando-se à garota.

O homem havia se tornado conhecido nos últimos anos — isso ela sabia. Blythe dissera que ele entrou na cena editorial com uma série de livros infantis que venderam milhões de cópias.

Dorothy a fitou com olhos brilhantes.

— Ele é o meu favorito no mundo inteiro.

— Ouvi dizer que ele é muito popular, mas nunca li.

Dorothy arfou de surpresa.

— Ele é o melhor! Li todos os livros dele pelo menos três vezes. — Os olhos azuis da garotinha brilharam quando ela escolheu um livro da estante. — Este aqui! — Ela ergueu o exemplar, triunfante. — Eu peguei emprestado na biblioteca e fiquei com ele até atrasar, e agora quero um para mim.

Ao olhar a menina ansiosa, Natalie teve uma estranha sensação de déjà-vu. Ela própria havia passado horas naquele local, folheando livros, às vezes muito dividida sobre o que escolher. Como uma brisa efêmera, ela sentiu a presença da mãe, que nunca tentou influenciar suas escolhas. *Às vezes você tem que deixar o livro certo encontrá-la*, sua mãe costumava dizer.

— Por que você gosta tanto desses livros? — perguntou Natalie.

— Por tudo! Olha só, eles se chamam livros vira-vira. Sabe por quê? — Dorothy demonstrou. A frente do livro também era o verso, e o verso era a capa de um outro livro. — Na verdade, são duas histórias em todos os livros. É a mesma história, só que contada pelo ponto de vista de dois personagens diferentes. Você lê uma versão, depois vira o livro e vê o outro lado da história.

Os títulos eram simples e diretos: *Gato e rato; Menino rico, menino pobre; O bagunceiro e o estudioso; O atleta e o gênio.*

— Nossa, isso é bem engenhoso — disse Natalie. — Acho que entendo por que você gosta tanto desses livros. Vou ter que ler um deles logo.

— Sim! Aposto que ia gostar de *João e o gigante.* — Dorothy entregou-lhe uma cópia. — Todo mundo acha que o gigante é malvado, mas quando você lê descobre como ele é... Bem, não vou estragar a surpresa.

Natalie abriu o livro e a orelha da capa com a foto do autor chamou sua atenção. Trevor Dashwood tinha maçãs do rosto perfeitamente esculpidas, uma cabeleira charmosa, camisa branca impecável e um sorriso intrigante e levemente travesso. Ou ele era o autor mais bonito que ela já tinha visto ou aquela foto era sua maior obra de ficção.

A breve biografia oferecia detalhes intrigantes — ele fora educado em casa no norte da Califórnia, frequentara a Universidade de Oxford por meio de um programa para estudantes excepcionalmente criativos, era colecionador de livros, fundador de uma organização sem fins lucrativos para ajudar crianças com pais dependentes químicos e vencedor do Prix de la Croix na França. A biografia concluía: "O sr. Dashwood vive na costa da Califórnia, perto de São Francisco".

— Vou começar hoje à noite — disse Natalie. — Ele parece uma pessoa maravilhosa.

Dorothy abraçou *Irmãzona, irmãzinha* junto ao peito.

— Vou levar este aqui. — Ela se levantou de um pulo e foi até o caixa.

— Você é uma irmã mais velha? Ou a irmã mais nova?

— Não — disse Dorothy. — Mas talvez em breve.

— Você ainda tem crédito suficiente no vale-presente para outra coisa, se quiser — disse Natalie depois de mostrar o total.

— Ah, que bom! Às vezes, eu leio rápido demais e entro em pânico porque preciso de outro livro imediatamente.

— Eu entendo — disse Natalie. — Quer uma sugestão?

— Claro!

Natalie voltou à seção infantojuvenil e selecionou um livro que sua mãe destacara com um cartão manuscrito.

— *Wedgie & Gizmo* — disse Natalie. — Eu gosto do nome deles.

— Eu também. — Dorothy estudou a capa brilhante e extravagante. — Parece muito bom. Eu tenho crédito suficiente para levar este também?

— Acho que é seu dia de sorte.

Natalie fechou a compra no caixa e, por um momento, foi como nos velhos tempos. Uma cliente encantadora, encantada com suas compras. Uma venda concluída. Natalie tomou um cuidado especial, colocando os livros da garotinha em uma sacola, adicionando um brinde — um marcador com o slogan da livraria e um broche que dizia LEIA A NOITE TODA.

— Aqui está — disse Natalie. — Prontinho.

— Obrigada.

Seu avô entrou na livraria pela parte de trás. Ele tinha a bengala em uma das mãos e um bloco de anotações amarelo na outra.

— Estou ouvindo a voz da Dorothy? — perguntou ele.

— Oi, sr. Harper! — Dorothy abriu seu sorriso banguela. Ela era como um personagem de desenho animado ao vivo e a cores.

Natalie ficou satisfeita com a expressão encantada no rosto do avô.

— Vocês dois já se conhecem, então.

— Dorothy é nossa cliente — disse seu avô. Ele indicou o bloco de anotações. — Blythe e eu andamos escrevendo a história da livraria, e precisamos lembrar de mencionar a importância dos nossos clientes mais jovens.

Natalie sentiu a culpa apertar seu estômago. Ela teria que estragar o final dessa história. Muito em breve, provavelmente.

Dorothy levantou a sacola.

— Eu comprei dois livros hoje.

— Que sorte. E veja o que eu achei.

Ele enfiou a mão no bolso da calça e puxou um punhado de teclas de máquina de escrever com lâminas de vidro.

Dorothy olhou para elas.

— Legal.

— Aqui, leve um *D* e um *G*, suas iniciais.

Natalie ficou animada por seu avô ter reconhecido a criança, lembrando-se inclusive de suas iniciais. Sua mãe dissera que a demência parecia ir e vir, imprevisível e arbitrária. Aquele poderia ser um bom dia. Ela esperava que sim.

— Sério? Obrigada!

— Tenho muitas coisas do tempo da minha antiga oficina de máquinas de escrever — disse seu avô. — Era isso que a loja era antes de virar uma livraria. Achei que seria uma oficina de máquinas de escrever para sempre, mas o negócio entrou em declínio. Isso quer dizer que estava falindo por causa do mundo moderno.

— Ainda bem que você transformou em uma livraria, então — disse Dorothy.

Ele assentiu.

— Blythe e eu começamos com um tesouro que encontramos no porão, uma caixa de livros antigos. E foi assim que a Livraria dos Achados e Perdidos começou. — Ele franziu a testa. — Os negócios estão indo mal de novo por causa do mundo moderno. As pessoas ficam vendo bobagens no celular e comprando livros on-line. Se continuar assim, livrarias como esta podem deixar de existir.

Ao que parecia, ele tinha alguma noção das dificuldades que sua mãe enfrentava.

O rosto de Dorothy ficou pálido.

— Não — disse ela. — Livrarias são mágicas.

— Eu preciso anotar isso. — Andrew se arrastou até a mesinha atrás do balcão. — Todos nós precisamos de um pouco de mágica. Aproveite seus livros, mocinha.

— Pode deixar.

— Alguém vem buscar você? — perguntou Natalie a ela. — Sua mãe, ou...?

— Tenho que ir até o escritório da minha mãe na esquina. Ela trabalha na Century Serviços Financeiros.

— Ah, tudo bem. Espero que você volte em breve.

— Está bem. Tchau!

A garota saiu, ainda saltitante.

Depois que ela partiu, uma quietude tomou conta da livraria. Não foi uma quietude bem-vinda. Natalie queria a movimentação de leitores indo e vindo. As coisas começaram a melhorar por volta do meio-dia, começando com um pedinte que entrou com uma mochila esfarrapada e roupas sujas. Ele pegou um biscoito do café, e Natalie não disse nada. Então, para sua surpresa, ele comprou uma cópia usada de *Uma bastarda fora da Carolina*, contando meticulosamente o dinheiro guardado em uma carteira surrada.

Vários clientes que frequentavam a livraria apareceram para oferecer seus pêsames. Alguns compraram livros.

— Lamento muito por sua perda — disse uma mulher, escolhendo um livro de receitas veganas. — A livraria não será a mesma sem Blythe.

Natalie contemplou a bagunça que sua mãe havia deixado para trás. Ela esperava que nunca fosse ser tão irresponsável com suas finanças... e, no entanto, sua mãe tinha sido feliz, até onde Natalie sabia. A vida de Blythe era a livraria e, mesmo que isso a tivesse afundado em dívidas, ela era amada e criara laços que nada tinham a ver com segurança.

Natalie não sabia bem se tinha coragem para abraçar aquele tipo de risco.

Ela assentiu com um sorriso trêmulo para a mulher que lhe prestava condolências. Natalie não queria dizer aos clientes algo que estava ficando cada vez mais claro, uma verdade deprimente: sem Blythe, a livraria deixaria de existir.

6

—— *V*ocê não pode vender a livraria — disse a advogada. — Nem o prédio, nem a loja, nem seus ativos.

Natalie sentiu um embrulho no estômago ao olhar para Helena Hart, a mulher sentada do outro lado da mesa. Ela fora a única advogada que Natalie conseguiu encontrar pela internet que estava disposta a trabalhar sem receber um valor exorbitante logo de cara.

— Não estou entendendo.

— A livraria não é sua para vender.

— Mas... Isso não faz sentido. Minha mãe deixou tudo para mim, de acordo com o testamento que encontrei nos arquivos dela.

— Isso é verdade — disse a advogada —, e o documento que me mostrou é válido, sem dúvida. Você é a única beneficiária. Mas lamento dizer que, com base nesses registros, a única coisa que sua mãe lhe deixou foram seus pertences pessoais... e suas dívidas. As dívidas de uma pessoa falecida podem ser liquidadas a partir dos bens dela, presumindo que ela tivesse algo de valor, embora você não seja pessoalmente responsável por pagar nada.

O estômago de Natalie se revirou ainda mais. Quanto mais examinava os arquivos de sua mãe, mais pequenos pesadelos ela encontrava. A dívida esmagadora incluía impostos atrasados e contas a pagar, avisos de atraso ignorados, um empréstimo assustador prestes a vencer. Sua mãe havia conseguido o dinheiro com uma empresa particular por uma taxa exorbitante.

— Estou ciente das dívidas. Houve algumas despesas médicas bem grandes com meu avô. Os gastos de custo fixo da livraria também são altos. Minha mãe não era má pessoa — disse ela a Helena. — Ela só não cuidava muito bem da contabilidade. Mas os ativos físicos, o inventário da livraria, o próprio edifício...

— Não pertenceram à sua mãe. Ambos são de posse exclusiva de seu avô, Andrew Harper.

Natalie absorveu a informação em silêncio.

— Eu não sabia. Isso nunca me ocorreu... Acho que sempre presumi que ela era a dona do negócio, se não do prédio.

A sra. Hart balançou a cabeça.

— Não era nem sequer sócia. Pelo que li nos registros, nunca tiveram um acordo formal de parceria. Seu avô é o único proprietário do negócio.

— Uau. Eu não fazia ideia.

— Há algumas possíveis boas notícias. Esse edifício é reconhecido como parte do centro histórico. E consta no Registro Nacional de Lugares Históricos. Isso significa que se qualifica para ter uma redução de cinquenta por cento nos impostos sobre a propriedade. Você pode obter mais benefícios fiscais com servidão ambiental e uma grande isenção fiscal se fizer obras de restauração. A reforma teria que ser feita por um especialista qualificado, é claro.

— Obrigada, vou olhar melhor isso, com certeza. Porém não estou muito otimista. "Especialista qualificado em restauração" parece algo bem caro.

Ela pensou na madeira que rangia, no telhado antigo, no encanamento barulhento. Nas contas bancárias vazias.

— Então talvez o melhor seja convencer seu avô a vender.

— Vou ter que explicar tudo isso para ele. Mas se eu conheço meu avô, sei que ele nunca vai concordar em vender. — Natalie tinha certeza absoluta disso. — Ele viveu lá a vida toda. Literalmente. Os pais dele o tiveram naquele mesmo edifício, e ele criou minha mãe lá. É o único lar que teve.

— Entendo. — A advogada pigarreou. — Não quero ser insensível, mas...

Quando alguém se desculpava antecipadamente por ser insensível, com certeza a próxima coisa que a pessoa diria seria insensível.

Natalie se preparou.

— Mas o quê?

— Qual a idade de seu avô? E como ele está de saúde?

— Ele tem 78 anos. Caiu e quebrou o quadril há alguns meses e teve que se mudar para o apartamento do térreo. Ele anda com a ajuda de uma bengala.

— E a saúde mental dele? — perguntou a sra. Hart.

Natalie fez uma pausa, sentindo-se de alguma forma desleal por discutir a vida de seu avô com uma estranha de cara séria.

— Ele está com alguns problemas de memória. Minha mãe disse que ele está diferente desde a cirurgia. Anda esquecido hoje em dia. Ele mesmo admite que…

— Ele foi diagnosticado com demência, então? Porque isso pode funcionar a seu favor. Provar que a capacidade mental está reduzida pode ser uma maneira de assumir a curatela e interditá-lo judicialmente.

— Assumir o controle? Isso é uma manobra legal?

— É um processo. Você apresenta uma petição e o tribunal decide.

— Então eu teria que obter uma ordem judicial declarando que meu único parente vivo, um homem que me amou e me apoiou a vida toda, é incapaz. E aí eu tiro tudo dele.

— Você está assumindo a responsabilidade por seu bem-estar e qualidade de vida. Mas devo lhe avisar: o processo legal para obter a curatela é demorado, complicado, desgastante e caro.

— Ah, que maravilha.

— Mas há bons motivos para fazer isso. É uma maneira de proteger você e seu avô.

A advogada provavelmente estava certa, Natalie admitiu. Mas seu avô acabara de perder a única filha, e Natalie não tiraria mais outra coisa dele. Ela se levantou e juntou os documentos.

— Obrigada pela conversa — disse ela.

Não sabia por que estava agradecendo a mulher. Tinha certeza de que iria receber uma conta pela reunião.

No domingo, Natalie levou o avô para um brunch. Era uma tradição desde que conseguia se lembrar — seu avô, May Lin, sua mãe e Natalie comiam brunch juntos todos os domingos, até ela se mudar para Archangel. Se estivessem sem dinheiro, comeriam rabanada e geleia de frutas silvestres no Mama's, na Washington Square. Se fosse na época das vacas gordas, pegavam o ônibus expresso até o bufê no Cliff House, um imponente gigante de concreto empoleirado acima do Pacífico entre o bairro boêmio de Ocean Beach e o antigo complexo de piscinas chamado de Sutro Baths.

Ela adorava ir à praia de Ocean Beach, não só pelas ondas altas e pelo rugir marcante da rebentação, mas pela diversão que tinham juntos, fizesse chuva ou sol. Quando o tempo estava bom, Natalie corria pela praia e ela e a mãe tiravam os sapatos e caminhavam pelas ondas frias. Quando o tempo estava fechado, eles se sentavam em frente ao fogo, bebendo xícaras e mais xícaras de chá enquanto jogavam baralho. Natalie e May Lin sempre guardavam seus curingas, enquanto a mãe e o avô os usavam imediatamente. Porque, sua mãe explicava, se você não jogasse seu curinga logo, talvez nunca tivesse chance.

Eles pegaram um táxi até o Cliff House. Não porque Natalie estivesse no clima de esbanjar, mas porque queria um lugar bonito e tranquilo para ter uma conversa séria com o avô. Embora o restaurante tivesse sido modernizado, as vistas da Terrace Room não haviam mudado nada em décadas.

Enquanto comiam omeletes fofas e pudim de pão de brioche cheio de compota de mirtilo, ela explicou a situação para Andrew. O avô ouviu educadamente enquanto ela explicava os impostos atrasados, as parcelas fora de controle, as contas iminentes, os reparos necessários e a terrível situação do fluxo de caixa.

Com um sorriso, o avô aceitou que o garçom completasse seu café. Quando ele segurou a xícara, a mão tremia tanto que derramou bebida na mesa. Natalie enxugou a poça com um guardanapo.

— O senhor está bem?

Ele olhou feio para a xícara pela metade.

— Não muito. Tocar os negócios sempre foi um desafio. Mesmo quando eu tinha a oficina de máquinas de escrever, passei por dificuldades. Meu pai costumava me contar sobre como ele economizou por dez anos só para abrir uma farmácia no auge da Grande Depressão. De alguma forma, ele resistiu.

— Queria me lembrar melhor deles — disse ela. — O bisa Julius e a bisa Inga. Ele vivia me dando aquelas balinhas de canela em formato de barril, e a bisa tinha dois canários em uma gaiola. Eu era tão pequena quando eles faleceram. — Natalie se obrigou a voltar ao assunto principal. — Fui consultar uma advogada sobre o testamento da mamãe — disse ela. — Eu não sabia que o senhor era o único proprietário do edifício e da livraria.

— Eu herdei do meu pai — disse ele. — Sua mãe seria a nova dona e você depois dela. Mas as coisas não aconteceram na ordem certa.

— Sinto muito. Você sabia sobre a hipoteca? Os impostos atrasados?

— Blythe disse que ia criar um plano de pagamento.

— Vovô, olhei os números e não tem como a gente sair desse buraco. Acho que precisamos conversar sobre colocar os negócios e o prédio à venda. — Natalie fez uma pausa e, quando o avô não respondeu, ela acrescentou: — Existem alguns lugares bonitos onde o senhor pode morar em Archangel, perto de mim. Eu adoraria ficar mais perto do senhor.

Natalie mostrou alguns folhetos lustrosos ilustrados com pessoas sorridentes de cabelo branco jogando golfe, baralho e rindo ao redor da mesa de jantar.

Andrew respondeu com um longo silêncio.

— Vovô?

— Ainda estou aqui. A resposta é não, Natalie.

— Mas...

— Não e ponto-final.

Ela respirou e falou com toda a calma para esconder a frustração que estava sentindo.

— Não quero arrancar o senhor da sua casa — disse ela —, mas estou tentando criar uma estratégia. Seria terrível passar pela execução da hipoteca.

— E eu agradeço a preocupação. Mas vender o prédio está fora de cogitação. A livraria vale mais do que parece e tenho certeza de que vamos dar um jeito. É onde vivi minha vida e onde pretendo terminar meus dias.

Natalie ficou desanimada.

— Quero ser capaz de lhe dar isso. Mamãe também queria. Mas...

— Vamos encontrar, Blythe, não se preocupe — disse ele, olhando-a sem vê-la. — Meu pai nunca mentiria sobre algo assim.

Natalie franziu a testa.

— Seu pai? Está falando do avô da minha mãe, Julius?

— Não seja impertinente. Você está falando bobagem. — A voz do avô estava cortante como uma faca.

Ela não se permitiu continuar a discussão. Em alguns momentos, o avô ficava zangado de uma maneira incomum. Ele nunca teve um gênio difícil. Os relatórios médicos sobre a condição dele, que Natalie encontrou nos arquivos da mãe, indicavam sinais de demência recentes e pediam mais exames. *O paciente pode começar a discutir com frequência.*

— Tem uma consulta com o dr. Yang na terça-feira marcada no calendário da minha mãe.

— Ele também é impertinente. Pensa que sabe mais sobre mim do que eu.

— Tenho certeza de que ele só quer ajudar.

O estômago de Natalie se contorceu de novo. Ela se sentia péssima. Culpada por submetê-lo a uma visita ao neurologista e apavorada com a perspectiva de seguir a sugestão da advogada — declarar o avô incapaz, tirar o poder de decisão dele.

Natalie olhou para o outro lado da mesa, para o rosto furioso e perturbado do avô. *Ainda não chegamos nesse ponto, vovô.* Ela tentou não pensar em como *chegariam àquele ponto*, um dia. Pelo que tinha lido sobre demência, a doença ia se agravando e, no fim, era fatal.

— Você está triste — disse ele bruscamente. — Natalie é uma boa filha. Só é diferente de você, Blythe.

Natalie engoliu em seco. Sua mãe tinha falado sobre ela com o avô? Reclamado?

— Podemos manter a consulta com o dr. Yang?

— Eu estarei pronto. Não vou me esquecer.

— Faça uma contagem regressiva partindo do cem, de sete em sete — instruiu o médico a Andrew.

Andrew olhou para o homem com uma expressão vaga. Cabelo cortado rente, unhas aparadas, jaleco branco impecável, o brilho dos sapatos refletindo as luzes do teto, os olhos como dois pequenos espelhos.

Então Andrew olhou ao redor do consultório. Blythe estava sentada em um banquinho giratório, com os dedos firmes de tensão. Do lado de fora das janelas emolduradas por aço brilhante, as folhas estavam ficando douradas, e um bando de tentilhões pousou entre elas, saindo em revoada logo em seguida.

A noite anterior havia sido ruim, uma noite de cometas, tornados, dor de estômago e um gosto metálico estranho na boca. Ele não conhecia aquele médico. Ou conhecia? O jaleco branco tinha um nome bordado no bolso do peito: *Dr. David Yang. Neurologia.*

— Sr. Harper? — insistiu o cavalheiro. — Você pode fazer uma contagem regressiva começando no cem, indo de sete em sete, por favor?

Um favor? *Para ele?* Por quê?

— Não estou com vontade.

O médico sorriu.

— Tudo bem. Nem nos meus melhores dias eu consigo contar de sete em sete.

Andrew olhou para Blythe. O belo rosto da filha estava franzido de preocupação.

— Odeio incomodar — disse ele.

— Vovô, você não está incomodando ninguém. O senhor é a melhor pessoa que conheço e sempre foi.

Ele não estava incomodando, e aquela não era Blythe.

Andrew sentiu uma pontada aguda de tristeza, porque a filha havia morrido. A neta dele tinha chegado para administrar os negócios e descobrira que a livraria estava em apuros. Cheia de dívidas e impostos atrasados. Natalie acreditava que a única maneira de sobreviver era vender a livraria e se mudar do prédio. O que ela não entendia, o que Andrew não fora capaz de fazê-la entender, era que não podiam vender a livraria — pelo menos não até encontrarem o tesouro perdido.

— Sabe me dizer que dia é hoje? — perguntou o médico.

— Posso dar uma olhada em meu calendário?

— Claro.

Andrew pegou a carteira, organizada como sempre. Tirou um minicalendário, ajustou os óculos e disse:

— Hoje é dia seis de outubro. Uma terça-feira.

Em um canto minúsculo da carteira havia um pequeno quadrado de pano. Andrew abriu o quadrado, revelando um pedaço de fita verde desbotada — o único objeto que mantinha sempre consigo. Ele o recebera de seu pai, junto com a história de como a fita o ligava ao Edifício Sunrose e ao tesouro que havia lá dentro.

Parte Dois

Em São Francisco, duas pessoas realmente viram o terremoto. Jesse Cook, sargento da polícia que estava de plantão, viu logo depois de perceber o pânico entre os cavalos à sua volta.

— GORDON THOMAS E MAX MORGAN-WITTS,
O TERREMOTO DE SÃO FRANCISCO: UM RELATO MINUTO A MINUTO
DO DESASTRE DE 1906

7

Andrew fechou os olhos e sonhou com o pai. Ou, mais provavelmente, tratava-se de uma lembrança emergindo de um passado distante. Havia uma atmosfera cinza que circundava alguns momentos como uma neblina grossa, igual à neblina de São Francisco que surgia à noite e se apossava do lugar, pairando no ponto onde a terra encontrava o mar, pronta para atacar a manhã e mantê-la refém, às vezes roubando o dia inteiro.

Era naquele grande miasma de lembranças que Andrew se perdia. Ou, às vezes, parecia que ele se encontrava naquele espaço, a pessoa que ele tinha sido em outro momento. Ele encontrou um menino correndo pela praia, chamando pelo pai enquanto empinavam pipa ou navegavam um veleiro pela parte protegida da baía. Depois, compravam nozes cobertas de açúcar do carrinho de um ambulante.

Papai era a melhor pessoa do mundo. Era por isso que Andrew sabia que a história sobre o tesouro era verdade.

— Conte uma história de quando você era menino — costumava pedir Andrew. Ele nunca enjoava da história, e a experiência era um pouco diferente cada vez que papai contava.

Às vezes, papai contava a história na hora de dormir, com ar pensativo, num ritmo bem devagar, como se tentasse analisar as próprias lembranças. Então ele abraçava Andrew e beijava seu rosto com delicadeza, todas as noites, como fazia todas as manhãs antes de Andrew ir para a escola.

Embora papai nunca tivesse lhe dito, Andrew acabou entendendo o motivo. Nunca se sabe quando você vai ver um ente querido pela última vez.

Papai sabia disso, porque havia muito, muito tempo, seu mundo inteiro mudara em um instante. Seu mundo todo havia sido o pequeno apartamento no porão onde morava com sua querida mãe, que trabalhava no andar de cima durante o dia e à noite hidratava as mãos rachadas com óleo, fazia desenhos encantadores e contava histórias. Às vezes, ela pegava seus preciosos livros de pássaros, ensinando-o a reconhecer as aves só de olhar — mergulhões, corvos-marinhos e codornas.

Sua lembrança daquele último dia foi que ele e a mãe foram acordados no meio da noite por um solavanco. Enquanto o prédio inteiro tremia, sua mãe o pegou nos braços e subiu correndo as escadas enquanto os outros residentes gritavam. Madeira e vidro voavam por toda parte, e cavalos e cães faziam ainda mais barulho. Eles tossiam com tanta poeira e fumaça.

— Minha mãe, um verdadeiro anjo, salvou minha vida — disse papai. — Ela acabou perdendo a dela pouco depois. Durante o grande incêndio, ela correu para o mar e me colocou a bordo de uma barcaça. Lembro de ver suas pegadas manchadas de sangue, pois ela não estava de sapato. A barcaça estava cheia de outras crianças e idosos, todos chorando e em pânico. Minha mãe amarrou uma fita verde em meu pulso e outra igual no dela. Não entendi por que ela me levou para a barcaça e depois voltou correndo para a cidade. Depois, fiquei me perguntando se ela voltou para salvar seus pertences ou talvez outra pessoa. Vimos foguetes no céu, a dinamite usada pelos bombeiros para tentar impedir o avanço do fogo. A cúpula da prefeitura foi destruída. Os grandes edifícios desmoronaram ou queimaram, sobrando só a estrutura. A fumaça era mais densa que o nevoeiro, e alguém cobriu meu nariz e minha boca com um lenço, e meus olhos ardiam. Lembro-me muito pouco depois que a barcaça voltou a atracar. Mais impressões do que cenas completas. O terror. Latas de leite espalhadas por toda parte. Os mortos sendo arrastados. Tropas marchando pelas ruas e gritando ordens. Havia postes elétricos tombados em todas as direções. Alguém fazendo perguntas, enquanto me levavam pela mão. Eu disse meu nome e o nome da minha mãe, mas ninguém a conhecia. Eu não sabia onde morava. Tudo que sabia era meu nome e que morava com minha mãe no porão de um prédio com um sol piscando na linha do telhado.

"Fui levado para o grande orfanato a oeste de Van Ness. O prédio enorme parecia um castelo assombrado e, como tinha sido danificado pelo fogo, acampamos em tendas. Eu esperei e fiquei olhando. Disseram que meu nome tinha sido publicado em papéis pela cidade. Várias crianças se reuniram com suas famílias, todos muito felizes.

"Mas minha mãe nunca veio. Após o desastre, as crianças que sobraram foram transferidas para o abrigo de órfãos e depois para a Escola Normal Estadual. Foi uma tristeza terrível. Uma solidão. Aqueles que cuidaram de mim eram muito gentis, mas eu queria ver minha mãe de novo. Eu sempre rezava para que ela voltasse, cantando as músicas que havia cantado para mim quando eu era bebê, enquanto trabalhava em seus desenhos, incansável. Eu me lembro que ela subia as escadas ao amanhecer e só voltava quando estava escuro, mas no fim do dia sempre tinha tempo para histórias e canções enquanto fazia desenhos de pássaros e animais, e também retratos meus."

— Você tentou descobrir o que aconteceu com ela? — perguntou Andrew uma vez.

Ele ainda se lembrava do olhar triste e assombrado no rosto de papai.

— Tentei, quando era mais velho. Vasculhei os arquivos das operações de socorro do Exército, mas nunca encontrei o nome dela. Havia centenas de "mulheres não identificadas" e imagino que ela fosse uma delas.

Ele pareceu tão triste ao dizer isso que Andrew nunca repetiu a pergunta.

Papai lhe disse que o orfanato havia sido demolido em 1919 e, é claro, naquela época ele era um homem feito, um veterano da Grande Guerra com a vida pela frente.

— Cresci admirando os soldados nas Forças Armadas — dissera papai. — No início da guerra, os jovens se alistaram e isso era muito honroso, mas por causa da minha perna, como nasci com um pé torto, servi como médico.

— Conte de novo como você encontrou o prédio — costumava pedir Andrew, encantado com a história.

Papai não tinha uma lembrança muito distinta de seu lar de infância, só que era um porão com janelas ao nível da rua. Ele costumava olhar as botas dos pedestres passando. E, é claro, após o desastre, o bairro ficou irreconhecível. Havia apenas uma pista da qual se lembrava, e essa foi a chave para encontrar sua antiga casa.

— Voltei da guerra com uma noiva e um objetivo — contara papai com orgulho.

Ele era um farmacêutico habilidoso na arte da cura, e acabou procurando um lugar para estabelecer seus negócios na cidade. Após os incêndios,

São Francisco tinha sido reconstruída com afinco, e a cidade estava muito movimentada. Um dia, Julius Harper encontrou seu lar por acaso. Ele estava andando pela Perdita Street quando viu o símbolo do sol piscando no topo de um prédio abandonado.

A cena despertou uma lembrança antiga de papai. Quando era muito pequeno, sua mãe lhe dissera para procurar o prédio com o sol piscando caso se perdesse. Era um detalhe distinto na fachada, um sol com um rosto e um olho aberto, o outro fechado. Antigamente, muitas pessoas não sabiam ler, então se orientavam por símbolos.

— Mamãe fez um desenho para mim — contara papai. Anos depois, quando viu o símbolo, percebeu que estava olhando para o lugar onde morara quando menino.

Ele começou a chorar quando as lembranças voltaram.

Naquele dia, Julius Harper encontrou uma oportunidade. Ele comprou o prédio abandonado e fez dele seu lar mais uma vez, adquirindo-o por meio da quitação de impostos atrasados. Ele e a noiva fizeram reparos no local e fundaram a farmácia, a Farmácia Perdita.

— Meu pai era um bom homem, mas problemático — disse Andrew, olhando para o médico estranho enquanto passado e presente se fundiam. — Ele era tão jovem quando foi para a guerra, onde foi motorista de ambulância e médico. Ele sempre dizia que, tanto na guerra como na paz, são as vidas que você salva que dão sentido à própria vida. Minha mãe, Inga, era enfermeira, e eles se conheceram como a história de amor daquele romance de Hemingway.

"Acredito que ele passou boa parte da vida procurando as partes perdidas de si mesmo que nunca pareciam se materializar, a mãe da qual mal se lembrava, o jovem cuja inocência foi destruída por uma guerra brutal... Quando estava presente, amava minha mãe e me amava, e trabalhava duro. Às vezes, porém, ficava em silêncio e mergulhava em um lugar mais sombrio. Mas éramos uma família feliz e ele foi indulgente com meu hábito de desmontar as coisas: relógios, máquinas de calcular e balanças, qualquer coisa com peças. Quando assumi os negócios, essa foi a paixão que segui.

Provavelmente é mero sentimentalismo, mas quando meu pai se apossou do prédio, ele sentiu como se tivesse encontrado a mãe que havia perdido.

Andrew tentou ver seus pais, mortos havia muitos anos, por entre a neblina. Dobrou a fita verde desbotada com todo cuidado e a guardou de volta na carteira.

— O Edifício Sunrose faz parte do meu sangue, da minha linhagem. Guarda tesouros visíveis e invisíveis. Preciso ficar lá para evitar que minha mente fique vagando por aí. É a única maneira de manter o mundo intacto. — Ele olhou para Blythe. Não, para Natalie, cujos olhos estavam úmidos de pesar. — E talvez seja por isso que você tenha que entender. Nunca vou abandonar meu lar.

Quando Natalie voltou ao trabalho na Pinnacle Vinhos Finos, ninguém na empresa pareceu perceber ou se importar que o mundo tivesse mudado irrevogavelmente.

Alguns dos colegas ofereceram seus pêsames. A maioria a evitava. Provavelmente ficavam pouco à vontade perto dela. Quando alguém sofria uma perda tão chocante e tão enorme, era impossível saber o que dizer.

Os conhecidos no trabalho na certa achavam arriscado dizer qualquer coisa. Eles deviam estar preocupados com a possibilidade de abrir uma torneira de lágrimas histéricas e, em seguida, ter que lidar com o colapso de Natalie. E, no fim das contas, não havia nada que pudessem dizer que fosse ajudar.

Ela não gostava de ser olhada como um passarinho ferido. Agora que sabia como seus colegas de trabalho se sentiam a seu respeito, sentia-se ainda mais dividida quanto a sua situação profissional. Agravado pela tristeza, o descontentamento ecoava a cada momento do dia — as reuniões, os arquivos, as projeções, a manutenção da contabilidade. Os fins de semana de Natalie eram curtos, pois ela tinha que ir à cidade cuidar do avô. Entre as visitas, ficava imaginando-o sozinho, lendo, sentindo falta da filha, se afogando nas lembranças do pai e de seu passado misterioso.

A concentração de Natalie, em geral impecável, tinha desaparecido. Muitas vezes ela se pegava ruminando o dilema do que fazer com a livraria.

E o avô. E a dívida da mãe. E o antigo prédio que estava quase em ruínas. Cleo e Bertie concordaram em ficar de olho nas coisas e no avô, mas o acordo era temporário. Não havia plano a longo prazo.

Em alguns momentos de descuido, Natalie sentia uma raiva terrível da mãe por tê-la deixado no meio daquela tempestade. Talvez o velho Julius tivesse se sentido assim, ao perder a mãe na confusão depois do terremoto.

Ela entrou em contato com uma agência de empregos para tentar contratar um gerente para administrar a livraria. Nenhum dos dois candidatos lhe agradou. O primeiro não passou da segunda página do relatório de ganhos e despesas.

— Não só você não tem dinheiro para me contratar — disse ele —, você não tem dinheiro para contratar ninguém.

O segundo candidato criou um elaborado plano de negócios envolvendo investidores-anjo e empréstimos a juros altos. Para Natalie, parecia tão arriscado que ela quase teve um ataque de pânico.

Ela estava refletindo sobre outras opções quando uma mensagem urgente da rede corporativa apareceu em sua tela.

Outro desastre causado por Mandy. Ela havia feito tudo errado em um relatório que precisaria ser refeito.

Saber o que Mandy pensava dela diminuía a vontade de Natalie de encobrir o erro da mulher, mas já era um hábito: refazer o documento da maneira certa e entregá-lo no prazo. Era tão simples.

Natalie suspirou. Estava prestes a começar a trabalhar no relatório, corrigindo todos os erros e atualizando os valores, quando se lembrou de algo que Tess havia lhe dito. *Se continuar acobertando sua colega de trabalho, ela nunca vai aprender a fazer as coisas sozinha.*

Mas e se aquele fosse o erro que causaria a demissão de Mandy?

Natalie girou lentamente em sua cadeira ergonômica cara. Olhou para a vista de Sonoma, bonita e inacessível.

Então se virou de volta e olhou para a mesa com os papéis e arquivos organizados, a planilha concisa na tela do computador. Havia dois porta-retratos, um com uma foto de Rick, outro com uma foto da mãe com o avô.

Meu Deus, eu odeio este emprego, ela pensou.

Um único dia na livraria falida havia feito Natalie mais feliz do que um ano daquela rotina desgastante.

Os dedos dela voaram sobre o teclado, destacando os erros de Mandy e sugerindo revisões. As páginas da planilha zumbiram na impressora. Ela coletou as folhas ainda quentes que haviam acabado de sair da máquina. Então foi atrás de Mandy.

Seus colegas estavam todos juntos, batendo papo e bebendo kombucha ou café gelado ou qualquer que fosse a bebida da moda. Mandy estava encantando o grupo com uma história sobre sua aula de ioga aérea. Quando Natalie se aproximou, Mandy enrijeceu.

— Ah, oi, Natalie. — A expressão de Mandy instantaneamente se suavizou em uma cara de preocupação. — Ainda não consigo acreditar no que aconteceu com Rick. Como você está?

Parte de Natalie desejou que a pergunta fosse sincera. Ela gostaria de confessar que se sentia péssima. Que estava triste o tempo todo. Não conseguia dormir. Não parava de se preocupar com o avô. Mas não seria um consolo procurar o conforto de alguém que não se importava. Ela optou por um dar de ombros que não dizia nada.

— Posso ajudar em alguma coisa? — perguntou Mandy.

Este era o momento em que Natalie deveria limpar a barra da outra. Fingir que o trabalho não estava acima da capacidade de Mandy. Ela deveria corrigir os erros e encobrir a incompetência da mulher, coisa que ela vinha fazendo havia muitos meses.

— Você conferiu esses números? — perguntou Natalie.

— Claro — disse Mandy em tom despreocupado. — Eu não teria mandado o relatório se não fosse a versão final.

Natalie hesitou mais alguns segundos. Ela estava prestes a entregar as páginas com suas correções. E, mais uma vez, Mandy seria salva.

Por outro lado, podia aceitar a palavra da mulher de que o documento era confiável, e Mandy estaria frita. Seria demitida.

Natalie estava prestes a apontar os erros quando hesitou de novo. Não. Que se dane.

— Então tudo bem. — Foi tudo o que disse. E foi embora.

E, por algum motivo que não entendia direito, Natalie respirou fundo e se sentiu melhor. Lembrou-se de algo que leu no livro de Mary Oliver que sua mãe mais gostava quando estava procurando um trecho para ler no funeral. *Escute bem — você está respirando um pouquinho e chamando isso de vida?*

Natalie soube que estivera com medo demais para viver sua vida. Ela a vendera à empresa por um grande salário. Mas o que tinha vendido de verdade havia sido sua felicidade. Apesar de sua necessidade por rotina e previsibilidade, Natalie não aguentava mais a própria vida.

Ela esteve furiosa com a mãe por deixá-la sem nada — sem palavras de sabedoria, sem um caminho para guiá-la ao longo da jornada. Agora entendia, finalmente, que a lição estava na maneira como Blythe Harper havia vivido.

Natalie foi direto ao escritório de Rupert. Ele estava curvado sobre o taco de golfe, preparando-se para acertar uma bola em uma xícara virada no chão.

— Oi, Rupert.

Ele errou a xícara.

— Droga — disse ele, endireitando as costas e se virando para encará--la. — Você me fez errar.

— Desculpe… — *Não se desculpe.* — Decidi ir embora — disse Natalie. — Imediatamente.

Rupert olhou para o relógio.

— São só três e meia da tarde e ainda preciso dos relatórios do armazém de sua equipe.

— Eu imagino que sim — respondeu ela.

— Mas não tem problema. — Rupert fez um aceno desdenhoso. — Podemos nos virar sem você esta tarde. Mande o relatório para mim amanhã de manhã.

— Não, o que eu quero dizer é que estou indo embora da empresa. Hoje. Para sempre.

A expressão dele ficou séria.

— Você está dizendo que está se demitindo?

— Sim. — Natalie quase teve um ataque de pânico ao dizer isso.

— Como assim? Você não pode se demitir. Estamos no meio do maior projeto do ano. O casamento é daqui a duas semanas, e preciso que você cuide do inventário do Cast Iron e… Por que você nos abandonaria agora?

Natalie poderia lhe dar uma centena de motivos. Todas as maneiras como era desprezada no escritório. Todas as vezes que fizera o trabalho de outras pessoas, não só o de Mandy, mas de todo o seu departamento. Do próprio Rupert. A lista era imensa.

— Vocês vão ter que se virar sem mim — disse ela com toda a calma.

— Pelo amor de Deus, Natalie. *Por quê?*

— Porque foda-se você — disse ela, e saiu. Foi direto para sua linda e nova sala, perfeitamente organizada. Nem se deu ao trabalho de dar uma última olhada. A saída de Natalie sem dúvida provocaria fofocas. Ela havia perdido a mãe, Rick *e* a cabeça.

Ela pegou seus poucos objetos pessoais — tão poucos que cabiam em sua bolsa — e saiu sem olhar para trás. Natalie, que não era nada impulsiva, deu as costas para a estabilidade, a segurança e tudo pelo que havia trabalhado tanto nos últimos dez anos.

Uma estranha leveza a envolveu enquanto dirigia até seu apartamento, passando pelas ruas arborizadas, as livrarias, os cafés modernos, as galerias e as salas de degustação. Seu lugar favorito na cidade era a Livraria Coelho Branco, com uma placa em cima da porta que dizia ALIMENTE A MENTE.

No entanto, apesar de a cidade ser encantadora, um lugar tão convidativo que atraía turistas do mundo inteiro, Natalie nunca criara raízes em Archangel. Não era a cidade dela.

Rick havia insinuado certa vez que eles podiam morar juntos. Ele tinha um chalé rústico, mas bem equipado, nas margens do rio Angel Creek, o tipo de lugar que as pessoas imaginavam quando fantasiavam escapar de tudo. O chalé tinha um deque com uma banheira de hidromassagem, uma cama enorme de madeira, repleta de travesseiros e colchas, e janelas que se abriam para o aroma fresco de zimbro e água corrente.

Mas nada de livros. Rick não era muito de ler. E embora isso parecesse um motivo bobo para a hesitação de Natalie, ela nunca foi capaz de se imaginar naquele cenário romântico. Era culpa dela, não de Rick. Natalie ansiava por segurança, que era justo o que ele tinha a oferecer, mas ela não conseguia se permitir uma vida segura com ele. Por quê?

Agora ela estava encerrando sua vida em Archangel com alguns telefonemas rápidos — para uma empresa de mudanças que poderia organizar tudo em questão de horas, para a administradora do apartamento que encerraria seu contrato.

O que isso queria dizer, o fato de Natalie ser capaz de largar sua antiga vida como se fosse uma pele velha?

Aquela pergunta a assombrou enquanto ela dirigia para o sul. Natalie chegou à cidade tarde da noite e se arrastou para a cama de sua mãe. Ela odiava que aquela fosse sua história. Odiava que a história de sua mãe tivesse terminado do jeito que terminou. Talvez por isso estivesse tão determinada a mudar o destino da livraria — para dar à mãe um final melhor.

Ela pegou o livro na mesa de cabeceira — *Atos de luz*. O livro que Blythe estava lendo antes de morrer. Ela tinha o hábito de destacar trechos de que gostava ou dos quais queria se lembrar. Natalie folheou vários. Um deles, indicado com um marcador de páginas, chamou sua atenção: *O que você mudaria em sua vida se pudesse começar tudo de novo, o que faria, quem seria, para onde iria e o que abraçaria?*

Natalie estava sentada no escritório da livraria com Bertie e Cleo, tentando evitar um ataque de pânico daqueles.

— Vamos continuar abertos — disse ela. — Vou descobrir uma maneira de fazer dar certo. Meu avô não quer vender e se recusa a se mudar daqui, e não vou obrigá-lo. Então vou fazer com que esta seja a melhor livraria da Costa Oeste.

A demonstração de coragem soou estranha e vazia, fruto do desespero. Natalie queria poder sentir mais convicção.

O impulso de deixar sua antiga vida foi a decisão mais importante que ela já tomara. E, no entanto, havia sido uma resolução movida por puro capricho, como se tivesse colocado creme em vez de leite de soja no café com leite. Normalmente, Natalie analisaria tal decisão nos mínimos detalhes. Mas não dessa vez. Ela jogara no lixo um emprego estável e bem pago para abraçar uma empresa falida, sem qualquer segurança.

Entre os ataques de ansiedade e as noites insones, ela sentia-se nas nuvens, como se pudesse voar. Provavelmente era o que uma pessoa sentia depois de pular de um penhasco.

Salte e a rede vai aparecer. Esse tinha sido o lema de sua mãe, copiado em uma bela caligrafia de um livro de Julia Cameron. A julgar pelo estado de suas finanças, Blythe tinha vivido a vida segundo aquela máxima. No fim, não havia rede — no sentido mais literal de todos.

— Não há como voltar atrás — disse Natalie aos dois. — Larguei o emprego e agora estou assumindo a livraria, o que é aterrorizante, mas estou decidida. E adoraria se vocês pudessem continuar trabalhando aqui. Farei o possível para que valha a pena. Se não puderem ficar, eu entendo.

Cleo e Bertie se entreolharam, depois encararam Natalie. Os dois eram pessoas muito gentis. Natalie estava feliz por tê-los em sua vida. E isso a lembrou de como sua vida havia diminuído. Seu avô. Alguns amigos. E, apesar de tudo, parecia mais rica. Com propósito.

— Vou lhe dizer a mesma coisa que falei para sua mãe — disse Bertie. — Se eu conseguir um papel que me permita ser ator em tempo integral, talvez eu precise sair. Caso contrário, pode contar comigo.

Natalie o estudou em silêncio. Bertie Loftis era trabalhador e romântico. Ele conseguia alguns papéis variados, de *Rent* a Samuel Beckett. Era muito talentoso e apaixonado pelo teatro. Porém, na profissão difícil à qual ele dedicava sua vida, isso nem sempre era suficiente.

— Você é tão talentoso — disse ela. — Tenho arrepios quando vejo você no palco. Fico surpresa por você ainda não estar em cartazes por aí.

— Só não encontrei as circunstâncias ideais, o papel certo na hora certa. E um montão de sorte, pura e simplesmente. — Ele entrelaçou os dedos e olhou para as mãos. — Meu professor de teatro diz que é medo. Atuar nos obriga a mostrar ao mundo quem somos de verdade. Ele diz que tenho um bloqueio contra essa exposição. — Bertie se recostou na cadeira. — Pode ser que o papel da minha vida esteja bem aqui, lendo *Horton e o mundo dos Quem!* às terças-feiras. E, juro para você, em alguns momentos, acho que poderia ser plenamente feliz com esse papel. Se o aluguel não fosse tão caro por aqui, acho que estaria.

— Blythe costumava dizer que você nunca vai ser feliz com o que deseja até saber ser feliz com o que tem — disse Cleo.

O que Natalie queria era impossível — que seu avô ficasse bem. O que tinha no momento era um homem cujas memórias estavam desaparecendo e que sofria de sintomas físicos misteriosos que os médicos não conseguiam explicar.

— Enfim — continuou ela. — Estou buscando maneiras de aumentar nosso faturamento. Ao contrário do que pensam os pessimistas, o negócio de livrarias não acabou. Só precisamos que ela seja mais do que uma simples livraria. Minha mãe contava com os clientes antigos, que ela tanto amava. Acho que podemos partir disso.

— Legal — disse Bertie.

— Como podemos ajudar? — perguntou Cleo.

— Venho analisando as receitas. E acho que descobri uma maneira de aumentar as vendas. — O gerenciamento de inventário digital não era um ramo emocionante, mas tinha suas utilidades. As habilidades de Natalie entraram em cena quando ela mergulhou nos registros da livraria. Havia ficado acordada até tarde, verificando as movimentações para ver se conseguia encontrar uma maneira de melhorar os números. — Encontrei um padrão que faz sentido para mim. Temos um aumento nas vendas sempre que um livro muito esperado é lançado. Precisamos pagar o que devemos aos editores e colocar esses livros nas prateleiras. Notei que isso também acontece quando há um evento com um autor. E, obviamente, quanto mais popular o autor, maiores serão as vendas.

Cleo assentiu.

— Então, vamos organizar um evento com algum autor.

— Acho que a melhor coisa seria um autor infantil — disse Bertie. — Quem traz as crianças são os adultos. O acompanhante pode acabar comprando um livro também.

— Exatamente. Quero começar essa nova fase com um evento de um grande autor. — Apesar de tudo, ela sentia-se otimista.

— Certo. Agora só precisamos de um grande autor — disse Cleo. — Em quem você pensou?

Natalie se lembrava da garotinha alegre, Dorothy.

— Trevor Dashwood — disse ela. — Ele é perfeito, não é?

— E impossível de conseguir — disse Bertie. — Teríamos mais sorte trazendo o próprio Harry Potter.

— Harry Potter é um personagem.

— E mais fácil de conseguir do que Trevor Dashwood. Sério, o cara está bombando.

Natalie pegou um número e ligou.

— Eu tenho o contato dos agentes. Vou tentar.

Depois de alguns toques, alguém atendeu.

— Candy e Associados.

A ligação de Natalie passou por vários funcionários. Então ela conseguiu falar com uma pessoa chamada Emily e fez seu pedido:

— Somos uma livraria no centro de São Francisco e gostaríamos de organizar um evento com Trevor Dashwood.

— A agenda dele está cheia, ele está programando eventos com dois anos de antecedência — informou Emily. — Posso enviar um formulário de...

— Meu Deus. — Natalie ficou decepcionada. — Eu tinha esperança de conseguirmos alguma coisa no fim do mês. O site dele diz que ele mora na Califórnia, então...

— Adoraria poder ajudar — disse Emily. — Mas, sinceramente, ele já tem eventos marcados pelos próximos dois anos.

— Mas...

— Vou mandar o formulário de solicitação por e-mail. Sinto muito. É tudo o que posso fazer.

O resto do dia trouxe mais frustrações. Natalie entrou em contato com outras editoras sobre eventos com autores, mas os que eram populares o suficiente para atrair uma multidão também estavam ocupados. Ela descobriu ainda mais dívidas com as editoras.

— Meu Deus, mãe — murmurou Natalie. — Como você conseguia viver?

Ela empurrou a cadeira para trás e olhou para a mesa de Blythe, um mar colorido de post-its e lembretes presos com alfinete, pilhas de livros, uma caixa de correspondência ainda fechada. A pilha dos livros exibia títulos tentadores: *O Clube do Nunca Mais. Palmas com uma mão só. A vida com os elefantes.*

Natalie notou um pedaço de papel despontando de um livro e sentiu um fio de esperança. Ela tirou o livro da pilha e o colocou diante de si.

Talvez sim, talvez não, de Quill Ransom. Um pseudônimo, provavelmente. Não havia foto do autor. A arte da capa mostrava uma pessoa na corda bamba, mas, o mais importante, um medalhão em relevo mostrava um prêmio literário.

Natalie abriu o papel. Era uma carta pessoal do autor. "... agendando eventos de livraria neste outono" eram as palavras mágicas que ela procurava. Natalie verificou a conta com a editora e tudo parecia em ordem. Não era um livro infantil, mas cumpria todos os outros requisitos. Animada, enviou um e-mail ao autor e ao agente.

Naquele dia, a maioria dos clientes que entrou na livraria estava só dando uma olhada ou precisava usar o banheiro. Isso lembrou a Natalie que o prédio tinha os próprios problemas. Um dos canos estava fazendo um barulho estranho quando a água quente era acionada. Ela também estava preocupada com o avô. No dia anterior, ele havia derrubado uma garrafa de vidro no chuveiro e se machucado.

Natalie engoliu os últimos comprimidos para dormir da mãe e ainda assim passou a maior parte da noite em claro.

Natalie foi acordada de repente pelo vento sacudindo um vidro que deveria ter sido trocado décadas atrás. Cheia de medo, começou a questionar o que havia feito. Como pôde pensar que havia uma maneira de dar a volta por cima? Natalie havia perdido a mãe e Rick. Tinha jogado o emprego no lixo e agora administrava uma empresa endividada em um prédio em ruínas, com o avô idoso perdendo a saúde. Tentar manter a livraria aberta havia sido um erro horrível.

Ela se vestiu, enfiou algumas roupas dentro de uma mala e correu escada abaixo. Talvez, se voltasse para a Pinnacle Vinhos Finos com o rabo entre as pernas, eles a aceitassem de volta. Era um trabalho péssimo, mas pelo menos não mandaria Natalie e o avô para o fundo do poço.

Ela saiu para levar a mala até o carro. No meio-fio, olhou para a esquerda e para a direita, então ficou imóvel. Nada de carro. Onde ele estava? No lugar do veículo havia uma van de carga coberta com o orvalho da manhã.

Natalie pegou o telefone para denunciar o carro roubado. Sua tela exibiu a notificação diária do aplicativo de frases: *A felicidade não é um momento no futuro. Encontre algo que faça você feliz aqui e agora.*

— Ah, tenha dó — murmurou ela para o universo.

Quem roubaria um carro compacto de nove anos? Então ela viu uma placa explicando as regras de estacionamento na rua: PROIBIDO ESTACIONAR NO LADO DIREITO SEG, QUA, SEX, EXCETO... As regras eram tão complicadas e restritivas que Natalie parou de ler. Estava claro que ela estacionara em algum dos horários proibidos, e o carro havia sido guinchado. Que maravilha.

Natalie inclinou a cabeça para trás, dirigindo-se ao universo de novo.

— Só preciso de um sinal — disse ela. — Só um sinalzinho para ter esperança. Isso é pedir muito?

Uma caminhonete enorme passou, o motor rosnando de forma ameaçadora. No entanto, não era um caminhão guincho. Era só um trabalhador à procura de uma vaga. *Boa sorte, meu chapa*, pensou Natalie. Uma placa na porta mostrava o Davi de Michelangelo com um cinto de ferramentas estrategicamente posicionado e um martelo, com os dizeres FAZ-TUDO e um número de telefone.

Sério?, ela pensou, abanando o ar para afastar a nuvem do escapamento do motor a diesel. Não era esse o sinal que ela estava esperando.

Uma música do Radiohead começou a ressoar bem alto por uma janela aberta. Ela cobriu os ouvidos para abafar o barulho enquanto ligava para o número do serviço de guincho. Depois de uma sequência irritante do menu automático, ela descobriu que não havia uma maneira simples de pagar a multa e reaver o carro.

Parabéns, Natalie, ela pensou. *O que você vai fazer agora?* Enquanto ela ficava ali, remoendo a sensação de derrota total, uma mulher saiu da galeria a algumas portas de distância, subiu numa van de carga e foi embora.

E agora?, Natalie se perguntou. Que novo desastre a esperava?

8

Peach Gallagher ficou chocado quando apareceu uma vaga bem em frente ao local onde fora trabalhar — uma livraria em um prédio antigo e com personalidade. Isso quase nunca acontecia. Encontrar vaga era um suplício naquela parte da cidade, uma das regiões históricas de São Francisco. Região histórica era um código para "não tem lugar para estacionar e os imóveis são todos caríssimos". Mas naquela manhã a sorte sorriu para ele, e Peach parou suavemente a caminhonete na vaga espaçosa.

Ele estava precisando mesmo de um pouco de sorte naquela manhã. Era o dia em que Dorothy ia para a casa da mãe e Regis, onde ficaria o resto da semana, deixando um enorme vazio na vida de Peach.

Na calçada perto da livraria havia uma mulher sem-teto com roupas amarrotadas, cabelo desarrumado e um saco. Ele separou alguns dólares no bolso para dar a ela caso lhe pedisse dinheiro. Estava longe de ser rico, mas um pouquinho não ia lhe fazer falta.

Ajustando o boné de beisebol, saltou da caminhonete, deu a volta e baixou a traseira. Peach ouviu a mulher falando, talvez sozinha. Percebeu que ela estava ao celular, andando para lá e para cá pela calçada. Então talvez não fosse uma sem-teto.

Ela desligou, enfiou o celular no bolso e finalmente pareceu notá-lo.

— Bom dia — disse Peach, dando um sorriso.

— Bom dia — respondeu ela, e passou a mão pelo cabelo. Eram escuros e encaracolados, caídos sobre uma testa franzida que parecia mais brava do que preocupada. — Aliás, esta é uma zona de guincho — disse ela.

Ele amarrou o cinto de ferramentas e apertou a fivela. Então prendeu uma bolsa de pregos na cintura.

— É mesmo?

— Acabei de ser guinchada.

Isso explicava a testa franzida e o andar para lá e para cá.

— Que droga — disse Peach, então pegou seu bloco de anotações velho e verificou os números da porta da livraria.

— Está perdido? — perguntou ela, a voz cheia de suspeita.

— Estou procurando a srta. Harper.

A testa se franziu ainda mais.

— O quê? Srta. Harper?

Ele olhou para o endereço em seu bloco de anotações e depois de volta para a mulher.

— Tenho certeza de que estou no lugar certo. Você a conhece?

— Sim — disse ela. E então balançou sua cabeça. — Quer dizer, não.

Peach fez uma pausa, olhando-a de cima a baixo. Era pequena e bonitinha, apesar das roupas amarrotadas e do ar distraído. Tinha olhos incríveis, lábios bonitos que precisavam sorrir mais, o tipo de rosto interessante que poderia inspirar uma música.

— Sim ou não?

— Eu sou Natalie Harper. Mas acho que você pode estar procurando minha mãe.

— Entendi. E ela...?

— Morreu — disse a mulher chamada Natalie, de repente. — Minha mãe morreu.

Nossa. Morreu? Ele arrumou o boné e absorveu a informação, esperando ter ouvido errado.

— Ah, nossa. Caramba. — Merda, o que diabo ele poderia dizer? — O que... Quer dizer...

Enquanto Peach tentava encontrar as palavras, a mulher se apoiou na fachada esmaltada em preto do edifício, colocou as mãos no rosto e, para o constrangimento dele, começou a chorar.

Puta que pariu. Socorro.

Peach pousou a caixa de ferramentas no chão e caminhou até ela.

— Caramba, me desculpe. Falei com ela sobre um trabalho e... Caramba. O que aconteceu?

Ela usou a ponta da blusa para enxugar o rosto. Ele teve um pensamento rápido e inapropriado sobre a barriga definida dela.

— Foi um acidente. Um acidente de avião.

— Puta merda. Quer dizer, sinto muito... Natalie, certo?

Ela assentiu.

— Sou eu.

— Eu sou Peach — disse ele. — Peach Gallagher.

Ela secou as lágrimas com a manga da blusa.

— Peach. — Ela sacudiu a cabeça de leve. — Minha mãe escreveu seu nome no calendário, sublinhou. Não tinha entendido por quê. E você está aqui para... — A voz dela sumiu quando seu olhar se fixou na tatuagem no braço dele, uma das várias decisões questionáveis de sua juventude.

— Você está bem? — perguntou Peach, sentindo-se perdido. Ele era um empreiteiro, não um psicólogo especializado em luto. — Quer dizer... Desculpa. É uma pergunta idiota.

Natalie se apoiou no prédio, abraçando a si mesma, como se estivesse com frio. Peach sentiu um desejo súbito de tocá-la, dar alguns tapinhas reconfortantes no ombro dela ou algo do tipo, mas ele sabia que não era uma boa ideia.

— Eu realmente sinto muito. — A tragédia da mulher o fez ver sua manhã ruim com outros olhos. — Só não sei mais o que dizer para você.

Ela assentiu com a cabeça.

— Ninguém sabe. Eu entendo. Eu também não saberia. — Então ela o olhou, com enormes olhos castanhos sob a profusão de cachos, os cílios úmidos. — Então você tinha marcado de vir para...?

Peach virou a página em seu bloco.

— Ela tinha uma lista. Há uma porta que precisa ser ampliada, um interruptor de luz para ser trocado de lugar. Também tenho que adicionar uma rampa para cadeira de rodas e barras de apoio no banheiro. Você sabe de algo a respeito?

— Eu estou tão por fora. Eu vivo... *vivia*... em Sonoma até tudo isso acontecer. Minha mãe estava querendo deixar o apartamento mais seguro para o meu avô. Ele caiu há pouco tempo e quebrou o quadril, então se mudou do apartamento de cima para um estúdio no térreo.

— Ela mencionou alguns outros reparos além dessas adaptações de acessibilidade, mas não especificou quais. Disse que me mostraria tudo quando eu viesse. Escute, se preferir, podemos remarcar — sugeriu Peach.

— Não — respondeu Natalie rapidamente. — Meu avô precisa dessas mudanças. Tenho que cuidar da livraria da minha mãe. E eu preciso... Ai, Deus.

As lágrimas vieram mais uma vez. Ela as secou com a camisa de novo. Peach viu a barriga sarada, do tipo que você vê em um estúdio de ioga, caso tivesse a sorte de ver o interior de um estúdio de ioga.

Ele disse a si mesmo para parar de olhá-la. Clientes — mesmo clientes em potencial, especialmente as clientes bonitas e enlutadas — eram proibidas.

— Nem imagino como tudo isso deve ser difícil para você — disse Peach. — Deve ter sido um baque terrível. Sinto muito pela sua perda. Eu não conhecia sua mãe, mas minha filha ama a livraria. Dorothy vem aqui sempre.

— Dorothy, a de tranças loiras? Mais ou menos desta altura? — Ela fungou, depois gesticulou com a mão.

— Essa mesma.

— Ela veio aqui outro dia e comprou alguns livros. Ela é uma graça.

Peach abriu um sorriso orgulhoso. Todo mundo dizia isso sobre a filha dele. E estavam todos certos.

— Obrigado. A gente remarca ou...?

— Por favor. Entre. Eu só estava... Meus planos para hoje mudaram. — Natalie respirou fundo. Endireitou os ombros e ergueu o queixo. — Quando tudo isso aconteceu, larguei um emprego bom em Sonoma pensando em assumir a livraria. Acordei hoje de manhã e percebi que nunca vou fazer isso dar certo, então vim aqui pegar o carro para ir até Archangel e pedir meu emprego de volta. Dei um basta porque estava infeliz, mas foi um erro.

Enquanto Natalie falava, Peach tentou imaginá-la dando um *basta*. Por alguma razão, aquilo soou sexy. Ele vivia como um monge havia tanto tempo que quase tudo parecia sexy para ele.

— Mas aí vi que meu carro tinha sido guinchado — disse ela — e agora decidi tomar isso como um sinal.

— Um sinal do quê?

— Vou assumir a livraria e pretendo fazê-la dar certo, afinal. — Pela primeira vez, algo que se aproximava a um sorriso suavizou a expressão no rosto dela. *Caramba*, ele pensou, *ela é linda*. — Você viu a placa?

— Que placa?

— A que indica um caminho sem volta.

— Parece que você está comprometida.

— Não tenho muita opção.

Ela o convidou para entrar pela porta residencial. Ao lado estava a entrada da livraria. Ela destrancou a porta, e eles caminharam pela livraria escura. Natalie parou para ligar uma máquina de café prateada, que ganhou vida com um suspiro cheio de vapor. Ela pegou alguns grãos torrados, ligou o moedor e, por cima do barulho, perguntou:

— Como você gosta do seu café?

Ele a olhou sem expressão. Quando o moedor parou, perguntou:

— Você está fazendo um café para mim? Com esse trambolho?

— Isso. Hoje em dia, não se pode ter uma livraria sem um café.

Peach não conseguia se lembrar da última vez que uma mulher havia preparado uma xícara de café para ele.

— Eu talvez nunca mais vá embora — disse ele. — Um americano, puro. Por favor.

— Meu avô vai acordar daqui a pouco. Sente-se e podemos dar uma olhada na sua lista.

Assim que a máquina ficou pronta, Natalie tirou habilmente um americano e preparou um café com leite pequeno para si mesma. Ele tomou um gole e a encarou.

— Caramba. Esse talvez seja o melhor café que já tomei na vida.

— Minha mãe namorou um italiano por um tempo, faz séculos, e ele deu essa máquina incrível de presente para ela. Os clientes adoram.

— Assim as pessoas têm um motivo para escolher o comércio local — disse Peach.

Ela assentiu e seus ombros ficaram tensos.

— Enfim, você vai ter que me desculpar. Ainda estou tentando lidar com tudo.

— Não há nada a desculpar. — Peach estudou o rosto dela, delicado e triste à luz da manhã. — Um acidente de avião — disse ele. — O que aconteceu? Ou é muito difícil falar sobre isso?

— É difícil eu falando sobre isso ou não — respondeu Natalie.

— A escolha é sua, então.

Vários segundos se passaram. Ela o olhou com olhos marcados pela dor e exaustão.

— O que aconteceu foi... Bem, eu tinha um evento de trabalho. Na minha empresa em Archangel, em Sonoma.

— O trabalho que você largou. Quando deu um basta.

Natalie lhe lançou um olhar penetrante, como se estivesse surpresa por ele ter ouvido cada palavra.

— Minha mãe estava planejando ir ao evento, mas acabou não aparecendo. Não me pareceu nada de mais. Ela tende... tendia a mudar os planos em cima da hora. Mais tarde naquele dia, ouvi uma reportagem no rádio. Um pequeno avião particular tinha caído. — Natalie hesitou, apertando a mão contra o peito.

— Droga. Nem sei o que dizer.

— Não há nada a dizer... Tivemos um funeral muito bonito. E as pessoas têm vindo, deixado bilhetes e expressando suas condolências.

Ela indicou uma coleção de flores e cartões, as pétalas caídas no chão.

— Espero que isso tenha ajudado. Pelo menos um pouco.

— É legal. Mas... quando a pessoa se vai, não tem jeito.

Quando terminaram o café, um gato se aproximou e empoleirou-se no parapeito da janela, a cauda tremendo de um lado para outro.

— Essa é a Sylvia — disse Natalie. — Ela me odeia.

— Essa belezinha?

Peach estendeu a mão. A gata inclinou a cabeça e a esfregou nas juntas de Peach.

— Olha só. — Natalie estendeu a mão. Sylvia olhou feio para ela e arreganhou os dentes. — Viu?

— Com os gatos, nunca se sabe. — Parecia o começo de uma música. Peach escrevia canções desde menino, e às vezes sua mente se apegava a uma ideia sem muita explicação. Ele terminou o café e abriu o bloco de notas. — Vamos rever essa lista de reparos. Há um problema de encanamento em um banheiro no andar de cima... Ela também disse que havia umidade na parede do térreo ...

— Talvez ela estivesse falando da parede na seção dos livros de viagem — disse Natalie. — Parece um vazamento. É muito grave?

— Não é bom. — Peach se abaixou para inspecionar o gesso descascando. — Mas eu sou. Vou descobrir o que houve e consertar.

— Vai ser muito caro? — A voz dela estava tensa. — Desculpe a pergunta, mas a livraria está com um orçamento apertado.

— Não vai ser barato. Mas não vai melhorar se você não consertar. Vou dar uma olhada e fazer uma estimativa.

— Certo — disse Natalie. — Obrigada.

Peach foi até a caminhonete e voltou com algumas ferramentas. Então estendeu um pano no chão.

— Isso vai fazer um pouco de barulho — disse ele. — Quer que eu espere até seu avô acordar?

Natalie balançou a cabeça.

— A audição dele não é muito boa sem o aparelho auditivo. Pode fazer o barulho que precisar. — Ela foi até o balcão principal, acendeu algumas luzes e ligou o computador. — E obrigada por vir — acrescentou.

9

Quando o sr. Peach Gallagher começou a trabalhar, a atmosfera na livraria mudou de maneira sutil. Com uma silhueta emoldurada pela luz da vitrine da frente, ele movia-se com uma graça curiosa, tateando e medindo em busca de falhas. Natalie não parava de lançar olhares furtivos para a calça jeans desbotada e a camiseta preta justa, o boné de beisebol com rabo de cavalo e as mãos grandes e maltratadas. E — ela precisava admitir — o físico de deus grego de Peach Gallagher. O faz-tudo.

Quando ele a flagrou examinando-o, devolveu o olhar para Natalie com uma insinuação de algo que ia além de cordialidade, de que ela não gostou muito. Ele era casado e tinha uma filha.

Talvez Natalie estivesse interpretando errado. Talvez ele apenas estivesse sendo gentil por ela ter chorado mais cedo. Provavelmente Peach não tinha esperado começar o dia assim, mas não perdera a compostura. Na verdade, ele parecia ser um ótimo ouvinte. Para um homem. Para um faz-tudo.

Depois de fazer sua inspeção na parede mofada, Peach fez sinal para que Natalie se aproximasse.

— Acho que descobri o problema. — Ele havia estendido um pano no chão para o gesso solto não sujar o piso. As ripas horizontais expostas atravessavam o buraco como costelas quebradas. Peach havia cortado algumas das ripas de madeira para revelar um cano rachado. — Os prédios antigos têm três inimigos: seres humanos, fogo e água. O caso aqui é água.

Natalie olhou o cano enferrujado.

— Um vazamento — disse ela. — Acho que isso é ruim.

— Com certeza não é bom.

— Eu preciso ligar para um encanador?

Peach lhe lançou um olhar ferido.

— Claro que não. — Ele enfiou a mão na parede e começou a tatear. — Preciso encontrar a válvula de fechamento. Talvez você fique sem água enquanto eu investigo. Talvez... *Opa*.

— O que foi agora?

Natalie se inclinou sobre o ombro dele, enquanto Peach tateava mais um pouco.

— Tem mais alguma coisa aqui.

Ela deu um passo para trás.

— Alguma coisa viva?

— Você parece mesmo estar com ratos.

— Como posso ter ratos? Eu tenho uma gata. — Natalie lançou um olhar de reprovação para Sylvia. — Sua preguiçosa.

Peach soltou mais gesso para revelar uma lacuna nas ripas de madeira.

— Posso colocar algumas iscas, mas isso aqui é outra coisa. — Ele enfiou a mão mais fundo e voltou com uma caixa de metal, comprida e achatada, e a colocou no pano. — O que você acha que é isso?

A caixa estava coberta de gesso e teias de aranha. Tinha trincos nas duas extremidades e dobradiças enferrujadas na parte de trás. Letras em baixo relevo diziam A FAMOSA POMADA CURA-TUDO DE WOODRUFF, e alguém tinha riscado *A. Larrabee* em um canto do metal.

— Não faço ideia — disse Natalie. — Eu é que me pergunto o que essa caixa estava fazendo na parede.

— Quantos anos tem esse prédio, você sabe?

— É dos tempos da corrida do ouro.

— Talvez seja um tesouro enterrado.

— Isso seria ótimo.

— Vamos dar uma olhada, então.

Peach destravou a caixa e esguichou óleo nas dobradiças. A tampa foi aberta, soltando flocos de metal e tinta e revelando uma coleção de objetos no interior.

Ambos se inclinaram para olhar as quinquilharias — fotos desbotadas, botões, um monóculo, algumas chaves e fitas velhas.

— É uma caixa de lembranças — disse Natalie. — Estas aqui parecem medalhas. Será que são medalhas de guerra? — Ela ergueu uma delas.

Estava muito manchada, mas Natalie conseguia distinguir algumas palavras. *Guerra com a Espanha. Insurreição das Filipinas.* Então ela pegou o celular e mandou uma foto para Tess. — Uma das minhas amigas é especialista em antiguidades. Tenho certeza de que ela pode descobrir mais.

Havia um cartão-postal desbotado com a imagem de uma baía e uma entrada em arco antiga. O lugar estava identificado como Old Gateway. Alguém havia escrito uma mensagem no verso, mas a tinta estava desbotada demais para Natalie conseguir ler.

— Deve ser Manila — disse Peach. — Os americanos destruíram uma frota espanhola lá em 1898.

Ela o olhou com surpresa.

— Você tinha essa informação na ponta da sua língua?

Peach deu de ombros.

— Eu sei coisas. Às vezes.

A ignorância de Natalie a respeito da Guerra Hispano-Americana era vergonhosa, assim como seu desconhecimento da Insurreição Filipina, que ela sabia apenas que estava relacionada de alguma maneira ao outro conflito, embora não lembrasse como.

O celular dela emitiu um alerta.

— Você tem razão. Tess disse que é uma medalha da Guerra Hispano--Americana. Ela quer o número que fica na pontinha.

Natalie pegou a medalha e forçou a vista, tentando distinguir os pequenos números. Peach mexeu no cinto de ferramentas e pouco depois lhe entregou um pano de polimento. Ela sentiu o cheiro dele de chuva e óleo de motor, que achou estranhamente atraente. Incomodada, Natalie se afastou e usou o monóculo para ampliar os números na medalha.

Ela mandou a informação para Tess. Um recorte de jornal amarelado e quebradiço estava no fundo da caixa, um artigo do *Examiner*.

Ela se pôs de cócoras.

— Eu me pergunto por que alguém esconderia essas coisas na parede.

— Não era uma prática incomum — disse o avô, enquanto entrava na livraria.

Assustada, Natalie se levantou.

— Bom dia — disse ela, dando-lhe um abraço rápido. — Não ouvi o senhor se levantar.

Ela o apresentou a Peach, torcendo para que o avô estivesse tendo um dia bom. Natalie nunca sabia se ele estaria ali presente ou se estaria distante, perdido em um lugar aonde ela não podia ir.

— Peach? — Seu avô o estudou. — Um apelido, eu imagino.

— Meu nome é Peter. Quando entrei para os Fuzileiros Navais, eles acabaram me dando esse apelido.

— Entendi. Bem, obrigado por ter servido.

Em uma conversa curta, o avô já havia aprendido mais sobre o homem do que Natalie. Talvez Blythe tivesse razão. Talvez ela fosse fechada demais para as outras pessoas, em vez de deixá-las entrarem em sua vida. Ela achava que tinha feito isso com Rick, e o relacionamento acabou morrendo.

Morrendo, ela pensou. *Você é uma pessoa horrível, Natalie Harper.*

— ... há um tempo — estava dizendo Peach para Andrew. — Pude ver o mundo quando era fuzileiro naval.

Com o rabo de cavalo e o brinco de pirata, ele não parecia um militar, na opinião de Natalie. Ele parecia... Ela interrompeu o pensamento e voltou a atenção ao avô.

— Então você sabe por que esconderam isso na parede?

Ela levou a velha caixa para a área do café, colocando-a sobre uma mesa enquanto preparava um café para o avô.

Ele ofereceu um sorriso vago e doce. A luz da manhã iluminava seu rosto e o cabelo branco penteado. Sempre cuidara da aparência. Talvez isso significasse que aquele era um bom dia. Natalie vivia com medo do dia em que a saúde dele não tivesse mais volta, um dia inevitável, segundo os livros que estava lendo.

Por favor, hoje não, ela pensou.

— Os soldados que não tinham casa precisavam de um esconderijo para guardar suas recordações quando estavam para ser mandados para fora do país, então, às vezes, escondiam coisas nas paredes de seus lugares favoritos.

— Bem, isso é impressionante. Eu não fazia ideia.

Ela se perguntou o que sua mãe teria dito sobre os artefatos. Queria que Blythe estivesse ali para conversarem. Uma das piores partes de perdê-la de maneira tão repentina foi que Natalie começava a questionar a própria memória. Será que ouvira a mãe com atenção suficiente? Havia guardado bem as lembranças que tinha dela, como se fossem arquivos digitais?

— Este edifício começou como um lugar público — disse o avô. — Achamos que ali no balcão ficava o bar. Na verdade, aqui embaixo era um salão e havia um bordel no andar de cima.

— É mesmo? — Peach olhou em volta, observando o teto alto com painéis de estanho decorados, os lambris com suas muitas camadas de tinta e a escada de rodinhas para alcançar as prateleiras mais altas.

— Os documentos antigos do condado registram o prédio como pensão. E, claro, "pensão" significava bordel. Era conhecido como A Escadona. Aparentemente, era assim que alguns dândis acessavam os andares superiores, quando não queriam ser vistos. Sempre achei que os quartos no andar de cima eram pequenos porque era um bordel. Só precisavam de uma cama, um lavatório e um gancho para pendurar o chapéu.

Natalie olhou para a livraria, tentando imaginar um bar antigo e o que acontecia no andar de cima.

— Eu era criança quando o senhor me contou sobre isso — disse ela. — Eu imaginava um monte de mulheres em fila como livros em uma prateleira. Era um pouco confuso. E nojento. — Para Peach, ela disse: — No registro histórico, o prédio aparece como o Edifício Sunrose. Tem um ornamento perto do telhado.

— Meu pai me contou sobre o salão — disse o avô. — A mãe dele, Colleen, trabalhava como camareira e tinha um quarto no porão. Ele nunca mencionou o bordel. Blythe e eu descobrimos isso mais tarde.

Ele tomou um gole despreocupado do café.

— Cadê a Blythe?

Natalie estremeceu. Ela sentiu Peach observando-a.

— Vovô, ela se foi.

— Foi para onde? — Ele piscou, a expressão perplexa.

— Mamãe morreu. Lembra? O senhor fez um discurso no funeral dela.

Ele virou a cabeça e olhou pela janela. Os ombros dele subiram como se curvados contra um vento gélido.

— Sinto muito — disse Natalie. — Foi uma cerimônia muito bonita e o senhor falou dela com tanto amor…

Era horrível dar a notícia de novo. Cada vez que ele se esquecia, ela tinha que lembrá-lo, forçando as palavras a sair e provocando uma nova onda de sofrimento.

— Minha maravilhosa Blythe — disse Andrew. — Ela morreu em um acidente horrível. Um acidente de avião. Espero que ela não tenha sofrido. Sinto tanto a falta dela. Ainda tínhamos tanto a fazer...

Natalie se perguntou se o diálogo soaria estranho para Peach. Ela tentou continuar a conversa.

— Então quer dizer que você e a mamãe descobriram mais coisas sobre o prédio?

— Estávamos escrevendo uma história sobre ele. Blythe achava que o projeto ajudaria a pôr meu cérebro em ordem.

Natalie estremeceu e tocou a mão dele. Devia ser assustador sentir as lembranças desaparecendo, sempre se perguntando se seria possível tê-las de volta.

— É um edifício impressionante — comentou Peach. Ele parecia estar aceitando bem a confusão mental do avô de Natalie. — Entendo por que consta no registro histórico. A fachada é feita de ferro fundido. Pode ser um dos motivos pelos quais não queimou depois do terremoto.

— Blythe e eu encontramos referências ao prédio nos registros do condado e nas primeiras edições do *San Francisco Examiner*.

— Meu bisavô tinha uma farmácia aqui — explicou Natalie para Peach. — Depois o vovô transformou o espaço em uma oficina de máquinas de escrever. E agora temos isso. — Natalie gesticulou para a livraria, vendo-a através dos olhos de Peach Gallagher. Estava desgastada e triste em muitos lugares. Algumas das paredes estavam marcadas por uma profusão de rachaduras. Ela tocou a mão do avô. — Vi as anotações no computador da mamãe. Podemos continuar esse projeto, se quiser, e... — Natalie recebeu uma mensagem de texto. — Ah, Tess está mandando mais informações. Ela diz que a medalha com as palmeiras deve valer alguma coisa, e as outras podem ter um valor sentimental para alguém.

Andrew olhou para Peach.

— Você veio consertar o encanamento?

Os olhos de Peach Gallagher tinham um tom azul-acinzentado atraente, como um vidro iluminado. E embora ele fosse um completo estranho, Natalie de alguma forma teve a impressão de que o faz-tudo entendia e tinha compaixão.

— Ele veio consertar algumas coisas na livraria e fazer uma pequena reforma em seu apartamento — disse Natalie. — Eu expliquei há alguns minutos.

— Ah, deve ter explicado — concordou o avô, tomando um gole de café.

Natalie levantou-se da mesa.

— Vamos dar uma olhada para ver o que precisa ser feito. — Ela saiu na frente, em direção ao apartamento dos fundos. — Mamãe queria ter certeza de que era seguro para o senhor aqui no térreo — explicou ela ao avô.

— Ela era uma boa filha, quando se lembrava — comentou ele.

Natalie ficou surpresa com o comentário, mas não disse nada. Peach pegou uma fita métrica do cinto e tirou algumas medidas.

— O senhor precisa de barras de apoio no banheiro e uma rampa para os degraus dos fundos.

— Gosto muito de ir ao jardim quando o tempo está bom — disse o avô. — May Lin e eu passamos muitos momentos felizes lá. E você — acrescentou ele com um sorriso para Natalie —, você era uma verdadeira Mary Lennox naqueles dias. Não há nada como um jardim ensolarado.

— Então acho que é melhor eu cuidar logo dessa rampa — disse Peach.

A máquina de escrever favorita do avô, uma Underwood Excalibur, estava em cima da mesa, ao lado de uma pilha de folhas datilografadas. Natalie se lembrava de vê-lo usando aquela máquina desde que se entendia por gente. Do outro lado havia vários livros, papéis e anotações manuscritas.

— É o seu projeto? — perguntou ela.

— Trabalhamos nele quase todos os dias. Eu faço a pesquisa e digito as notas. Blythe estava passando tudo para o computador. — Andrew pareceu ser invadido por uma onda invisível que o deixou cabisbaixo. — E agora nunca vamos terminar.

— Como eu disse, vou ajudar o senhor — lembrou Natalie. — Posso fazer o trabalho da minha mãe.

Andrew lançou à neta um olhar vago, que indicava a confusão que o dominava com muita frequência.

— Quem é aquele?

Natalie olhou para Peach. Então foi até o avô e apertou os ombros dele.

— Vamos deixar o sr. Gallagher trabalhar. Preciso abrir a livraria.

Peach cantarolava enquanto trabalhava. Ele tinha uma voz agradável, Natalie pensou. Afinada, algo incomum para um faz-tudo. Ele disse que lhe daria um orçamento para os reparos que precisavam ser feitos. O tom dele soava como um aviso — edifícios históricos poderiam ser complicados. E, por complicado, Peach queria dizer caros de se manter.

Tentando evitar o desânimo, Natalie se ocupou com uma conversa por mensagem com Tess sobre as medalhas que tinham encontrado e as outras lembranças.

— Veja só que coisa — disse ela ao avô mais tarde. — Minha amiga conseguiu rastrear o número da medalha e diz que os descendentes do soldado podem morar na cidade. O nome dele era Augustus Larrabee, e há alguém com esse sobrenome que mora no Mission District. Que tal irmos até lá entregar as medalhas?

— Provavelmente significaria muito para eles.

Quando chegou mais tarde naquela manhã, Cleo ergueu as sobrancelhas ao ver Peach trabalhando na parede com o vazamento.

— O pai de Dorothy — disse Natalie, fazendo as apresentações.

— Prazer em conhecê-lo, Peach. Você tem uma filha muito bacana — disse Cleo.

— Obrigado. Eu também acho.

Natalie o imaginou como um homem de família, com uma esposa adorável e uma filha fofa. Um homem que cantarolava enquanto consertava as coisas. Ele passou o dia inteiro mexendo no cano com o vazamento, o que implicou várias idas ao porão, de onde voltava sempre com mais más notícias sobre os reparos. Fiação velha e encanamento corroído. O apartamento do avô também tinha vários problemas.

— Você precisa de um montante novo — anunciou Peach.

— Oi?

— No quarto do seu avô. É por isso que a porta não está fechando direito. Quem colocou a parede não fez o montante direito.

Peach entrou em uma explicação detalhada sobre a estrutura até que Natalie levantou a mão e disse para ele consertar a porta e pronto. *Por favor.*

Os clientes iam e vinham. Seu avô foi até o centro de convivência para idosos para almoçar e jogar bingo, e Natalie fez várias ligações desanimadas para as editoras, na esperança de marcar uma sessão de autógrafos — sem sucesso.

No fim da tarde, uma mulher entrou procurando por Blythe. Ela usava um terno com bom caimento, ajustado nos ombros e na cintura, e carregava uma bolsa prática, mas cara, que combinava perfeitamente com os sapatos com uma estampa discreta de *pied de poule*. Não parecia uma das amigas de Blythe Harper.

Natalie ficou confusa, gaguejando na hora de dar uma explicação. Sentia-se como uma impostora, ao dizer as palavras que nunca imaginou dizer: *Minha mãe faleceu. Ela morreu em um acidente de avião.*

O choque no rosto da mulher deixou Natalie com vontade de se desculpar. *Lamento muito por estragar seu dia.*

— Aqui está meu cartão — disse a mulher. — Eu ia marcar um almoço com Blythe, mas...

Natalie pegou o cartão. *Vicki Visconsi, consultora de crédito, Imobiliária Visconsi.*

— Obrigada.

Depois que a mulher saiu, Natalie mostrou o cartão para Cleo.

— Por que minha mãe estava falando com uma consultora de crédito de uma imobiliária?

— Não faço ideia. Blythe nunca falou dela.

Natalie colocou o cartão na mesa. Fez uma pesquisa e descobriu que a empresa fazia negócios por toda a baía de São Francisco. Será que sua mãe estava pensando em vender o edifício? *Impossível*, pensou Natalie. A vida de Blythe tinha sido a livraria.

Ao fim do dia, Peach lhe entregou a lista de reparos, classificados em ordem de urgência — adaptações para garantir a segurança do avô, coisas que estavam à beira do colapso, além de consertos que não deviam ser adiados por muito tempo. Natalie o acompanhou até a calçada enquanto ele guardava as ferramentas e os equipamentos na caminhonete. Natalie estudou a lista, imaginando o dinheiro indo pelo ralo.

— Pense com calma e me diga como prefere fazer — disse Peach.

— Pode deixar. Obrigada pela ajuda hoje. Eu ligo para você, ok?

— Certo. — Ele tirou as chaves do bolso e depois parou, estudando o rosto de Natalie e parecendo capaz de ler os pensamentos dela. — Mais uma vez, quero dizer que sinto muito pela sua mãe. A gente nunca está preparado para algo assim.

Ela o olhou nos olhos, gentis e pensativos, como os de Dorothy.

— É difícil de descrever. A tristeza é tão… constante. Ocupa minha cabeça quando eu deveria estar cuidando de outras coisas. Da livraria. Do prédio. Do meu avô.

— Se quiser adiar a obra, podemos fazer isso.

— Não. — Ela ficou surpresa com a rapidez com que a resposta saiu.

— Quer dizer, essas coisas não vão se resolver sozinhas, não é?

Natalie sabia que os reparos não seriam baratos, mas tinha dinheiro guardado. Suas economias. Ela podia vender o carro, que, de todo modo, era só uma dor de cabeça na cidade, já que era impossível encontrar uma vaga. E aquele maldito anel de diamante que ela nunca, nunca, usaria, porque se sentiria muito culpada. E podia sacar todo o seu fundo de aposentadoria, no qual vinha depositando dinheiro desde o dia em que conseguiu o primeiro emprego formal. Antes de toda a tragédia, isso seria impensável, mas naquele momento parecia a melhor opção.

Você é jovem, disse a si mesma. *Você vai recuperar o dinheiro assim que…* O quê? Esse era o problema. Assim que a livraria desse lucro? Quando isso aconteceria?

— Você pode começar pelo apartamento do meu avô? — perguntou Natalie. — Estou preocupada com ele. Desde… desde que quebrou o quadril e voltou da fisioterapia, parece que ele está envelhecendo muito rápido.

— Claro. Deixe comigo.

Natalie estudou a lista que Blythe havia escrito.

— Nossa, como eu queria poder conversar com minha mãe. Você fala com a sua mãe, Peach? Porque, se não tem esse hábito, deveria. E, se já tiver, deveria falar mais. Quando penso em todas as conversas que minha mãe e eu poderíamos ter tido… — Ela balançou a cabeça. — Desculpe, eu…

— Não precisa se desculpar. Deve ser muito difícil.

— É... é mesmo. O edifício é só parte do problema. Eu preciso encontrar uma maneira de ajudar meu avô. Antes fosse só o quadril dele. Mas os outros sintomas são muito imprevisíveis. Todos os dias, fico sem saber o que ele vai esquecer ou lembrar. E se ele se esquecer de mim? Ou, pior ainda, e se ele esquecer quem é? — Natalie sentiu vontade de continuar falando, mas se conteve.

Peach ficou quieto por alguns segundos.

— Volto amanhã de manhã — disse ele. — Se não for problema.

— Claro. E... obrigada por ter vindo.

Ele subiu na caminhonete.

— Claro. Cuide-se.

O dia terminou da mesma maneira que havia começado, com Natalie parada na calçada, chorando, rodeada por uma nuvem de escapamento da caminhonete de Peach Gallagher.

10

Depois do divórcio, o único veículo que ficara com Peach havia sido a caminhonete de trabalho, e Dorothy insistia em ser deixada na esquina da escola em vez de diante do portão principal. Ele acabou conseguindo convencê-la a explicar o motivo, e a filha confessou ter vergonha por certas crianças zombarem dela por chegar na escola com um "faz-tudo".

Mais uma farpa de Regina, cuja maior reclamação no casamento era que não tinham o suficiente. Não ganhavam dinheiro suficiente. A casa não era grande o suficiente. O carro não era novo o suficiente. A escola não era exclusiva o suficiente. O marido não era ambicioso o suficiente.

Descobrir o caso dela com Regis não deveria ter deixado Peach surpreso. Não deveria tê-lo deixado arrasado. Regis estava estudando para ter um MBA. Regis tinha um futuro promissor. Regis daria a Regina a vida que ela merecia.

E presa entre o descontentamento da mãe e o desespero do pai estava Dorothy, que era sem dúvida a melhor criança do mundo. Nem Peach nem Regina a mereciam. O acordo entre eles os fazia dividirem o tempo da menina entre as duas casas com precisão cirúrgica, até nos minutos, então ele se dedicava a dar àquele serzinho incrível o melhor possível. Isso incluía estacionar a caminhonete e entrar com a filha na escola.

Os amigos de Peach perguntavam por que ele não encontrava um lugar mais barato para morar, fora da cidade. Por que dividia o apartamento com os colegas de banda, Suzzy e o marido, Milt, em um bairro onde o aluguel parecia ser cobrado pelo centímetro quadrado, e onde ele precisava conciliar dois empregos só para sobreviver. A resposta era simples. Estava bem ao lado dele, segurando sua mão.

Dorothy avançou, saltitante, tagarelando sobre coalas, o tema de seu relatório de ciências. *Um coala não é um urso, mas sim um marsupial. Come apenas folhas de eucalipto — quase novecentos gramas por dia. É impossível distinguir as impressões digitais de um coala das de um humano.*

— É mesmo? — observou ele. — Isso é muito legal.

— Você afinou meu ukulele para mim? — perguntou a menina.

O pequeno instrumento estava guardado em um estojo, dentro da mochila.

— Eu ensinei você a afinar sozinha — disse Peach.

— E se eu ficar nervosa na apresentação e esquecer?

— Você não vai esquecer. E o que eu disse para fazer quando ficar nervosa?

— Respirar, fazer tudo com calma e lembrar que eu mando muito bem.

— Exatamente. Você vai ser a melhor na apresentação.

— A gente pode fazer algo legal depois da aula hoje?

— Claro que sim. — Peach ergueu o rosto para o céu. O outono era o verão de São Francisco. Os dias eram claros e quentes, perfumados com folhas secas, flores desbotadas e o ar sempre salgado. Tentava sair do trabalho mais cedo nos dias em que ficava com Dorothy. — Que tal comprarmos uma pipa em Chinatown e irmos para Kite Hill?

— Isso! Isso, isso, isso, isso, *isso!* — Ela rodopiou com uma dancinha ao redor dele.

Peach acenou com a cabeça para cumprimentar a mãe de Amber, que era solteira e vivia querendo tomar um café. *Não, muito obrigado, minha senhora*, pensou ele. Desde o divórcio, Peach havia saído com algumas mulheres — o que foi o suficiente para convencê-lo de que ainda não estava pronto para entregar seu coração a alguém.

— Trouxe seu almoço? — perguntou ele a Dorothy.

— Está na mochila.

— E o livro da biblioteca? E a autorização? Garrafa d'água?

— Sim. Sim. Sim.

— Está bem então. Te amo, pestinha.

— Vejo você na volta — disse Dorothy.

O sorriso dela iluminava o mundo embora suas palavras partissem o coração de Peach. *Vejo você na volta.*

Com dificuldade, Natalie empurrou a cadeira de rodas com o avô ladeira acima. Ela estava aprendendo a encontrar rotas mais acessíveis para seus lugares favoritos, mas aquela ali não seria uma delas. No entanto, Natalie estava determinada. Sair para dar uma volta parecia fazer bem para ele.

O dr. Yang estava preocupado com alguns sintomas que não pareciam relacionados à demência de seu avô — problemas digestórios e respiratórios. Tinha pedido mais exames e consultaria mais especialistas. Ele havia mostrado a Natalie as imagens do cérebro de seu avô e lhe entregara folhetos com informações sobre os diferentes tipos de demência e o que esperar dali para a frente. O futuro não era encorajador. O médico havia aumentado a dose de remédios para a doença e marcado outra consulta. Embora os medicamentos pudessem desacelerar o processo, a memória de seu avô corria o risco de ser apagada aos poucos.

Às vezes, ele acordava tão desorientado que se perdia no caminho para o banheiro. Em outras ocasiões, insistia que o jantar tinha gosto de ferro e que não parava de ouvir um barulho de vento.

O médico encorajou Natalie a fazer coisas normais com o avô, para ajudá-lo a manter o caos em sua mente distante.

O próprio avô às vezes parecia entender o que estava acontecendo com ele. Dizia que queria continuar "intacto", e ela entendia que isso significava que ele não queria vender o prédio e tentar criar uma nova vida para si mesmo em outro lugar.

Natalie parou em frente à Corona Joias & Penhores. Havia uma placa na porta: DINHEIRO RÁPIDO — SEM VERIFICAÇÃO DE CRÉDITO. Ela se deteve por um momento, estudando o reflexo deles na vitrine. Sua imagem parecia pequena atrás da cadeira de rodas, os cachos escapando da boina e as bochechas vermelhas de tanto fazer esforço. O avô estava calmo, observando a vitrine.

Ele se virou e olhou para cima.

— Uma loja de penhores?

— Dizem que é boa. Consultei algumas resenhas on-line.

Respirando fundo, Natalie apertou o botão perto da porta. Uma mulher com cabelo grisalho e bochechas ossudas abriu a porta e as cumprimentou.

Suas botas curtas de salto fino, com a icônica sola vermelha de marca, ecoaram no piso quando a funcionária deu um passo para trás a fim de deixá-los entrarem.

— Como posso ajudar? — perguntou a mulher. Ela tinha sotaque, algo do leste europeu, que a lembrou de uma vilã de um desenho que gostava de ver quando criança.

Natalie ficou tentada a fugir. *Respire fundo*, ela pensou. *Só porque ela tem cara e voz de uma vilã de desenho animado não significa que seja uma.*

— Eu tenho uma joia — disse Natalie.

Natasha andou na frente até o balcão. Um mostruário iluminado exibia o tesouro de piratas — relógios e anéis, colares, peças vintage, moedas antigas e armas. Uma janela gradeada dava para uma sala dos fundos, onde um homem encarava uma tela de computador com ar entediado. Havia câmeras de segurança apontadas em todas as direções.

Natalie empurrou o freio da cadeira de rodas e abriu a bolsa. A caixinha estava aninhada em um envelope recheado de faturas, junto com o orçamento de Peach Gallagher.

Ela tinha tentado convencer a família de Rick a ficar com o anel, mas eles se recusaram. *Ele comprou para você, Natalie. Não seria certo a gente ficar com ele.*

Cinco minutos depois, saíram com uma quantidade assustadora de dinheiro no bolso do casaco. Não fora um penhor, mas uma compra definitiva. Natalie nunca mais queria ver aquele anel. Teve vontade de correr direto para o banco, mas se forçou a manter a calma.

— As pessoas fazem coisas assim todos os dias — disse ela.

— Oi? — perguntou o avô.

— As pessoas — respondeu Natalie. — Usam lojas de penhores.

Ela cerrou os dentes e subiu uma colina íngreme. Estava feito. E era o aniversário do avô, então ela queria levá-lo para um lugar do qual se lembrava com carinho. A questão era: será que *ele* se lembrava?

O pequeno parque coroava uma colina com vista para a cidade, e o sol do fim da tarde banhava o lugar com uma luz dourada. As pessoas descansavam em bancos, passeavam com cachorros ou ficavam olhando os filhos brincando e empinando pipas. A grama estava seca e amarronzada, sedenta pelas chuvas de inverno.

— Que tal ficarmos aqui? — perguntou Natalie, tentando recuperar o fôlego.

Ela parou a cadeira ao lado de um banco e pisou no freio.

— É lindo — disse ele. — Quando era garoto, isso aqui se chamava Solari Hill. Um fazendeiro chamado Solari costumava deixar seu gado pastar aqui. Era muita grama balançando com a brisa. — Protegendo os olhos da claridade, Andrew examinou o horizonte. — Como a vista mudou.

— Ainda é uma vista e tanto, não é? — O dourado profundo do outono se estendia pelo panorama, da Market Street e da Torre Sutro até os bairros distantes de Twin Peaks e Diamond Heights. Natalie se sentou no banco e tomou um longo gole da garrafa d'água que sabiamente trouxera em uma cesta com os cupcakes de aniversário. Respirando fundo, ela deu um tapinha na mão do avô, olhando em volta do parque. — É tão bonito aqui. Estou feliz por termos vindo.

— Estou impressionado que você tenha conseguido subir a ladeira. Odeio ser um peso morto.

— Pare com isso. Nunca mais diga que é um peso morto. Nunca mais.

— Você mudou sua vida inteira por minha causa — disse ele. — Não fique achando que não percebi.

— Eu precisava mudar as coisas, vovô. Minha vida em Archangel girava em torno de um trabalho que eu não gostava muito. Voltar para cá foi… Eu amo esta cidade. Eu tinha esquecido do quanto gostava daqui. É o único lugar onde realmente me sinto em casa. Estar de volta tem sido bom para mim. Espero que esteja sendo bom para nós dois. Eu estava com saudade.

Natalie não estava falando da boca para fora. Finalmente se lembrava de quem era e do que amava, e era por mais do que uma simples mudança geográfica. Ela havia voltado para casa, para aquela pessoa que ainda se lembrava de buscar motivos para sentir esperança. O sorriso do avô e o cachecol dele balançando ao vento. Crianças e cachorros brincando no parque. A vista do topo daquele pequeno morro.

— Senti falta do seu sorriso — comentou o avô. — Você devia mostrá-lo com mais frequência.

— Ultimamente eu estava sentindo como se estivesse traindo minha mãe quando ficava feliz — disse Natalie. — Não posso continuar assim. Já cansei de me sentir culpada quando me sinto feliz, vovô.

Andrew demorou um pouco a responder, a expressão sombria de seu rosto inalterada. Natalie começou a se preocupar com a possibilidade de ter ofendido o avô.

— Vovô, sinto muita falta dela, eu juro, mas não aguento...

Andrew ergueu a mão para silenciá-la.

— Natalie. Natty, querida.

— O que foi?

— Eu só queria dizer que esse é o melhor presente que você poderia ter me dado de aniversário. Saber que você consegue ser feliz é tudo que preciso agora.

Ela sentiu um nó na garganta.

— É?

— É.

— Bem, o senhor ainda não experimentou esses cupcakes. — Natalie puxou a bolsa das costas da cadeira de rodas e colocou a caixa da padaria no banco. — Acho que você foi a primeira pessoa que me trouxe aqui — disse ela. — Lembra?

— Seu dente da frente tinha caído. Você improvisou um trenó com uma caixa de papelão e desceu a colina bem ali.

Ele apontou para um local perto de um cipreste esculpido pelo vento. Havia também alguns dentes-de-leão, lançando as sementes ao vento como paraquedas em miniatura.

— Acho que o senhor se lembra até melhor do que eu.

— Talvez porque eu me lembre de como você foi corajosa, apesar dos dois cotovelos ralados. Quando sua mãe era criança, eu a trazia aqui também — disse ele. — Ela nunca foi tão aventureira quanto você.

— Minha mãe? — Natalie franziu a testa. — Eu sempre pensei nela como a mais aventureira de nós duas.

— Blythe estava sempre doida para voltar para casa e para seus livros — disse ele.

Uma rajada de vento levou o chapéu da cabeça do avô até a grama. Natalie se levantou de repente e foi atrás, esquivando-se das crianças empinando pipas e pulando corda. O chapéu continuava rolando para fora de seu alcance, e ela já estava com medo que o acessório fosse acabar voando pela colina quando uma mão grande o agarrou.

— Você deixou cair isso aqui — disse o homem.

Ela parou e olhou para cima. Por uma fração de segundo, não o reconheceu. Alto, óculos escuros estilosos, boné de beisebol dobrado no bolso de trás da calça jeans desbotada.

— Peach? Oi.

— Que coincidência encontrar você por aqui — disse ele, entregando-lhe o chapéu. — E aí?

— Eu trouxe meu avô para um passeio. É um dos nossos lugares favoritos aqui na região. — Ela notou como o vento brincava com o cabelo dele. — E você?

— Papai, olha, pai, olha, pai, olha! — disse uma voz estridente. — Ela deu um *mergulho*!

Dorothy corria para trás, os olhos fixos em uma pipa colorida dançando no céu.

Peach colocou as mãos nos ombros da filha.

— Opa, opa. Cuidado por onde anda, pestinha.

A garota se virou para o pai com os olhos brilhando.

— Se a linha fosse maior, iria até as nuvens.

— É mesmo?

Dorothy assentiu, então pareceu notar Natalie. O sorriso dela diminuiu um pouco.

— Ah. Oi.

— Lembra da srta. Natalie da livraria?

O sorriso aumentou de novo.

— Ah — disse ela mais uma vez. — Oi!

— Gostei da sua pipa — disse Natalie.

— Papai e eu compramos depois da escola.

— É muito bonita mesmo. Eu empinava pipa aqui quando tinha sua idade. Meu avô me trazia quando o tempo estava bom. Hoje *eu* que o trouxe aqui porque é aniversário dele.

— Ah! — Ela parecia uma personagem de desenho, cheia de emoção. — Quero mostrar minha pipa para ele.

— Ele está lá. — Natalie apontou para o banco.

Dorothy foi conduzindo a pipa até o avô.

— Gosto da energia dela — disse Natalie a Peach.

— Sim, eu nunca vou saber de onde ela tira essa energia toda depois de um longo dia na escola.

Dorothy levou a pipa a Andrew, e os dois ficaram olhando-a voar por alguns minutos. Então o vento mudou e a pipa caiu, flutuando até o chão. Dorothy foi correndo buscá-la, e voltou para mostrar o desenho de arco-íris.

— É mesmo linda, senhorita... — começou ele. O avô tirou os óculos e os limpou com a ponta do cachecol. — Eu esqueci seu nome.

— É Dorothy. Dorothy Gallagher.

Andrew colocou os óculos de volta.

— Estou perdendo a memória.

Ela enfiou um dedo no queixo e estudou o rosto dele.

— Para onde ela foi?

— É que nem aquelas sementes. — Ele apontou para as flores com sementes leves que se espalhavam pelo vento. — São levadas para longe.

— Talvez elas cresçam em algum lugar novo.

— É uma ótima ideia. Sim, gostei dessa possibilidade, Dorothy.

— Eu não sabia que era seu aniversário, sr. Harper. Não tenho um presente. Mas... — Os olhos dela se iluminaram. — Ah! Eu tenho uma *surpresa*!

A menina correu, agarrou sua mochila e pegou um pequeno violão.

Não, Natalie percebeu. Era um ukulele.

Dorothy e Peach se entreolharam, e ele assentiu de leve. A menina se sentou no banco, de frente para a cadeira de rodas.

— Eu levei meu ukulele para a apresentação na escola. Pronto? — perguntou ela.

— Sou todo ouvidos, minha jovem.

A menina conferiu a afinação, mantendo a cabeça inclinada para o lado. Natalie olhou para Peach, então se sentou na grama seca em frente ao banco e logo ele se juntou a ela.

Dorothy começou a tocar timidamente e aos poucos foi ganhando confiança ao repetir alguns acordes. Então cantou "Somewhere Over the Rainbow", a versão havaiana, suave, doce e tranquila. A voz dela era pura e natural. Algumas pessoas que caminhavam ali perto diminuíram o passo ou pararam para ouvir. Natalie assistiu à interação entre Dorothy e o avô com o coração derretido.

Quando a música acabou, o avô aplaudiu, sorrindo de orelha a orelha.

— Essa foi a melhor surpresa de aniversário do dia — disse ele para a menina. — Obrigado, Dorothy.

— De nada! Toquei na escola hoje e acho que me saí muito bem. — A menina olhou para Peach. — Ah, pai. *Sério?*

Peach secou as bochechas com uma bandana, a emoção estampada no rosto.

— Não aguento, pestinha. Sempre que ouço você cantar, choro lágrimas de gigante.

Dorothy guardou o ukulele.

— Bom saber.

Que mulher de sorte era a esposa de Peach, por ter aqueles dois, pensou Natalie. Ela se levantou rapidamente.

— Eu tenho uma coisinha para a gente. — Natalie abriu a caixa da Sugar. — Cupcakes de aniversário!

— É mesmo? Para a gente também?

— Isso mesmo. Comprei alguns a mais para Bertie e Cleo. Mas... quem chega primeiro leva, não é?

— Siim!

— Temos de chocolate, baunilha, morango e unicórnio arco-íris.

Os olhos de Dorothy devoraram os lindos cupcakes. Então ela olhou para Andrew.

— É seu aniversário. Você escolhe.

— Bem, eu quero o de chocolate — disse ele, pegando o cupcake.

Natalie olhou para Peach e de alguma forma soube como dividir o restante.

— Vou pegar o de morango e assim seu pai fica com o de baunilha. Acho que o unicórnio arco-íris é seu.

11

Por trabalhar com obras e restaurações, Peach muitas vezes acabava testemunhando detalhes íntimos das vidas das pessoas. Algo na natureza do trabalho o tornava invisível para os clientes. Em várias ocasiões, encontrou armários cheios de tralhas, coleções de artefatos de valor inestimável ou bagunças que deveria ignorar. Ele acabava entreouvindo discussões acaloradas e conversas bobas, piadas tolas e gentilezas, crianças sendo repreendidas, música alta, pepinos da vida cotidiana e até verdadeiras tragédias: ou seja, pessoas vivendo a vida.

Muitos projetos levavam semanas ou meses para serem concluídos, e ele se integrava ao cenário, como um móvel ou uma ferramenta fora do lugar. As pessoas não se esqueciam de sua presença, mas acabavam se acostumando a tê-lo por perto, então deixavam de fazer cerimônia e passavam a agir com mais naturalidade. Como um expectador silencioso, Peach não queria ficar bisbilhotando, mas às vezes não conseguia evitar. Na maior parte do tempo, o cotidiano das pessoas girava em torno de banalidades, mas havia crises mais sérias vez ou outra, assim como momentos engraçados ou tristes. Às vezes, aquelas cenas iam parar nas canções que compunha. Certa vez, Peach escreveu uma música sobre uma mulher colocando os sapatos do falecido marido em uma caixa de doação.

Você nunca sabia o que serviria de inspiração.

Ele suspeitava que acabaria compondo uma música sobre Natalie Harper. Ela estava muito estressada, tendo que lidar com uma desgraça atrás da outra ao assumir a livraria e os cuidados com o velho Andrew, que claramente estava tendo sérios problemas de memória. Com base nas ligações que ele entreouviu, Natalie também havia herdado um monte de problemas financeiros, sem falar no prédio, que estava caindo aos pedaços.

Algo nela o deixava comovido. Foi uma surpresa encontrá-la no parque no outro dia, mas São Francisco era assim, uma cidade grande formada por várias cidades pequenas onde todos se conheciam. Com o avô, ela era tão doce quanto os cupcakes. Com os clientes, sempre muito educada. Com Peach... era difícil de ler.

E ela era tão linda — pequena e graciosa, com pele macia e olhos enormes que não escondiam nada. Era uma mistura de delicadeza e ferocidade. Mãos femininas que voavam pelo teclado, especialmente quando estava trabalhando nas planilhas de custos. Vestia roupas simples, como saia azul-marinho, suéter e sapatos sem salto — uma bibliotecária sexy. Ele poderia observá-la o dia todo.

Natalie parecia uma boa mulher. Boa, mas com problemas. Suzzy — uma mulher de opiniões fortes com quem ele dividia a casa e algumas letras de músicas — diria que aquilo era um sinal de alerta. Mas não era culpa de Natalie que sua mãe houvesse morrido e ela tivesse sido obrigada a se mudar para outra cidade para ajudar o avô e tentar, de alguma forma, construir uma vida.

Com ou sem sinais de alerta, Peach não estava interessado em um relacionamento. Ele havia aprendido sua lição pouco depois do divórcio. Ele namorou uma mulher que parecia ter todas as qualidades — era gentil, bonita, inteligente —, mas que não conseguia esconder seu ressentimento por Dorothy, o que tornava um relacionamento impossível. Outra namorada também parecera legal, mas ela queria ter filhos, e imediatamente.

Peach acabara pondo um fim no namoro. Não queria que Dorothy sentisse que ela não era o suficiente para ele. Caso quisesse ter mais filhos um dia, o que era improvável, Peach planejava ir bem devagar.

Nos últimos tempos, ele era um monge. Sem drama. Sem complicações. O trabalho, a banda e Dorothy já o mantinham bastante ocupado. Natalie Harper era tentadora, mas não seria mais do que uma cliente.

Peach não queria deixá-la ainda mais estressada, mas os consertos e a restauração do edifício demorariam um pouco, e o projeto não sairia barato. Ele se sentia mal pelo tanto de trabalho que seria necessário para recuperar o prédio antigo. Natalie estava em boas mãos com ele. Peach sabia o que precisava ser feito, sabia como executar a tarefa e cobraria um preço justo.

Às vezes, Suzzy o censurava por cobrar preços razoáveis bem ali, no coração da cidade mais rica dos Estados Unidos.

— Cara — dizia ela. — É uma das vantagens de morar em São Francisco. Tem um monte de gente cheia de grana. Você não devia se sentir culpado por ficar com um pouco do dinheiro deles.

— Não me chame de cara. Ninguém mais fala assim.

— Eu digo. Um cara me deu uma gorjeta de cem dólares ontem de manhã e ele só tinha comido uma omelete de clara de ovo. E eu respondi: "Pô, cara, valeu".

Peach suspeitava que a gorjeta tinha sido motivada pela saia justa com botas de caubói vermelhas e a tatuagem de clave de sol na clavícula delicada de Suzzy, e não pela omelete que ela servia no Spotters, o café badalado onde trabalhava enquanto esperava para ser descoberta. Ela não contava que era casada com Milt, o baterista deles, porque jurava que as gorjetas eram melhores quando ninguém sabia. Ela e Peach até compuseram uma música sobre isso, "Me Chame de Conservadora".

Já estava bem claro que Natalie Harper não era o tipo de cliente que ele costumava encontrar, o tipo que tinha mais dinheiro do que bom senso. Recentemente, ele havia feito uma reforma para um casal que gastara uma pequena fortuna para importar duas portas de biblioteca de Londres só porque combinavam com uma lareira antiga em sua casa em Nob Hill. Outro cliente encomendara uma bancada de vidro tão grande que tiveram que derrubar parte de uma parede para levá-la para dentro.

Natalie Harper não era assim.

Ela estava sempre trabalhando duro quando Peach aparecia pela manhã e ainda estava na labuta quando ele ia embora no fim do dia. Natalie e a equipe estavam em busca de novas maneiras de melhorar as vendas, expandir o café e fazer eventos para leitores.

Ela era boa no que fazia, cumprimentando os clientes assim que entravam e ajudando-os a encontrar o que procuravam. Durante os períodos sem movimento — e esses pareciam ser frequentes demais —, ela trabalhava no computador. Natalie mantinha a calma durante telefonemas que enlouqueceriam a maioria das pessoas — *Ainda não tenho uma cópia autenticada da certidão de óbito. Não tenho acesso a documentos até que eu seja nomeada representante da minha mãe. A causa da morte está nesses documentos...* Cada vez que ela

143

precisava explicar a situação de novo, sua voz parecia mais fraca e mais cansada. Cada vez que o avô a confundia com a mãe ou a tratava como uma estranha, seu coração partido transparecia nos olhos perturbados.

Enquanto Peach consertava a parede que havia quebrado, Natalie recebeu a ligação de alguma advogada e falou com ela no viva-voz enquanto guardava livros. A advogada sugeriu que Natalie processasse a empresa de aviões e o fabricante.

Os olhos dela assumiram uma expressão distante.

— E processá-los por quê? Porque meu namorado estava trazendo minha mãe para vê-lo me pedir em casamento?

Natalie apertou o botão para encerrar a ligação com bastante força, então olhou para cima e viu Peach. Ele largou a espátula e limpou as mãos em um pano.

— Eu estava para perguntar como o seu dia estava indo, mas ouvi sua conversa.

— Nunca imaginei que ia receber uma ligação dessas.

— Eu não sabia que você também havia perdido seu namorado no acidente.

Ela estremeceu um pouco, então cruzou os braços.

— Sim, ele é... era um piloto. Era muito bom, e a ideia de processar... — Ela cruzou os braços com mais força. — É complicado. Ou talvez não. Talvez eu seja apenas uma péssima namorada. Mesmo depois que ele morreu, continuei sendo horrível. Vendi o anel de noivado para pagar as contas.

Ah.

— Não é crime ser prático — disse Peach. — Você está cuidando do seu avô. Fazendo o que tem que fazer.

Natalie olhou para o chão e depois de volta para ele, com uma expressão cheia de tristeza.

— Eu queria poder ajudar mais — disse Peach.

Ela olhou para a masseira de gesso e a espátula.

— Você está ajudando — respondeu Natalie.

Peach abriu um pequeno sorriso e voltou ao trabalho. *Você está ajudando.* Ele queria poder consertar o coração dela.

Mais tarde naquele dia, Natalie deu vários telefonemas para editoras, alguns para elaborar um plano de pagamento das contas atrasadas, outros para perguntar sobre como agendar eventos de autógrafos com autores famosos.

Peach não podia deixar de admirar a persistência e a paciência de Natalie, mesmo quando ela precisava explicar — de novo e de novo — que a antiga proprietária da Livraria dos Achados e Perdidos, que todos conheciam, havia morrido. Assim que chegou, Cleo, que também trabalhava lá, perguntou se ela havia conseguido marcar algum evento.

Natalie examinou a livraria — vazia, exceto por Peach — com um olhar melancólico.

— Talvez os escritores sejam como os homens — disse ela. — Todos os que prestam não estão disponíveis.

— Você vai encontrar alguém — disse Cleo. — Vários, na verdade.

— Já deixei mais de dez recados — disse Natalie. — Ninguém retorna as ligações hoje em dia.

Peach não sabia nada sobre como administrar uma livraria, mas imaginava que qualquer escritor seria sortudo de fazer uma noite de autógrafos ali. Apesar de todos os problemas, o lugar era uma joia — tinha uma atmosfera ótima, um tesouro de livros novos e antigos, uma equipe de pessoas que conheciam e gostavam de literatura.

Ele acenou para Natalie.

— Posso mostrar uma coisa?

— É uma boa ou má notícia? — perguntou ela, com a voz cansada.

— Estou me sentindo o Ceifador.

Peach a levou até o banheiro no andar de cima, um espaço muito feminino onde havia uma banheira antiga impressionante, bem funda e com pés. O quarto cheirava a flores e velas. Abaixando-se, ele apontou a lanterna para as tábuas do chão erguidas debaixo da banheira.

— Se alguém merece uma folga, esse alguém é você — disse ele. — Mas isso precisa ser resolvido.

Peach lhe mostrou o ponto onde o tubo galvanizado fora conectado incorretamente ao tubo de cobre. Uma catástrofe anunciada se desenrolava embaixo do assoalho.

— Isso é ruim, certo? — perguntou Natalie baixinho. — É muito ruim?

— Está me perguntando se a banheira vai destruir o piso hoje? Não. Mas quanto mais tempo demorar para consertar, mais vai ter que ser feito.

Ela se agachou e assentiu com desânimo.

— É melhor você consertar, então.

Peach estendeu a mão para Natalie e a ajudou a se levantar. Ocorreu-lhe que não segurava outra mão que não a de Dorothy havia muito tempo. Eles foram para a sala do apartamento, onde bastante luz entrava pela janela da claraboia. A madeira tinha detalhes da Era Dourada — ornamentos e mísulas, floreios de uma época passada.

— O quê? — perguntou ela. — Dá para ver que você está pensativo.

— É mesmo?

— Sim, pela maneira como você está olhando ao redor. Tem mais alguma coisa caindo aos pedaços?

— A gente sempre consegue encontrar algo que precisa de reparos em um prédio tão antigo. Mas não era nisso que eu estava pensando. Este lugar é realmente lindo. Vários detalhes históricos originais que não foram arruinados por uma reforma malfeita.

Natalie apoiou as mãos na cintura e se virou devagar.

— É muito gentil de sua parte dizer algo positivo sobre este lugar tão velho.

— Sério, é um clássico. Tem muita personalidade, eu adorei.

— Até onde eu sei, nunca foi reformado. Nós éramos avessos demais à mudança ou falidos para uma reforma.

— É ótimo. — Peach notou uma capa de violão no canto. — Você toca?

— Na verdade, não. Minha mãe comprou em um bazar quando eu era criança, e nós aprendemos algumas músicas de três acordes. — A expressão de Natalie suavizou-se durante a lembrança, mas logo a preocupação reapareceu. — Acho que dá para dizer que tenho uma relação de amor e ódio com este lugar. Amo que a história da nossa família esteja aqui e odeio que a gente não tenha dinheiro para mantê-lo.

— Sei que não é da minha conta, mas com certeza muita gente gostaria de comprar o prédio. É uma localização nobre e tem aquele charme vintage que nunca sai de moda. Vejo lugares como este dando muito dinheiro.

Natalie se sentou no braço redondo de um sofá que parecia confortável e apertou as mãos até as juntas dos dedos ficarem brancas.

— Era o que eu queria fazer depois do acidente. A livraria era a razão de viver da minha mãe, e achei que não poderia continuar sem ela. — Ela passou a mão por um cobertor macio nas costas do sofá. — Mas não é meu, então não posso vender. Nem era da minha mãe. Meu avô é o proprietário, então a decisão é dele, e ele não vai mudar de ideia. Ele nasceu, cresceu e sempre viveu aqui. Quero que aproveite sua aposentadoria em um lugar que ama. Tirá-lo daqui agora o deixaria de coração partido.

E o seu coração?, Peach se perguntou, mas não em voz alta.

— Ele tem sorte de ter você — disse ele.

— Eu é que sou sortuda — respondeu Natalie. — Ele é minha única família e é uma honra poder cuidar dele. Vou fazer o que for preciso para mantê-lo aqui.

— Ah, com isso eu posso ajudar — emendou Peach. Queria dizer mais, fazer mais perguntas. Em vez disso, disse apenas: — É melhor eu voltar ao trabalho.

No apartamento de Andrew, Peach já havia terminado de instalar apoios resistentes no banheiro. Agora estava construindo uma rampa que levava ao jardim nos fundos. Enquanto trabalhava, o velho parecia estar absorto lendo papéis e documentos amarelados que tirava de uma grande pasta, virando as páginas com as mãos trêmulas. Às vezes, elas tremiam tanto que Andrew as pressionava contra a mesa, revelando uma expressão agoniada no rosto. De vez em quando, desviava a atenção dos papéis com um olhar despreocupado e fazia um ou outro comentário, indo e voltando como a cortina da janela balançando na brisa. Peach percebeu que estava vendo os sintomas que faziam Natalie perder o sono.

Ele encontrou um pote de manteiga de amendoim no armário do banheiro. O velho repetia as mesmas perguntas toda hora. *Como você se chama? De onde você é? Você está aqui para consertar o encanamento?* Peach acabou percebendo que nenhuma resposta sua seria registrada na mente do velho. Como devia ser a sensação de se esquecer de tudo? Será que Andrew sabia o que estava perdendo? Será que tentava manter seu eu intacto? Será que sentia aquele vaivém de sua consciência?

Caramba, pensou Peach, *eu gostaria de saber como falar com você*. Era um pouco como estar com alguém que falava outra língua. Mas às vezes ele achava que conseguia sentir o pânico e a desorientação de Andrew. E, naquele momento, a raiva de si mesmo por ter urinado na calça e ficado ali olhando para o chão.

— Acho que agora é um bom momento para você experimentar as barras do chuveiro — disse Peach quando notou a poça no chão. — Aqui, eu ajudo.

Ele deixou de lado as ferramentas e ficou segurando uma toalha enquanto Andrew se despia e ia para o banco instalado no chuveiro.

Peach ligou a água e entregou a ducha a Andrew.

— Lave-se enquanto eu procuro uma muda de roupa para você.

Andrew ficou segurando a ducha do chuveiro contra o peito ossudo e fitou o fluxo de água quente com uma expressão admirada.

Peach pegou roupas limpas no armário e colocou-as ao lado da banheira. Quando Andrew desligou o chuveiro, Peach lhe entregou a toalha e foi limpar a poça de urina.

Alguns minutos depois, Andrew saiu, usando as roupas limpas e parecendo um pouco envergonhado.

— Me desculpe por dar tanto trabalho.

— Imagina, não é problema nenhum.

— Eu estou velho.

— Todos nós vamos ser velhos um dia — disse Peach —, se tivermos sorte.

— Eu me tornei um inútil — disse Andrew.

— Escuta, não conheço sua família tão bem, mas uma coisa eu sei. Natalie precisa de você. E você tem muita sorte de tê-la. Cada coisinha que ela faz mostra que você é tudo para ela.

— Vou tentar pensar nisso, meu jovem — disse Andrew. — Mas se eu me esquecer, por favor me lembre.

Peach assentiu e voltou ao trabalho. Quando chegou a hora de ir embora, ele levou as ferramentas para a caminhonete.

— Volto de manhã — disse ele a Natalie. — Oito horas está bom?

Ela assentiu.

— Eu acordo cedo. — Natalie fez uma pausa e disse: — Ouvi sua conversa com meu avô.

— Ele é uma boa companhia. Espero que não tenha problema.

— Problema? Foi maravilhoso. Obrigada. Algumas pessoas... — Ela mordeu o lábio e olhou para baixo. — Algumas pessoas não têm paciência. É difícil. Às vezes eu preciso lembrar a mim mesma que ele ainda está lá.

Peach percebeu que por "algumas pessoas" Natalie queria dizer ela mesma.

— Boa noite, então.

Ele hesitou, doido para convidá-la para tomar uma bebida e talvez comer alguma coisa. Ela parecia tão sozinha na livraria vazia.

12

— *V*ovô? — Natalie entreabriu a porta do apartamento dele. — Charlie vai chegar às nove para levá-lo para tomar café da manhã.

Silêncio. Ela abriu a porta e entrou.

— Vovô?

Como sempre, sua cama estava impecavelmente feita, sua máquina de escrever e os papéis sobre o Edifício Sunrose arrumados com cuidado sobre a mesinha. Ele sempre foi meticuloso. A cadeira de rodas estava parada perto do aquecedor. O cheiro de hamamélis ainda pairava no banheiro.

Mas seu avô tinha sumido.

Uma onda de pânico imediata a fez ir correndo para a porta dos fundos. Abrindo-a para o jardim, ela desceu a rampa e olhou em volta, mas não viu sinal dele. Então correu de volta para a livraria, onde Peach estava começando o dia de trabalho. O desafio do dia era o painel elétrico, que agora estava aberto como um emaranhado de nervos expostos. A fiação do prédio antigo era sem dúvida perigosa e devia estar fora dos padrões de segurança. O sótão estava repleto de tubos e outras peças antigas, e todo o painel precisava ser reconfigurado. Peach a avisara de que os fiscais eram muito rigorosos.

— Você viu meu avô? — perguntou ela.

Ele estava com o painel aberto e estudava os disjuntores como se tivessem a informação mais interessante do mundo.

— Hoje? Não.

— Ele sumiu — disse Natalie. — Estou achando que ele saiu e se perdeu. — O estômago dela deu um nó. A equipe que cuidava de Andrew, ainda desconcertada com seus sintomas, havia mencionado aquela possibilidade. — É tudo culpa minha — lamentou. — Era para eu ter instalado um alarme, mas ainda não fiz isso. Ai, meu Deus, se alguma coisa acontecer com...

— Calma — disse Peach, indo para a porta da frente. — Nós vamos encontrá-lo. Ele não pode ter saído por aqui. Entrei hoje de manhã com a senha e tranquei a porta por dentro.

Natalie sentiu o rosto empalidecer.

— A porta dos fundos não estava trancada.

Os dois saíram correndo. Ela chamou pelo avô, mas não obteve resposta. Peach foi conferir o portão dos fundos.

— Boas notícias — disse ele. — Ainda está trancado. Duvido que ele seja ágil o suficiente para pular o portão.

Natalie estava prestes a ligar para a emergência.

— Então, onde...?

— Ali — disse Peach, apontando para um pequeno espaço ao lado do edifício. — Não é a bengala dele?

A bengala estava encostada ao lado da porta maciça que dava acesso a um pequeno depósito havia muito esquecido, onde May Lin costumava guardar ferramentas e equipamentos de jardinagem.

— Vovô! — Ela enfiou a cabeça lá dentro. — O que o senhor está fazendo?

Andrew apontou uma lanterna para o rosto dela e Natalie se encolheu.

— Achei que Natalie ia gostar de ver os livros de pássaros — explicou ele.

— Ah, vovô. — Ela deu um passo à frente e colocou a mão no braço dele. — Sou eu. Natalie. Está procurando alguma coisa?

— Estamos procurando já faz anos — murmurou ele, seguindo-a. — Papai vivia procurando os livros dele.

— Julius?

— Depois que perdeu a mãe, depois que perdeu tudo, ele ainda se lembrava daquelas fotos tão preciosas, com todos os pássaros.

Ela só conseguia imaginar o sofrimento de Julius, um menino de 7 anos, sozinho e perdido após o terremoto e o incêndio da cidade.

— Tudo bem? — perguntou Peach, abaixando-se ao passar pela porta baixa.

Natalie assentiu, oferecendo um breve sorriso.

— Parece que ele vive procurando alguma coisa.

Se os livros antigos haviam sido guardados ali, provavelmente foram estragados pela umidade, ela pensou.

Usando a lanterna do celular, Peach inspecionou o depósito apertado e empoeirado. Um ancinho velho, um saco de fertilizante, alguns vasos de planta jogados em um canto. Natalie viu um pequeno exército de aranhas penduradas no canto, as teias como redes de trapézio, e a cena a fez estremecer.

— Ai, meu Deus — disse ela, puxando o avô em direção à porta. — Morro de medo de aranhas. Vamos sair daqui.

— Você sabe o que é aquilo? — perguntou Peach, apontando a lanterna para uma caixa velha de madeira e metal.

— O senhor reconhece? — indagou Natalie ao avô.

Andrew franziu a testa e balançou a cabeça. As sombras vindas da porta dançavam no rosto dele. Natalie sentiu uma teia de aranha roçar sua bochecha e estremeceu de novo.

— Vamos para dentro, vovô — disse ela. — Vou fazer um café para o senhor enquanto espera por Charlie. Cuidado com a cabeça. — Segurando a mão dele, ela o ajudou a sair.

O avô olhou para o jardim.

— Nós tínhamos uma macieira. Eu gostava de subir nela e espiar os vizinhos por cima da cerca. Acabou sendo cortada. Acho que ficou doente.

— Quer que eu pegue essa caixa? — ofereceu Peach.

— Sim, pode trazer para dentro, por favor — disse Natalie.

— Pode deixar.

Embora Peach estivesse ali para trabalhar, Natalie sentia como se fosse um amigo seu. Cuidar do avô, da livraria e do prédio às vezes era demais — na maior parte do tempo —, e ela apreciava a atitude calma e prática de Peach.

Do lado de dentro, fez um café cortado para si, outro para o avô e um americano para Peach. O prédio precisava de tantas reformas que ele havia se tornado uma presença constante, e Natalie passara a contar mais com ele do que estava disposta a admitir. Peach tinha uma energia calma, o ar de um homem que sabia o que precisava ser feito e o fazia de maneira simples e competente.

Charlie chegou para a caminhada matinal até o centro para idosos. Todo elegante de paletó branco de algodão e tênis de borracha e lona, ele olhava para Andrew com carinho. Peach chegou com a caixa velha do pequeno depósito, cumprimentando Charlie com um aceno de cabeça.

— Hoje seu amigo saiu em uma caça ao tesouro — disse ele, mostrando a caixa empoeirada cheia de coisas.

Charlie tirou algumas ferramentas enferrujadas e panelas de grês, então pegou um vaso antigo e limpou a poeira.

— Isso é lindo — disse ele, mostrando-o para os outros.

Natalie tinha visto alguns vasos semelhantes nas lojas de antiguidades de Chinatown.

— É bonito. Vou limpar e colocar algumas flores frescas, se não estiver vazando.

Charlie assentiu.

— Cuidado. Pode ser outro dos seus tesouros.

Natalie sorriu e pegou o vaso.

— Pode deixar.

Quando ela virou o vaso, uma grande aranha de pernas peludas saiu de dentro. Natalie gritou, jogando o vaso para longe. Peach reagiu rápido, agarrando-o antes que se espatifasse no chão.

— Caramba, você não gosta mesmo de aranhas — disse ele.

— Desculpa. — Ela se deixou cair contra o balcão. — Bons reflexos de ninja, aliás.

Peach se curvou e pegou um objeto empoeirado amarrado com barbante.

— Isso caiu do seu vaso.

Era um livreto antigo do tamanho de uma carta de baralho. Natalie o abriu com todo cuidado e encontrou várias páginas finas cobertas com caracteres chineses. Ela mostrou a Charlie.

— Alguma ideia do que diz?

Ele estudou o livreto e depois balançou a cabeça.

— Não leio bem o suficiente em chinês.

Natalie mandou uma foto do vaso e do livreto para Tess — *Outro tesouro? Ou talvez algo que alguém de Chinatown deixou aqui?* — e depois guardou os itens em uma prateleira acima da máquina de café expresso.

Alguns minutos depois, Tess respondeu. *Pode ser algo valioso, pode não ser nada. Vou mandar alguém da Sheffield passar aí para buscar.*

Depois que o avô e Charlie foram embora, foi um dia calmo na livraria. Calmo até demais. Bertie estava fazendo uma audição para uma nova versão de *Esperando Godot.* Cleo tinha ido trabalhar em uma feira de livros escolares. Natalie se ocupou com as encomendas de livros. A livraria tinha cerca de sete mil títulos diferentes, mas era necessário um fluxo constante de novas obras para manter o estoque atualizado. O orçamento não permitia erros. Mal permitia o número mínimo de novos livros. Ganhar a vida como livreiro era possível, mas apenas se o inventário fosse gerenciado de maneira habilidosa. Às vezes, ela olhava para a contabilidade da mãe e queria gritar.

Agitada, Natalie se levantou para esticar as pernas e foi até a prateleira PS — as "palavras de sabedoria" que Blythe havia destacado nos livros favoritos. Natalie viu um volume com cartas de Thoreau e o abriu em uma passagem marcada com um post-it com uma seta desenhada com o estilo da mãe, apontando para as palavras: *Sou grato pelo que sou e tenho... É surpreendente como podemos ficar satisfeitos sem nada de especial — apenas a existência... Ah, como rio quando penso em minhas vagas riquezas indefinidas. Nenhuma ida ao banco pode diminuí-las — pois minha riqueza não são as posses, mas o prazer.*

A frustração de Natalie diminuiu enquanto a tristeza voltou. Tentando imitar o otimismo de sua mãe, ela se concentrou no prazer inebriante da deliberação. Que livros chamariam a atenção de alguém? O que cativaria a imaginação das pessoas? Que novo título geraria falatório? Ela tinha feito uma planilha — claro — detalhando padrões de vendas, resenhas, artigos de jornais e gostos dos leitores e formulou um plano para cada categoria principal.

O rei da planilha, semana após semana, era o inacessível Trevor Dashwood. As pessoas não se cansavam dos livros dele. Natalie marcou a célula ao lado de seu último livro, sabendo que as cópias venderiam rápido, ele se dignando ou não a visitar a livraria dali a dois anos. Na verdade, Natalie estava mais empolgada com a possibilidade de descobrir o *próximo* Trevor Dashwood — o autor incrível em quem ninguém ainda tinha ouvido falar, mas que um dia conquistaria o coração dos leitores.

Ela ficava acordada até tarde todas as noites, devorando o material de divulgação sobre os novos títulos das editoras, e havia vários que ela mal podia esperar para exibir na livraria: biografias comoventes, grandes romances, livros de receitas irresistíveis, suspenses enigmáticos, livros infantis exuberantes. Essa parte do processo era como uma droga para Natalie. Ainda assim, ao estudar a planilha e as próprias anotações na folha de pedidos do distribuidor, ela sentiu uma onda de incerteza. Não havia um algoritmo para prever quais livros seriam vendidos. Isso exigia senso crítico e bom gosto. Natalie só esperava ter ambos em quantidade suficiente.

Esse tinha sido o talento de sua mãe e provavelmente o único motivo para a livraria ainda estar aberta, apesar da administração descuidada. Ela referia a si mesma como uma evangelista de livros. Natalie ainda se lembrava do olhar de prazer absoluto de Blythe quando vendia um livro para um cliente animado.

O fim da tarde foi o ponto alto do seu dia — um e-mail da agente de Quill Ransom. Por ser uma autora local, ela conseguia agendar compromissos com menos antecedência. A agente sugeriu uma data para a sessão de autógrafos. Natalie sabia que um único evento não seria suficiente para salvar a livraria, mas era um começo. Ela se pôs a planejar imediatamente e até teve uma conversa animada por telefone com a autora, que parecia encantadora.

Um casal mais velho entrou para dar uma olhada na livraria e, apesar dos argumentos de vendas de Natalie — *Esta história aqui é como se a gente estivesse conversando com um melhor amigo. Esta me tirou o sono, de tão envolvida que fiquei. Embora não goste tanto de ficção científica, adorei esse romance de viagem no tempo* —, eles saíram com um único livro. Três adolescentes entraram, mas só queriam tirar selfies com livros para postar nas redes sociais. Até Peach, que em geral não interagia com os clientes enquanto trabalhava, não conseguiu se conter e fez um comentário conforme eles passeavam pelos corredores.

— Para que isso? — perguntou ele a Natalie.

Ela deu de ombros.

— Talvez para parecerem inteligentes na internet.

— Para que isso? — Dessa vez, Peach perguntou a um dos adolescentes.

O garoto guardou o celular no bolso de trás.

— Para nada, cara.

Natalie se encolheu, torcendo para que Peach não fosse arrumar confusão.

— Vou dizer uma coisa — disse Peach. — Eu era um idiota completo no ensino médio até ler este livro aqui. — Ele mostrou a eles um livro de Dave Eggers. — Aumentou meu QI em quarenta pontos depois que eu li.

— Sério?

— Não. Mas é um livro incrível e vocês deveriam ler.

— É mesmo? — O garoto fez uma pose com o livro e seu amigo tirou uma foto. — Vou comprar pelo celular, então.

Para a surpresa dela, ele já tinha o aplicativo da livraria e comprou uma cópia digital.

— Obrigada — disse ela. — Depois me diga se gostou.

Assim que os adolescentes saíram, ela se virou para Peach.

— Fico me perguntando se devia haver uma etiqueta sobre tirar fotos em livrarias.

— Que tal você colocar uma placa dizendo que é proibido usar o celular aqui?

— Não sei. Parece meio mandão.

— Você é que manda, você é a chefe.

Ele virou o boné de beisebol para trás e fez alguma marcação na parede que havia aberto.

— Eu era uma chefe tóxica em meu último emprego — contou ela. — Meus colegas de trabalho me odiavam.

Peach riu.

— Você? Duvido.

Natalie gostou que Peach achasse difícil ela ser tóxica.

— Você está achando engraçado, mas eu os ouvi conversando sobre como eu era horrível. Sério, eles me achavam insuportável.

— Você estava trabalhando com as pessoas erradas, então — disse ele.

— Talvez eu estivesse no emprego errado. Não amava o trabalho, mas era estável e previsível. — Ela olhou em volta, para a livraria iluminada pelo sol do fim da tarde. — Ao contrário disto aqui.

— Está arrependida? — perguntou Peach.

— Pergunte-me depois da reunião com o auditor do condado. — Natalie precisava fazer um plano de pagamento dos impostos atrasados.

Duas mulheres entraram, as bochechas coradas devido ao ar frio. Pareciam jovens profissionais com dinheiro, usando lenços sofisticados, blazers de bom caimento, botas de cano curto e bolsas caras. Desde que voltara a morar na cidade, Natalie tinha observado mudanças no bairro onde crescera, e as duas mulheres eram um excelente exemplo. Ainda havia traços da atmosfera boêmia aqui e ali — um estúdio de dança interpretativa, um curandeiro psíquico, um vendedor ambulante de cristais —, mas a maioria das empresas e lojas agora era sofisticada e tentava atender uma clientela elegante e com dinheiro. Natalie não sabia bem como deixar a livraria chique, ou mesmo se deveria tentar.

As mulheres examinaram os expositores, os olhos brilhando diante de capas intrigantes e cartões de recomendações manuscritos deixados pela equipe e por outros clientes. Vários tinham a caligrafia apressada de Blythe, com um excesso de pontos de exclamação. Com o passar do tempo, Natalie provavelmente precisaria retirar os cartões, mas ainda não conseguia se obrigar a fazer isso.

— Se quiserem ajuda para encontrar alguma coisa, é só falar — disse ela às recém-chegadas.

— Obrigada — respondeu uma das mulheres, olhando o telefone. — Só estamos dando uma olhadinha.

Ótimo, pensou Natalie. *Mais selfies com livros?* Talvez ela devesse considerar a sugestão de Peach e banir o uso dos celulares.

O zumbido alto de uma ferramenta elétrica começou no canto onde Peach estava trabalhando. A cabeça dele surgiu por trás de uma prateleira e ele acenou.

— Desculpem o barulho — disse ele. — Não vai demorar muito.

— Não tem problema — murmurou a outra mulher, colocando um par de óculos de marca e pegando um romance com uma capa vermelha e branca.

A amiga lhe deu uma cutucada e apontou a cabeça em direção a Peach, depois se abanou. A primeira mulher caminhou até a seção de viagens, fingindo interesse em um guia de fotos da Estônia.

O zumbido da ferramenta parou.

— Olá — disse Peach. — Estou atrapalhando?

— Não, imagina — respondeu ela rapidamente. — Só estou curiosa. Parece um conserto muito importante. Adoro esses prédios antigos.

Peach assentiu afavelmente com a cabeça.

— Eles às vezes dão trabalho.

— Bem, parece que você sabe o que está fazendo — disse ela, prestes a piscar os olhos e jogar o cabelo por cima do ombro. — Tem sempre alguma coisa lá em casa precisando de conserto. Você tem um cartão?

Ele é casado, pensou Natalie, tentando se concentrar no inventário. *Ele tem uma filha.*

— Claro.

Peach deixou a broca de lado e se endireitou. Ele ficava ainda mais bonito quando se via toda a sua altura.

— Eu também quero um — disse a mulher de óculos. — Sou um desastre com esses consertos em casa. Acabei de comprar uma propriedade na Russian Hill e vou fazer uma obra. Ou, melhor dizendo, estou tentando encontrar um empreiteiro para fazer a obra. Vocês, cavalheiros, são uma raridade.

Peach entregou os cartões.

— P. Gallagher — disse a loira. — É P de Peter, como o ator? Ou Philip, como o melhor personagem de *Shameless*?

Ele pareceu um pouco confuso.

— É P de Peach mesmo. — Com um sorriso rápido, ele pegou a broca de novo. — É melhor eu voltar ao trabalho.

— Peach. — A mulher de óculos parecia intrigada. — Aposto que tem uma história por trás desse nome. — Mas suas palavras foram abafadas pelo zumbido da broca. Ela voltou à mesa de lançamentos. — E que tal esse aqui, Taylor? "Estas são as memórias de tempos turbulentos" — disse ela, lendo a orelha do livro.

— Já lemos uma biografia no mês passado — disse a mulher chamada Taylor. Ela olhou para Natalie. — Estamos procurando nossa próxima leitura do clube do livro. Você indica alguma coisa?

Natalie sorriu.

— Estava só esperando vocês perguntarem. Como é o grupo?

— Nós nos reunimos uma vez por mês com vinho e petiscos. Somos nove homens e mulheres. E diria que temos um gosto eclético para livros.

— E para o vinho — disse a outra mulher. — E para homens, por falar nisso.

— Parece divertido.

Natalie apresentou alguns lançamentos e outros clássicos, oferecendo seus melhores argumentos de venda. As mulheres concordaram que o novo romance de Stacy Kendall, sobre gêmeos que cresceram separados e não sabiam da existência um do outro até um deles ser acusado de assassinato, daria ao grupo muito o que falar.

— Parece ótimo para a nossa próxima reunião — concordou Taylor, admirando a arte da capa intrigante. Em vez de comprar o livro, porém, ela o deixou de lado.

A outra mulher também não o levou.

— Eu só leio no celular — disse ela, oferecendo um olhar de desculpas.

— Ah, você pode baixar o e-book aqui na livraria — disse Natalie. — Você compra um código exclusivo e depois...

— Obrigada. Talvez mais tarde pelo seu site...

Natalie reconheceu os sinais de uma venda não concretizada. As duas mulheres começaram a se aproximar da saída como fazem os clientes que não pretendem comprar nada: olhando o relógio, lembrando de repente que tinham outro compromisso.

Natalie ofereceu um sorriso compreensivo. *Nunca faça uma pessoa se sentir mal por visitar a livraria.*

— Bem — disse ela. — Obrigada pela visita.

— Adoro histórias de gêmeos — comentou Peach. — Desculpe por ouvir a conversa, mas parece muito bom. Vou levar um.

— Ótimo — disse Natalie, tentando não parecer surpresa. — Vou pegar um para você.

— *O homem da máscara de ferro* é provavelmente minha história favorita de gêmeos — acrescentou ele. Limpando as mãos em um lenço, Peach pegou um exemplar da prateleira Vintage e Colecionáveis. — Esta é mesma edição que eu tinha quando garoto.

O volume apresentava ilustrações ousadas e uma sobrecapa à moda antiga.

De repente, as mulheres não estavam mais com tanta pressa.

— Nossa, acho que preciso levar um desses para o meu sobrinho — disse a mulher de óculos. — Ele é doido por quadrinhos e tenho tentado fazê-lo ler mais livros.

Peach entregou o volume com um floreio.

— Aposto que com esse você vai conseguir.

— Sempre amei *O príncipe e o mendigo* — disse Taylor enquanto a amiga comprava o livro. — Essa história de trocar de papéis, viver a vida de outra pessoa ...

— Temos uma cópia — disse Natalie. — Está no mostruário, porque é a primeira edição.

— É mesmo? Que legal. Posso dar uma olhada?

Natalie tirou o livro de Mark Twain do mostruário de obras raras. Ao longo dos anos, a mãe e o avô criaram uma coleção especial de obras de autores do círculo literário de São Francisco, conhecidos como os boêmios, e Mark Twain era um deles. Dizia-se que eles frequentaram A Escadona.

Calçando as luvas brancas de algodão da mãe, Natalie abriu o livro e o colocou no balcão.

— Está em excelente estado — disse ela.

Uma nota na caligrafia da mãe estava enfiada dentro da sobrecapa. *Primeira edição dos EUA, 1882. US$ 1.200.*

— Uau, é impressionante — disse a loira. — Uma peça de museu. Obrigada por me mostrar.

— Temos uma edição fac-símile com a mesma encadernação e ilustrações por 16,95 dólares.

Natalie mostrou a réplica.

— Ah, essa cabe no meu bolso. É muito legal. Dá uma nostalgia. — A mulher colocou o livro no balcão e pegou a carteira. Então foi buscar um exemplar de Stacy Kendall também. — Vou comprar a versão física, no fim das contas.

— Quer dizer que você gosta de ler? — perguntou a outra mulher a Peach.

— Gosto.

Ele tinha voltado a medir algo na parede e parecia distraído.

— Talvez você queira entrar para o nosso clube do livro — sugeriu ela, anotando algo no verso de um cartão de visita. — Nós nos reunimos na primeira quinta-feira de cada mês.

— Ah, é muita gentileza sua — respondeu Peach. — Infelizmente, todas as minhas quintas-feiras estão ocupadas.

Ela inclinou a cabeça, uma pergunta silenciosa.

— Eu tenho uma banda, e nós ensaiamos às quintas-feiras.

— Você é músico. — Ela lhe lançou um olhar derretido.

Peach sorriu.

— Já fui acusado de coisa pior.

Ele tinha uma banda. Por algum motivo, Natalie se ressentia que aquelas mulheres coquetes o conhecessem melhor e mais rápido do que ela. Então se sentiu ridícula por se sentir assim. O que Peach fazia quando não estava trabalhando nos consertos da livraria não era da conta dela.

— Então você toca por aqui ou...?

— Sim, sim. Nossa banda se chama Tentativa e Erro. Acho que o próximo show vai ser no bar Fumaça & Neblina.

— Adoro música ao vivo. Talvez a gente passe lá — disse a mulher, anotando algo no celular.

Com um olhar demorado para Peach, ela sorriu e depois se virou. As duas amigas foram embora com suas compras.

Natalie deixou escapar um suspiro e começou a arrumar o mostruário. Embora estivesse grata pela venda, ela refletiu que não deveria ter sido tão difícil ganhar alguns dólares. Então olhou para Peach.

— Ei, obrigada pela ajuda. Elas quase saíram sem levar nada. Você pensou rápido.

Ele voltou a enfiar alguns fios elétricos em um longo tubo na parede.

— Fico feliz em ajudar.

— Se eu tivesse dinheiro, chamaria você para trabalhar aqui.

Peach a olhou por cima do ombro.

— Você é a livreira, não eu.

— Minhas habilidades como vendedora de livros estão meio enferrujadas — admitiu Natalie. — Preciso melhorar minha estratégia. Eu era muito boa quando trabalhava aqui no ensino médio e durante as férias de verão da faculdade. Mas nunca pensei que voltaria. Antigamente, a gente recomendava um livro, o cliente comprava e ia embora feliz. Hoje em dia, recomendamos um livro, e eles podem até comprar, mas não da gente.

— Por causa das vendas on-line?

— E da pirataria. E dos descontos gigantescos que as grandes livrarias dão. É difícil competir. E, no entanto, aqui estou eu. Muito louco, não é?

Peach conectou os fios a uma tomada.

— Já vi coisas mais loucas.

— Você não precisa comprar o livro da Stacy Kendall se não quiser.

— Eu quero. Não foi encenação, Natalie. Gosto de ler e parece um ótimo livro. Quando era garoto, lia muito, especialmente quando era fuzileiro naval e estava fora do país.

— Então muito obrigada. E você vai ganhar o desconto de funcionário.

Ela terminou de arrumar a mesa principal e guardou o livro de Mark Twain.

Natalie ouviu o telefone de Peach emitir um alerta. Ele olhou para a tela e algo que viu ali fez as orelhas dele corarem.

— Você recebeu uma mensagem de uma das mulheres do clube do livro, não foi? — perguntou ela.

As orelhas ficaram ainda mais vermelhas.

— Meu Deus, eu adivinhei certo.

— Você não tem que cuidar da contabilidade? Ou arrumar uma estante de livros? — Peach deu as costas e voltou a trabalhar.

Ele provavelmente passava por aquilo com frequência, Natalie especulou. As mulheres adoravam homens que ficavam tão bem em uma calça jeans e que eram bons em consertar as coisas. E aquele ali ainda tinha uma banda. Era a tríade perfeita da atração. Ela se perguntou como ele responderia à mensagem. *Desculpe, sou casado?* Natalie esperava que sim. *Por favor, não traia sua mulher,* implorou em silêncio. *Não destrua minhas ilusões sobre você.*

No sábado da sessão de autógrafos com Quill Ransom, o sol brilhava com aquela claridade dourada que fazia as pessoas se apaixonarem por São Francisco no outono. Natalie havia trabalhado incansavelmente nos preparativos: um pôster na vitrine, um mostruário especial, panfletos, e-

-mails, lembretes alegres nas redes sociais, uma placa na calçada em frente à livraria. Ela enviou comunicados à imprensa, mas os veículos locais não haviam circulado a notícia.

Ainda assim, Natalie estava otimista. O livro era maravilhoso e os títulos anteriores da autora foram elogiados pelos leitores e pela crítica. Ela resolveu gastar um pouco de dinheiro em uma bandeja de biscoitos variados da Sugar e serviu um samovar de chá de maçã quente com especiarias. Com a ajuda de Cleo, arrumou cadeiras dobráveis para os leitores e empilhou os livros em uma mesa decorada com um lindo arranjo de flores da estação e uma jarra de água.

Quando a autora chegou, Natalie aguardava na porta, alisando a saia evasê. Seu visual não era tão colorido quanto o da mãe, mas queria estar bonita para o evento.

Natalie sentia muita afinidade com Quill Ransom. Uma mulher de meia-idade com olhos inteligentes e cabelo com brilho de salão, ela cumprimentou Natalie com um sorriso caloroso e amigável.

— Estou muito animada — disse ela, entregando uma pequena sacola de presente. — Obrigada por me receber.

— Eu que agradeço. Adoramos seus livros e sei que nossos leitores vão amar o novo.

— Tomara — disse Quill. — Sinto muito pela sua mãe — acrescentou.

Natalie assentiu, aceitando as condolências como fizera tantas vezes nas últimas semanas. Ela mostrou a livraria para a autora e a levou até a mesa.

Quill olhou para o relógio. O olhar não passou despercebido.

— As coisas estão um pouco devagar por aqui — disse Natalie.

— É um dia lindo. As pessoas devem estar aproveitando o sol. — Quill deu uma mordida delicada em um biscoito e olhou para baixo para ver se tinha derrubado alguma migalha. — Delicioso — disse ela. — Obrigada, você não precisava ter feito tudo isso.

Alguns clientes entraram e começaram a olhar a loja. Natalie se animou.

— Temos uma autora dando autógrafos hoje — anunciou ela. — Esta é Quill Ransom, e ela vai ler um trecho de seu novo livro. *Kirkus* fez uma ótima resenha.

— Ah! Eu estava só dando uma olhadinha — disse uma mulher. Ela viu as cadeiras vazias. Tentou evitar olhar para a autora.

— Bem, se precisar de alguma ajuda é só chamar — disse Natalie, murchando.

Cleo tentou ajudar e levar as pessoas até as cadeiras. Vários serviram-se de biscoitos e chá. Ninguém se sentou. Natalie quase morreu de vergonha.

Quill foi encantadora enquanto circulava pela livraria, já que ninguém foi ouvi-la ler. Um leitor hesitante pediu um livro autografado. Natalie rezou em silêncio por mais. Nem que fosse somente um.

Frieda, a amiga de sua mãe, entrou na loja, as bochechas coradas do ar de outono.

— Ah, que bom, não cheguei atrasada demais — disse ela, dando um abraço em Natalie. Ela correu para Quill. — Você é uma das minhas favoritas. Perdi a leitura?

Quill riu.

— Acho que decidimos pular a leitura hoje. Mas vai ser um prazer autografar um livro para você.

— Quero dois — disse Frieda. — Um para mim e outro para minha nora.

Com prazer, a autora assinou duas cópias.

— Eu achei… Eu realmente esperava um público maior — disse Natalie.

Ela se lembrava dos eventos organizados por sua mãe, com vários leitores entrando para conhecer o autor.

— Não se sinta mal — disse Quill. — Eu sou uma escritora. Estou acostumada com a rejeição.

— Eu simplesmente não entendo — disse Natalie.

— Ah, eu entendo. É o meu trigésimo primeiro livro. Ao longo dos anos, aprendi a maneirar minhas expectativas. A julgar pelas vendas, tenho muitos leitores, mas eles tendem a evitar multidões.

— Seus livros são incríveis. *Você* é incrível. Fui eu que errei no planejamento?

— Não. — Quill mordeu um biscoito com gotas de chocolate, ignorando as migalhas. — Alguns autores têm um quê a mais e conseguem atrair uma multidão. Outros têm leitores. E, francamente, prefiro meus leitores. Eles estão todos em casa esperando eu terminar meu próximo livro. E, para ser bem sincera com você, é onde gosto de estar.

— Caramba. Sinto muito — disse Natalie.

— Sem problemas. Vou assinar uma pilha de livros para você ter alguns.

Ela rabiscou o nome nos livros e comeu outro biscoito.

— Obrigada por levar isso tão na boa — disse Natalie.

— Obrigada você por ser uma boa livreira — respondeu Quill. — Se importa se eu levar alguns desses biscoitos comigo?

— Claro. Fique à vontade.

A autora foi embora, ainda alegre.

Natalie se virou para Frieda.

— Estou morta de vergonha.

— Não precisa. Ela é ótima. Mal posso esperar para ler o próximo livro dela.

— Caramba, Frieda. Queria poder clonar você.

— Ai, credo. Não. Escute, sua mãe ficaria orgulhosa. Ela também teve muitas sessões de autógrafos em que ela e o autor ficaram sentados com cara de tacho.

— É mesmo? Não me lembrava disso.

— Sua mãe era incansável. Sinto falta dela todos os dias.

Natalie assentiu. Estava começando a ficar alterada depois de todo aquele açúcar dos biscoitos.

— Por que minha mãe nunca se apaixonou?

— Blythe? Ela se apaixonava o tempo todo. Só não continuava apaixonada. Ela terminava com os homens assim como terminava os livros. Ficava grata pela história e virava a página.

— Dean Fogarty veio aqui depois do funeral.

Frieda ergueu as sobrancelhas.

— É mesmo?

— Não sei por quê. Nunca fomos próximos.

— Eu acho, e com todo o respeito a sua mãe, que Blythe queria que fosse assim. Ele queria se envolver mais na sua vida, mas ela não deixava. Ficou grata pelo dinheiro para as mensalidades, mas...

— O quê? — Natalie quase se engasgou com o biscoito. — Dinheiro das mensalidades?

Frieda ficou quieta.

— Ah, merda. Você não sabia.

— Eu não sabia. Agora você precisa me contar tudo.

— Eu... Eu não sabia todos os detalhes, mas Dean pagava sua mensalidade na escola particular. E também fez uma poupança para a faculdade. Foi o que Blythe me disse.

— Ela não me contou — disse Natalie. — Por que ela nunca disse nada?

— Blythe tinha seu orgulho. E seus segredos. Droga. Acabei falando mais do que devia.

— Eu não sei, Frieda. Minha mãe se foi, então tudo bem você ter me contado. Fico feliz que tenha me falado. — Ela começou a dobrar as cadeiras e guardá-las, e Frieda foi ajudar. — E agora? Será que entro em contato com Dean?

— Isso depende de você, querida. Tome o tempo que quiser, está bem?

— Pode deixar.

Natalie montou um mostruário especial com os livros de Quill e prometeu a si mesma que venderia cada um deles.

13

De manhã cedo no sábado seguinte, Natalie acordou com o barulho sinistro de um alarme tocando. Movendo a cabeça para o lado, tentou identificar a origem do som. Não era o alarme de segurança — ele estava no silencioso, e ela teria recebido um alerta no celular. Também não era o apito do alarme de fumaça. Seria algo no quarto do avô? Desde que ele havia sumido no jardim, Natalie reprogramara o sistema de segurança do prédio para alertá-la quando uma porta externa se abrisse.

Ela colocou um suéter e os chinelos e desceu a escada dos fundos que levava ao apartamento do avô. Abriu uma frestinha da porta e pôde ouvir o ronco suave e tranquilo da respiração dele. Sem os aparelhos auditivos, o avô tendia a ter um sono profundo.

O alarme começou a ficar mais alto conforme ela se aproximou do porão. Acendeu a luz e desceu as escadas, notando um cheiro úmido. A lâmpada iluminou a tipografia velha e a bancada onde limpavam e restauravam os livros antigos. Quando chegou ao último degrau, seu pé afundou na água fria até o tornozelo.

Ela ofegou e pulou de volta para as escadas.

— Que isso? — perguntou ela, estremecendo e olhando o espaço cheio de sombras. Em um canto distante, um botão vermelho estava piscando. Com os dentes cerrados, Natalie foi chapinhando até ele e apertou o alarme, e o barulho parou. — Droga — murmurou ela, caminhando de volta pela água e depois correndo para cima para pegar o celular. Ela tirou os chinelos encharcados e depois olhou a lista de contatos.

— Alô? — Peach Gallagher atendeu no terceiro toque, a voz sonolenta.

— Aqui é Natalie Harper — disse ela. — Me desculpe ligar no fim de semana, mas eu não sabia quem mais poderia me ajudar.

Ela o ouviu bocejar do outro lado da linha. Imaginou-o na cama com a esposa, que provavelmente devia ter resmungado e se enfiando debaixo das cobertas.

— Está tudo bem? — perguntou Peach.

— Meu porão está inundado. Acordei com um alarme. Você pode dar um pulo aqui?

— Eu... Só se eu puder levar Dorothy junto.

— Claro. Ela é sempre bem-vinda. Não é problema algum. Mais uma vez, desculpe...

— Aguente firme. Daqui a pouco estaremos aí.

Natalie foi se vestir correndo, parando para olhar sua imagem despenteada no espelho do banheiro.

— Sério, mãe, não tenho a menor ideia de como você fazia isso todos os dias. Era sempre um incêndio atrás do outro?

Ela prendeu o cabelo em um rabo de cavalo e escovou os dentes, depois vestiu uma calça jeans, um moletom cinza da época da faculdade e chinelo.

Natalie hesitou, considerando passar batom ou talvez vestir uma blusa mais atraente. Não. Aquilo não era um encontro. Um trabalhador estava vindo resolver o porão inundado. Ele não se importava com a aparência dela, e Natalie também não deveria ligar.

Do outro lado da rua, a padaria estava abrindo. O mínimo que ela podia fazer era oferecer um lanche a Peach e Dorothy. Natalie comprou alguns pães de canela frescos e uma jarra de suco de maçã, depois foi para a livraria e ligou a máquina de café.

O avô já estava acordado, usando os aparelhos auditivos, vestindo calça e camisa de botão. Ele a cumprimentou com um olhar confuso.

— Você ligou para o corpo de bombeiros? — perguntou Andrew.

Aquele olhar perdido sempre mexia com ela. Aquilo o fazia parecer um estranho em vez do homem que ela conheceu a vida toda.

— Ah, o senhor ouviu o alarme? Não foi um incêndio. Foi uma inundação no porão. Liguei para Peach.

O avô franziu a testa.

— Peach?

— Gallagher. O faz-tudo. Ele tem vindo trabalhar no prédio todos os dias, vovô.

— Ah, esse. Então a bomba do depósito quebrou de novo?

— Isso já aconteceu antes?

— Já. — Andrew fez uma pausa e, por um instante, seus olhos pareceram se fixar no rosto dela, e as rugas encantadoras do sorriso do avô surgiram. Ele estendeu os braços. — E um bom dia para você, Natty, querida — disse ele, a voz mais firme.

Natalie o abraçou, sentindo o cheiro de hamamélis e pasta de dente, o calor reconfortante de seus braços. *Fique aqui comigo*, ela pensou, aproveitando ao máximo o momento.

— Sente-se — disse ela. — Eu comprei pão de canela.

— Ótimo — disse o avô. — Nós tomávamos café juntos todos os dias antes de você ir para a faculdade.

Ela sorriu para o avô, aliviada. Cada vez que a mente dele a deixava, Natalie não sabia se o teria de volta.

— Eu me lembro. O senhor fazia uma torrada maravilhosa e me deixava molhá-la no seu café. Aqui, deixe-me consertar sua camisa.

Andrew aguardou pacientemente enquanto ela desabotoava e abotoava a camisa.

— Sempre dividia um livro bobo com você — disse ele — porque queria que você fosse embora com um sorriso.

— Aqueles livros de Munro Leaf e de Crosby Bonsall — lembrou ela. — *A história de Babar*. Nós ríamos tanto.

— Essa é a melhor parte do trabalho de avô, fazer uma criança rir. — Ele fez uma pausa. — Você quase não ri mais, Natty.

— Eu... Bem, vamos ver se conseguimos encontrar mais coisas para rir. É difícil ver graça em um porão inundado, mas talvez mais tarde a gente possa assistir a algo engraçado na televisão.

— *Benny Hill?*

Natalie tentou não se encolher ao ouvir a referência ao programa que tinha saído do ar fazia anos.

— *Um maluco no golfe* — sugeriu ela, entregando-lhe um guardanapo. — Também comprei suco de maçã fresquinho. A padaria do outro lado da rua compra de um pomar em Archangel, onde eu morava.

Ela pegou a jarra gelada e serviu um copo da bebida para o avô.

— Você sente falta de lá, então? — perguntou ele. — Da sua vida em Sonoma County?

Natalie pôs o copo na frente dele.

— Eu não sei. Às vezes... É tão bonito por lá. Mas nunca gostei muito do meu trabalho — confessou ela.

— Nesse caso, já vai tarde. O jeito como você passa o seu dia é o jeito como passa a vida. — Andrew pegou o guardanapo e o encarou, confuso.

Ela estendeu a mão e enfiou o guardanapo na gola do avô para ele. *Ai, vovô.*

— Seria uma pena se a água estragasse as coisas no porão — comentou ele. — Era onde Colleen morava. Papai me disse que ela não tinha muito e sempre foi cuidadosa com as coisas que tinha. Vou perguntar a ele por que as coisas dela nunca foram encontradas.

Natalie estava aprendendo a não ficar pedindo ao avô que se lembrasse do presente nem tentando fazê-lo entender o que era real e o que não era. Aos poucos, estava aprendendo que bastava estar na companhia dele, segurar sua mão, ajeitar seu colarinho, preparar algo para ele comer.

Às vezes, ele falava dos pais como se estivessem no cômodo ao lado. Talvez fosse uma bênção que suas lembranças antigas fossem tão vívidas. Natalie pensava na mãe todos os dias, lembrava-se de incontáveis detalhes de sua vida juntas, mas certas coisas já estavam sumindo, como uma cena no espelho retrovisor do carro, ficando cada vez menor. Havia ocasiões em que não conseguia se recordar do formato exato das mãos da mãe ou de como ela repartia o cabelo ou inclinava a cabeça quando estava concentrada. Momentos assim a deixavam em pânico. *Não se vá. Eu ainda preciso de você.*

Bem antes da hora de abrir a livraria, Peach chegou com Dorothy. A menina era adorável, mesmo com o cabelo despenteado e os calçados que pareciam chinelos de se usar em casa.

Peach afivelou o cinto de ferramentas e uma lanterna, então trocou os sapatos por botas de borracha. Havia algo de forte nele — sua maneira de abordar problemas, sua calma e confiança quando despedaçava uma parede de cento e cinquenta anos ou enfrentava um espaço alagado.

Observá-lo trabalhando fazia Natalie sentir falta de Rick. Apesar de seus sentimentos conflitantes em relação ao relacionamento, ela sentia falta das mãos grandes e masculinas e da confiança do ex-namorado. Mas Rick não ficava tão bem de calça jeans quanto Peach. Natalie interrompeu o pensamento. Ela o obrigara a sair da cama de sua esposa logo pela manhã, caramba. Ele era, como ela própria não cansava de se lembrar, totalmente proibido.

— Sinto muito por fazê-lo vir tão cedo — disse Natalie. — Aposto que você tem coisas melhores para fazer no sábado do que olhar para o meu porão alagado.

— Não precisei de muito para convencer Dorothy — garantiu Peach. — Ela ama este lugar.

— Que tal um pão de canela fresquinho e um suco de maçã bem gelado? — ofereceu seu avô. Só de ver a menininha o rosto dele se iluminou. Ele se endireitou, e as rugas do seu sorriso se aprofundaram.

— Sr. Harper! — Dorothy correu até ele. — Quero sim, por favor.

— Ah, ótimo, vocês podem fazer companhia um ao outro — disse Natalie. — Vocês ficam bem juntos enquanto eu levo seu pai ao porão?

— Sim! — Dorothy subiu em uma cadeira e mordeu um pão de canela. Natalie conduziu Peach até os fundos da livraria e escada abaixo.

— Dorothy é muito fofa — disse ela. — Adoro a cara que meu avô faz quando está perto dela.

— Estou muito orgulhoso daquela menina — concordou Peach. Ele desligou um dos disjuntores no painel elétrico. — Na próxima vez, desligue a eletricidade antes de entrar em um porão alagado.

— Eu não sabia que era para fazer isso.

— Água e fios elétricos não combinam.

— Entendi.

Raios de luz entrando pelas pequenas janelas do nível da rua iluminavam a velha tipografia e refletiam na superfície da água que tomava o chão.

— Parece ruim, não é? — disse Natalie. — Meu avô perguntou se a bomba quebrou de novo, então imagino que isso já tenha acontecido antes.

— Vamos dar uma olhada. — Peach apontou a lanterna para o aquecedor de água e os canos no teto e nas paredes. — Tenho boas notícias — disse ele. — A água não parece estar vindo de um vazamento em seu prédio. Veio da cidade.

— Posso fazer com que eles parem com isso?

— Você vai ter que ligar para o departamento de obras públicas. A bomba deve resolver por enquanto, se eu conseguir fazê-la funcionar. Talvez você precise segurar a lanterna para mim. — Peach olhou para os pés dela. — Você tem botas?

— Estou bem de chinelo.

Seu olhar de aprovação não deveria ter sido tão satisfatório, mas foi. Natalie enrolou a calça, depois pegou a lanterna e entrou na água.

— Caramba, está gelada — murmurou ela, indo na frente e chapinhando até a luz vermelha piscando no canto.

Peach olhou para o buraco onde ficava a bomba d'água. Ele enrolou a manga da camisa e se agachou, enfiando o braço na água.

— Você tem razão. Está gelada mesmo.

Natalie continuou a segurar a lanterna para Peach enquanto ele puxava a bomba para cima e a desconectava. Pegando a lanterna, ele inspecionou a bomba coberta de lodo e arrancou algo preso no fundo com uma chave de fenda.

— Ah, olha só.

— O que é isso?

— Acho que encontrei o problema. — Peach estendeu um pequeno objeto de metal, uma chave antiga. — Isso estava preso na bomba. Vamos ver se agora funciona. Vou reconectá-la e você liga o disjuntor de novo.

— Só se você prometer não ser eletrocutado.

— Não está nos planos de hoje.

Enquanto ele conectava a bomba de volta, Natalie guardou a chave no bolso, foi até a caixa do disjuntor e ligou o interruptor. Um zumbido mecânico passou a ser ouvido.

— Esse é um bom sinal — disse Peach.

Natalie voltou para perto dele.

— Então está resolvido?

— Vamos ver.

Ele direcionou a lanterna para o buraco e os dois viram que a bomba estava provocando um pequeno redemoinho de água. Natalie soltou um suspiro aliviado.

— Uau. Isso é... Fico feliz por não precisar comprar outra bomba. Obrigada por consertar.

Peach olhou em volta.

— O nível de água vai diminuir logo. Ainda bem que você ouviu o alarme.

— Srta. Natalie? — chamou Dorothy da escada. — Você pode vir aqui?

Natalie olhou para Peach, que deu de ombros. Os dois subiram, deixando os chinelos e as botas no corredor. Natalie foi assombrada pela possibilidade de seu avô ter se perdido de novo.

— Tudo bem? — perguntou ela.

Os dois ainda estavam sentados juntos no café. Sylvia havia aparecido, e estava no peitoril da janela. Dorothy tinha uma folha papel pautado e parecia estar elaborando uma lista.

— Sim, verdade — estava dizendo seu avô.

— Que foi, filha? — perguntou Peach.

— Temos um plano para salvar a livraria — respondeu Dorothy, totalmente séria.

Natalie sentiu o estômago se revirar de preocupação. Ela estava tentando proteger seu avô das preocupações financeiras. Forçando um sorriso, perguntou:

— Salvar a livraria de quê? Monstros marinhos? Piratas?

A expressão de Dorothy claramente dizia *não tenho tempo para isso*.

— O sr. Harper e eu estamos fazendo uma lista. Número um: comprar mais desses pães de canela deliciosos para vender por aqui.

Peach lavou as mãos na pia e pegou um pão.

— Excelente plano. Caramba, isso é bom mesmo.

— Isso é muito inteligente — disse Natalie. — Fiz as contas e o café representa cerca de um quarto de nossas receitas. Você também deve ser boa em matemática.

— Não. Eu gosto de pão de canela, só isso.

— Então vou ver se a padaria do outro lado nos ajuda a transformar essa área em um café de verdade. — Outro projeto para o qual ela não tinha tempo, mas os clientes da livraria iam adorar.

— Você também precisa de Wi-Fi — disse Dorothy. — Wi-Fi grátis.

— Para que você precisa de Wi-Fi com todos esses livros? — perguntou Peach.

— Eu não preciso. Mas os adultos sim. Mamãe diz que o Wi-Fi manda no mundo.

Peach deu uma mordida enorme no pão de canela.

— Oferecer Wi-Fi para o público está nos meus planos — disse Natalie. — E é algo que sei como fazer. Estou gostando dessas ideias grátis, Dorothy. Do que mais nós precisamos?

— Uma sessão de autógrafos com Trevor Dashwood — disse a garota com naturalidade. — Ele é super famoso e você ia vender um montão de livros. Ele é mágico.

Natalie olhou para as pegadas molhadas que havia deixado no chão.

— Nós bem que estamos precisando de um pouco de magia por aqui.

— Então esse é o plano. Mas estamos só começando. — Dorothy bateu o lápis no papel, os olhos brilhando de empolgação. — Com Trevor, as pessoas vão vir comprar seus livros e você vai ganhar dinheiro de novo.

Natalie deu uma risada incrédula.

— Bem, isso seria um sonho, mas, lamento dizer, já tentei e a agenda dele está muito cheia.

— Foi o que o sr. Harper disse.

Ao que parecia, seu avô estava prestando atenção.

— Eu até fiz uma sessão de autógrafos no sábado, mas não deu muito certo. — No entanto, o livro de Quill Ransom estava vendendo, devagar e sempre. — Tenho conversado com as editoras sobre outros escritores populares — garantiu Natalie aos dois.

— Trevor Dashwood é *o mais* popular — declarou Dorothy. — Aposto que ele viria se soubesse que você precisa de ajuda. — Ela se recostou na cadeira e admirou a lista que havia feito.

— Sua filha é muito engenhosa — disse o avô para Peach. Então abriu um largo sorriso para Dorothy. — Isso é um elogio, aliás.

— Obrigada — disse Dorothy.

— Eu gosto dessa menina, Blythe — acrescentou Andrew.

— Eu sou a Natalie.

— Eu sei. — O avô indicou Dorothy com um movimento da cabeça. — Ela não é que nem aqueles moleques soberbões que entram na livraria às vezes.

— O que é soberbões? — perguntou Dorothy.

— Alguém soberbo.

— O que é soberbo?

— Como os jovens que caçoam de mim porque estou velho e tenho pelos crescendo nos ouvidos e ando meio esquecido. E, fico feliz em dizer, embora você seja uma moleca, não é soberba.

A menina ficou quieta, estudando-o.

— Quantos anos você tem?

— Setenta e nove.

— Foi divertido ficar tão velho?

— Que pergunta maravilhosa. Ninguém nunca me perguntou isso antes. — Andrew cruzou as mãos sobre a mesa e olhou para o lado, com uma expressão cheia de dignidade. — Eu me diverti bastante. Amava essa cidade. Costumava correr para cima e para baixo com meus colegas de escola. O Palácio de Belas Artes era quase uma ruína naquela época, estava até interditado, mas eu e meus amigos costumávamos entrar escondidos e dar sustos uns nos outros brincando de esconde-esconde. Nós íamos até a lagoa jogar pão para os patos e brincávamos de guerrinha no gramado. Quando um dos garotos caía na lagoa, saía coberto de lodo.

— Isso já aconteceu com você? — perguntou Dorothy.

— Sim. Minha mãe fez eu me lavar na bomba d'água lá atrás e não quis nem saber quando comecei a uivar de frio. Nós íamos soltar pipa lá em Marina Green e, às vezes, a Marinha fazia corridas de submarino e podíamos assistir lá de cima do Heights. Eu tinha um amigo chamado Jimmy Gallenkamp que era o rei das pipas.

— Eu gosto de empinar pipa — disse Dorothy.

— Eu sei. Vi você no parque no meu aniversário. — A expressão do avô ficou séria. — Divirta-se o máximo que puder, sempre que puder. De vez em quando passei por coisas desagradáveis e até algumas tragédias. Alguns dias, eu mal tinha tempo de respirar.

— Respirar é sempre bom — afirmou Dorothy.

— É mesmo. Quando passar por alguma tragédia, concentre-se em respirar até a parte divertida começar de novo.

— E se você se esquecer, pode deixar que eu lembro — disse Dorothy.

Natalie não se considerava muito maternal. Crianças faziam bagunça e eram imprevisíveis, viviam dando dor de cabeça. Eram uma montanha--russa — alguns momentos de intensa alegria intercalados com longos períodos de tédio, às vezes com uma pitada de desastre. De vez em quando, porém, ela deparava com uma criança que a fazia rever seus conceitos. Como Dorothy, por exemplo. Ela sentiu um pouco de inveja dos pais da menininha. O mundo precisava de mais Dorothys.

14

*T*ess não havia preparado Natalie para Jude Lockhart, seu colega da Casa de Leilões Sheffield, a empresa de São Francisco onde Tess costumava trabalhar. Ele ficara responsável por rastrear a proveniência dos artefatos que encontraram e estava vindo conversar com Natalie sobre suas descobertas.

Jude era mais estiloso do que qualquer homem tinha o direito de ser — tinha olhos determinados e maxilar bem definido e usava calça social, com um suéter preto de caxemira e paletó com cotoveleira. Ele entrou na livraria com um andar confiante e a cumprimentou com um sorriso maravilhoso.

— Eu ouvi falar desta livraria — disse ele, olhando em volta. — Fico feliz por ter a chance de visitar.

— Eu sou Natalie — disse ela, estendendo um cumprimento.

Jude envolveu a mão de Natalie com as dele por um momento, observando-a com os olhos cinza.

— Desculpe, eu não devia ficar olhando assim — disse ele. — Você é muito bonita. E eu estou sendo totalmente inapropriado.

Em algum lugar nos fundos da livraria onde Peach estava trabalhando, houve um barulho súbito e o zumbido de uma ferramenta elétrica.

— Obrigada por vir — disse Natalie, desconcertada. — Estou muito animada para saber o que você descobriu sobre todos os nossos artefatos.

Ela o apresentou ao avô e depois a Peach quando ele apareceu na frente da loja.

— Ei, Jude — disse Peach quando apertaram as mãos, então riu. — Aposto que você ouve muito isso.

Como ele é bobo, pensou Natalie. Por que ela achava isso tão encantador?

— Na verdade, não — disse Jude. Ele examinou o mostruário com obras antigas no balcão de vidro. — São livros raros?

— Isso mesmo — disse seu avô. Ele estava revirando alguns papéis, algo que parecia fazer para se acalmar. — Foi como nós entramos no ramo. Blythe e eu começamos a livraria com alguns livros antigos que encontramos no porão. Tivemos alguns achados empolgantes, um volume de cada um dos quatro boêmios originais, Mark Twain, Bret Harte, Charles Warren Stoddard e a poetisa Ina... — Ele não concluiu a frase. — Não me lembro do nome completo dela.

— Coolbrith — murmurou Peach, indo levar um pedaço de madeira velha para sua caminhonete.

— Isso — disse Andrew. — Obrigado, sr. Gallagher.

— Como você sabia isso? — perguntou Natalie.

Peach deu de ombros e depois abriu a porta com um empurrão do quadril.

— O nome dela está em uma placa na biblioteca de Oakland.

Natalie se virou para Jude.

— Minha mãe se especializou em obras de escritores da Califórnia. Se conhecer algum colecionador, recomende a nossa livraria.

— Pode deixar. Vamos dar uma olhada nas suas coisas.

Jude a seguiu até o escritório nos fundos e pôs na mesa os objetos e artefatos que haviam descoberto. Havia fotos antigas, cartas e outras coisas esparsas. Um cachimbo de ópio. Havia até um saco de ouro com os dizeres *Para minha Annabelle*.

— É ouro de tolo — explicou Jude.

— Poxa, que pena. Seria ótimo se fosse de verdade — disse Natalie.

— Infelizmente, não é. Eu me pergunto se quem escondeu isso sabia.

— Coitada da Annabelle. Talvez seja até bom que ela não soubesse.

Jude foi passando pelas fotos e cartas, além de pequenos objetos como berimbaus de boca, botões e apitos. Havia vários certificados de ações de empresas que não existiam mais. Uma das cartas dizia respeito à empresa Levi Strauss, mas, segundo Jude, não tinha valor senão o interesse humano.

— Muitos destes podem ser catalogados pela sociedade histórica local. As medalhas têm valores variados. Essas daqui — ele indicou algumas delas — provavelmente não despertariam grande interesse e valem pouco ou nada. Podem ser doadas para a sociedade histórica ou exibidas aqui na livraria. Também poderiam ser vendidas para colecionadores ou entregues aos descendentes dos antigos donos. Enfim, a maioria vale como curiosidade. Com uma grande exceção.

Jude pegou uma bandeja de joalheiro forrada de veludo e colocou uma medalha maior nela.

— Esta aqui é diferente. É uma descoberta e tanto: uma Medalha Dewey, rara, gravada com o nome de quem a recebeu. — Ele a virou para mostrar a Natalie enquanto consultava suas anotações. — A medalha foi concedida pelo Congresso em 1898 a homens que estiveram nos navios da esquadra de Dewey que lutaram na Batalha Naval da Baía de Manila. É um número limitado, com um retrato do almirante Dewey do outro lado. Esta foi dada a Augustus Larrabee, marinheiro, parte da tripulação do *Olympia*. É rara e pode ser vendida por cerca de doze mil dólares em um leilão.

— É mesmo?

Natalie se inclinou para a frente e estudou a medalha com mais atenção. Tentou imaginar o homem que a recebera, guardando-a na caixa com as outras lembranças de uma guerra na qual havia lutado. Será que fora assombrado pelas recordações da batalha? Será que teria matado alguém? Será que tinha sido ferido? Será que se orgulhava de seu papel ou havia escondido a medalha porque o fazia se lembrar de um trauma?

— Há outra coisa que vocês deveriam saber sobre a Medalha Dewey — disse Jude. — Encontrei a família do sr. Larrabee.

— É, Tess comentou. Acha que são parentes?

— Muito provável.

— Vovô, o senhor ouviu isso?

— Ouvi — disse Andrew, com uma expressão pensativa. — Vamos entrar em contato com eles?

— Você quem sabe. — Natalie fez uma pausa e olhou para Jude. — O que você acha?

— De acordo com a lei, pertence ao edifício, que pertence ao seu avô.

— Vovô?

Ele sorriu.

— Parece mais certo entrar em contato com a família.

Natalie estudou o tesouro manchado. Para alguém, em algum lugar, o valor sentimental podia ser inestimável, ela pensou. As pessoas gostavam de conhecer suas origens. Ela pensou no teste de DNA da mãe. Será que estava procurando alguma coisa? Ou era só curiosidade?

Peach gostava de trabalhar na livraria, e não só porque era um prédio cheio de segredos. Gostava de ficar perto de Natalie Harper, de observá-la analisar um problema, profundamente concentrada, considerando a questão de vários ângulos diferentes. Ele gostava de como ela lidava com o avô idoso de maneira carinhosa e paciente.

Às vezes, Peach queria poder tirá-la da melancolia, que a envolvia como um xale tricotado à mão por cima dos ombros.

Naquele dia, porém, o humor de Natalie estava diferente. Ela andava pela livraria com um ar empolgado, arrumando os livros e endireitando as placas.

— Estou feliz por você estar aqui — disse ela.

A declaração o assustou.

— É?

— É, porque os Larrabee estão vindo buscar a medalha deles, aquela rara que você encontrou.

— Que legal, Natalie.

— Como você foi quem encontrou, vão querer conhecê-lo.

Era bom vê-la animada. Era bom vê-la e ponto. Ela havia esvaziado o balcão que em geral estava coberto de livros e faturas. Ao que parecia, a família que vinha buscar a medalha era muito interessada em artefatos históricos e genealogia, então a descoberta era importante para eles.

Embora não tivesse dito nada, Peach se perguntou se o valor da medalha — mais de dez mil dólares, de acordo com o avaliador bonitão — era o motivo de seu interesse.

Cuide da sua vida, alertou a si mesmo. Em geral, Peach não tinha dificuldade em fazer isso com os clientes. Ele fazia seu trabalho, cobrava o que lhe deviam e passava para a próxima reforma. De vez em quando, uma cliente dava em cima dele, mas Peach sabia que não deveria começar algo do tipo. Na verdade, não deveria se envolver nem com mulheres que não fossem suas clientes. Depois do fim amargo de seu casamento, Peach ficou com o pé atrás quando o assunto era relacionamento, desviando de qualquer coisa mais séria. Era impressionante que um amor que outrora havia sido o centro do seu mundo tivesse desaparecido sem deixar vestígios. A única coisa boa que veio da relação foi Dorothy, e ela fazia valer a pena cada um dos dramas e conflitos que Regina e Regis criavam.

Suzzy e Milt tentavam lhe dizer para não manter o coração fechado para outras mulheres, outros amores. Lembravam que ele poderia até ter outros filhos um dia, uma nova vida. Mas ele não precisava de outra mulher. Ou de outros filhos. Ou de uma nova vida. A vida que ele tinha estava ótima. Porém, desde que conhecera Natalie, ele vinha pensando no assunto.

E também estava escrevendo. Um dia, tinha visto o avô e a neta sentados à mesa, um de frente para o outro, a máquina de escrever antiga entre os dois enquanto repassavam a história da família na qual a mãe de Natalie estava trabalhando. Em determinado momento, Andrew estendeu a mão para tocar a bochecha da neta. Ele a chamou de Blythe, e Natalie não o corrigiu. Tinha sorrido, e foi o sorriso mais triste que Peach já viu. E isso se tornou a inspiração para uma de suas composições — uma música boa, segundo Suzzy, que sempre era direta e sincera sobre essas coisas.

Naquela tarde, a campainha acima da porta tocou e Peach esticou o pescoço por cima das estantes.

Ele viu quatro pessoas entrarem, e Natalie os recebeu na porta. Os Larrabee, ele presumia. Havia uma senhora idosa, um casal de meia-idade e um rapaz de vinte e tantos anos que se fixou em Natalie, olhando-a como um lobo que não comia havia semanas. Peach desgostou dele na mesma hora.

Ao mesmo tempo, admitiu que o interesse dele era compreensível. Havia algo muito atraente em Natalie Harper. Tinha a ver com ela ser o exato oposto de carente, mantendo certa distância, uma barreira ao seu redor.

Havia um homem no espelho acima da pia do banheiro de Andrew e, por um momento, ele se perdeu no tempo. Sentiu como se estivesse olhando para um estranho. Com uma frequência cada vez maior nos últimos tempos, seus pensamentos ficavam confusos, e às vezes ele não conseguia encontrar o caminho de volta.

Muitas vezes era difícil saber a diferença entre o que era real e o que era imaginação sua. Nesses momentos, precisava fechar os olhos e respirar até se reconhecer de novo. Ele havia feito isso naquele momento e sentiu uma onda de gratidão ao abrir os olhos e identificar a imagem olhando para ele.

Ele se arrumara com bastante cuidado para a reunião com a família Larrabee. Vestiu uma calça passada e uma camisa branca impecável, como May Lin teria gostado. Desde que conseguia se lembrar, a lavanderia da família dela havia cuidado de suas roupas. Ela costumava fazer as coletas e entregas sozinha, quando estava presa no casamento arranjado, um fardo que carregava como as sacolas de lona pesadas que levava e trazia da lavanderia.

May Lin chegava e o cumprimentava com uma expressão cabisbaixa, mas inevitavelmente seus olhares se encontravam, e o desejo que os aproximara quando jovens se avivava mais uma vez antes de se arrefecer em calma aceitação. Não se deixaram ter esperanças de que um dia o mundo lhes permitiria que demonstrassem o amor que sentiam um pelo outro. Aquele dia chegou no crepúsculo de suas vidas, quando ela ficou viúva e agarrou ferozmente sua independência. May Lin trouxera a roupa de Andrew como de costume em uma segunda-feira, só que, em vez da aparência abatida, ela o olhara nos olhos e declarara que estava livre. Vendeu o negócio e, em poucas semanas, foi morar com ele, Blythe e a pequena Natalie no apartamento aconchegante no andar de cima.

Às vezes eles falavam em casamento, mas Andrew nunca havia se divorciado oficialmente de Lavínia. Ele poderia ter iniciado o processo legal, mas não lhe parecera necessário. Ela e o amante eram residentes de longa data no Château Marmont em Los Angeles, algo que Andrew só sabia porque Blythe recebia um cartão-postal de vez em quando.

— Não conheço essa mulher — costumava dizer Blythe, jogando o cartão-postal no lixo. — Não sei por que ela se dá ao trabalho.

Mas a ausência de uma mãe deixou sua marca. Durante a infância, Blythe havia sentido confusão e mágoa, então fúria e, por fim, desdém.

May Lin sabia que era melhor não tentar assumir esse papel materno, mas tinha sido uma presença gentil na vida deles. Suas meninas, Andrew as chamava — May Lin, Blythe e Natalie —, eram sol e ar fresco, e formavam uma família profundamente feliz, embora não convencional.

Ele se agarrou às lembranças da voz baixa e melodiosa de May Lin e das mãos suaves que o amavam no silêncio escuro do quarto dos fundos. Às vezes, a saudade dela parecia insuportável, como se fosse melhor morrer a viver outro dia sem ela. Então Andrew lembrava a si mesmo que algumas pessoas nunca encontravam o que ele e May Lin haviam tido — inclusive a pobre Blythe. Ficava grato pelos anos que tiveram juntos, e o sofrimento era aliviado pelas lembranças de um amor raro e especial. Agora Blythe também se fora, mas ainda era uma dor recente e intensa demais para que ele conseguisse acalmá-la. Sua mente lhe pregava peças; ele às vezes via o rosto da filha ao olhar para Natalie. Ouvia a voz dela e pensava que Blythe estava no cômodo ao lado. Sua filha estava presente naquele lugar, outro motivo pelo qual Andrew não queria abrir mão do prédio antigo, apesar de seus muitos defeitos e problemas. Só porque algo estava velho e danificado, não era motivo para abandoná-lo.

Dorothy havia perguntado se ele se divertira ficando velho. Andrew temia perder suas lembranças tão preciosas. Se ele se esquecesse, será que isso significaria que sua vida nunca tinha acontecido? Que ela não significava nada? Talvez fosse por isso que a mente dele insistia em ficar no passado.

Blythe apareceu na porta de seu apartamento.

— Os Larrabee chegaram — avisou ela.

Virando-se para Blythe, ele viu a filha em toda a sua beleza radiante, os olhos grandes e expressivos iluminados pela expectativa. Ela era sua maior conquista na vida — sua filha, melhor amiga, parceira de negócios e pessoa favorita no mundo.

— Vovô?

Era Natalie, não Blythe. Seu coração sentiu o golpe mais uma vez. Blythe morrera.

— Estou pronto — disse ele.

Andrew se sentia grato por Peach Gallagher, que cuidava das reformas com elegância e confiança. As obras revelaram muito mais do que tubos corroídos e madeira podre nas paredes. Andrew estava bastante orgulhoso dos artefatos fascinantes que haviam sido escondidos gerações antes. O prédio era um tesouro de vidas ocultas — fantasmas com segredos esperando para virem à tona.

Natalie o apresentou a Augusta Larrabee Jones, uma mulher da idade dele, com cabelo grisado imponente, brincos de diamantes reluzentes e unhas feitas. Na sua época, teria sido chamada *soigné*. Requintada.

— Augustus Larrabee era meu avô — disse ela. — Meu filho e neto também carregam seu nome, mas nós os chamamos de Gus e Auggie para evitar confusão.

— Estamos muito felizes por termos encontrado sua família — disse Andrew, ao entrarem no escritório.

Natalie pegou a medalha e a carta original que havia sido guardada na caixa de lata. A amiga dela que trabalhava na casa de leilões tratara o papel seco e quebradiço com um spray para evitar que se esfarelasse, e agora a página estava envolta em plástico. Eles passaram alguns instantes admirando a descoberta. Objetos que evocavam memórias tinham um poder peculiar, refletiu Andrew. Enquanto ele e Blythe examinavam os poucos itens preciosos que Colleen O'Rourke Harper havia deixado para trás, ele havia sentido uma ligação sutil com uma estranha. Talvez fosse isso que os Larrabee estivessem sentindo agora.

— Não sei nem expressar o quanto isso significa para a nossa família — disse Gus Larrabee. — É uma peça importante do quebra-cabeça que estou tentando montar há anos.

— Meu avô falava dessa medalha com tanto orgulho — disse Augusta —, mas depois do terremoto e do incêndio, ele imaginou que estivesse perdida, como tantas outras coisas na cidade.

— Esta foi uma das poucas estruturas que continuou de pé — disse Andrew.

— Quantas histórias ele tinha — continuou Augusta. — Quando estava sob o comando do almirante Dewey, foi jogado no mar durante uma batalha. Metade de seu regimento se afogou, mas ele e vários de seus homens foram resgatados por rebeldes nativos, chamados de tagalos na época. Mas não me pareceu uma coisa muito boa. Ele ficou como prisioneiro e só conseguiu escapar quando os tagalos entraram em conflito com soldados espanhóis.

— Meu avô também foi lutar nas Filipinas, mas ele nunca voltou e ninguém descobriu o que aconteceu — contou Andrew.

A mulher o olhou com um brilho nos olhos.

— Quando falamos ao telefone, você comentou que o nome dele era Julio Harper, certo?

Andrew assentiu, embora não se lembrasse de ter falado com ela.

— O nome dele está na certidão de casamento deixada por minha avó. Fora isso, não encontramos nada.

— Trouxemos algumas coisas para mostrar — disse Gus. — Quando você nos deu esse nome, sabíamos que havia uma relação. Havia um Julio Harper sob o comando de Dewey.

Natalie olhou para ele.

— Vovô, o senhor ouviu isso? Julio Harper.

Andrew assentiu de novo.

— Quando ele foi dado como desaparecido em combate, Colleen deu entrada no pedido de pensão de viúva. No entanto, ela nunca recebeu um centavo. Encontramos uma carta negando o pedido, com base em uma contestação do casamento. Nós nunca descobrimos o porquê.

— Isto aqui pode explicar.

O Larrabee mais jovem, Auggie, colocou uma fotografia em cima da mesa.

— É uma réplica impressa do *San Francisco Examiner*.

Andrew se inclinou para perto, empurrando os óculos contra a ponta do nariz. A fotografia mostrava uma fila de soldados negros em pé, olhando fixamente para a frente. A legenda dizia: *Alguns de nossos corajosos rapazes que libertaram as Filipinas estavam entre os soldados mais galantes e disciplinados...* Uma lista de nomes abaixo da imagem identificava os soldados.

— Olhe este aqui. — Auggie indicou o homem do meio, de chapéu e luvas brancas, as mãos cruzadas sobre o cano da espingarda. — Este é o sargento Julio Harper.

— É o seu avô? — Natalie olhou para Andrew, os olhos brilhantes com a descoberta.

— Parece que sim. — Ele estudou a foto granulada, que mostrava um homem negro, como todos os demais na foto. — Ele era um dos Buffalo

Soldiers,* então. — Andrew absorveu a informação. O pai de seu pai era negro. Era muito intrigante.

— O senhor nunca soube? — perguntou Natalie.

— Não havia como eu saber. — Ou será que havia? Será que algum dia tivera essa informação? Que outras memórias tinham sido arrancadas dele?

— O pedido de pensão provavelmente foi rejeitado porque era um casamento interracial. Isso era ilegal na época — disse Auggie Larrabee.

— Uau. Nossa… — Natalie olhou para Andrew do outro lado da mesa, e ele viu Blythe em seu sorriso pensativo. — Então como eles conseguiram uma certidão de casamento?

— Outra peça que está faltando — disse Andrew. — É maravilhoso ter uma fotografia do meu avô — acrescentou, dirigindo-se a Augusta. — Estamos muito gratos.

Os Larrabee deixaram cópias dos documentos que trouxeram, agradecendo muito a medalha. Depois de descobrir quanto valia, Andrew considerou por um breve momento vendê-la. Mas não era certo ficar com algo que pertencia a outra pessoa.

Enquanto se despediam, o mais jovem, Auggie Larrabee, convidou Natalie para irem tomar uma bebida algum dia. Ela ficou encantadoramente envergonhada.

— Talvez. Ando um pouco ocupada com a livraria. Você sabe onde me encontrar.

Depois que todos saíram, ela voltou ao escritório.

— Minha mãe fez um desses testes de DNA caseiros — disse ela. — Você sabia disso?

Andrew tirou os óculos e limpou as lentes.

— Como isso funciona?

— Você envia uma amostra de saliva e ela é analisada para descobrir sua composição genética. Minha mãe fez o teste e eu encontrei o resultado no computador dela.

— Talvez ela tenha dito alguma coisa. Não me lembro.

---

* Buffalo Soldier (ou soldado-búfalo) era o apelido dado aos integrantes de regimentos da Cavalaria do Exército dos Estados Unidos formados por afro-americanos que serviram de 1867 a 1896. (N.E.)

— De acordo com os resultados, a maior parte do DNA dela era das Ilhas Britânicas. Mas quase um oitavo do DNA era da África Ocidental e outro um dezesseis avos era espanhol. E tinha uma pequena porcentagem de nativos americanos também.

Andrew pôs os óculos de volta e estudou a foto granulada mais uma vez.

— Agora sabemos por quê.

— Você está surpreso? Chocado? — perguntou Natalie.

Ele balançou a cabeça.

— Até que ponto o fenótipo muda a etnia da pessoa? Nunca me importei com isso.

Natalie apertou o ombro dele.

— Fico feliz em ouvir isso. — Então Natalie suspirou. — Que mundo. Eu me sinto mal pela velha Colleen. Acho que ela não era velha, apenas uma jovem imigrante tentando sobreviver em um país estranho. É triste imaginá-la criando o filho sozinho, o pedido de pensão do marido sendo negado. Espero que tenham sido felizes por um tempo.

— Gosto de pensar que sim — disse Andrew.

— Mas seu pai… Ele parecia um homem branco? Negro? O senhor nunca se perguntou…?

Andrew tinha apenas pouquíssimas fotografias dos pais. A mãe era uma beldade loura norueguesa, de maxilar quadrado com um brilho de determinação nos olhos. Era ela quem administrava os negócios e a família, e sempre foi bastante rígida na disciplina. O pai, filho do soldado que os Larrabee haviam mostrado, era moreno e alto, com aquela postura reta de militar, apesar da perna coxa, mas se ele parecia um homem não branco? Não para Andrew. Para Andrew, era apenas seu pai amado.

— Eu nunca me perguntei — disse ele, então entregou à neta um envelope fechado com um pedaço de barbante encerado. — Meu pai tinha tão poucas lembranças. Temos a certidão de casamento dos meus avós. E a primeira fotografia que teve de si mesmo é esta aqui, com o cartão de registro da sua convocação de 1917. — Ele lhe entregou a foto do pai, Julius, bonito e sóbrio no uniforme do Serviço de Ambulância do Exército dos Estados Unidos. — Você pode ver aqui que raça ele escolheu no documento.

Natalie estudou o cartão.

— As opções são branco, negro e oriental. E ele se declarou branco. Talvez não soubesse. Talvez tivesse optado por se declarar assim para evitar o preconceito. Gostaria que soubéssemos mais sobre ele.

— Como você sabe, ele ficou órfão aos 7 anos no grande terremoto e incêndio, então não há fotos dele quando criança, só os desenhos que a mãe fez.

Os olhos de Natalie se arregalaram.

— Existem desenhos? Ela desenhava?

— Nós os encontramos no porão quando estavam trocando o aquecedor de água. Parece que minha avó era muito talentosa. Ela também mantinha alguns diários ilustrados, mas não sei onde foram parar. Blythe guardou para organizar um dia. — Então ficou em dúvida. — Talvez minha mãe é que tivesse os diários...

Sentiu uma onda de medo. Por que não se lembrava? *Do que* não estava conseguindo se lembrar? Andrew sentiu de novo a enorme lacuna de memória, agora cheia de sofrimento.

— Vou ver se consigo encontrá-los — disse Natalie baixinho.

Ela colocou o cartão no envelope com a certidão de casamento. Havia alguns jornais velhos e recortes também.

— O senhor olhou esses outros papéis?

— Blythe e eu planejávamos fazer isso juntos.

Os olhos de Natalie estavam tão úmidos quanto o orvalho da manhã.

— Eu tenho uma ideia. Que tal você e eu lermos tudo juntos?

Andrew sorriu apesar da dor. Que benção era ter a neta.

— Eu adoraria, Natty, querida.

15

Natalie começou a entrar no novo ritmo, encontrando conforto na rotina da livraria. Passou a amar o silêncio das manhãs, antes da hora de abrir, quando ligava a máquina de café expresso e sentia o aroma inebriante da entrega da padaria. Quando não havia movimento, ela cuidava do avô ou organizava as prateleiras e mesas para evitar pensar nos problemas.

Peach estava resolvendo algo no porão. Sempre havia alguma coisa.

Ainda sentia o sofrimento da perda em momentos inesperados, quando deparava com alguns dos lembretes mais tocantes da mãe. Um bilhete com uma frase motivacional debaixo do protetor de mesa: *Encontre um jeito ou invente o seu*. Uma foto sua em uma gaveta com uma anotação feita na caligrafia de Blythe. *Natalie depois da gincana da escola*. Ela estudou a menininha, desajeitada e sorridente, segurando uma medalha que provavelmente havia recebido por participar. Nunca foi uma grande atleta.

A porta da livraria se abriu e um homem entrou com duas crianças. Natalie os cumprimentou com um aceno. As crianças correram para a seção infantil e o sujeito foi dar uma olhada nos livros de receitas.

— Pai, posso levar dois? — perguntou a garota.

O menino, seu irmão, decidiu rápido.

— Vou querer este aqui. *Transforme este livro em uma colmeia!* Legal, não é? Um livro que você pode transformar em colmeia.

— Dã — exclamou a irmã.

— Ei — disse o pai.

— É uma boa escolha — emendou Natalie. — Eu morava em Sonoma County, e as pessoas com abelhas nos jardins sempre tinham as melhores plantações. Tudo cresce melhor com muitas abelhas por perto para polinizar.

— Tenho medo de abelhas — explicou a garota.

— Então você ia gostar das abelhas de lá. Elas não picam.

Ela foi até a menina, que parecia estar dividida entre as opções.

— Eu li este aqui ontem à noite — disse Natalie, pegando *Lalani do Mar Distante*. — É sobre uma garota que tenta salvar sua mãe. — Natalie tinha lido a história com o coração apertado, desejando poder salvar Blythe. — Algumas partes dão um pouco de medo, mas acho que você vai gostar do final.

— Eba! — O rosto dela se iluminou, e ela abraçou o livro. — Pai! Vou levar este aqui.

Natalie quase tinha se esquecido do quanto amava momentos como aquele. Uma criança ansiosa para mergulhar em um livro e se perder na história. O pai escolheu um livro de receitas de Mary Kay Andrews e o deixou no balcão com os outros.

— Meu sonho — disse o sujeito, indicando a capa de dar água na boca. Então adicionou outro livro à pilha — *A vida sexual do pai solteiro*. — Outro sonho — murmurou ele. Seu olhar se demorou na boca de Natalie. Ele não desviou o olhar ao pegar a carteira.

O homem era bonito, admitiu ela enquanto efetuava a venda e guardava os livros em uma sacola. E solteiro. Então se sentiu culpada por reparar em como ele era bonito. Era o segundo cara em que ela reparava no dia e ainda não era meio-dia.

— Bem — disse Natalie com um sorriso alegre. — Boa sorte.

Ele sorriu de volta, assinando o recibo da compra.

— Gostei da livraria — disse o homem. — Acabamos de nos mudar para o bairro. Voltaremos em breve.

— Ótimo — respondeu Natalie. — Estamos abertos sete dias por semana.

O nome dele era Dexter, ela notou ao guardar o recibo. Dexter Shirley Smiley.

Peach veio do porão e se aproximou do balcão, segurando uma serra sabre assustadora.

— Só preciso conferir uma coisa — explicou ele. — Tudo bem se eu subir e der uma olhada no chão debaixo da banheira?

— Claro — disse Natalie, então se virou para Dexter e os filhos. — Obrigada pela visita.

Peach subiu as escadas com a serra enorme, as ferramentas fazendo um barulho metálico ao baterem no cinto. Por algum motivo, Natalie teve a impressão de que ele estava cuidando dela. Era só uma impressão, talvez falsa, mas isso a ajudava a se sentir menos sozinha. Trabalhar lado a lado, dia após dia, criava um vínculo sutil entre os dois que era difícil de definir. Ela lembrava a si mesma com frequência que Peach não era seu amigo. Era apenas amigável. Havia uma diferença. E os gastos com a reforma não paravam de aumentar. Ela começara a resenhar livros para o *San Francisco Examiner*, então estava ganhando um dinheiro extra, ainda que não fosse muito.

Na hora do almoço, foi ver como o avô estava. Andrew parecia confortável em sua grande poltrona, com os pés perto do aquecedor e um lápis na mão enquanto lia as informações sobre a história local que ele e Blythe haviam reunido.

Quando Natalie entrou no apartamento, ele olhou para cima, depois tirou os óculos e os limpou na ponta da camisa.

— Posso ajudar? — perguntou Andrew.

Droga. Ele parecera mais lúcido pela manhã, mas no momento seu olhar estava distante.

— Eu ia perguntar a mesma coisa. O que você quer almoçar hoje? Eu ia pedir comida tailandesa.

— Sempre pedimos a sopa quando chove — disse Andrew.

— Boa ideia.

Eles se decidiram pela sopa de peixe de um lugar próximo que fazia entregas.

— Vou pedir comida no tailandês para o almoço — avisou ela a Peach e Cleo. — Vão querer alguma coisa?

— O de sempre — respondeu Cleo. — Sempre peço a mesma coisa quando vou lá, pad thai, três estrelas.

— Vou querer o mesmo — disse Peach em tom afável. — Só que quatro estrelas.

— Corajoso — brincou Natalie. — Eles pesam a mão na pimenta.

— Eu aguento — respondeu ele.

Quando o pedido chegou, ela e Peach foram comer com o avô no apartamento dele, saboreando a comida quente enquanto a chuva escorria pela janela, transformando a vista do jardim em uma pintura de Monet. O avô agora estava de bom humor, ansioso e animado pelo projeto de história da família.

— As pessoas gostam de conhecer suas origens — explicou ele a Peach. — Gallagher é um sobrenome irlandês. Sua família veio da Irlanda, então?

Peach assentiu.

— O primeiro Gallagher, até onde conseguimos descobrir, se estabeleceu em Atlanta e trabalhava como carpinteiro.

— Uma profissão honrada — disse o avô. — Talvez esteja em seu sangue, então. Dá para perceber que você é bom no que faz.

Peach não imaginava como Natalie ficava grata por ele tratar seu avô com tanta dignidade e paciência. Quando voltou à livraria para que Cleo pudesse almoçar, Natalie se indagou — e não pela primeira vez — como era a esposa de Peach. Será que os dois jantavam juntos depois do trabalho, perguntavam a Dorothy como tinha sido o dia na escola? Será que Peach falava sobre a antiga livraria onde estava trabalhando? Será que descrevia as paredes caindo aos pedaços e o velho caduco batendo na máquina de escrever? Será que mencionava a mulher estressada que provavelmente perderia tudo enquanto tentava salvar seu negócio?

Na última hora antes de fecharem, ninguém foi à livraria. Nem mesmo um único cliente. O avô tinha ido jantar com Charlie no centro recreativo para idosos. Agora estavam jogando canastra com a turma de sempre. Peach havia terminado os trabalhos do dia e também fora embora. Até Sylvia, a gata, tinha saído, provavelmente em busca de um lugar quente para se aconchegar enquanto a névoa do outono vagava pelas ruas. Bertie e Cleo haviam encerrado o expediente; Cleo fora para a pré-produção de uma peça e Bertie saíra para beber com os amigos. Ele chegou a convidar Natalie para ir junto, mas ela recusou.

Agora se arrependia de não ter aceitado. Até agora, sua vida social na cidade era inexistente.

O silêncio agravava a solidão e o desespero. Aqueles eram os momentos em que se sentia ferida com um golpe. A realidade da ausência de Blythe pairava no ar da livraria, cheirando a papel, livros e tinta, girando pelo espaço como partículas de poeira agitadas pelo virar das páginas de um romance. A dor da perda era quase física, pois ela ansiava por mais tempo com a mãe. As duas tiveram seus desentendimentos, mas no cerne do relacionamento havia um vínculo indelével. Natalie esperava, de todo o coração, que a mãe tivesse sentido o mesmo. Era uma tortura pensar em todas as conversas que nunca teria, em todos os momentos que havia perdido.

Ela esfregou as têmporas e fechou os olhos, tentando nadar para fora das profundezas da solidão. Quando abriu os olhos, viu que o refúgio que buscava estava debaixo de seu nariz, como estivera sua vida toda. Os livros.

Você nunca está sozinho quando está lendo um livro.

Natalie conhecia esse clichê desde que se entendia por gente. Não só isso como também sabia que havia um livro para tudo. Sua mãe lhe havia ensinado.

Vasculhou a pilha de exemplares de cortesia dos editores e optou por um romance com uma premissa intrigante: uma mulher descobre que tem a capacidade extraordinária de saber o resultado de cada decisão que toma.

Ah, pensou Natalie, abrindo a primeira página, *isso sim é um superpoder*. Em poucos minutos, ela estava imersa na história, perdida alegremente em um mundo diferente, com pessoas enfrentando problemas que faziam os seus parecerem coisa de criança.

Livros eram poderosos. Podiam afastar todas as preocupações incessantes de Natalie por vários minutos de cada vez.

Então ela cometeu o erro de deixar o romance de lado para olhar o correio. Contas e avisos. Na planilha, debaixo de fluxo de caixa diário, ela escreveu: *patético*. Se ia fazer aquela empreitada louca funcionar, precisava de um pequeno milagre. Na verdade, talvez um *grande* milagre.

Em um mural de cortiça acima da mesa estava a lista de tarefas que Dorothy e o avô haviam elaborado no dia em que o porão alagou. Apesar da letra de criança, as ideias para tornar a livraria mais lucrativa mostravam a sabedoria da garotinha, precoce para a idade. Lanches deliciosos para o menu do café. Cartazes de divulgação. Uma festa do livro para as crianças nos dias de leitura. Falar sobre a livraria na rádio. Dar cartões de fidelidade para a pessoa acompanhar as compras. Organizar sessões de autógrafos. Enviar e-mails com cupons para os clientes.

A determinação de Natalie se fortaleceu só de olhar a lista. Ela sabia que poderia fazer a empreitada dar certo. Livrarias eram importantes. As pessoas as amavam. Traziam um charme especial a qualquer comunidade. Essa ideia havia sustentado Blythe por décadas, e agora cabia a Natalie continuar.

Ao olhar o relógio, viu, com algum alívio, que estava na hora de fechar. Poderia finalmente tomar uma taça de vinho e escapar para o livro que estava lendo, deixando a planilha deprimente para o dia seguinte. Mas, quando estava prestes a virar a plaquinha para FECHADO e trancar a porta, um elegante sedan Tesla parou no meio-fio, em uma vaga que quase nunca estava livre.

Um homem saiu às pressas e correu para a porta, e sua silhueta bloqueou a luz do fim do dia. Ele entrou antes que Natalie tivesse tempo de virar a placa.

— Ah, que bom — disse o homem. — Estava achando que ia chegar tarde demais.

— Hã, eu estava prestes a fechar e... — Natalie parou no meio da frase. O homem parecia familiar, embora ela não o conhecesse.

E então — *meu Deus do céu* — ela o reconheceu.

Ele limpou a sola do sapato no capacho.

— É, peço desculpas. Trânsito, sabe como é. — O sujeito estendeu a mão. — Você é Natalie Harper, certo? Meu nome é Trevor. Trevor...

— Dashwood — terminou ela com uma voz ofegante e admirada. Sua boca ficou seca. Sua mente ficou vazia. Natalie tentou encontrar o que dizer, mas não conseguia nem se lembrar de como falar enquanto apertava a mão dele. — Eu... Sim, sou eu. Trevor Dashwood, meu Deus. Uau, oi.

Merda, Natalie pensou. *Você está parecendo uma idiota*. Mas... *Trevor Dashwood*.

Ele era ainda mais bonito do que na foto da orelha de seu livro. Era uma verdadeira façanha, porque, em geral, essas imagens costumavam ser retocadas ou bem antigas. Mas esse cara...

— E... Nossa, me desculpe. Como você deve ter percebido, me pegou de surpresa.

Trevor soltou a mão dela e a estudou sem pressa, com um olhar caloroso e amigável. O escritor tinha olhos castanhos, sobrancelhas bem modeladas e cabelo de sr. Darcy.

— Você não gosta de surpresas?

— Nunca tive uma surpresa dessas. — Natalie não conseguia parar de olhar para ele. Como era possível que estivesse conversando com um dos autores mais populares do mundo? Ela forçou seu cérebro a funcionar. — Por favor — conseguiu dizer, o rosto corando muito. — Entre. Aceita um café? Ou outra coisa para beber?

— Estou bem por enquanto. — Trevor fez uma pausa, olhando em volta para a livraria escura. — Este é um bom momento ou...?

— É um ótimo momento — respondeu ela, pensando na noite solitária que vislumbrara pela frente apenas alguns momentos antes. Foram até uma mesa do café. Natalie praticamente se derreteu por dentro quando ele puxou uma cadeira para ela. — Desculpe, ainda não me recuperei do choque. Não é todo dia que um autor entra...

— Eu é que deveria estar impressionado — disse Trevor. — Os livreiros são os melhores amigos de um escritor.

— Isso é muito gentil da sua parte.

— Não estou sendo gentil.

— Está sim, e agradeço. Mas estou muita confusa. O que o traz aqui?

— Eu vim por causa disto. — Ele tirou um envelope do bolso e desdobrou o conteúdo na mesa. — Recebo muitas cartas dos meus leitores e a maioria não passa pelo crivo da minha assistente, mas de vez em quando Emily vê uma especial, como esta aqui. Não consigo parar de pensar nela. Uma garotinha chamada Dorothy me escreveu para falar sobre sua livraria.

— O quê?

Natalie leu a carta. Tinha sido escrita em papel pautado de sala de aula e ilustrada com um capricho infantil. A caligrafia era familiar. Dorothy.

Caro sr. Dashwood,

Estou preocupada com a livraria do meu bairro, porque é muito caro ter uma livraria por aqui. Estou preocupada porque ela pode fechar e isso seria uma ~~trajédia~~ tragédia. Tive uma ideia. Acho que você pode salvar a Livraria dos Achados e Perdidos se fizer uma sessão de autógrafos, porque todo mundo adora seus livros e com certeza viria. E eu gostaria de conhecer você pessoalmente. A dona da livraria se chama Natalie Harper. Ela é muito legal!!! Sei que você é muito

ocupado, mas por favor venha. A bibliotecária da minha escola disse que sua
editora entregaria para você esta carta.

Atenciosamente,
Dorothy Gallagher

No verso da página, ela havia feito um desenho detalhado da livraria, com a vitrine e um gato cochilando em uma prateleira. A imagem tinha como legenda o slogan da livraria — *De olho nos melhores livros*. Havia uma ilustração excessivamente lisonjeira de Natalie, com cabelo esvoaçante, cílios compridos, corpo violão, os lábios vermelhos voltados para baixo em tristeza. Em outra página havia um desenho da menina com Trevor, com as sobrancelhas dele acentuadas com traços pretos.

— Dorothy é uma das minhas clientes favoritas. Ela é fofíssima — disse Natalie. — E uma grande fã dos seus livros.

— Dá para ver por que ela gosta deste lugar — disse Trevor, examinando as prateleiras e estantes. Então seu olhar se voltou para Natalie. — E de você.

O coração de Natalie bateu mais rápido. Ele estava flertando com ela? Como isso era possível? Como aquele cara — um deus literário americano — podia estar flertando com ela?

Natalie decidiu ignorar. Sem dúvida era imaginação sua. As mulheres provavelmente viviam se atirando aos pés dele. Ela não queria ser reduzida a um clichê, a mulher solitária que se encantava por uma estrela.

— Bem, você gostaria de dar uma olhada na livraria?

Natalie lhe mostrou a seção infantil, com vários livros de Trevor, que ele autografou na hora. Então ele foi olhar a estante de PS no café.

— Minha mãe escolheu os livros, eram algumas de suas palavras de sabedoria favoritas — explicou ela.

Ele abriu um livro de George R.R. Martin.

— "Eu sou do sangue do dragão" — leu ele, e olhou para Natalie. — Tenho que me preocupar?

— Depende de como você se sente em relação a mulheres com sede de sangue.

Sylvia se aproximou e o examinou com uma fungada desdenhosa, depois se esfregou na perna dele e foi embora com o rabo para cima.

— Tive muitos primeiros encontros assim — observou Trevor.

— Primeiros encontros são difíceis mesmo — concordou Natalie, sentindo o ar de flerte mais uma vez. Ou talvez não. Depois do que acontecera com Rick, não confiava mais em si mesma para interpretar os sinais. — Pena que não podemos simplesmente pulá-los.

— Quem disse que não podemos?

— O *continuum* espaço-tempo, para início de conversa.

— Ah, uma espertinha, então? — Trevor sorriu, caloroso.

Ainda parecia surreal tê-lo ali, como se ele tivesse acabado de sair de um sonho.

— Desculpa ficar olhando assim, mas ainda não acredito que você surgiu do nada.

— Eu venho à cidade com bastante frequência — respondeu ele. — Moro em Carmel, mas também tenho uma casa em Nob Hill.

— Bem, juro que não pedi para Dorothy fazer isso. Eu nem imaginava... Entrei em contato com seus agentes para agendar um evento, mas eles meio que jogaram um balde de água fria. Você é um escritor ocupado, com eventos marcados para daqui a dois anos, segundo disseram.

— Se eu deixasse, eles agendariam até minhas idas ao banheiro. — Trevor sorriu. — Desculpe. Sou conhecido pelo meu senso de humor escatológico.

— Assim como seus leitores.

— Me desculpe a pergunta, mas... a livraria está mesmo com problemas? Como Dorothy diz?

Natalie respirou fundo.

— Não precisa se desculpar. Estamos enfrentando algumas dificuldades. Não é segredo que a venda de livros anda difícil nos dias de hoje. Porém, acredito neste lugar. Tomei as rédeas da livraria de maneira inesperada.

— Incomoda-se de dar mais detalhes? — perguntou ele. — Claro que não precisa se...

— Não me incomoda. Esta era a livraria da minha mãe. Mas é meu lar. Cresci aqui, nós morávamos no apartamento no andar de cima. Ela morreu em um acidente de avião, então eu tomei a frente dos negócios.

Trevor tocou o braço de Natalie brevemente.

— Você passou por um momento difícil. Mais que difícil. Eu deveria ser bom com as palavras, mas não sei o que dizer. O que aconteceu é... Nossa. É péssimo.

— É. Praticamente em todos os aspectos. Quer dizer, adoro vender livros, então não é como se eu estivesse me obrigando a vir trabalhar todos os dias. Mas o prédio está com sérios problemas. Não temos muito movimento. Meu avô mora no apartamento do térreo e ele... não está muito bem de saúde. Minha mãe deixou um monte de dívidas e eu não fazia a menor ideia e... — Ela se forçou a interromper a torrente de palavras. — E já chega de reclamações. Você com certeza não veio aqui para ouvir meu chororô. É uma honra tê-lo aqui na livraria.

— Não me incomodo de ouvir sobre seus problemas. Quero ajudar.

— Quando tudo isso aconteceu, a primeira coisa que pensei foi que eu precisava fechar a livraria e vender o prédio. Mas é uma longa história.

— Eu tenho tempo.

Trevor era tão fácil de conversar que o choque inicial que a deixara sem palavras já estava passando.

— Meu avô e minha mãe abriram a Livraria dos Achados e Perdidos no ano em que nasci, e vinham cuidando dela de lá para cá. — Natalie gesticulou para a livraria, agora meio escura com as poucas luzes que ficavam acesas após o expediente. — Eu cresci entre as pilhas de livros.

— Tem uma história por trás do nome? Achados e Perdidos?

— Tem, sim. Eles abriram a livraria com uma coleção de livros antigos que o vovô encontrou no porão.

— Vovô? Você o chama de vovô? Isso é muito fofo, já gosto dele.

— Ele é ótimo.

— Eu sou doido por livros raros — disse Trevor.

— Então você vai ficar muito doido com isso aqui. — Natalie se levantou da mesa e foi até o balcão. — Reza a lenda que Mark Twain e Bret Harte costumavam vir beber aqui quando este prédio era um bordel conhecido como A Escadona. Isso nunca foi confirmado, mas gosto de pensar que é verdade.

Ela indicou a Trevor o balcão com o mostruário de vidro onde guardava as obras raras.

Ele se inclinou para mais perto.

— É uma coleção e tanto. — Trevor apontou para as edições raras de *Um conto de Natal* e *Grandes esperanças* na prateleira mais baixa. — Você relegou Charles Dickens à última prateleira.

— São ótimas histórias, mas ele não é meu favorito — disse ela. — Era tão horrível com a esposa.

— Ah. Bem, então me mostre um dos seus favoritos.

— Temos uma primeira edição de *O príncipe e o mendigo*, mas nenhum outro Twain em estoque no momento. Meu favorito não é nem Mark Twain, embora ele tenha vivido uma história de amor incrível com a esposa e a tratasse como uma rainha. Gosto de Jack London por causa da ligação dele com a região — explicou Natalie, abrindo a porta de vidro. — Esta edição de *Caninos brancos* tem um autógrafo legítimo, além de uma carta escrita por ele.

Ela colocou cuidadosamente no balcão a edição em excelente estado, com uma capa de couro trabalhada e a assinatura do autor na folha de rosto.

— É uma beleza — disse Trevor. — Comecei a ler Jack London quando criança e reli suas obras alguns anos atrás. Nunca vou me esquecer do livro sobre o cara que abre mão da fortuna em troca do amor verdadeiro.

— Ainda tenho meu exemplar de *Chamado selvagem*, todo manchado de lágrimas — disse ela. — Eu chorei sem parar. "Há um momento de êxtase que marca..."

— "... o apogeu da vida, um ponto além do qual a vida não pode mais se erguer."

— Não acredito que você completou a citação. — Ela o olhou com um prazer cauteloso.

— Desculpe, não pude deixar de me exibir.

— Isso é incrível. Como diria a Anne de Green Gables, devemos ser almas afins.

— Pode ficar com Anne e sua fazenda — disse ele. — Não sou muito fã.

— A maioria dos caras não é. Toda garota é.

Parte dela se afastou, como se estivesse tendo uma experiência extra-corpórea. Mal podia acreditar que estava ali em sua livraria discutindo literatura com um dos autores mais famosos do ramo.

Trevor enfiou a mão no bolso do casaco.

— Tudo bem, então. Vou levar este aqui.

— Hã? O quê? Você… Você tem certeza?

Ele riu.

— Isso é um teste?

Ela pegou uma folha impressa na parte de trás do livro.

— Foi avaliado em cinco mil dólares. — Natalie quase teve vergonha de dizer o valor em voz alta. Não conseguia decifrar a expressão de Trevor enquanto ele a observava rapidamente. Talvez o escritor a estivesse achando com cara de Lee Israel, imaginando se Natalie era uma falsificadora. — Eu realmente…

Ele pegou um talão de cheques.

— Vou levar, então.

Natalie ficou sem fôlego por um instante. Então, de alguma forma, conseguiu assumir o tom profissional.

— Você está falando sério.

— Sério como um bibliotecário pedindo silêncio.

— Bem, então vou embalar para você. E pegar seu certificado.

As mãos de Natalie tremeram um pouco ao pegar o cheque — da Outro Lado Ltda., com um endereço de caixa postal. Ela embrulhou o volume antigo com todo cuidado, guardando-o em seguida em uma sacola — uma das mais bonitas, não as baratas. *Obrigada, Jack*, ela pensou. *Você está indo para uma boa casa.*

Natalie tentou imaginar o livro na casa de Trevor. Será que ele tinha uma biblioteca elegante, como a dos cavalheiros ingleses? Ou seria um espaço mais boêmio? Ou talvez um cômodo vistoso para expor os volumes?

— Então, sobre a sessão de autógrafos… — disse ele. — Lembre-se, nossa amiga Dorothy disse que você gostaria de marcar algo em breve.

— Adoraria organizar um evento para você aqui — disse Natalie. — Mas entendo como deve estar ocupado. Sua editora e agência foram bastante firmes ao dizer que você não está disponível.

— Eles só estão fazendo seu trabalho. Se você topar, eu arrumo tempo — respondeu Trevor.

— Sério?

— Sério. Olha, entendo o que você está passando. Mas as livrarias são a alma deste negócio. Vamos planejar alguma coisa.

O coração de Natalie quase parou.

— Sim — concordou ela. — Vamos planejar alguma coisa.

Meia hora depois, Natalie estava convencida de que havia entrado em um sonho. Um daqueles tão bons que você precisa se beliscar para saber se é verdade ou não.

Trevor Dashwood queria fazer uma sessão de autógrafos. Como era muito famoso, seria um pouco mais complicado do que simplesmente colocar uma mesa na livraria. O evento exigiria muito planejamento. Ele insistiu para que discutissem os preparativos tomando uma bebida em seu lugar favorito da cidade — o Tower Library Bar.

O Tesla deslizou pelas colinas como um trenó no inverno, silencioso a não ser pela melodia eletrônica suave de "Swing Low" pairando no ar como um afago invisível.

Um manobrista parado no térreo do arranha-céu os cumprimentou demonstrando uma familiaridade comedida, e eles atravessaram um saguão opulento até o elevador da cobertura. Enquanto esperavam, duas jovens se aproximaram, corando, mas determinadas.

— Trevor Dashwood, certo? — disse uma delas.

Ele sorriu brevemente e assentiu.

Não eram muitos os escritores reconhecidos de vista, mas Trevor Dashwood era sem dúvida o homem do momento.

A mulher ergueu o telefone.

— Desculpe atrapalhar, mas será que eu poderia...

— Sem problemas. — Com uma naturalidade que devia ser decorrente de muita prática, ele posou com a fã para uma selfie rápida e repetiu o gesto com a amiga. — Só peço, por favor, para não marcar o local por algumas horas.

— É claro — disse ela. — Só queria que soubesse que amo seus livros desde os 10 anos e estou guardando para mostrá-los aos meus filhos um dia.

— Isso é realmente ótimo. Obrigado. — Quando as mulheres se afastaram, ele completou, baixinho: —... por me fazer sentir mais velho que andar para a frente.

Outras pessoas também o olharam, mas naquele momento o elevador chegou e eles entraram no elevador de vidro.

— Devem pedir isso toda hora — disse um dos passageiros, que estava de mãos dadas com o namorado.

— De vez em quando — respondeu Trevor. — Mas não me incomoda.

Ele sorriu para o casal e tirou uma selfie.

— Obrigado por ser tão tranquilo — disse o cara.

Quando o elevador subiu, Natalie ficou estudando o panorama mágico de luzes brilhantes e reflexos tremeluzindo na água. O bar da cobertura tinha uma vista ainda mais imponente e servia coquetéis artesanais com nomes de escritores locais, dos contemporâneos aos mais antigos, e seus livros — o Martíni de Laranja Sanguínea de Anne Rice, o Samurai Tsukiyama, o Demônio de Christopher Moore, o Coquetel da Felicidade e da Sorte. Nas paredes havia volumes bem organizados de Ferlinghetti, dos quatro boêmios originais e uma série de figuras ilustres da baía de São Francisco.

— Como está sua bebida? — perguntou Trevor enquanto se acomodavam em uma mesa aconchegante perto da janela.

— O Lemony Snicket? Incrível — respondeu ela. — Esta noite inteira está sendo maravilhosa. Eu me sinto a Cinderela.

— Ótimo. Meu plano está funcionando — disse ele.

— Esse é seu plano? Que plano? Você tinha um plano?

— Talvez... Vou contar uma história: quando estava no quinto ano, escrevi uma outra versão do conto da Cinderela. Fiz até ilustrações. Chamei as meias-irmãs de Grace Slick e Janis Joplin, e elas eram sensacionais.

Natalie riu.

— Então já tem um tempo que você faz isso. — Ela o estudou, sentado à sua frente. Trevor era tão bonito que Natalie quase se afogou nele. — O que você quis dizer com "talvez"?

— Quando recebi a carta de Dorothy, procurei sua livraria na internet e li sobre sua mãe.

— Ah. — A dor constante dentro dela aumentou. — Sim, a história ficou conhecida.

— Infelizmente, em geral é assim com a tragédia humana — disse ele. — Sinto muito, Natalie, de verdade.

Parte dela queria que ele não tivesse fingido não saber o que havia acontecido. Talvez não quisesse assustar Natalie ao admitir que pesquisara sobre ela.

— Obrigada. Tem sido... Nem sei como descrever. É como se o mundo inteiro tivesse sido arrancado de mim.

— Essa é uma descrição e tanto. Sinto muito — disse ele outra vez, tocando o braço dela. Só por um segundo.

Natalie gostou do contato. Ele a fez estremecer.

— Então, antes que esses drinques comecem a fazer efeito, vamos ao que interessa. Posso salvar o número de Emily e do assistente dela em sua agenda?

Ela pegou o telefone e o entregou a Trevor.

— Claro.

Ele começou a digitar as informações.

— Emily é minha assistente, e o dela é Edison, e ele é incrível. Edison vai entrar em contato com o coordenador de eventos e minha agente para organizar tudo. Que tal este mês?

— Este mês...? Você está brincando, não é?

— De modo algum. É verdade que essas coisas em geral são feitas com muita antecedência, mas tenho um dia livre em minha agenda e uma equipe excelente. Edison vai cuidar de tudo, organizar a venda de ingressos on-line, reservar o local, fazer contato com a editora, tudo. Cada ingresso vendido dá direito a dois lugares no evento, um adulto e uma criança, e um exemplar do meu último livro, então as vendas devem ser muito boas.

Muito boas? Natalie estava tonta. *Muito boas.*

— O que me diz, Cinderela?

— Você é *mesmo* o Príncipe Encantado — disse ela.

Parte Três

Ficava evidente que os livros eram mais donos da loja que ela deles. Tinham se alastrado e tomado conta de seu habitat, multiplicando-se e procriando-se, claramente sem um pulso firme para controlá-los.

— AGATHA CHRISTIE, *OS RELÓGIOS*

PARTE TRES

16

— *P*recisamos ter uma conversa sobre sua filha — disse Natalie a Peach assim que ele apareceu na livraria de manhã.

Ele sorriu, sempre intrigado com o jeito direto dela.

— É meu assunto favorito. — Peach foi até a traseira da caminhonete para descarregar parte dos equipamentos de que precisaria naquele dia, incluindo uma serra para a viga do sótão que ia substituir. A que apodrecera tinha sido completamente tomada por cupins, chegava a ser assustador.

— O que houve?

— Ela escreveu uma carta para Trevor Dashwood, o autor.

— Ah, ela adora escrever cartas. Faz muito isso, principalmente para os escritores e músicos favoritos. É legal, não é? Acho melhor escrever cartas do que ficar grudada em um celular e esquecer que o resto do mundo existe.

Peach fez uma pausa, olhou de relance para Natalie e então fixou a atenção nela mais detidamente. Ela parecia diferente. Os olhos brilhavam ainda mais do que de costume, e ela estava sorrindo com mais facilidade. O cabelo estava reluzente, a maquiagem era mais completa, e ela usava um vestido turquesa justo e salto alto. Podia ser só imaginação dele, mas Natalie parecia ter se esforçado mais na hora de se arrumar.

Ele gostava quando a tristeza dela diminuía, mesmo que brevemente, não importava o motivo.

— Então, como você ficou sabendo que Dorothy escreveu para o cara?

— Ele veio me ver ontem à noite.

Peach franziu a testa.

— Ele veio até aqui? O escritor que é tão famoso que ninguém consegue falar com ele?

— Pelo visto ele escuta Dorothy. Ficou muito tocado com a carta dela. Sua filha contou que a livraria estava com problemas e pediu que ele viesse fazer uma sessão de autógrafos.

— É mesmo? — Então era por isso que Natalie estava diferente naquela manhã. — E o que o autor famoso disse?

— Ele aceitou. E uma sessão de autógrafos desse calibre vai nos ajudar muito. Não consigo nem pensar direito. E tudo isso por causa da sua filha maravilhosa.

— Minha filha é mágica — disse ele, sem nem tentar conter seu orgulho de pai. — E que bom que Trevor Dashwood ouviu e apareceu.

À noite, Peach pensou. Era estranho que o escritor tivesse aparecido à noite? Que tivesse vindo pessoalmente, em vez de pedir para sua equipe ligar? Talvez escritores fossem excêntricos assim mesmo.

— Nenhum escritor deveria ser famoso demais para ler a carta sincera de uma fã — disse Natalie. — Ainda mais uma fã como Dorothy. Ela não apenas falou sobre a livraria para Trevor como também incluiu um desenho de si mesma com ele.

— Uau. Ela apelou, hein. Agora entendo por que ele quer ajudar. Ela vai ficar tão animada por seu plano ter funcionado. — Peach podia passar o dia inteiro conversando sobre a filha, mas tinha trabalho a fazer. Outros clientes e reformas estavam se acumulando como o tráfego aéreo de um aeroporto movimentado, então ele precisava terminar os serviços na livraria e partir para a próxima empreitada. — Hoje vou fazer bastante barulho lá no fundo. Seu avô está acordado?

— Sim, ele foi tomar café da manhã no centro recreativo.

— Vou trabalhar, então.

— Eu também. Mal posso esperar para contar a Cleo e Bertie. Ah, e só para você saber, uma repórter e um fotógrafo do *Examiner* estão vindo hoje escrever uma pequena matéria sobre a livraria. A publicidade já está começando.

Isso provavelmente explicava o cabelo mais bonito que o normal, a maquiagem e o vestido.

— Então vou manter distância — disse Peach. — Eles não querem minha cara feia no jornal.

— Você? Feio? — Natalie empurrou o braço dele. — Até parece.

— Ah, então você me acha bonito?

Peach piscou algumas vezes, fazendo graça.

Ela o expulsou.

— Xô. Vai trabalhar, Gallagher. É melhor eu avisar Cleo e Bertie sobre a repórter também.

De vez em quando, ele flertava com a possibilidade de convidá-la para sair, mas logo rejeitava a ideia. Para início de conversa, Peach não sabia se Natalie gostava dele. Às vezes, ele a sentia observando-o e achava que talvez sim. Mas, na maioria das vezes, ela mantinha distância, o que o fazia imaginar que não estava interessada. O namorado de Natalie havia morrido com a mãe. A última coisa de que precisava era outro companheiro. E era melhor assim. Namorar uma cliente era uma péssima ideia, algo que Peach sabia por experiência própria. Na verdade, namorar qualquer pessoa era uma má ideia, dada sua sorte com as mulheres.

Peach estava grato pelo sol de outono no pequeno jardim dos fundos, um alívio depois de vários dias chuvosos a fio. A viga do sótão havia sido feita sob encomenda, mas agora ele precisava dar um bom acabamento à estrutura e ajustá-la com as ferramentas. Depois disso, teria que supervisionar a tarefa bastante desafiadora de içar a nova viga e colocá-la no lugar da antiga. O faz-tudo havia contratado um guindaste para isso. Natalie ficara um pouco pálida quando ele informou o valor, mas bastou uma olhada na madeira podre para convencê-la de que era necessário.

Sempre que precisava verificar algo no sótão, Peach tinha que passar pelo apartamento dela. Quando Natalie mostrou o lugar da primeira vez, os cômodos estavam cheio de livros e da bagunça colorida de sua mãe, que pelo visto não era muito organizada nem gostava de jogar coisas fora. Ele notou que Natalie vinha arrumando a bagunça aos poucos, sem perder a energia e o charme do apartamento. A poltrona para dois sob a janela havia sido desenterrada da pilha de coisas, e o espaço se transformara em um canto para a leitura. Havia uma colcha e duas almofadas, uma mesinha lateral antiga com uma bela pilha de livros e um abajur com uma pintura à moda antiga das Cataratas de Yosemite.

Peach tentou não bisbilhotar, mas, quando passou pelo quarto, sentiu uma fragrância feminina de lavanda e notou uma camiseta do San Francisco Giants pendurada atrás da porta. Às vezes, ele se perguntava se o lugar onde morava — o casarão na Vandalia Street que ele dividia com Suzzy e Milt — era acolhedor o suficiente para Dorothy. A filha era muito adaptável, dividindo-se entre Regina e Peach como o plano dos pais ditava. Talvez um dia desses ele pedisse a Natalie dicas sobre como dar um toque feminino no quarto de Dorothy. A menina provavelmente adoraria.

Natalie tinha muitas preocupações, no entanto. Talvez aquele não fosse o melhor momento para pedir conselhos sobre decoração.

Durante o expediente, Peach entreouviu Natalie com a repórter e o fotógrafo. Eles pareciam estar registrando o cotidiano da livraria. Ela era tão esperta, sempre ajudando as pessoas a encontrar os livros que procuravam — e alguns que elas não sabiam que precisavam. A cliente do momento era uma mulher de meia-idade com um cachorrinho branco de roupinha.

— Blythe não trabalha mais aqui? — a mulher perguntou. — Ela se aposentou, ou...?

— Blythe era minha mãe — respondeu Natalie baixinho. Olhou de relance para a repórter, que estava sentada em um banquinho atrás do balcão. — Lamento informar que ela morreu em um acidente. Um acidente de avião.

Peach se sentia mal por ela ter que explicar a situação várias vezes. Sem falar no avô, que a confundia com Blythe e precisava ser informado mais uma vez sobre a morte da filha.

— Isso é terrível — disse a mulher. — Sinto muito. Mas também fico feliz que a livraria dela continue viva.

A repórter fez algumas anotações em um bloquinho.

— Blythe sempre foi tão boa em me ajudar a encontrar livros — continuou a mulher. — Ouvi comentarem sobre um na rádio, mas não sei o título. Nem o nome do autor.

— Sobre o que era? — perguntou Natalie. — Me dê alguns detalhes e eu posso tentar.

A cliente começou uma longa descrição atrapalhada de um livro sobre uma mulher casada que beijava às escondidas alguém que não era seu marido, flertava por e-mail e ficava tão perturbada que isso a fazia reexaminar a vida inteira.

— Certo. — Natalie bateu no queixo com o dedo. — Não me parece familiar. Você se lembra do programa que falou dele?

— Desculpe, não. Acho que foi em um desses podcasts. Parecia um bom livro, meio engraçado e sarcástico, mas sincero ao mesmo tempo.

Natalie estava claramente perdida, o que era uma droga, pois Peach sabia que ela queria parecer profissional. Mas aquele era um dia de sorte. Ele sabia exatamente de que livro a mulher estava falando. A ex-mulher dele havia lido. Peach podia visualizá-lo na mesinha de cabeceira dela. Mesmo depois de tanto tempo, ainda conseguia ver a mesinha de cabeceira. Ele foi até a seção de biografias, encontrou o livro e o inclinou ligeiramente para fora da prateleira. Então fingiu bater em alguma coisa com o martelo.

Natalie olhou para ele, um pouco irritada. Peach apontou para o livro e depois voltou ao trabalho.

— Será que é este aqui? — perguntou Natalie para a mulher. — *Amor e caos*, de Claire Dederer?

Peach assobiou enquanto subia as escadas pela décima segunda vez naquele dia. Ele gostava de conspirar com Natalie.

Ao fim do dia, Peach levou um bom tempo para arrumar suas coisas antes de ir embora. Não estava com pressa para voltar para casa, já que Dorothy passaria a noite na casa da mãe. Ele planejava comprar uma pizza e fazer uma busca na internet sobre engenharia estrutural. Já tinha uma equipe pronta para ajudá-lo, e queria ter certeza de que a viga no sótão seria colocada da maneira certa.

— Obrigada pela ajuda hoje — disse Natalie, seguindo-o até o lado de fora.

— Sem problemas. Amanhã uma equipe vem içar a viga do sótão.

— Ah! Que bom. Eu estava falando do livro. Você me salvou de parecer ignorante na frente da cliente.

— Você não precisa conhecer todos os livros — disse ele.

— Verdade. E, ainda assim, você parece conhecer.

Peach riu.

— Não. Aquele era familiar, só isso.

— Bem, você conhece muitas coisas que não associo a... É um insulto se eu chamar você de faz-tudo?

Ele sorriu.

— Já fui chamado de coisa pior.

Natalie inclinou a cabeça de leve, como se quisesse ouvir mais.

— Você lia muito quando estava nos fuzileiros navais?

Eu matava muito quando estava nos fuzileiros navais, ele pensou.

— Sempre gostei de ler, desde criança.

— Na Geórgia, certo? Você ainda tem família lá?

— Meus pais ainda vivem lá.

Peach poderia contar a ela sobre o que havia acontecido em Atlanta que o fizera chegar até ali, mas ele odiava aquela história. A única parte de que gostava era que agora ele tinha Dorothy, a melhor criança do mundo.

O telefone de Natalie apitou e ela deu uma olhada na tela.

— Ah, sabe aquele vaso que encontramos? Minha amiga Tess vem amanhã para falar sobre ele.

— Legal. Espero que sejam boas notícias.

— Veremos.

Quando Tess chegou para conversar sobre o vaso chinês antigo, Natalie ainda estava nas nuvens graças à reunião com Trevor. Ela contou a história à amiga enquanto tomavam café e comiam o pão de canela que se tornara a novidade mais popular da livraria.

— Ainda não consigo acreditar — disse ela a Tess. — Ele apareceu do nada... de um Tesla azul-marinho, na verdade, e se apresentou, e quando vi nós já estávamos organizando uma sessão de autógrafos. Essa oportunidade incrível caiu do céu. Parece até fácil demais.

— Fácil demais? — Tess inclinou a cabeça. — Desde quando a gente reclama quando algo é fácil demais?

— Não estou reclamando, é só que não estou acostumada. Com a minha sorte, fico desconfiada quando acontece algo que parece bom demais para ser verdade.

— Com a sua sorte, já tinha passado da hora de algo maravilhoso acontecer. Talvez finalmente o momento tenha chegado.

— Tomara que você esteja certa. Porque é bem maravilhoso mesmo. *Ele* é maravilhoso.

— Meus filhos adoram os livros dele. Eu também, na verdade. Ele é superinteligente. E engraçado, mas sempre há uma mensagem mais profunda nos livros. Me avise quando tudo estiver programado. Quero trazer as crianças para a grande sessão de autógrafos. — O olhar de Tess se suavizou e ela olhou para a janela. — Minha mãe está no Marrocos, então vamos ficar na casa dela no Embarcadero.

— Sua mãe foi para o Marrocos?

Tess assentiu.

— Está em Tânger. Ela... isso vai parecer ridículo, mas ela foi reencontrar meu pai.

Natalie franziu a testa.

— Sério?

Pelo que Tess havia lhe contado, Erik Johansen era um canalha de marca maior.

— Foi o que eu disse para minha mãe. — Tess esfregou a mão na barriga. — Estou tentando não julgar. Pode ser que ele tenha seus motivos para ter desaparecido e deixado duas mulheres grávidas para trás.

— Caramba. Por mim, julgue à vontade — disse Natalie.

— Não é?

— Mas acho que toda família tem seus segredos.

Natalie mostrou a Tess a foto de Julio Harper, um dos Buffalo Soldiers na Guerra Hispano-Americana. Meu tataravô. Descobrimos pelo proprietário da medalha Dewey. Não era segredo, mas com certeza foi uma surpresa.

— Isso é incrível. Seu avô nunca soube?

Natalie balançou a cabeça.

— Não fazia ideia.

— Bem. Por falar em surpresas... — Tess virou o livro que Natalie havia colocado na mesa. As sobrancelhas dela se ergueram. — Olha só.

Como ele é pessoalmente? Por favor, diga que esta foto não tem vinte anos.

— É recente. E, para ser sincera, não chega aos pés dele.

Natalie não conseguiu deixar de corar.

— Quem te viu, quem te vê — brincou Tess com um sorriso. — Você gostou dele.

— Ah, por favor. Não quero ser tão horrível — disse Natalie. — Meu namorado morreu há pouco tempo. Eu estava tão errada sobre Rick... Bem, isso me fez questionar meu discernimento. Não devia nem pensar em outro cara.

— Você não é horrível. Você é humana. Você estava prestes a terminar com Rick. Isso não torna o acidente menos trágico, mas seus sentimentos por ele já tinham mudado.

Natalie suspirou.

— Já repassei aquele dia várias vezes na minha cabeça. Se ele tivesse me pedido em casamento, o que eu teria respondido? — Ela estremeceu, atormentada pela culpa. — Eu teria que dizer não e me sentiria péssima, e ele também.

— E vocês dois tocariam suas vidas, mesmo sofrendo — disse Tess. — Mas, por causa do que aconteceu, você está presa a uma situação sem desfecho, e que nunca vai ter um.

— Exatamente — concordou Natalie.

— Olha, você tem que deixar isso para lá. Me prometa.

— Vou tentar. Mas é difícil. Quero acreditar que vou ser feliz de novo um dia. Aí penso na minha mãe e simplesmente não consigo.

— Ela odiaria isso.

— Eu sei. Como falei, vou tentar. Vou trabalhar nisso.

Um assobio alegre e a campainha pendurada na porta a alertaram que Peach havia chegado.

— Por falar em trabalho — disse Natalie, levantando-se. — Meu empreiteiro chegou. Ele está consertando este prédio antigo sozinho. — Ela apresentou Tess a Peach.

Quando Peach deu as costas para Natalie, Tess fingindo desmaiar, articulando com os lábios "Ele é lindo".

Quando ele subiu as escadas para começar o trabalho, Natalie a repreendeu.

— Ele está consertando meu prédio, não minha vida amorosa.

— Está bem — Tess pareceu não acreditar. — Aliás, voltando ao prédio. — Ela pegou uma caixa de arquivo grande e a colocou em cima da mesa. — Vamos ao que interessa. Tenho algumas informações sobre o vaso que você encontrou.

— Na verdade, quem encontrou foi Peach — disse Natalie. — Estava em um pequeno depósito lá nos fundos.

— Seu avô está acordado? — perguntou Tess. — Acho que Andrew vai querer ouvir isso. E Peach também, já que foi ele quem encontrou.

— Espero que isso queira dizer que você tem boas notícias.

Natalie voltou ao apartamento do avô e bateu à porta. Ele estava se arrumando para começar o dia e parecia bem. A camisa estava abotoada corretamente, e ele tinha feito a barba e arrumado o cabelo. Os olhos estavam límpidos e focados.

— Bom dia, Natty querida. Eu ia sair agora para tomar um café.

— Minha amiga Tess está aqui. Ela veio conversar sobre aquele vaso velho. Pode ir lá falar com ela? Vou ver se Peach quer vir também.

Natalie foi até o sótão. A claridade intensa da manhã atravessava as janelas em cada extremidade do espaço. Peach estava de pé no meio do cômodo, medindo com a trena uma parte da viga podre. Com a luz do sol emoldurando-o, ele parecia uma escultura viva.

Concentre-se, garota, disse Natalie para si mesma.

— Oi, posso falar com você um instantinho? — perguntou ela.

Peach se sobressaltou, e a trena se soltou, recolhendo-se no invólucro com um estalo.

— Desculpe — disse Natalie. — Não queria assustar você. Tess achou que você gostaria de ouvir o que ela descobriu sobre o vaso.

— Claro — respondeu Peach, prendendo a trena no cinto de ferramentas. — Vamos lá.

Quando passaram pelo apartamento dela, Natalie ficou pensando em como Peach via o local. Ela ainda se sentia como se ali fosse mais da mãe do que dela, embora tivesse feito algumas mudanças e reorganizado a sala de estar e a pequena cozinha retangular. A única área que Natalie não havia começado a mexer era o closet no quarto. A ideia de examinar as roupas, os sapatos e os itens pessoais da mãe a deixava arrasada. Às vezes, sentia-se tentada a contratar alguém para recolher tudo e levar embora. Mas então ficava com medo de se desfazer de algo que ela não sabia que precisava, como uma recordação especial ou algo que pudesse despertar uma lembrança reconfortante para o avô.

No escritório, Tess colocou a caixa de arquivo grande em cima da mesa e usou o celular para escanear um código de barras.

— O rastreamento da procedência de antiguidades agora é feito com alta tecnologia — explicou ela.

Natalie se sentiu um pouco mais empolgada. Se o vaso era digno de um rastreamento moderno daqueles, isso provavelmente queria dizer que era um achado especial.

Tess abriu a caixa e pegou o vaso, que havia sido embalado com todo cuidado em várias camadas de plástico-bolha. Assim que o colocou em cima da mesa, ela perguntou:

— O que vocês veem quando olham para isso?

O avô colocou os óculos.

— Já vi vários vasos parecidos à venda nas lojas de Chinatown. É bem bonito, não é? Você conseguiu descobrir de onde veio?

— Ficou muito bonito limpo — observou Natalie.

As figuras eram peroladas, delicadas, e havia lindas espirais as emoldurando. As cores estavam mais intensas e definidas, com uma profundidade que destacava os detalhes, fazendo-os parecer tridimensionais. Ela se encolheu ao lembrar como quase derrubara o vaso por causa de uma aranha.

— Não veio de Chinatown — disse Tess. — Mais algum palpite?

— É do período Qianlong na dinastia Qing — disse Peach.

Natalie virou a cabeça para olhá-lo. Ele nunca parava de surpreendê-la com as coisas que dizia, como se as tirasse do cinto onde ficavam suas ferramentas.

— Tess, é verdade?

A amiga assentiu.

— Como você sabe disso? — perguntou Natalie. — Como alguém poderia saber disso?

Peach sorriu.

— Eu leio e sei coisas.

— Mas... ah, deixa para lá, sabichão. Você está se exibindo.

Ele enfiou o polegar no bolso da calça jeans e indicou o vaso, acenando com a cabeça.

— Tirei uma foto da marca de porcelana na parte de baixo e pesquisei. É uma marca Qianlong.

— Nada mal — disse Tess. O olhar dela se demorou nele com um brilho de admiração. — Os fatores que consideramos para estimar o valor de uma determinada peça são o mercado, a condição e a procedência. E, é claro, a raridade. Este aqui é super-raro. O mercado de antiguidades para cerâmicas asiáticas está sempre aquecido. Uma peça como essa é muito procurada hoje em dia.

— Eu nem pensaria em ter olhado para ver se tinha uma marca — admitiu Natalie.

— Um vaso parecido com este aqui foi vendido num leilão em Paris por mais de dezenove milhões de dólares.

Peach deu um assobio baixo que expressava tudo o que Natalie sentia.

— Ah, você está brincando. Não pode ser. — Ela prendeu a respiração. — É sério?

Tess assentiu.

— O mercado de antiguidades movimenta muito dinheiro. Este vaso está em perfeitas condições, sem rachaduras ou lascas, e é de cerâmica. Essa é a boa notícia.

— Então tem uma má notícia? — perguntou Natalie, desanimando.

— Tenho... outras notícias — disse Tess. — O valor de uma peça é afetado também pela procedência. Se for roubado, falsificado ou comprometido de alguma maneira, o valor vai refletir isso. — Ela entregou um documento para Natalie. — Imprimi uma cópia da minha pesquisa e você pode lê-la, mas provavelmente não vai conseguir absorver muita coisa.

— Você pode resumir para a gente? — perguntou Natalie. — Foi roubado?

— Não exatamente. Pertencia à família Tang, um próspero clã de mercadores afiliado a uma guilda em Hankou, que hoje se chama Wuhan. O filho mais velho, Wen Tang, nasceu em Xangai no século XIX e foi um dos meninos mandados para estudar nos Estados Unidos. O vaso e outros tesouros foram enviados com ele como presentes. Ele acabou sendo muito bem-sucedido nos negócios e resolveu ficar por aqui quando chegou a hora de retornar à China. Para isso, teve que subornar agentes de imigração.

— Mas como o vaso foi parar no nosso prédio? — perguntou Natalie.

— Alguns dos agentes de imigração chantagearam o rapaz e pegaram quase tudo que ele tinha. Wen Tang conseguiu esconder alguns de seus pertences, e este é um deles. Ele morreu de peste bubônica antes de conseguir recuperá-lo.

— Peste? Em São Francisco?

— Houve um surto em Chinatown em 1900 — disse o avô. — A avó de Charlie morreu de peste negra, e ele diz que é por isso que seu pai decidiu ser médico.

— Os filhos de Wen Tang fundaram uma empresa de finanças e investimentos. São membros fundadores da Associação do Patrimônio Sino--Americano. É uma organização sem fins lucrativos e fica em um edifício incrível estilo *beaux-arts* no distrito de Tenderloin. Não é pouca coisa.

— Então, se entendi direito, é possível rastrear os proprietários legítimos do vaso.

— Isso mesmo — disse Tess.

— O senhor ouviu isso? — perguntou Natalie ao avô.

— Pertence à família Tang, certo? — perguntou Andrew. — Nesse caso, precisamos entrar em contato com eles.

— A decisão é sua, vovô.

Ela olhou para Tess, que assentiu. O telefone de Natalie vibrou para indicar uma mensagem de texto, mas ela o ignorou.

— É difícil saber como essas coisas podem acabar — explicou Tess. — O senhor poderia fazer uma reclamação de posse. Com um vaso desse valor...

O avô levantou a mão, interrompendo-a.

— Não acho certo ficar com ele, ainda mais porque pertencia a um imigrante chinês. Nem podemos imaginar o que as pessoas emigrando para os Estados Unidos nesse período sofreram. O racismo era muito cruel na época. Seria errado ficar com algo que foi trazido por um preço tão alto. — Andrew fez uma pausa, olhando a bela peça. — Devemos entrar em contato com a família Tang e ver o que acontece.

Natalie sentiu orgulho do avô. Apesar da demência e dos momentos de confusão, ainda era o homem que ela sempre conhecera. Ele possuía uma humanidade brilhante que clamava por justiça e retidão. Embora os objetos encontrados tivessem residido em seu prédio por mais de cem anos, nunca se considerou dono deles.

Peach deu um tapinha no ombro de Andrew.

— É muito legal da sua parte tentar encontrar os proprietários.

Ao vê-lo com o avô, Natalie sentiu um sentimento caloroso por Peach. Um sentimento proibido, que ela reprimiu por força de vontade.

— Não vou me esquecer de que foi você quem encontrou o vaso — disse o avô. — Sem você, nada disso teria acontecido.

— Foi o senhor que me levou até lá, Andrew. Enfim — disse Peach com um aceno de cabeça para Tess —, preciso ir um pouco mais cedo. Tenho planos para hoje à noite. Foi um prazer conhecê-la. Boa sorte com tudo.

Quando ele se foi, Tess pegou uma pasta de arquivos e abanou Natalie.

— Calma, garota.

Natalie corou.

— Pare com isso.

— Eu não culpo você. Ele é bem bonito com esse rabo de cavalo de pirata e jeitão "posso consertar isso para você".

— Mas não com o jeitão "sou casado e tenho uma filha".

— Ah, isso eu não sabia. Acho que é aquilo que sempre dizem — sussurrou Tess. — Todos os bons já estão comprometidos. E, a julgar pela maneira como você olha para ele, acho que ele é um dos bons.

— Eu não olho para ele — protestou Natalie. — E, caso olhe, é só porque ele é mais do que aparenta ser. Já leu tudo que é livro e parece uma enciclopédia ambulante.

Tess deu de ombros.

— Ah, bem. Vida que segue.

— É, por falar nisso…

Natalie hesitou, depois mostrou à amiga a mensagem de Trevor que havia chegado durante a reunião.

Tess se recostou, o sorriso largo como o do gato de *Alice no País das Maravilhas*.

— Ora, ora, ora. Imagino que esse seja solteiro?

— É, sim.

— Então vai em frente. Ele quer sair com você hoje à noite. Imagine só, um encontro com um autor mundialmente famoso, solteiro e que é ainda mais bonito do que a foto da orelha de seu livro.

— Estou tentada — admitiu Natalie, um pouco empolgada. Ele era quase bom demais para ser verdade. — Mas ainda me sinto estranha por causa de Rick e... ei!

Antes que Natalie pudesse pegar o celular de volta, Tess digitou uma resposta.

— Ai, meu Deus. — Natalie pegou o aparelho. — O que você fez?

Ela olhou para a tela. Tess tinha respondido a mensagem de Trevor com um emoji sorridente e *Claro. O que tem em mente?*

O celular tocou segundos depois de Tess mandar a mensagem. Natalie se sobressaltou quando viu o nome de Trevor na tela.

— Meu Deus, não acredito que você fez isso!

Ela olhou para a amiga.

— Atende — disse Tess, sem parecer arrependida. — Não deixe ir para a caixa postal.

— Eu sempre deixo ir para a caixa postal.

— Ele sabe que você está perto do telefone, porque você acabou de mandar uma mensagem.

— Foi *você* que mandou uma mensagem.

— Ele não sabe disso. Agora atende logo ou eu vou atender. Atende. Atende. Atende.

Cheia de nervosismo, Natalie obedeceu.

— Oi, aqui é Natalie.

— Do que você gosta? — perguntou Trevor.

— Do... do que eu gosto?

Natalie olhou para a amiga.

— Em um encontro — esclareceu ele. — Bebidas? Jantar? Dança? Teatro? Ópera? Música ao vivo?

— Hã, eu… Obrigada por perguntar. Gosto de bebidas. E de alguma coisa para comer. — Ela soava como uma idiota. Tess revirou os olhos.

— Então temos algo em comum. — Trevor riu, a voz grave e suave no ouvido dela.

Tess juntou suas coisas com cuidado, registrando a movimentação do vaso em um aplicativo, e mandou um beijo para Natalie.

— Depois a gente se fala — sussurrou ela, e saiu.

— Poderíamos ir ao French Laundry ou ao Auberge du Soleil. Ou ao Rendez-Vous, eles acabaram de ganhar sua segunda estrela Michelin.

Era quase impossível conseguir uma mesa nos restaurantes famosos da região vinícola. Mas, aparentemente, não para Trevor Dashwood.

— Eles ficam muito longe da cidade — respondeu Natalie. — E se chegarmos à metade do caminho e ficarmos sem assunto?

— Bom ponto — disse ele. — Gosto de como você pensa… ou, melhor dizendo, como pensa demais.

— Desculpe, eu tenho a propensão a fazer isso.

— Não tem problema. Esses lugares são um pouco demais para um primeiro encontro, de qualquer maneira. Nós dois temos a mesma opinião sobre primeiros encontros. Já sei: use um vestido bonito e vou pensar em algo que você vai gostar. Combinado? — Ele falou "primeiro encontro" como se um encontro seguinte já fosse certo.

Natalie ficou quieta e ele acrescentou:

— De qualquer forma, não vamos chamar de primeiro encontro. Eles são sempre meio estranhos e não vamos fazer isso.

— Como pode não ser um primeiro encontro?

— Fomos ao Library Bar.

— Mas não foi um encontro.

— Por que não? Porque não nos beijamos no fim?

Natalie perdeu o fôlego. Ela queria aquilo?

— Porque você apareceu do nada e comprou um livro. Isso não é um encontro. É uma transação.

— Estou contando como o primeiro encontro, assim o próximo não vai ser estranho. Sou escritor de ficção. Eu sou bom em fingir.

Diferentemente de Natalie. O mundo que ela habitava — o avô, a livraria, o prédio em ruínas — era real demais.

— Eu não sei — disse ela.

— Tente — insistiu Trevor. — Vai dar tudo certo.

E talvez fosse mesmo dar certo. Afinal, ele era o Príncipe Encantado.

17

Meia hora antes do fim do expediente, Cleo enxotou Natalie da livraria.

— Vá se arrumar. Coloque um batom e salto alto. Deixa que eu termino aqui.

Natalie sorriu para ela, agradecida.

— Você fica me dando corda, que nem a Tess.

— Eu ainda devo um favor a você por ter me apresentado à Lyra.

— Meu único sucesso como cupido. Sempre vou ter orgulho de vocês duas — disse Natalie. — Mas não foi um grande desafio. Uma dramaturga charmosa e uma libretista de óperas charmosa? Tudo a ver.

— Sabe um casal que também tem tudo a ver? Uma livreira charmosa e um autor gato.

— Isso é você que está dizendo. Acho que é só uma distração — rebateu Natalie. — Não estou muito decidida, e não deveria me sentir assim.

— Concordo. No papel, ele é perfeito, tem todas as qualidades, mas você ainda está com o pé atrás.

— Eu estava tão errada sobre Rick — admitiu Natalie. — Não quero cometer esse erro de novo. E assim... Trevor Dashwood? Ele é exatamente aquele cara na escola que você sonha em namorar, mas isso nunca acontece, tipo o capitão do time de futebol.

— Ei. Eu namorei o capitão do time de futebol na escola — disse Cleo. — Foi assim que descobri que gostava de garotas.

Bem quando ela disse essas palavras, Peach passou pela livraria, carregando uma escada para a caminhonete.

— Vou ficar de fora dessa conversa — disse ele com um sorriso. — Tenham uma boa noite, meninas.

— Agora cai fora. — Cleo enxotou Natalie de novo. — Vá se arrumar e divirta-se com o Príncipe Encantado.

Natalie subiu as escadas para se aprontar. Foi bem ali no quarto da mãe que ela havia se arrumado para seu primeiro baile da escola. No oitavo ano. Ela queria muito que Jordie Bates a convidasse para ir com ele, mas ele era muita areia para seu caminhãozinho. Então, quando Louis Melville a chamou, ela aceitou e quase vomitou de nervosismo no grande dia.

— Estou horrível — dissera ela à mãe. — Estou com uma espinha. Meu cabelo está feio. Eu danço que nem uma idiota.

Blythe tinha esperado pacientemente até Natalie recitar todas as suas reclamações, como costumava fazer.

— Já terminou?

— Acho que não, mas vou fazer um breve intervalo.

— Lembra-se de *O primeiro amor*, de Judy Blume? Tudo o que você está pensando agora é a mesma coisa que qualquer outra garota pensa antes de um encontro.

— Como você sabe? — Natalie havia ficado ressabiada. Queria que o sofrimento e a ansiedade que estava sentindo fossem únicos.

— Acredite em mim, eu sei. Quando tinha sua idade, havia um Jordie Bates na minha escola também. Sempre há um Jordie Bates. O meu se chamava Anders Gundrum. Todas as meninas eram apaixonadas por ele, mas nenhuma de nós era bonita, engraçada ou charmosa o suficiente para ser escolhida por ele. E aquele desejo... Eu lembro até hoje. Foi uma grande aventura.

Natalie olhara para sua imagem no espelho oval antiquado, que sua mãe chamava de espelho *cheval*, um termo que havia aprendido em um daqueles romances históricos que lia tarde da noite, é claro. No reflexo que a encarava, havia uma garota magra e ansiosa, com cabelo encaracolado e rebelde e uma espinha proeminente na testa. Estava usando um vestido Betsey Johnson que todas as meninas da escola queriam ter. Ela rezou para que ninguém soubesse que tinha sido comprado em um brechó. Embora May Lin tivesse feito alguns ajustes para que o vestido a servisse como uma luva, Natalie estava paranoica, com medo de que alguém fosse descobrir que era de segunda mão.

— Acho que prefiro ficar em casa e ler — disse ela.

— Venha cá.

Blythe a sentou no banquinho da penteadeira. Pôs um dedo sob o queixo de Natalie e começou a passar corretivo com uma esponja, depois iluminador e um pouco de pó e, para finalizar, brilho labial sabor morango. Ela usou um *baby liss* nos cachos de Natalie para suavizar o frizz e definir as ondas.

— Agora — disse a mãe enquanto arrumava Natalie —, vou dizer várias coisas e você não vai acreditar em mim, embora eu esteja certa, mas vou dizer mesmo assim. Está pronta?

— Pronta — respondeu Natalie, taciturna.

— Você é tudo o que acha que não é: inteligente, engraçada, bonita, educada, e é uma alegria estar com você. E não estou dizendo isso porque sou sua mãe. Estou dizendo isso porque é verdade e queria muito que você acreditasse em mim.

— Fica muito difícil discutir quando você já usa todos os meus argumentos.

— Vou tomar isso como um elogio. — Os olhos de Blythe brilhavam, como faziam quando ela ficava emocionada. — Você é a coisa mais linda do mundo para mim e quero que você se divirta hoje à noite. — Ela girou o banquinho em direção ao espelho.

Natalie viu uma garota bonita no espelho. Não linda, como sua mãe dissera, mas bonita o suficiente. A espinha estava mascarada e o cabelo estava bom. Um pequeno sorriso surgiu no canto dos lábios.

— Obrigada, mãe.

A campainha do andar de baixo tocou, e Natalie correu para a janela e olhou para a rua. Estacionado no meio-fio estava um velho sedã bege que parecia uma viatura policial rejeitada.

— Louis chegou — disse ela, virando a cabeça por cima do ombro. Sua mãe veio olhar.

— Bem na hora. — Blythe deve ter visto algo na expressão de Natalie, porque perguntou: — O que foi agora?

Natalie suspirou.

— O carro.

— Qual o problema? A gente nem carro tem.

Natalie olhou para o chão.

— Os pais de Kayla Cramer contrataram uma limusine para hoje à noite.

— Vai por mim, as limusines não são tudo isso. Vamos lá. Vamos conhecer o Príncipe Encantado.

Ao descerem as escadas, Natalie disse, baixinho:

— Por favor, não me faça passar vergonha.

— Pensei que esse era meu trabalho.

— Mãe.

Blythe abriu a porta do andar de baixo e lá estava Louis Melville. Quando viu Natalie, a expressão em seu rosto explodiu em um sorriso que a fez se sentir quente por dentro. E, ostentando uma camisa branca bem passada e um novo corte de cabelo, ele estava bem bonitinho.

— Oi — disse ela, apresentando-o à mãe.

— Eu trouxe isto aqui para você — disse Louis, segurando um recipiente de plástico. — É um *corsage*.

— Ah! — Natalie abriu a caixinha e encontrou uma flor cheirosa no interior. — É muito legal. Obrigada.

— Eu escolhi um de pulso. Não precisa usar, se não quiser.

— Não, eu quero sim — disse Natalie, estendendo o pulso para que a mãe ajustasse o *corsage*.

— Divirtam-se hoje à noite — disse Blythe.

Ela acenou para o pai de Louis, que dirigia o carro bege hediondo.

Quando entraram no carro, Natalie olhou pela janela e viu a mãe sozinha na porta, secando a bochecha com a mão e acenando com a outra.

— Nossa, mãe, estou com tanta saudade — disse Natalie para o quarto vazio.

Ela tentou evitar a onda de tristeza mantendo-se ocupada. Tomou banho, arrumou o cabelo, fez a maquiagem com cuidado especial e pôs o vestido preto favorito — e único. Então, quando parou na frente do espelho *cheval* no quarto, percebeu que era o mesmo vestido que usara para o funeral de Rick. *Ah, Rick*, ela pensou.

Queria não ter notado nisso, porque era um vestido bonito. Se não usasse meia-calça e pusesse salto alto e algumas joias, a roupa ficaria totalmente diferente, ela disse a si mesma. Não é? *Não pense demais.*

Por um breve momento, Natalie considerou vasculhar o armário da mãe atrás de algo para vestir, mas não estava pronta para isso.

Guardou as chaves, os cartões e o celular em uma bolsa clutch brilhante. Também pegou uma nota de vinte dólares — algo que sua mãe chamaria de dinheiro da raiva. Para caso você ficasse com raiva do cara durante o encontro e tivesse que voltar para casa sozinha.

Mas ficar com raiva de Trevor Dashwood? *Duvido muito, mãe.*

Ele apareceu na hora marcada, com uma calça casual, mas que parecia cara, e um suéter Paul Smith. Natalie sabia quem era Paul Smith porque a biografia do estilista, com a capa mostrando os riscos coloridos que eram sua marca registrada, tinha vendas constantes na livraria.

— Você está linda — disse Trevor, segurando a porta para ela. — Tudo bem se andarmos alguns quarteirões?

Ela olhou para o salto alto.

— Tudo bem. Eles só parecem perigosos.

— Que bom. Fico feliz que tenha dito que sim.

— Imagino que você está acostumado a ouvir sim.

Trevor não negou.

— Para sua informação, já ouvi muitos nãos na vida. Qualquer escritor que diga que foi publicado sem grandes dificuldades está brincando com você.

— Eu não estava falando dos livros — disse ela. — Estava falando das mulheres.

— Eu gosto de mulheres. — Ele sorriu.

Natalie sentiu os aromas da cidade, tão familiares em seus anos ali — o freio dos bondinhos, a maresia, o cheiro de maconha de vez em quando.

— Como é que você ainda está solteiro?

— É complicado.

— Complicado como?

— Na verdade não sei. — Ele riu. — Só me pareceu uma boa coisa a se dizer.

— Pois me parece uma boa maneira de dizer muito pouco.

— Ei, eu sou um livro aberto. E poderia perguntar a mesma coisa de você — disse Trevor. — Você é bonita, inteligente e interessante...

— Talvez eu também seja complicada — ponderou Natalie. — E não só porque parece uma boa coisa a se dizer.

— Por você ter perdido sua mãe de maneira tão repentina e ter que administrar a livraria dela — disse ele. — Juro que não estou fazendo pouco caso.

— Eu sei.

Natalie decidiu lhe contar sobre Rick. Tudo, inclusive que ela planejava terminar o relacionamento enquanto ele pretendia pedi-la em casamento.

— Nossa — disse Trevor. — Sinto muito. É uma situação bem difícil. Você... está recebendo ajuda para lidar com tudo isso?

— Tipo terapia? — Ela balançou a cabeça. — Meu plano de saúde não cobre. É muito gentil da sua parte perguntar, mas não se preocupe. Minha mãe me criou com livros, e atualmente eu leio mais do que durmo. Não tem como evitar o luto e a culpa.

— Biblioterapia. Eu me identifico um pouco. Espero que você encontre uma maneira de seguir em frente. Quando conseguir, quero ser o primeiro a saber.

— Pode deixar.

Ela mudou de assunto para algo mais seguro, um tópico que a fazia se sentir menos vulnerável: livros. Apesar do estresse de tentar colocar os negócios de volta nos trilhos, Natalie adorava conversar sobre o assunto. Era tão diferente de seu antigo emprego, com a previsibilidade e a segurança pelos quais vivera até mandar o gerenciamento de inventário de vinhos para o inferno.

— Parece que você encontrou sua vocação — comentou Trevor.

— Não sei. O objetivo é seguir firme. Tomara que eu consiga. Sempre acreditei que livros tem um quê de magia. Algumas folhas de papel e tinta que podem mudar sua vida. Deve ser muito legal pensar em todos os leitores que amam seus livros.

— Tento não pensar muito nisso — disse Trevor. — Isso mexe com a minha cabeça. Escrevo minhas histórias para o garoto que eu fui, um desajustado que procurava uma maneira de se sentir melhor na própria pele.

— Você? Um desajustado?

— Ainda me sinto assim — respondeu ele. — A insegurança não some da noite para o dia só porque meus livros ficaram populares.

— Bom, seu evento na livraria vai ser uma ajuda e tanto. Fico muito grata, Trevor. Todos nós ficamos.

— Chegamos. — Ele parou em um lugar aconchegante chamado Chalk Bar. — É um dos meus bares favoritos. E uma das minhas bandas favoritas vai tocar aqui hoje à noite.

Com naturalidade, Trevor pousou a mão nas costas dela enquanto segurava a porta para Natalie. Algumas cabeças se viraram quando os dois entraram, mas, ao contrário da última vez, não havia fãs à procura de uma selfie. Ainda assim, Trevor tinha presença. Ele emanava uma certa energia que chamava a atenção das pessoas. Era *notado*. Não só por quem o reconhecia, mas por pessoas em geral. A recepcionista. Uma garota no bar quando se sentaram. O barman. Ao lado de Trevor, Natalie se sentiu um pouco exposta, embora soubesse que não era culpa dele.

Trevor lhe disse que o interior rústico do bar era inspirado nas bodegas de vermute no sul da Espanha, onde vários tipos de bebidas alcoólicas eram armazenados em barris dispostos ao longo da parede e servidas em copos finos de degustação. O barman tinha um quadro de giz diretamente na bancada do bar para anotar os pedidos.

— Que legal — disse ela. — Eu sempre quis conhecer a Espanha.

— Você nunca foi?

Natalie balançou a cabeça.

— Nunca tive tempo nem dinheiro. Passei um semestre na China quando estava na faculdade. Então voltei para terminar a graduação e conseguir um emprego.

— Parece que você estava com pressa.

— Eu tinha um empréstimo estudantil — corrigiu ela. Ainda tinha, mas não queria parecer mais ridícula. — Mas enfim. Nunca pensei em sentar e beber vermute. Meu conhecimento de vermute está limitado às caixas enormes no inventário que eu costumava gerenciar no meu antigo emprego. Não esses barris antigos e descolados.

— É bem diferente daquele vermute que fica pegando poeira no fundo do armário de bebidas de seus pais.

— Só para constar, não tínhamos armário de bebidas — disse Natalie. — E eu fui criada só pela minha mãe. Parece meio patético, mas na verdade não é.

Eles provaram um vermute tinto, um vinho fortificado com especiarias, que beberam puro com uma fatia de laranja. O sabor rico e botânico era muito reconfortante. Trevor pediu várias tapas frescas e simples — azeitonas locais, nozes e queijo, tudo servido em pequenas travessas.

— Isso é maravilhoso — disse ela.

— Fico feliz que tenha gostado.

— Eu tenho uma confissão — disse Natalie, relaxando com o segundo gole de vermute. — Fiquei intrigada com a biografia na orelha dos seus livros.

— Você gostou?

— É intrigante.

— E isso é ruim?

— Não, mas é ambíguo. Você cresceu na Desolation Wilderness? — Ela já vira a reserva florestal uma vez em um passeio panorâmico de avião com Rick, quando sobrevoaram o extremo sul do lago Tahoe e o que lhe pareceram florestas impenetráveis. — Eu não sabia que havia gente morando lá. Isso é permitido?

— Eu morava bem perto da fronteira. Meus pais foram uma das primeiras pessoas a buscar uma vida mais fora da civilização. A casa tinha energia solar, bateria para armazenamento, gerador de propano, tudo o que era necessário para sobreviver estando a quilômetros da cidade mais próxima.

— E você foi educado em casa, escreveu um romance aos 17 anos e foi para Oxford. Seus pais devem ter ficado muito orgulhosos.

— Vamos brindar a isso — disse ele, levantando o copo pequeno. — Aliás, melhor ainda, vamos ouvir a primeira música. Parece que estão terminando de se aquecer.

Certo, então Trevor não queria discutir sua biografia. Provavelmente já tinha ouvido as mesmas perguntas um milhão de vezes. Natalie voltou sua atenção para a área no canto do bar. A banda estava ocupada arrumando a mesa de som, microfones, caixas de som e amplificadores em uma alcova escura. Os últimos testes e ajustes técnicos haviam se misturado à música ambiente. Então ela foi interrompida. Um cara de avental de cozinha se aproximou do microfone e fez alguns anúncios sobre o que viria a seguir. Então terminou:

— Por favor, uma salva de palmas a um de nossos grupos locais favoritos, daqui mesmo do coração da cidade: Tentativa e Erro.

As luzes do palco se acenderam, iluminando a banda de quatro pessoas — uma mulher com longo cabelo loiro e rabeca, um baixista, um cara com violão e um baterista.

— Olá, pessoal, obrigada por estarem aqui hoje. Meu nome é Suzzy Bailey e nós somos a banda Tentativa e Erro. Bem-vindos ao Chalk Bar. — A loira ajustou o microfone, como os músicos costumavam fazer. — Estamos muito felizes em passar essa noite com vocês aqui em um dos melhores bares da cidade. Vamos começar com uma música que escrevi no verão passado sobre o clima. E algumas outras coisas.

A música começou com alguns acordes de violão, tocado por um cara alto em uma camiseta preta justa com cabelo comprido e...

— Caramba, eu conheço aquele cara — sussurrou Natalie, cutucando o braço de Trevor.

Ele se inclinou e aproximou os lábios da orelha dela.

— É?

Natalie assentiu, sentindo o coração dar um pulo.

— Ele... O nome dele é Peach. É ele quem está fazendo os reparos na livraria.

— Mundo pequeno.

— E bota pequeno nisso. Lembra da nossa amiga em comum, Dorothy? — perguntou ela.

— Que me mandou a carta. Sim.

— Aquele é o pai dela.

Ela teve que se acostumar com Peach em um contexto totalmente diferente. As mãos tocando delicadamente as cordas do violão eram as mesmas que rasgavam o gesso e as ripas de madeira das paredes do prédio dela.

— A próxima música é nova, composta pelo meu amigo Peach — disse Suzzy.

Era um dueto, e a voz dele era surpreendentemente — ou melhor, perfeitamente — afinada, com um quê áspero que conseguia deixar a letra ainda mais sincera. Era uma música romântica, e ele e Suzzy pareciam em sintonia enquanto cantavam.

E o seu coração?

É a última coisa na minha lista.

Natalie tentou adivinhar se a esposa de Peach estava presente, assistindo à apresentação. Provavelmente não. Devia estar em casa com Dorothy.

A música caiu sobre Natalie como uma chuva cálida, e ela deixou as especulações de lado. Por alguns momentos, esqueceu completamente que estava sentada com Trevor Dashwood. Esqueceu que o avô estava perdendo a memória, que a livraria estava à beira da falência e o prédio estava caindo aos pedaços. Aqueles minutos a levaram dali, e quando a música terminou, Natalie estava em um lugar melhor — apenas por mais alguns segundos.

Trevor cutucou o ombro dela durante os aplausos.

— Viu só? Eles são bons.

— São mesmo — concordou Natalie.

— E a sua bebida?

— Está… ops. Terminei.

— Vou pegar outra para você.

Ele se levantou da mesa e foi até o bar. Natalie olhou para Peach, tentando reorganizar seus pensamentos. Havia tantas coisas surpreendentes nele, mas seu talento com o violão e a voz tocante eram provavelmente a maior surpresa de todas.

Trevor colocou uma nova bebida na frente dela.

— Este aqui é *con sifón*, com um pouco de água com gás.

— Obrigada. — Ela sorriu para ele, do outro lado da mesa. — Tudo está tão gostoso. Melhor eu ir com calma.

Depois de várias outras músicas como a primeira, tranquilas e sinceras, a banda fez uma pausa. Natalie disse:

— Vamos lá dar um oi.

Peach havia deixado o violão em um suporte e estava bebendo sofregamente um copo d'água.

— Oi — disse ela.

Ele deixou o copo de lado e ergueu as sobrancelhas.

— Você por aqui.

— Você não me disse que era o Eddie Vedder.

Peach olhou o vestido de cima a baixo.

— E você não me disse que era a Audrey Hepburn.

Natalie corou, dando um passo para trás e gesticulando para Trevor.

— Este é Trevor Dashwood, o escritor favorito de Dorothy.

— Prazer em conhecê-lo. — Peach estendeu a mão. — Peach Gallagher. Minha filha ama seus livros.

— Espero conhecê-la — disse Trevor. — Ela vem para a sessão de autógrafos, certo?

— Não perderia por nada desse mundo. Vai ficar maluca quando eu contar que vi você hoje à noite.

O baterista fez um gesto para Peach.

— Tenho que ir — disse ele.

Trevor levou Natalie para uma última degustação de vermute, desta vez um doce, misturado com ervas e feito de uvas brancas. As músicas após o intervalo foram excelentes, com outro dueto de Peach e Suzzy, despretensiosa, boêmia e linda Suzzy. Então Peach cantou sozinho uma música que compôs sobre um entregador. *Foi pego de surpresa, mas essas coisas passavam despercebidas...* Ela não entendeu bem a metáfora, mas a melodia e a emoção da canção foram inesperadamente comoventes.

Quando a apresentação terminou, Natalie estava sentindo os efeitos agradáveis do vermute e da boa música ao vivo. Ela sorriu para Trevor, e foi bom sorrir.

— Eu devia voltar para casa — disse ela. — Sábado é um dia movimentado na livraria.

Trevor foi até o bar e pagou a conta, e o barman apagou as marcas de giz do balcão.

— Toda transação devia ser assim tão simples, não é? — disse ele, estendendo a mão quando Natalie se levantou da mesa.

— Quem me dera.

Ela olhou por cima do ombro para ver se Peach ainda estava por ali, mas ele estava ocupado desmontando tudo. Natalie se perguntou se a esposa dele gostava de suas apresentações ou se já não eram novidade. Será que ele cantava para a sra. Peach?

Perdida em pensamentos, Natalie não percebeu que Trevor estava falando com ela.

— Desculpe, o quê?

— Ande devagar — disse ele, os lábios perto da orelha dela. — Quero que a noite dure.

A noite estava fria e, com bastante naturalidade, Trevor passou o braço em volta dos ombros dela.

Vindo de alguém menos sofisticado, o comentário dele teria soado supercafona. No entanto, Trevor falou com humor e sinceridade, o que Natalie achou encantador. Desceram as escadas da Lombard Street, que estava silenciosa e tomada por um cheiro de folhas secas e eucalipto. Os postes com luzes âmbar criavam uma atmosfera sonhadora na rua, aumentando o deslumbramento de Natalie com a noite toda. Eles cruzaram com uma ou outra pessoa passeando com o cachorro ou correndo. Em um dos patamares da escada, um músico tocava rabeca enquanto seus pés cuidavam da percussão em um bumbo digital. Trevor deixou uma nota no estojo do instrumento quando passaram.

— Eu costumava correr essa escada quando era criança — contou Natalie. — Desesperada para chegar em casa antes do toque de recolher da minha mãe. Ela era bem rigorosa com isso.

— Ela devia estar tentando proteger você.

— Talvez. Eu não era o tipo de adolescente que arrumava problema. Minha maior infração foi perder um livro da biblioteca.

— Vamos lá. Você nunca matou aula? Bebeu uma garrafa de vinho barato e vomitou? Furtou algo pequeno em uma loja?

— Não. Era tímida demais para tentar essas coisas.

Sua mãe havia lhe dado um aviso bem severo: se não andasse na linha, sua bolsa de estudos para a St. Dymphna's estaria em risco. Então ela teria que pegar o ônibus para a escola assustadora e superlotada no pé da colina. Agora que Natalie sabia que Dean era quem pagava a mensalidade, sentia uma pontada de ressentimento. Por que a mãe não lhe contara a verdade?

— E você? — perguntou ela a Trevor. — Era rebelde?

Ele riu.

— Vivia perdido no mundo dos livros. Ainda vivo, na maior parte do tempo.

Eles pararam na entrada residencial ao lado da livraria. Por um segundo, Natalie considerou convidá-lo para entrar, mas se obrigou a deixar a ideia de lado. A última coisa de que precisava era complicar as coisas com um homem que iria fazer o maior evento da história da livraria.

— Foi divertido — disse Natalie. — Obrigada, Trevor.

Ele sorriu, o olhar se demorando nos lábios dela.

Não, não faça isso, ela pensou. *Ainda não, pelo menos.*

Trevor pareceu interpretar bem sua linguagem corporal e recuou um passo em direção ao carro estacionado.

— Vamos sair de novo em breve — disse ele, segurando a mão dela por mais um segundo enquanto se afastava.

— Eu adoraria. Mas vou estar ocupada me preparando para o evento. É tão incrível, Trevor. Obrigada mais uma vez.

— Entendi — respondeu ele com naturalidade. — Uma coisa de cada vez.

18

Peach deu a volta no quarteirão, procurando uma vaga para estacionar perto da livraria. Chovia — o tipo de chuva gelada e pesada que atingia o corpo como um tapa —, e a vaga mais próxima ficava a meio quarteirão de distância. Ao andar pela chuva torrencial, ficou se perguntando por que tinha se dado ao trabalho de tomar banho naquela manhã.

Quando chegou à livraria e pousou o equipamento com um ruído metálico, Peach teve que reconhecer que estava de mau humor. Isso acontecia às vezes, principalmente quando Dorothy estava com a mãe e Regis. Ele sentia falta da filha. Na noite anterior, ficara acordado até tarde e, ainda por cima — era preciso admitir —, Natalie Harper aparecera no Chalk Bar em um encontro.

Não um encontro com um homem qualquer, mas com o Solteiro Mais Cobiçado do Ano. O autor queridinho que vendia vários livros para sua legião de fãs e fazia as mulheres rastejarem atrás dele.

Bem, não seria a primeira vez que Peach terminaria um relacionamento antes de começá-lo.

No entanto, talvez fosse a primeira vez que se arrependia disso.

Paciência.

Usou a senha que Natalie lhe dera para a fechadura eletrônica e entrou. Enquanto limpava os pés no tapete, a gata passou, dando-lhe um olhar de desdém.

— Bom dia para você também — murmurou Peach, sacudindo a jaqueta para tirar o excesso de água. O aroma seco das páginas dos livros se misturava com o cheiro de café fresco e algo da padaria.

Natalie saiu apressada do escritório, o rosto iluminado de animação. Passava o mesmo frescor de uma manhã de primavera, e Peach se perguntou se ela e aquele cara... *Não. Nem pense nisso.*

— Ah, olá — disse ela. — Eu estava torcendo para você chegar mais cedo hoje.

— Ah, legal — respondeu ele. — Seu desejo se realizou. — Quando Dorothy estava com a mãe, Peach trabalhava aos sábados.

Natalie não pareceu notar o mau humor dele.

— Foi uma surpresa ver você ontem à noite.

Idem, ele pensou.

— Sua banda é fantástica. Estou realmente impressionada, Peach.

— É? Que bom que gostou.

Ele tinha planejado cantar uma música nova, um dueto com Suzzy sobre uma mulher que morava em um sótão e lia romances até tarde da noite, mas havia mudado de ideia na hora.

— A banda toda é muito boa. Agora sei de onde Dorothy tirou seu talento musical. Você canta e toca desde criança?

— Sim. Minha mãe é professora de música. Ainda dá aula de piano na Geórgia.

— Você é ótimo. Ela deve estar muito orgulhosa de você.

Peach assentiu, mas não necessariamente para concordar. Ele e os pais tinham uma relação complicada. Peach e a irmã mais nova, Junebug, haviam crescido em uma casa grande na Peachtree Road, com tudo do bom e do melhor — escolas particulares, aulas de tênis, viagens à Europa, empregados domésticos. Seu primeiro professor de violão e composição havia trabalhado com a banda R.E.M. e, aos 12 anos, Peach ganhara de Natal uma guitarra Rickenbacker.

Todo mundo com o mínimo de renome teria concordado que os Gallagher de Atlanta tinham o pacote completo — até que tudo veio por água abaixo. Peach e Junebug tinham 17 e 16 anos na época. O pai, que havia construído um império financeiro, foi preso por dar um golpe em seus investidores e condenado a três anos em uma prisão federal. Quase da noite para o dia, a fortuna da família desaparecera. Ao mesmo tempo, Junebug havia caído nas garras do vício, por causa dos analgésicos que vinha tomando depois de uma lesão jogando hóquei. Para pagar pelo tratamento e reabilitação da irmã, Peach usara sua poupança para a faculdade, o único dinheiro da família que não havia sido confiscado. Em vez de cursar o ensino superior, ele se alistara no Corpo de Fuzileiros Navais e nunca tinha olhado para trás.

Agora, anos mais tarde, os pais moravam em uma casa modesta que Peach construíra fora da cidade. A mãe dava aulas de música. O pai construía móveis para áreas externas com barris antigos de uísque e gostava de se lembrar dos velhos tempos, como se não tivesse destruído o futuro de ninguém. Junebug trabalhava como instrutora de tênis num clube country, mantendo-se sóbria a duras penas. Os irmãos não eram mais próximos. Eram como dois sobreviventes de um desastre que deixavam um ao outro desconfortável porque só o fato de existirem era um lembrete do trauma.

A mãe dele não o ouvia tocar havia muito tempo.

— Meu avô já está vindo — disse Natalie. Ela fez uma pausa, lançando um olhar hesitante para Peach. — Tenho notícias sobre o vaso. Parece que é ainda mais incrível do que Tess avaliou. Entramos em contato com a família Tang, que ficou encantada com a descoberta. Vão doá-lo para a Associação do Patrimônio Sino-Americano, e ele vai ser exibido em uma coleção de antiguidades chinesas raras. Um baile de gala anual está para acontecer, e eles querem organizar uma recepção especial para anunciar a aquisição. O governador e o prefeito vão estar presentes, com grandes doadores, a revista *Smithsonian*... E provavelmente outras pessoas. Enfim, é um superevento.

— Parece ótimo. Espero que seu avô esteja feliz.

— Ele está, com certeza. — Outra pausa. Peach se perguntou no que ela estava pensando. — Você é parte dessa história — acrescentou Natalie. — Você sabe disso, certo?

— Eu não fugi aos gritos quando uma aranha saiu de dentro do vaso. Ela corou.

— Ainda bem que você estava lá para pegar o vaso. Poderia ter sido um desastre.

— Fico feliz em poder ajudar.

Outro instante de hesitação.

— Então, recebemos um convite. — Natalie entrou no escritório e voltou com um cartão impresso em papel grosso e sofisticado. — Eles convidaram meu avô, a equipe da livraria e eu. Você quer vir também? — Ela alternava o olhar entre ele e o convite, e as palavras saíam atropeladas. — Já que foi você que encontrou, achei que talvez quisesse vir com a gente.

— Um baile de gala? — Era por isso que ela estava ficando nervosa?

— É, hã, meio formal. Tipo, superformal. Elegante. Então, se você não quiser, eu entendo completamente.

E Peach também entendeu, finalmente. Não havia humor em seu sorriso quando ele respondeu:

— Adoraria. Quando vai ser?

— Ah! Vai ser... — Ela mostrou o convite. — Desculpe, foi tudo tão rápido. O anúncio do vaso entrou de última hora na programação do evento anual deles. Recebemos ingressos como convidados da família Tang. Mais uma vez, desculpe por avisar em cima da hora. Também acabei de ficar sabendo.

Peach folheou sua agenda mental, considerando Dorothy, os trabalhos, a banda e sua vida pessoal inexistente. Ele e Regina tentavam ser flexíveis com seu cronograma.

— Claro, posso ir.

— Ótimo! Vai ser em um lugar incrível, a Mansão Moon Lee. Conhece?

— Perto do Palácio de Belas Artes. Trabalhei em uma restauração no telhado alguns anos atrás. Mas nunca fui a um evento lá.

Obviamente. No mundo dos clubes exclusivos, aquele era um dos mais exclusivos, de acordo com o empreiteiro com quem ele trabalhara no projeto. Pelo que ouviu dizer, era preciso praticamente dar seu sangue para passear pelos corredores onde só pisava a elite. E agora um faz-tudo zé-ninguém havia sido convidado. Tudo por causa de um vaso. Devia ser um vaso e tanto. Ele completou:

— Então, vejo você lá.

Ela engoliu em seco, virando o convite nas mãos, nervosa.

— Bem, hã, eles pedem traje *black tie*. Isso quer dizer...

— Aposto que tenho uma gravata formal dos meus tempos de garçom. — Ele não pôde deixar de rir da expressão no rosto dela. — Natalie. Eu não vou aparecer de camisa jeans.

— Eu não quis dizer...

— "É impossível estar bem-vestido ou ser bem-educado demais", não foi isso que Oscar Wilde disse?

As bochechas dela coraram.

— Provavelmente. Você deve saber, não é? É sério, Peach, você me aparece com cada uma... — Ela lhe entregou o grosso cartão do convite.

— Teria sido bom se a gente tivesse sido avisado com mais antecedência, mas eles queriam muito apresentar o vaso no baile de gala. E se...

— Estou atrasado? — O avô apareceu, mancando de leve ao sair do apartamento nos fundos.

— Venha se sentar. — Natalie gesticulou para que Andrew se aproximasse do café. — Estávamos conversando sobre a festa onde o vaso será apresentado.

Peach detectou um quê de preocupação nos olhos de Natalie. O velho Andrew tinha abotoado a camisa errado e ainda estava de chinelo. Também cheirava meio mal. *Nossa, deve ser difícil assistir a um avô querido ter dificuldade de fazer as coisas mais simples*, ele pensou. O velho era inteligente e levara uma vida longa e interessante, mas estava em declínio. Talvez até definhando.

— E aí? — Peach se levantou. — Posso ajudar o senhor com a sua camisa?

— Minha... Ah. Olá. Você veio ver o aquecedor?

— Sou eu, Peach — disse ele, arrumando os botões rapidamente. — O aquecedor está na minha lista de tarefas. — O ferro antigo já tinha cem anos e precisava ser trocado. — A barra do chuveiro está funcionando bem para o senhor?

Ele assentiu vagamente, sem dar qualquer indicação de que havia entendido. Peach puxou uma cadeira para Andrew.

Natalie lhe lançou um olhar agradecido e se voltou para o avô.

— Aqui está o *Examiner*. Deixe as palavras cruzadas para mim.

— Muito bom. Hoje é dia de edição impressa. Antigamente mandavam imprimir todos os dias — disse Andrew. — Agora, são só três vezes por semana. Nos outros dias, Blythe imprime as páginas pelo computador. Os muffins já foram entregues? Queria um com o café.

Natalie se levantou e abriu a caixa de padaria.

— Aqui está. Então, vovô...

O celular dela tocou e Peach viu um nome e uma imagem na tela: Trevor Dashwood.

— Com licença — disse ela, pegando o celular e se afastando da mesa. — Preciso atender.

Ela entrou no escritório, mas o telefone estava no viva-voz e Peach conseguiu ouvir a conversa. Ele fingiu não prestar atenção.

— Sobre sexta à noite — disse Trevor. — Você gosta de passear de barco?

— Depende do barco — respondeu Natalie. — E do tempo.

— Bem, posso garantir que o barco está em condições de navegar, e a previsão do tempo é boa para o pôr do sol. Você pode dar uma escapada?

O barco está em condições de navegar, Peach resmungou por dentro. *Conta mais, bonitão.* Havia algo falso naquele cara. Alguma coisa fazia Peach ter essa impressão. Ele havia sido criado por duas fraudes. Estava atento aos sinais. Talvez. Por outro lado, talvez ele só estivesse com inveja do cara por ter convidado Natalie Harper para um encontro.

— Quando eu era jovem, me casei com a mulher errada — disse Andrew do nada, distraindo Peach da conversa que tentava entreouvir.

— Oi?

— Fiquei de coração partido. Meu verdadeiro amor tinha sido proibido de me ver. Os pais dela eram imigrantes chineses muito rigorosos e não queriam nem pensar em ter a filha se casando com um *gweilo.* Como estava sofrendo, me envolvi por impulso com uma mulher que eu mal conhecia e, em pouco tempo, ela ficou grávida. O casamento foi meu maior erro, mas resultou na melhor coisa da minha vida. Minha filha, Blythe.

— É uma boa maneira de ver a questão — disse Peach. — Eu não trocaria Dorothy por nada deste mundo. Ela *é* meu mundo.

— Mas é claro. No entanto, é a natureza... não, é o *dever* dos filhos crescerem e deixarem os pais para trás. Não parece justo, não é? A pessoa que você mais ama no mundo está destinada a deixar você e partir seu coração.

— Quando o senhor coloca nesses termos, é ainda mais deprimente. — Peach terminou o café e foi lavar a caneca. — E, depois dessa, acho que é melhor eu ir trabalhar. — Ele pendurou a caneca em um gancho e tocou o ombro de Andrew de leve. — Sinto muito pela sua filha, cara. Gostaria de ter tido a chance de conhecê-la.

— Você vai — disse Andrew em tom vago, olhando para as palavras cruzadas como se estivessem em mandarim. — Talvez você ainda possa conhecê-la.

Natalie tinha crescido assistindo aos barcos e catamarãs turísticos irem e virem das docas do Marina District. Quando menina, foi a algumas festas no iate clube St. Francis, convidada pelos amigos da escola cujos pais pareciam estar nadando em dinheiro. Natalie era parte da equipe de vela no ensino médio e, junto com sua melhor amiga, Millicent Casey, havia se tornado especialista em velejar o Vanguard-15 pela baía. Entretanto, ela nunca estivera a bordo de nenhum dos iates de luxo com cascos brilhantes, heliportos e celebridades disfarçadas descansando no convés. Natalie ficava sempre especulando sobre eles do lado de fora, apenas olhando. Sua mãe lhe dera uma edição comentada de *O grande Gatsby* para que lesse sempre que tivesse alguma dúvida sobre os efeitos nocivos da riqueza sem ocupação.

Obrigada, mãe.

O clima do outono era instável, mas naquela noite o verão indiano viera fazer uma visita, deixando o céu de um azul-claro imponente. Seguindo as instruções que Trevor mandara, Natalie chegou ao iate clube e foi até o portão da entrada. Assim que deu seu nome na guarita, os mimos começaram. Gostaria de uma bebida gelada ou talvez um coquetel? Uma toalha quente? Precisava saber como chegar ao lounge feminino? Queria a senha do Wi-Fi?

Embora os ladrilhos de barro vermelho do convés lhe parecessem familiares, Natalie se sentia uma impostora. Mulheres com bolsas Birkin, lenços e óculos de sol Hermès passeavam juntas em grupos tagarelas, contemplando a paisagem. Casais mais velhos bebiam nas mesas de bar em um dos deques, parecendo modelos de um comercial de viagens de luxo. Ao observá-los, Natalie se lembrou de como, quando criança, tentara colocar a mãe em um cenário como aquele, convencida de que o lugar da mãe linda era entre os casais sofisticados.

Conforme foi ficando mais velha, Natalie passou a entender que a maioria das pessoas encontrava um amor duradouro. Essa constatação a fez pensar sobre a vida amorosa da mãe. Ela via casais bonitos e jovens desfrutando juntos as coisas boas da vida, e isso a fazia querer que sua mãe pudesse encontrar um cara legal — e ficar com ele. Quando estava no ensino médio, perguntou à mãe se ela era lésbica.

— Não — respondeu ela simplesmente. — Por que a pergunta?

— Porque você sai com alguns caras, mas nunca dura. Então achei que talvez você fosse lésbica, mas estivesse tentando ser hétero.

Sua amiga-rival da escola, Kayla Cramer, havia criado essa teoria.

— Ah, pelo amor de Deus — disse Blythe, rindo. — Estamos em São Francisco. Se eu fosse lésbica e quisesse um relacionamento, teria uma namorada.

Ao longo dos anos, Natalie tinha abordado o assunto.

— Você já conheceu caras maravilhosos — comentou ela certo verão, quando tinha voltado da faculdade e estava trabalhando na livraria. — Você é muito bonita, mãe, e é um partido e tanto. Uma mulher independente, com o próprio negócio. Os homens adoram essas coisas.

Blythe riu.

— Ei, *eu* adoro essas coisas. Amo minha vida.

— Que tal amar um *cara* também?

Naquele ano, Natalie estava namorando um aluno de intercâmbio chamado Diesel, e estava completamente apaixonada por seu rosto de galã e suas habilidades na cama. Estava convencida de que os dois se casariam, teriam filhos e viveriam uma vida perfeita em algum lugar no exterior. Estar apaixonada era tão incrível e viciante que ela não conseguia acreditar que sua mãe conseguia viver sem.

— Que nem um livro de romance? — Sua mãe sorriu. — Já fiz isso. Já li o livro. E depois segui com a minha vida. — Ela deve ter notado a expressão de Natalie, porque disse: — Olha, estou apaixonada pela minha vida, pela minha livraria, por meu pai e May Lin e pela minha filha. Tenho tudo de que preciso aqui.

Natalie se lembrava de ter pensado em como era estar nos braços de um homem, a intimidade, os orgasmos...

— As pessoas sempre me perguntam por que você é solteira — disse ela. — "Sua mãe é tão linda. Como é que ninguém a conquistou ainda?" Vivo ouvindo isso.

— E o que você responde?

— Que você não quer ser conquistada por ninguém.

— Rá. Eu eduquei você bem.

— É sério, mãe. Você ficou tão magoada com Dean que nunca mais quis outro relacionamento?

Blythe desdenhou da pergunta.

— Sinceramente, eu nem gostava tanto assim dele. Era nova demais para entender o que estava sentindo. Tinha mais ou menos a sua idade.

— Você não é nova demais agora — apontou Natalie. — E você vive me dizendo para eu me apaixonar. Por que eu posso e você não?

— Nós duas somos muito diferentes — dissera a mãe. — Seu coração foi feito para amar.

— E o seu não foi?

A conversa frustrante se repetiu em vários formatos diferentes ao longo dos anos. Quando Rick aparecera na vida de Natalie, Blythe ficara felicíssima.

Natalie o havia levado para casa para conhecer a mãe, exibindo-o como um atum premiado no concurso de pescaria.

— Ele é maravilhoso — declarou Blythe. — Um ótimo partido.

Discretamente, Natalie havia confessado suas dúvidas sobre Rick.

— Ele é maravilhoso, mãe. Mas não sei...

— Isso é porque seu pai nunca esteve disponível para você. Agora você encontrou um homem que está e isso deve ser estranho. Espero que você consiga aprender a confiar nele.

Dean deve ter ferrado com a sua cabeça, Natalie agora pensava, observando a marina enquanto esperava por Trevor. Talvez a mãe tivesse razão em alguma medida. Talvez Dean tivesse condicionado as duas a desconfiar de homens disponíveis.

Ela estremeceu, puxando o cardigã leve para cobrir melhor o corpo. *Ah, mãe. Espero que você tenha sido tão feliz e realizada quanto dizia que era*, ela pensou. *Por que você não me contou a verdade sobre Dean?*

Trevor apareceu, ofegante.

— Olá — disse ele. — Desculpe a demora. Eu estava aprontando o barco. — Trevor estava maravilhoso com sua calça sarja curta, os chinelos e uma camisa listrada com os botões da gola abertos, as mangas dobradas.

— Tudo bem, eu estava curtindo a vista — disse ela. — Você estava certo sobre o tempo. Que dia lindo.

Ele a levou até o portão de segurança e digitou uma senha. Os dois desceram uma rampa até as docas, dispostas como os dentes de um pente. A maioria abrigava veleiros modernos, escunas elegantes e iates a motor.

— Sempre achei barcos intrigantes — comentou Natalie.

— É mesmo?

— Aham. Os nomes e os locais de registro. Por exemplo. *Andante*. Será que o proprietário gosta de música? Ou é italiano? E aquele ali, de Fiji. Como veio parar aqui?

— Eu poderia responder, mas sou um narrador não confiável.

— Vou me lembrar disso.

Uma brisa leve soprou por entre os mastros, enquanto as cores do céu ficavam cada vez mais profundas, ganhando tons dramáticos de âmbar e rosa. Quando chegaram ao fim de uma das docas, ele parou diante de um barco reluzente com um convés com mesa e sofás embutidos, as luzes internas acesas.

— Minha nossa — disse ela.

— Foi o que eu disse quando o vi. Venha e eu lhe mostro tudo.

Natalie acompanhou o comprimento impressionante do barco e verificou a popa. *"Outro Lado — Carmel"*

— Eu não sei o que dizer — disse ela. — É fantástico.

— Quando me mudei para Carmel, resolvi comprar um barco que eu pudesse trazer para São Francisco.

— Muito legal. — Natalie segurou o corrimão polido e subiu a bordo, e na mesma hora se sentiu engolida pelo luxo. Todas as superfícies brilhavam, refletindo a água e o céu. Uma música suave saía de alto-falantes escondidos. Havia um lounge e um bar, e alguns degraus que levavam a uma cozinha e o que ela supunha ser uma cabine. — Você consegue navegar o barco sozinho?

— Às vezes. Vamos fazer um passeio curto hoje à noite. Que tal?

— Parece mágico — respondeu ela. — O que posso fazer?

— Beber isso. — Trevor lhe entregou uma taça de champanhe. — Eu já volto.

Trevor deu partida no motor e depois ajustou as cordas. Ficaram sentados juntos na ponte, afastando-se bem devagar da marina. O sol parecia se equilibrar no horizonte, dourando a paisagem enquanto mergulhava quase de modo imperceptível. Ao rumarem na direção da Ilha de Alcatraz, passaram pela cidade, cheia de luzes piscando. Natalie não resistiu e tirou algumas fotos da paisagem dourada. Ficou tentada a tirar uma foto do barco para mostrar a Cleo e Bertie, mas não queria ser uma fã irritante.

O mundo parecia tão diferente visto da água. Ela se viu pensando nas velhas histórias do avô sobre Julius Harper, empurrado para uma barcaça para escapar da cidade em chamas. Quando olhara para trás, o que o menino tinha visto? O mundo inteiro iluminado pelo fogo, sua mãe perdida em um mar de gente. Agora a cidade estava cheia de arranha-céus sobrepujados pela Torre Salesforce, uma torre de vidro em forma de bala.

Trevor mudou de direção e eles passaram por baixo da ponte Golden Gate. Ela tirou mais fotos com o celular, capturando as enormes torres e as dezenas de cabos contra o crepúsculo.

— É muito lindo — disse ela. — Obrigada por me trazer.

— Fico feliz que tenha gostado.

Natalie assentiu, saboreando o restinho do champanhe. Pela primeira vez desde o dia da festa na Pinnacle Vinhos Finos, Natalie teve um momento de prazer descomplicado. *Era isso que você queria para mim, mãe? Que tal você me enviar um sinal?*

Voltaram para a marina pelas águas tranquilas, e Trevor atracou o barco e desligou os motores.

— Sinta-se em casa — disse ele, entrando na cozinha. — Trouxe um lanche para a gente.

Natalie foi olhar o salão, indo direto para a estante de livros.

— Sempre pensei que dá para saber muito sobre alguém com base em que livros ela tem.

— É mesmo? E o que você consegue saber sobre mim?

— A julgar por esta coleção, você é muito prático. Tem um monte de guias de pilotagem, navegação e barcos.

— Droga, não quero ser visto como prático. Quero que você pense que sou cativante. Romântico. Irresistível.

Ela pegou uma cópia grossa de *A bíblia da navegação*.

— Uma vez namorei um cara que escondia pornografia atrás da coleção de romances clássicos. Não deu certo.

Diesel, da faculdade. Ela o vira recentemente em um site de ex-alunos. Estava barrigudo, tinha uma esposa e dois filhos.

— Não é muito fã de pornografia? — Trevor saiu da cozinha com uma bandeja e a colocou sobre uma mesa. — E se for pornô de comida?

Natalie examinou a variedade de petiscos; havia queijo e frutas artesanais. E algo que parecia caviar e *crème fraîche*.

— Isso é incrível. Foi você que preparou?

— Ah, eu sou incrível, mas não tão incrível assim.

Ela riu e provou uma framboesa madura. Trevor serviu duas taças de *sauvignon blanc* e os dois se sentaram no sofá.

Ele bateu a taça de leve contra a dela.

— Saúde.

— Saúde — respondeu Natalie. — Eu reconheço esta garrafa.

— Do seu antigo trabalho em Sonoma? Você sente saudades?

Trevor prestara atenção. E se lembrava. Que incrível. Ela provou o vinho com um gole indulgente.

— Aquele trabalho era minha vida. Agora parece *outra* vida. E não, não sinto saudades. — Talvez sentisse falta da segurança e da previsibilidade, mas nada além disso. Era incrível a rapidez com que o mundo dela havia mudado, de penoso e previsível a incerto e caótico. — E você? Qual era seu antigo emprego?

— Fugir dos cobradores de dívida — disse ele com uma risada. — Também não sinto saudades.

— Bem, parabéns por todos os seus livros. Que conquista extraordinária, Trevor. É sério.

Ele cruzou uma perna por cima da outra e recostou-se no assento.

— Eu gosto de você, Natalie Harper — disse ele.

— Obrigada. Para ser sincera, fico meio tímida perto de você.

Trevor deu uma gargalhada, jogando a cabeça para trás.

— Ok, agora eu gosto ainda mais de você.

— Que gentil. Você é muito legal. — Natalie se virou para ele no sofá, dobrando uma perna debaixo de si.

— Lembre-se: os caras nunca querem ser considerados legais. — Ele fingiu um olhar ferido.

— Bem, você deveria. Caras legais são meu tipo favorito. Toda mulher que conheço concordaria comigo.

— Qual é seu tipo menos favorito? — perguntou Trevor.

— Homens casados — ela deixou escapar.

Ele deixou a taça de vinho de lado.

— Algo me diz que há uma história por trás disso. Algum homem casado partiu seu coração?

— Não. Não que eu saiba, pelo menos. Espero que não. — Natalie se serviu de mais vinho. — O cara que me gerou era casado. Minha mãe só descobriu quando estava grávida.

— Caramba. Alguns homens são uns merdas mesmo. — Trevor pôs a mão na perna dela. — Espero que sua mãe tenha encontrado alguém bacana para ela.

— Eu penso muito sobre isso — disse Natalie. — Ela teve namorados. Eram legais, até onde eu sabia. Mas nenhum relacionamento que durou muito. — Inclinando a cabeça para o lado, ela o estudou. Trevor era centrado. Bonito e charmoso. Será que era bom demais para ser verdade? Natalie esperava que não. — E quanto a você? Seus pais...?

Ele sorriu e desviou o olhar, ajeitando a garrafa de vinho no balde de gelo.

— Ainda estão juntos.

— E eles ainda vivem longe da civilização?

— De certa maneira, se pudermos chamar um condomínio fechado em Palm Springs de longe da civilização.

— Eles devem estar muito orgulhosos do que você conquistou em sua carreira — disse Natalie.

A maneira como Trevor observava a boca dela não deixava dúvidas sobre o que estava pensando.

Ela ignorou o pensamento.

— Mas... e você? Solteiro? Namorando? De coração partido?

— Todas as alternativas anteriores. Mas não no momento.

— Ok, então...

Natalie mudou de posição no sofá. Os dois conversaram sobre várias coisas: livros favoritos, filmes que ambos queriam ver, como o clima de outono na área da baía sempre acabava meio sombrio. Era legal conversar com Trevor, apesar da reticência dele em ser considerado um cara legal. Ele sabia ouvir. Não a desafiava ou a pressionava. E tinha bom gosto para vinho e petiscos.

Antes que ficasse confortável demais, Natalie terminou o vinho e se virou para ele.

— Eu tenho que ir. Tenho que abrir a livraria amanhã de manhã.

Trevor fez uma pausa, estudando-a por um momento. Então pegou o celular.

— Vou pedir um carro para você.

— Ah, obrigada.

Ela havia pegado o bondinho e o ônibus até ali perto, percorrendo o resto do caminho a pé, mas, no escuro, voltar de carro seria ótimo.

Enquanto caminhavam para a saída da marina, Trevor segurou a mão dela.

— Gosto de passar um tempo com você — disse ele. — Espero que a gente possa fazer isso mais vezes.

— Sim — respondeu Natalie. — Eu... eu também.

O carro que ele chamou para ela não era um Uber ou um Lyft, mas um veículo preto elegante com um motorista de terno. O mundo de Trevor era tão diferente do dela.

No meio-fio, ele a puxou para si e lhe deu um beijo de despedida. Era novo. Um pouco desajeitado, um pouco emocionante. Um calor cintilou e depois se acalmou dentro dela. Natalie se afastou e sorriu para ele.

— Obrigada. A gente se fala, Trevor.

19

— O que você vai usar no baile de gala? — perguntou Natalie a Cleo.

Ela estava lendo as colunas de fofoca em busca de ideias. Era um dos eventos sociais mais badalados do ano, como os que pessoas como ela somente viam admiradas nas revistas de celebridades. Os convidados faziam parte da velha guarda da elite sino-americana da cidade, com raízes de mais de cem anos e fortunas que poderiam fazer Natalie engasgar.

Cleo sorriu.

— Valentino — respondeu ela. — Encontrei um vestido de festa vintage incrível em um brechó, e minha tia fez os ajustes. É de chiffon amarelo com um corpete entrelaçado, aberto nas laterais. Vou parecer um personagem de *Asiáticos podres de ricos*.

— Parece perfeito. Mal posso esperar para ver — disse Natalie.

— E você? — perguntou Cleo.

— Duvido que alguém vá pensar que sou podre de rica — disse Natalie. — Na verdade, seria bom ter sua ajuda.

Cleo se virou para Bertie.

— Consultoria de moda. É uma emergência.

Bertie examinou a livraria. Alguns clientes andando pela loja, duas mulheres tomando café e conversando.

— Pode ir — disse ele. — Encontre alguma coisa para ela vestir que não a deixe com cara de professora do interior.

— Vocês acham que eu pareço uma professora de interior? — Natalie olhou para a calça cinza e os sapatos confortáveis.

Bertie a olhou por cima dos óculos de leitura.

— Se a carapuça lhe cai bem... Ou, melhor dizendo, o sapato bege.

Natalie lhe mostrou a língua. Ao subirem, ela perguntou:

— Que história é essa de professora do interior? O que isso quer dizer?

— Quer dizer o oposto de como você vai ficar quando encontrarmos alguma coisa para você vestir.

Natalie pegou seu vestido formal de sempre, com gola canoa e uma fenda na bainha, e o estendeu para Cleo.

— Muito chato, sinto muito. Só ficaria bom com sapatos Manolo ou Jimmy Choo. E uma pulseira ou bracelete extravagantes.

— Infelizmente isso não cabe no meu orçamento. Mas marquei um horário no salão para fazer as unhas.

— Vamos lá, vai ser uma noite única. Você encontrou um tesouro perdido e tem que se vestir de acordo. Desperte a sua Lara Croft interior.

Natalie riu.

— É um evento *black tie*. Não uma festa à fantasia.

Cleo examinou os vestidos de Natalie, pendurados de forma ordenada na parte de trás da porta do banheiro. Tudo era meio sem graça, Natalie observou. Eram opções seguras, para não chamar a atenção.

— Minhas roupas são chatas — admitiu ela. — Droga. Talvez *eu* seja chata.

— Que besteira. Não ouse pensar assim, eu te proíbo. Vamos dar uma olhada no armário da sua mãe — sugeriu Cleo.

Natalie estremeceu.

— Precisamos mesmo?

— Está na hora. Você fica adiando, e eu entendo, sério. Não vou forçar você, mas acho que seria bom começar a... você sabe.

— Olhar as coisas dela. Jogar algumas roupas fora. Porque, realmente, eu estou precisando quebrar meu coração mais uma vez.

— Sinto muito — disse Cleo.

— Eu sei. E você tem razão. — Natalie respirou fundo e prendeu a respiração, usando-a para amortecer o golpe. — Minha mãe teria ficado tão animada com tudo isso.

— Teria mesmo — concordou Cleo. — Imagina se você encontra alguma roupa dela para usar? Seria bem legal, não é?

Natalie hesitou, imaginando a mãe montando uma roupa para sair.

— Ela realmente tinha bom gosto.

— Vai ficar tudo bem, Natalie. Vamos limpar o armário dela.

— O quê? — Natalie sentiu o martelar do pânico no peito.

— Vamos, eu ajudo. Podemos nos lembrar da sua mãe juntas.

— Eu tenho evitado fazer isso.

— Eu sei. Um dia essas lembranças vão deixar você feliz.

— Como você ficou tão inteligente? — perguntou Natalie baixinho.

— Eu não sou inteligente. Só pareço. E li aquele livro novo sobre luto que está vendendo bem. É para sentir seus sentimentos e depois desapegar. É essa a mensagem, basicamente.

— E precisaram de um livro inteiro para dizer isso?

— Vamos fazer três pilhas: para guardar, para o lixo e para doação. Que tal?

Natalie assentiu.

— Este lugar é tão pequeno. Eu com certeza preciso de espaço no armário.

— Aposto que vamos encontrar a roupa perfeita. Sua mãe tinha um dom para garimpar brechós.

— É verdade. Eu costumava ir com ela de vez em quando, mas eu só acabava com dor de cabeça por causa do cheiro de roupas velhas. O máximo que eu encontrava era uma camiseta velha da Gap e minha mãe saía de lá com uma blusa de marca ou um par de óculos de sol Gucci.

Natalie se preparou emocionalmente ao abrir as portas-camarão do armário capenga. Ao deparar com as prateleiras de roupas, sapatos e bolsas, ela foi atingida por uma onda de nostalgia. As roupas de uma pessoa continham sua essência. As de sua mãe exalavam seu perfume único e refletiam suas cores e texturas favoritas.

Blythe sempre gostara mais de tons vibrantes de joias — azul-cobalto, turquesa, fúcsia, esmeralda, amarelo-calêndula. Ela gostava de se vestir bem para a clientela da livraria, mudando as roupas conforme as estações do ano. Natalie imaginou a mãe escolhendo o que vestir e fazendo as combinações, a boca curvada daquele jeito pensativo ao compor blusas e calças, sapatos, lenços e acessórios.

As mãos de Natalie tremiam um pouco enquanto ela mexia nos vestidos e nas blusas da mãe e os passava para Cleo, que organizou as peças nas três pilhas — para guardar, para o lixo e para doação.

Natalie encontrou uma blusa de seda leve com manga godê e cores fortes. Ela estremeceu, lembrando-se de uma ida em particular ao brechó com a mãe.

— Você está crescendo feito semente de abacate em uma composteira — declarou sua mãe. — Vamos encontrar um look novo para você.

— Roupas — Natalie a corrigiu. — Não "look".

— Gosto do brechó do hospital infantil porque é uma organização sem fins lucrativos — disse Blythe, sem se abalar. — As doações são de alto nível.

Enquanto a mãe examinava as blusas Esprit e Ralph Lauren, Natalie, desanimada, foi olhar a seção de jeans. Por que elas não podiam simplesmente fazer compras numa loja de departamento, que nem todo mundo?

— Ah, essa é bem bonitinha. — Sua mãe levantou uma blusa de manga godê para Natalie. — Parece *muito* cara.

— Oi, Natalie! — Kayla Cramer entrou com a mãe. Cada uma delas carregava uma caixa de papelão com os dizeres DOAÇÕES PARA A CARIDADE.

Natalie queria sumir. Ela se afastou da blusa godê e da mãe imediatamente.

— Oi, Kayla.

— Só viemos deixar umas coisas — disse Kayla, o olhar penetrante disparando para a mãe de Natalie.

Com seu melhor sorriso de cumprimentar os clientes, Blythe disse:

— É bom ver você, Kayla.

Ela se apresentou à mãe da garota, uma mulher magérrima com mocassins de marca, sobretudo bege e óculos tartaruga.

— Ei, talvez algumas das minhas roupas velhas sirvam em você — sugeriu Kayla. — Quer dar uma olhada?

Natalie preferia fazer um tratamento de canal. Ela estava tentando encontrar uma boa resposta quando Blythe veio ao resgate.

— Estamos com um pouco de pressa — explicou ela, colocando a blusa de seda no balcão. — Só isso — disse Blythe ao funcionário.

Natalie tentou deixar de lado a lembrança em favor de recordações melhores. Todos os anos de sua infância e adolescência pareceram vir à tona enquanto ela absorvia o perfume de sua mãe. Às vezes, quando um dos livros favoritos das duas era destaque na livraria, elas tentavam se vestir como os personagens. Natalie já fora obcecada pelos saltos altos da mãe, desfilando na frente do espelho oval alto como a Bela de *A Bela e a Fera*. Em algum recanto de sua mente, ouviu o riso de Blythe, vívido como se tivesse sido ontem, e depois ele desvaneceu abruptamente, um aviso de que a lembrança também poderia desaparecer para sempre um dia.

Você era minha melhor amiga, mãe. Você sabia disso?, Natalie pensou pela milionésima vez. *Eu perdi você cedo demais.*

Deixe-a ir. Ela repetiu a frase como um mantra.

— Doar as coisas dela vai querer dizer que ela realmente se foi — disse Natalie, olhando as roupas empilhadas na cama. — Meu Deus. É como se eu fosse jogar minha mãe fora com o lixo.

— Querida, ela se foi, quer você guarde as coisas dela ou não. Vamos lá. Vamos continuar. Tire fotos de coisas que não quer esquecer, mas que não precisa guardar. Isso vai preservar as lembranças sem a bagunça.

Embora seu estômago estivesse embrulhado, Natalie sabia o que tinha que fazer. Uma a uma, ela tirou as peças do armário, sentindo as memórias chamuscarem em seu corpo. As roupas carregavam o perfume da mãe, o suor, os fios de cabelo soltos, o formato de seu corpo. Um papel de chiclete e uma lista de compras dobrada no bolso. Algumas moedas e uma presilha de cabelo no fundo de uma bolsa. Ela podia imaginar a mãe com determinada jaqueta ou saia, de suéter e calça, sorrindo enquanto cumprimentava os clientes da livraria.

Tudo tinha que ser doado. Aquelas coisas eram um peso, e elas a estavam impedindo de processar o luto que estava vivendo.

Em uma mala vazia, Natalie encontrou alguns papéis — um formulário de requerimento de passaporte preenchido pela metade.

— Eu costumava ficar tão brava com minha mãe por ela quase nunca sair — confessou Natalie a Cleo, estudando o formulário. O local para a foto era uma linha pontilhada oval. — Eu perguntava por que ela ficava presa na livraria. Por que nunca aproveitava a vida? Por que não se apaixonava? Ou ia viajar, ver o mundo?

Cleo deu de ombros.

— Ela era feliz fazendo o que fazia. Nós duas vimos como ela estava contente com a vida que tinha. Não é uma coisa tão ruim assim, não é? Estar feliz com a vida que tem?

— Seria bom se todos tivéssemos essa sorte.

Natalie começou a acelerar o ritmo, enchendo a mala com punhados de roupas, sem se dar ao trabalho de dobrá-las. Seus movimentos eram frenéticos e decididos, uma firmeza que atravessava a barreira do sofrimento.

Ficou surpresa com quão pouco queria guardar. A pilha na cama era pequena e dava para ser encarada. Mas havia tesouros, sem dúvida — um casaco clássico de caxemira vermelho-cereja de uma loja já fechada. Um lindo relógio vintage que não funcionava, brincos de argola reluzentes, um par de sandálias de salto dourado ainda na caixa, como se Blythe as estivesse guardando para uma ocasião especial. Um cinto Coach que a mãe comprara como uma indulgência extravagante e que usava com frequência. Algumas peças que Natalie lhe dera de presente, algumas delas jamais usadas. *Deixe-a ir*, ela lembrou a si mesma. *Deixe-a ir e pronto*.

— Bingo — anunciou Cleo, pegando um vestido solto cor de jade com intrincados bordados metálicos à mão em torno da gola chinesa, as mangas meia cava enfeitadas em amarelo-calêndula.

— Este aqui seria perfeito para o evento. Experimente.

— Não é muito meu estilo — disse Natalie, olhando as cores fortes.

— Assim como frequentar eventos glamorosos de museus — apontou Cleo. — É lindo. Seda pura. Experimente.

Por um momento, colocar o vestido foi como um reencontro com a mãe. Cleo fechou o zíper nas costas para ela. Natalie passou as mãos pelo tecido sedoso e se olhou no espelho. Era bonito, mas um pouquinho grande nela, e ainda precisava ajustar o comprimento. No entanto, ela não tinha como negar que a cor ficava bem com seu cabelo e sua pele. E o fato de ser mais trabalhado a pouparia de ir atrás de outras joias além do belo relógio quebrado que haviam encontrado.

— Ele só precisa de alguns ajustes e então vai ficar perfeito — disse Cleo.

— Onde vou conseguir ajustá-lo em tão pouco tempo? — perguntou Natalie.

— Não se preocupe. É o negócio da minha família. — Cleo encontrou alguns prendedores de papel para marcar quanto teria que ser tirado do vestido e dobrar a barra. Então ela ajudou Natalie a tirá-lo. — Vou levar para minha tia agora mesmo. Você consegue terminar sozinha por aqui?

Ela apontou para as pilhas na cama.

— Consigo. — Natalie a abraçou. — Obrigada. Eu realmente não teria conseguido sem você.

Natalie pôs para tocar algumas músicas para ter companhia e continuou limpando até o armário ficar vazio, encontrando um ritmo e uma determinação que permitiram que concluísse a provação. A tristeza atravessava seu corpo, mas era uma tristeza purificadora, como se o sofrimento tivesse finalmente rompido uma represa.

Ela fez um balanço dos itens descartados — *Não pense demais* —, fazendo as pazes com a decisão. Então ficou na frente do armário e olhou para o espaço vazio. Havia uma prateleira longa e profunda no alto, e uma barra de suporte para as roupas que estava afundada no meio, como a barriga de uma porca, os cabides balançando como ossos de pássaros.

Natalie escolheu a música favorita de sua mãe para dançar — "Yertle the Turtle", do Red Hot Chili Peppers. Quando era pequena, as duas punham a música na caixa de som de Blythe e dançavam até cansar. Mesmo agora Natalie podia sentir as mãos da mãe nas suas enquanto elas giravam, rindo. Ela fechou os olhos e dançou sozinha, imaginando que a mãe estava ali com ela.

— Essa música é bem divertida — disse Peach, parado na porta.

Natalie se sobressaltou, depois desligou a música. Ela esfregou a manga do casaco no rosto.

— Era a nossa música. Minha e da minha mãe. Uma delas, pelo menos.

— Que bom que você teve uma mãe que gostava de dançar com você. Ela devia ser muito legal. Queria ter podido conhecê-la.

Natalie assentiu, pegando um lenço de papel.

— Tivemos bons momentos. Mas caramba. Sinto saudade dela. — Ela enxugou os olhos. Por alguma razão, não se sentiu constrangida perto de Peach. Talvez porque ele já a tivesse visto em alguns de seus piores momentos. Natalie pensou na manhã em que ele aparecera, esperando começar um trabalho e descobrindo que a pessoa que o contratara havia morrido. — Ela era muito especial mesmo — completou Natalie.

— Posso arrumar o armário para você — disse Peach.

— Não está quebrado — respondeu ela.

Peach fez uma pausa, o olhar suave ao estudar o rosto dela.

— Você podia ter um design melhor, com prateleiras abertas, duas barras, talvez uma luz. Portas de correr em vez dessas portas-camarão mais frágeis.

De imediato, Natalie conseguiu imaginar as prateleiras e os cubículos, o espaço perfeitamente organizado.

— É tentador, mas não está no orçamento.

— É por conta da casa, Natalie.

— Você não precisa...

— Eu sei. E você não precisa aceitar, mas vou fazer mesmo assim. E você vai querer esse armário, pode confiar.

— Eu confio — disse ela baixinho.

Peach tirou uma trena do cinto e fez algumas medições e cálculos rápidos, anotando as medidas com seu lápis achatado de carpinteiro.

— Ainda ficou alguma coisa aqui — avisou ele, alcançando algo no fundo da prateleira.

Peach pegou uma caixa baixa retangular amarrada com um barbante. Natalie pegou um pano para limpar a poeira. Havia um post-it na caligrafia de sua mãe que dizia: *Cartas de Colleen/Hearst — para digitalização.*

— A Colleen da Escadona? E Hearst? — Natalie desamarrou o barbante. — Só ouvi falar de um Hearst. Mas cartas?

— Mais peças para o seu quebra-cabeça.

Ela abriu a caixa, o que fez o papel seco começar a se desfazer.

— Parece que tem alguns jornais aqui dentro também. Eu achei que talvez meu avô tivesse imaginado isso. Ele disse que estavam olhando papéis e cartas antigos, mas nunca pensei que ele estivesse falando de algo assim.

Natalie abriu o diário de cima na primeira página. Nela, em uma tinta que havia desbotado até ficar marrom, uma frase fora cuidadosamente escrita em uma caligrafia feminina e infantil. *Meu diário de recordações.*

Meu nome é Colleen O'Rourke. Tenho 15 anos e estou sozinha no mundo. Este é um registro dos meus dias, conforme os vivo.

— Incrível — disse Natalie. — E olhe só os desenhos dela. Era talentosa. Mal posso esperar para ler.

— Isso é muito legal, Natalie. Você vai conhecer sua bisavó.

— Minha tataravó — corrigiu ela, contando as gerações nos dedos. — Colleen O'Rourke. É um prazer finalmente conhecê-la.

A Associação do Patrimônio mandou um carro com motorista. Era a segunda vez em menos de uma semana que alguém fazia isso para Natalie. Ela se debruçou na janela do apartamento e viu o motorista de libré e Bertie guardando a cadeira de rodas de Andrew no porta-malas.

— Ele está adiantado — disse Natalie a Cleo, que tinha vindo ajudá-la a dar os últimos retoques em seu visual.

— Tenho certeza de que ele está acostumado a esperar. — Cleo foi até a janela dar uma olhada. — Minha família inteira está impressionada pelo fato de eu estar indo a esse baile. É tipo conseguir um encontro com a realeza. Todo mundo sabe quem são os Tang. Todo mundo. — Ela puxou Natalie para a frente do espelho. — Agora, vamos dar os toques finais.

Cleo era como aqueles pequenos passarinhos felizes em Cinderela, arrumando Natalie até ela se transformar em uma princesa. Uma versão falsa, sem dúvida, mas ainda assim uma princesa.

O vestido de seda de sua mãe havia sido transformado em uma obra-prima da alta-costura com as habilidades de alfaiataria da talentosa tia de Cleo. Agora servia como uma luva que a deixava deslumbrante. A cor e os brilhantes do bordado à mão lembravam um vaso precioso — verde-jade, turquesa, amarelo-calêndula e fúcsia com veias de azul-cobalto. Ela usou as sandálias de salto dourado, o relógio antigo e um cinto de cobra dourado que pegara emprestado com Cleo. No início do dia, Natalie havia decidido esbanjar e ido a um salão que a preparara como um poodle de concurso, combinando a maquiagem e a cor do esmalte com o vestido.

Cleo estava radiante no Valentino de chiffon amarelo, e ela exibia uma arrojada mecha rosa recém-pintada no cabelo.

— Olhe só a gente — disse ela. — Estamos maravilhosas.

Natalie foi até o armário pegar a única bolsa apropriada para usar de noite, sua clutch pequena e com pedrarias. Quando abriu as novas portas, ouviu um suspiro surpreso de Cleo.

— Pois é! Essa foi minha reação quando vi.

— Você passou a noite toda trabalhando nele?

— Foi o Peach. Ele levou as doações embora e refez o armário, só para ser legal.

Ele havia trabalhado até mais tarde, assobiando e cantarolando. O interior do armário estava iluminado pelas luzes que se acendiam automaticamente quando a porta se abria, clareando as estantes, prateleiras e gavetas novas. Mesmo com as roupas e os acessórios bastante comuns de Natalie, agora o armário parecia uma butique vintage sofisticada.

— Ficou maravilhoso — disse Cleo, abrindo uma prateleira que deslizava. — Ele é muito especial.

— É como se Peach fosse o último presente da minha mãe para mim. Ela tinha entrado em contato com ele logo antes de morrer.

— Ele é excelente. Quem me dera a gente tivesse dinheiro para ele ficar por aqui para sempre.

— Infelizmente não podemos. Só espero que ele consiga impedir esse prédio de desmoronar. — Natalie guardou as chaves, o convite, um batom, o cartão de crédito e o celular na bolsa pequena. — Vamos ver se Bertie e meu avô já estão prontos.

Eles foram até o vestíbulo na entrada. Bertie estava lá, verificando o brilho de seus sapatos.

— Meu Deus, você está ótimo — disse Natalie para ele.

— É? — Ele se endireitou e ajeitou a gravata-borboleta. — Não fiquei com cara de Pee-wee Herman?

— Imagina. Esse terno é maravilhoso. E esses sapatos. — Natalie recuou, sorrindo para Bertie e Cleo. — Olha, se houvesse um prêmio para os funcionários de livraria mais bonitos, nós ganharíamos.

— Verdade — disse Bertie. — Você está maravilhosa.

— Sério?

— Seríssimo.

— Bem, duas horas no salão fazendo cabelo e maquiagem deixam qualquer uma linda.

— Pare com isso. Você é linda sempre. Meu olho está todo marejado, porque você está a cara da Blythe. Da melhor maneira possível.

A porta do apartamento do andar de baixo se abriu e Andrew saiu, apoiando-se na bengala. Estava vestido com seu melhor terno e havia uma flor na lapela. Bertie o levara à barbearia para fazer a barba e cortar o cabelo, e ele parecia um político mais velho — de cabelo branco e ar distinto.

Quando viu Cleo na porta, ficou imóvel.

Por um momento, Natalie achou que ele estava tendo um derrame ou algo do tipo.

— Vovô?

Ele segurou a mão de Cleo e abriu o sorriso mais feliz que Natalie tinha visto em seu rosto desde o acidente de avião.

— Minha querida May — disse ele. — Gostaria de poder dizer algo profundo sobre a sua beleza, mas estou sem palavras.

Natalie se encolheu de vergonha. Cleo, felizmente, apenas sorriu e disse:

— Sinto muito, meu velho. Eu jogo no outro time.

— Vovô, essa é Cleo — corrigiu Natalie. — Não May Lin.

Andrew fez silêncio, então largou a mão de Cleo e foi a passos lentos em direção à porta.

— Ela já está vindo, então? Ainda não a vi hoje.

Natalie abriu a porta para ele enquanto sentia o coração apertado pela confusão do avô.

— May morreu, vovô. Esta noite nós somos convidados de honra da Associação do Patrimônio Sino-Americano. Por causa do vaso, lembra?

Ele assentiu distraidamente, então caminhou até o meio-fio, esperando o motorista abrir a porta com toda a paciência.

— Onde está o sr. Gallagher? — perguntou Andrew.

Natalie deu um suspiro aliviado, torcendo para que a mente do avô estivesse retomando o foco.

— Peach vai encontrar a gente lá. E você é o homenageado da noite, já que decidiu devolver o vaso para a família Tang. Nem todo mundo teria feito isso. Você fez a coisa certa.

Natalie tinha tomado o cuidado de explicar ao avô o valor total do vaso de que ele abrira mão. O avô insistira que não tinha interesse em ganhar dinheiro com as posses de outra pessoa.

Ela se acomodou no banco de trás da limusine e deu um tapinha no joelho dele.

— Aqui vamos nós.

Cleo e Bertie se sentaram diante deles. Havia um pequeno bar com uma jarra e taças de cristal, um balde de gelo e algumas opções de bebidas.

— Vamos fazer um brinde — disse Cleo. — Só com água com gás, assim, se a gente derramar, não mancha a roupa.

Ela serviu a água e eles tocaram as taças.

— Um brinde a Andrew e àquele vaso magnífico — disse Bertie, com um toque dramático. — Que a longa e estranha jornada desse objeto termine bem.

A chegada deles foi anunciada por porteiros de luvas brancas na entrada grandiosa da enorme mansão neogótica. Um funcionário empurrou a cadeira de rodas do avô de Natalie por uma rampa lateral. Quando entraram no salão principal, Aisin Tang os recebeu na porta. O presidente da associação era deslumbrante e distinto, e agradeceu efusivamente a Andrew, então voltou seu charme refinado para Natalie e os outros. Dois fotógrafos vieram registrar o momento.

— Ele é maravilhoso — sussurrou Cleo em seu ouvido. — Veja se é solteiro.

— Pare com isso — sussurrou Natalie.

— Ouvi dizer que também é rico — continuou Cleo. — Ele bem que podia oferecer uma recompensa pelo vaso, não?

— Eu discuti a possibilidade com meu avô — respondeu Natalie. — Ele não quer nem ouvir falar nisso. Diz que é suficiente devolver o tesouro perdido para a família.

— A família cheia da grana.

— Pare com isso — repetiu ela. — E, para sua informação, eles não são cheios da grana. Eu pesquisei. Além disso, não estou aqui para... Ai, meu Deus.

Ela viu o governador, cercado por seus admiradores bem-vestidos. Ficara sabendo que o casamento da filha dele tinha acontecido de forma impecável. Seus dias na Pinnacle pareciam ser outra vida, quando um acordo de negócios valioso significava tudo para ela.

Além dos políticos, havia personalidades de Hollywood e milionários do Vale do Silício — talvez bilionários, apontou Cleo. Todos produzidos e com roupas caras, conversando com descontração e familiaridade. Mais fotógrafos passeavam pela sala, capturando discretamente registros de pessoas que pareciam estar se divertindo. As mesas estavam enfeitadas com sedas em tons de joias, porcelanas pintadas a ouro e taças de cristal.

— Estou me sentindo um peixe fora d'água — disse Natalie. — Eu me sinto uma impostora, uma penetra.

— Que besteira — respondeu Cleo. — Você tem todo direito de estar aqui.

— Essa não é a minha turma. — Natalie viu uma mulher usando um colar que provavelmente custava mais do que o vaso. — Eu sou do proletariado. Uma livreira. Não tenho nada em comum com eles.

— É tarde demais para voltar atrás, Cinderela — disse Cleo. — Agora pare de fazer cara de pânico.

— Eu queria ter sua confiança.

Ela olhou a tatuagem de pena de Cleo, sua mecha de cabelo rosa e seu jeito de se comportar, como se estivesse desfilando em uma passarela de alta-costura.

Ao examinar a multidão sofisticada, Natalie viu Bertie e o avô provando alguns canapés de caviar e trufas e tentou relaxar um pouco. Então pensou em Peach e ficou tensa de novo. Aquela também não era a turma dele.

— Com o que você está preocupada agora? — perguntou Cleo.

— Ele vai ficar tão deslocado aqui — disse Natalie.

— Quem? Peach? — Cleo sorriu. — Acha que vai vir de cinto de ferramentas?

— Talvez eu não devesse ter o encorajado a vir. Quero dizer, ele merecia estar aqui, mas será que vai ficar à vontade?

— Ele já é crescidinho. Vai aguentar.

Cleo se abanou quando uma mulher deslumbrante passou, seguida por uma comitiva cheia de joias e perseguida por um fotógrafo com uma grande câmera preta.

— Cadê ele? — Natalie esticou o pescoço em direção à porta. — Talvez tenha mudado de ideia. Será que ele tinha roupa?

Quando instruídos a se vestir de maneira formal, a maioria dos caras optava por calça sarja com pregas e gravata de nó pronto.

— Não se preocupe até eu dizer que é hora de se preocupar.

Natalie tentou seguir o conselho de Cleo. Mas agora que estava ali, tudo parecia tão rígido, formal e estranho. Ela pensou em Peach com sua roupa de trabalho, depois em seu visual no dia da apresentação da banda, a calça jeans rasgada e a camiseta colada. Aquela era sua zona de conforto. Não um lugar como o do baile. Talvez ele não viesse, ela pensou. Talvez...

— Minha nossa. — Cleo olhava por cima do ombro de Natalie para a entrada do salão de baile.

Natalie se virou para olhar. Lá estava a elegância em pessoa, um homem que poderia ter saído das páginas de um romance de Jane Austen. Ela nem tentou não encarar. Peach Gallagher havia chegado. E todas as expectativas de Natalie explodiram.

Ele não só parecia entender o que significava *black tie*, como também entrou na recepção como se tivesse inventado o visual — um paletó de caimento perfeito com calça combinando, uma camisa com abotoaduras, gravata-borboleta habilmente amarrada e sapatos Oxford pretos. Seu cabelo comprido conseguia deixar o traje ainda mais formal, por contraste.

Peach era a personificação de todas as suas paixões desde o ensino médio. Todas as capas dos álbuns que ela ficava encarando enquanto escutava músicas melosas até chorar. Cada galã que nunca poderia ser dela. O que tornava Natalie uma pessoa horrível, cheia de inveja da esposa dele, Regina — um nome muito apropriado.

Dois garçons com bandejas quase esbarraram um no outro ao se adiantarem para servi-lo. Peach abriu um sorriso educado e balançou a cabeça, recusando o champanhe e o dim sum oferecidos, então examinou o salão. Natalie viu o momento em que ele avistou Cleo e ela. Os olhos de Peach se iluminaram e ele acelerou o passo, aproximando-se delas.

— Olá, madames — disse ele. — Vocês duas estão lindas.

— Sr. Gallagher, eu imagino — disse Natalie, tentando se convencer de que não estava flertando.

— Você está de encher os olhos — disse Cleo. — Adoro essa expressão. — Ela inclinou o copo para eles, e um fotógrafo se adiantou, perguntando o nome deles.

— Você trabalha para quem? — perguntou Cleo.

— *Prestige Hong Kong.* — Ele lhe entregou um cartão.

— Cleo Chan — disse Cleo. — Sou dramaturga em São Francisco e estou usando Valentino. Esta é Natalie Harper, proprietária da Livraria dos Achados e Perdidos, e Peter Gallagher, o designer de construção que encontrou o vaso que está sendo exibido hoje. — Ela gesticulou, indicando o vaso.

O fotógrafo fez algumas anotações e depois se afastou.

— Designer de construção — repetiu Peach com uma risada. — Gostei.

— É, eu achei que "faz-tudo" exigiria muita explicação. — Cleo deu uma piscadela e foi se misturar com a multidão glamorosa.

— Acha que vamos aparecer no *Prestige Hong Kong*? — perguntou Natalie.

— Eles seriam malucos de não publicar nossa foto. Estamos arrasando.

— O vaso é a estrela da noite.

Ela apontou para o expositor de museu iluminado; o vaso estava cercado por mais admiradores que o próprio governador.

Peach pegou uma taça de champanhe de um garçom que passava.

— É muito legal ver tanto interesse nele.

— Queria que você tivesse visto o rosto do meu avô quando o trouxeram. — Ela gesticulou na direção dele, agora cercado de pessoas.

— Uma pena eu ter perdido — disse Peach. — Não queria me atrasar, mas a mãe de Dorothy não podia ficar com ela hoje à noite. Tive que chamar uma babá de última hora. — Ele soava irritado.

"Não podia ficar com ela" parecia uma escolha estranha de palavras, pensou Natalie.

— Ah, eu... bem, fico feliz que você e sua esposa tenham dado um jeito, de qualquer forma.

Ele franziu o cenho de leve; então seus lábios se abriram em um sorriso.

— Ela não é minha esposa.

Foi a vez de Natalie franzir a testa.

— Oi?

— A mãe de Dorothy. Não é minha esposa.

— Vocês não são casados? — Bem, era bastante comum hoje em dia, ponderou Natalie.

— Já fomos. Agora estamos divorciados.

E, com essas simples palavras, o mundo mudou. Era uma informação nova. Inesperada. Uma boa notícia. Ela fingiu não se importar com a revelação. Como se não fosse grande coisa, não fosse uma surpresa.

Por dentro, no entanto, Natalie estava comemorando. Peach Gallagher era solteiro. *Solteiro.* Não havia uma sra. Peach. Isso significava que Natalie não era horrível, afinal, por se sentir atraída por ele. Por querer contar tudo a ele, querer ficar a noite toda conversando com ele.

— Ah, entendi — disse ela. — Sinto muito.

— Está tudo bem. Às vezes é difícil para Dorothy, mas você já deve ter percebido quão adaptável ela é.

— Ela é ótima — concordou Natalie. — Então você e sua ex dividem a guarda.

— Isso, meio a meio — respondeu ele. — Tive que brigar muito para conseguir isso. Às vezes preciso fazer uns malabarismos, mas amo cada minuto com minha filha.

— Já faz muito tempo? Quer dizer, se você não se incomodar de responder.

— Uns dois anos.

Peach terminou o champanhe e os dois se aproximaram do vaso exposto.

— E... hã, você está bem?

A maioria de suas amigas que haviam se divorciado acabara ficando bem — apesar de muitas vezes ser um processo longo e doloroso. Natalie achava que esse era um dos motivos de nunca ter tido pressa para se casar. A possibilidade de ter o coração partido parecia enorme. Assim como a possibilidade de ser feliz, mas ela nunca se sentiu tentada a correr o risco.

— Eu estou bem. Minha ex mora com o namorado agora. São banqueiros de investimentos. Regina e Regis. Combinam, não é? Eles têm uma casa em Nob Hill, perto da escola de Dorothy. No começo foi bem desconcertante descobrir que a pessoa que eu amava não estava mais tão investida no relacionamento e não tinha se dado ao trabalho de me contar.

— Sinto muito — disse Natalie de novo. — Deve ter sido difícil.

— Já passei da parte difícil. Não se preocupe. — Peach colocou a mão nas costas dela e a conduziu gentilmente em direção ao vaso. — Vamos lá dar uma olhada.

Era só a mão de Peach, ela pensou. Mas era emocionante. E também era muito libertador descobrir finalmente que a ligação que ela sentia entre os dois não era de fato proibida. Mas havia muita coisa que ela não sabia sobre Peach. Muita coisa que nunca se permitiu saber. Descobrir que ele era solteiro podia mudar tudo. Mas também podia não significar nada. Natalie não fazia ideia do que ele pensava dela, ou se ele sequer via nela algo mais do que uma cliente.

Juntaram-se ao grupo perto do vaso. O vidro e a iluminação dramática destacavam as cores intensas da porcelana.

— Parece tão importante agora — disse Natalie. — É difícil imaginar o vaso em outro contexto, na casa de alguém, antes de acabar em nosso pequeno depósito.

Ela estudou as placas detalhadas, que descreviam a jornada do vaso desde a origem na família de comerciantes na China até São Francisco e sua descoberta no Edifício Sunrose.

— Estou famoso — brincou Peach, rindo, curvando-se para sussurrar no ouvido de Natalie. — Veja só, aqui diz "encontrado por um trabalhador durante a reforma".

Natalie tentou não estremecer ao sentir a respiração dele em seu pescoço.

— Deviam ter mencionado seu nome. Se não fosse por você, o vaso ainda estaria esquecido.

— Não me incomodo de ser chamado de trabalhador.

— Você não está com cara de trabalhador hoje.

— Eu não estou trabalhando. — Mais uma vez, aquele sussurro baixo e íntimo. — Se bem que estou começando a gostar de "designer de construção". — Ele terminou o champanhe e serviu-se de outra taça.

Natalie se afastou meio passo, tentando descobrir se ele estava flertando. Tentando descobrir se era isso que *queria* dele.

A última placa mostrava uma fotografia maravilhosa de Andrew e Aisin Tang juntos na livraria, cumprimentando-se de maneira calorosa.

— Estou muito orgulhosa do meu avô. Ele poderia ter tentado reivindicar a posse do vaso. Poderia ter liquidado todas as dívidas e os impostos atrasados e ido se aposentar em Ibiza, vivendo no luxo. Mas não. Ele devolveu. Gosto de pensar que eu teria feito a mesma coisa.

— Você teria — disse Peach.

— Como você sabe?

— Você me parece o tipo de pessoa que não ficaria com algo que pertence a outra pessoa.

Ela olhou para Peach. Os olhos dele eram muito, muito azuis.

— Tomara que você esteja certo.

Peach a encarou por mais um momento.

— Eu estou. E...

Outro fotógrafo tirou a foto deles e pediu seus nomes.

— Flair MacKenzie e Dirk Digler — disse Peach sem hesitar.

Natalie conseguiu conter o riso até o fotógrafo se afastar.

— Você tomou champanhe demais — ralhou Natalie.

— É um baile de gala. É para a gente beber mesmo. Vamos lá, vamos encontrar nossa mesa.

Sentaram-se com Cleo, Bertie e Andrew na mesa reservada para eles. As outras pessoas ali eram amigas da família Tang. A julgar pelas roupas, joias e pela atenção que estavam recebendo, Natalie imaginou que eram convidados muito importantes. Ficou meio sem graça de conversar com eles, mas Peach e Bertie se encarregaram de manter um papo animado.

Um desfile de garçons não parava de trazer travessas cobertas de iguarias — guiozas feitos à mão e dim sum no formato de pequenas romãs e tangerinas, macarrões maravilhosos em todas as cores do arco-íris e pratos com ingredientes que Natalie só podia adivinhar. Os funcionários serviram um chá vermelho chamado Da Hong Pao, e uma das pessoas na mesa disse que era tão raro que não podia ser comprado por nenhum preço, apenas recebido como presente. Natalie o achou com gosto de terra e um pouco amargo, mas a refeição como um todo a deixou encantada, porque o avô claramente estava aproveitando cada especialidade.

O discurso da noite era de um historiador que fora um protegido de Li Xueqin. Felizmente, ele foi breve e surpreendentemente espirituoso, concluindo no momento em que as sobremesas elaboradas começaram a ser servidas. Quando as pessoas se levantaram de novo para socializar, Peach se inclinou para Natalie e sussurrou:

— Vamos dar uma olhada no jardim.

Ela aceitou na hora. O jardim noturno da mansão era famoso e havia sido projetado com flores que desabrochavam à noite, ladeando os caminhos e as colinas da paisagem. Peach e Natalie saíram pelas portas abertas, desceram os degraus de pedra largos e foram recebidos pelo perfume inebriante das flores de outono que tinham tardado a abrir. Os canteiros pálidos tinham sido iluminados por baixo, criando uma atmosfera de mistério. Uma fonte de pedra se erguia de um lago cercado por esculturas de terracota.

— É tão cheiroso aqui — disse Natalie. — Que jardim incrível. Eu poderia me acostumar com o *haute monde*.

— Então você gosta da boa vida?

— E alguém pode me criticar por isso? Você não gosta?

Peach deu de ombros.

— Eu gosto da vida. Por mim tanto faz.

— Essa é uma atitude muito saudável. Seus pais devem ter educado você direito.

— Acho que eles ficariam felizes de ouvir isso — disse ele.

Alguns outros visitantes passeavam pelos jardins, os murmúrios de conversa chegando até eles. Natalie teve vontade de segurar o braço de Peach, mas pensou melhor e se deteve. Ela sentia algo novo entre os dois, mas podia ser apenas sua imaginação — ou seu desejo. Apesar do paletó e da gravata preta, ele ainda era Peach, o cara que instalara um vaso sanitário econômico novo no apartamento dela e impedira que o telhado desabasse.

Eles passaram por uma seção especial — com vários avisos — de plantas venenosas. Natalie sempre achara a trombeta-de-anjo intrigante, com suas flores penduradas, assim como as pequenas bagas aparentemente inofensivas da beladona.

— Essa é uma favorita dos livros de mistérios — explicou ela. — Parece que dez bagas são suficientes para matar uma pessoa. O veneno se chama atropina.

— O nome vem de Átropos, uma das três moiras — disse Peach.

— Ah, agora você está sendo exibido de novo.

— De que adianta saber as coisas se a gente não pode usar? Átropos era uma moira bem desgraçada. Ela podia matar a pessoa se cortasse o último fio da tapeçaria de sua vida. — Peach gesticulou, como se usasse uma tesoura.

— Vou manter distância.

O caminho terminava em uma barreira de ferro forjado na beira da colina. Natalie ficou sem fôlego ao examinar a vista. Ao longe, as luzes da costa e das pontes refletiam na baía.

— Eu amo esta cidade — disse ela. — Depois da faculdade, mal podia esperar para me mudar para outro lugar, mas agora que voltei, reconheço como é maravilhosa.

Natalie olhou para cima. O rosto de Peach estava obscurecido, mas uma luz fraca permitia ver a curva de seu sorriso.

— Também gosto daqui. Gosto do charme meio doido da cidade. Talvez até ame o lugar, e Dorothy também.

— Há quanto tempo você mora em São Francisco?

— Vamos ver... Nos mudamos de Atlanta no ano em que Dorothy nasceu. Regina conseguiu um emprego em um banco de investimentos logo depois da faculdade. Eu tinha acabado de sair do Exército. O plano era nos revezarmos cuidando do bebê. Eu ficava com Dorothy durante a semana no horário comercial, e a mãe dela assumia os cuidados enquanto eu fazia reformas depois do expediente e nos fins de semana. Parecia um bom sistema, mas não foi muito bom para o casamento.

— Parece ter sido difícil — disse Natalie, tentando imaginar as dificuldades de uma família jovem.

Ela teve vontade de fazer um milhão de perguntas, mas não queria enchê-lo de dúvidas. Perceber que ele era solteiro havia mudado a impressão que tinha dele de forma tão drástica que Natalie queria se aprofundar. Perguntas que seriam inapropriadas para um homem casado de repente eram possíveis.

— Você está me olhando de um jeito engraçado — disse ele.

Havia um desequilíbrio na relação entre os dois. Depois de todas as horas que passara na livraria, Peach sabia tudo sobre Natalie. No entanto, nunca falava sobre a própria vida. Isso a fazia se perguntar o que mais ele não lhe tinha dito.

— Parece que só estou conhecendo você agora — disse Natalie.

— O quê? Eu sou um livro aberto. Pode me perguntar qualquer coisa.

— Como você está tão à vontade em um evento de gala? Sua vida em Atlanta era cheia de luxo ou coisa do tipo?

— Acho que poderia ser chamada de cheia de luxo. Mas estava mais para cheia de balela.

— Como assim?

— Nossa, não sei nem por onde começar. Meu pai trabalhava com finanças. Era bem o tipo que você está imaginando, uma casa grande em um bairro tradicional, empregados, colégios particulares, muitos eventos de gala. Tudo estava ótimo até ele ser preso por fraude.

— O quê? Não acredito.

— Pois é. Minha irmã e eu éramos adolescentes. Ficamos sem chão. Perdemos tudo praticamente da noite para o dia. O único dinheiro que sobrou foi a nossa poupança para a faculdade. Só que, em vez de estudar, Junebug foi para uma clínica de reabilitação e eu entrei para os fuzileiros navais. As coisas que sobraram não tinham valor, como saber usar um paletó. Ou qual garfo usar. Ou como abrir uma garrafa de champanhe com um sabre.

Natalie tentou assimilar tudo aquilo. Estava quase tonta.

— Junebug é o nome da sua irmã?

— Sim. June Barbara. Teve problemas com medicamentos controlados. Parece estar bem agora.

— Não sei o que dizer.

O que Natalie achava mais fascinante em Peach era a maneira como ele parecia levar a vida sem se abalar. Estava claro que passara por altos e baixos — um grande drama familiar, um período nas Forças Armadas sobre o qual não falava, um divórcio —, mas ainda parecia imperturbável. Ela queria poder ser assim também.

Uma brisa soprou seu cabelo e ela estremeceu.

— Está com frio? — perguntou Peach. — Quer meu paletó?

— Estou bem.

— Você está com frio.

Ele tirou o paletó e o colocou em volta dos ombros dela, mantendo as mãos sobre as lapelas.

Ela saboreou o calor delicioso do corpo dele que agora a envolvia.

— Bem, obrigada.

— É uma pena cobrir esse vestido — disse ele. — Fica muito bem em você.

— Era da minha mãe — explicou Natalie, enquanto passava as mãos pela seda. — Cleo e eu encontramos enquanto esvaziávamos o armário dela.

— Isso o torna ainda mais bonito — disse ele.

Ela assentiu, aconchegando-se no paletó.

— Não paro de pensar que uma hora vou parar de sentir saudade dela. E então percebo que não quero parar. O que eu quero é que pare de doer tanto — confessou ela.

— Ah, Natalie. — Com muita delicadeza, ele passou um braço em volta das costas dela. — Eu sinto muito. Queria poder ajudar.

Natalie fez uma pausa, lembrando a si mesma com firmeza de que devia ficar no presente, e não ser arrastada para o pântano de dor que a sugava com uma regularidade brutal.

— Você *está* ajudando. — Natalie deixou escapar. — Acho que você não se dá conta disso, Peach. Você esteve presente durante toda essa confusão, e foi firme, bom com o meu avô, e está consertando a minha casa e fez um armário para mim, e mesmo que não saiba, está ajudando. Sinceramente, não sei como agradecer.

Peach a olhou. A expressão decidida em seus olhos deixou Natalie sem fôlego.

— Então, esse cara, Trevor... Ele é seu namorado?

— Meu... Não — disse ela rapidamente, quase de maneira urgente. — Por que... Quero dizer, nós saímos algumas vezes, só isso.

— Hum — disse ele.

— O que foi?

— Nada.

Peach levantou um cacho caído do rosto de Natalie e manteve a mão ali, segurando a bochecha dela.

— Você nunca me disse que era solteiro.

— Você nunca me disse que isso importava.

E então Peach a pressionou contra a cerca de ferro e a beijou.

Foi um beijo *daqueles*. Natalie soube na mesma hora — os lábios macios, o gosto doce de champanhe, a mistura do hálito dos dois pela primeira vez. Ela se inclinou para mais perto, os lábios se abrindo lentamente, entregando-se de bom grado àquele momento. Ela deixou tudo para lá

— tristeza, preocupação, confusão, solidão. Quando Peach se afastou, Natalie ficou atordoada.

Ele parecia totalmente satisfeito, a boca curvada em um meio sorriso sedutor, estudando-a.

Ela sentiu que precisava dizer alguma coisa.

— Isso foi... — Natalie respirou fundo e começou de novo. — Estou atordoada.

— De uma maneira positiva — disse ele.

— Não gosto de ficar atordoada — respondeu ela.

— Você gosta de ser beijada?

— Depende do cara.

Natalie deu um passo para trás, tentando recuperar o equilíbrio.

Peach sorriu, então segurou a mão dela e os dois começaram o caminho de volta para o salão.

— Bom saber — disse ele.

Parte Quatro

Um livro também pode ser uma estrela... um fogo para iluminar a escuridão, levando ao universo em expansão.
— MADELEINE L'ENGLE

20

*T*odas as manhãs, Natalie acordava com o coração disparado. Era ridículo. Parecia uma adolescente no início da primeira paixão. Ela tinha experiência com homens. Os amassos desajeitados da adolescência. Os beijos com gosto de cerveja da faculdade. Beijos de adulta com homens de quem gostava, quem sabe até amava. Nunca houve um beijo como aquele, no entanto. Não em sua vida. Talvez nunca, para ninguém. No mundo inteiro. Como todas as manhãs seus primeiros pensamentos seguiam nessa linha, ela sabia que estava com problemas.

E talvez até maluca. Porque na manhã seguinte — ela a considerava como a manhã seguinte, como se tivessem passado uma noite de sexo em vez de um mero beijo — Peach aparecera no trabalho como sempre, com sua roupa de trabalhar, um sorriso muito natural no rosto.

— Ontem à noite foi ótimo — dissera ele. — Obrigado por me convidar.

— Fico feliz que você tenha ido — respondera Natalie.

— Eu beijei você ontem no jardim da lua — dissera Peach, direto como sempre.

— É. Talvez ele tenha uma influência romântica sobre as pessoas.

— Talvez *você* tenha uma influência romântica sobre mim. Espero que não tenha achado grosseiro.

Grosseiro? *Grosseiro?*

— Imagina, você foi um cavalheiro perfeito.

— Bom saber — dissera ele, repetindo as palavras da noite anterior. — Mas preciso dizer que tenho uma política de não me envolver com clientes.

Natalie sentiu as esperanças desmoronarem. E suas defesas subirem. Ela se sentia muito vulnerável perto dele. Afastar-se parecia o caminho mais seguro.

— Muito profissional da sua parte.

— Mas quem sabe um dia você não seja mais minha cliente.

Depois disso, Peach tinha ido trabalhar nas reformas, deixando-a sozinha com seus pensamentos adolescentes e angustiados. Desde o beijo, cada palavra que trocavam parecia ter um significado diferente. Pelo menos para Natalie.

Ela nunca se sentira à vontade com sentimentos intensos. Em sua experiência, eles não eram confiáveis. Tal mãe, tal filha, no fim das contas, e ela se protegia para que o coração não se apegasse a alguém de forma profunda e perigosa. Quando o assunto eram homens, o bom senso de Natalie não era confiável. Rick era o exemplo perfeito. Ele era um homem que ela achara que poderia amar, mas seu coração falhara com ela.

Talvez aquilo com Peach fosse diferente.

Mas talvez não.

Natalie estava decidida a não fazer tempestade em copo d'água em relação àquele momento no jardim, para que isso não dominasse seus pensamentos quando deveria estar concentrada no trabalho. Talvez fosse uma coincidência feliz que Peach tivesse sido chamado para outro trabalho de restauração histórica no Russian Hill District. Ainda havia muito a ser feito no prédio de Natalie, mas ela não tinha dinheiro para fazer a obra toda de uma vez. Apesar da bonança trazida pelo evento com Trevor Dashwood, ela precisou encomendar todos os livros com antecedência e cobrir todas as outras despesas envolvidas na realização de uma grande sessão de autógrafos.

Ela sentia falta de ter Peach por perto, assobiando ou cantarolando baixinho. Sentia falta de ouvir a conversa descontraída dele com o avô, mas não sentia saudade suficiente para lhe dizer isso.

Tess veio à cidade jantar com o pai, que viera de Tânger para uma visita. Depois da revelação surpreendente de que ele estivera no exterior durante toda a vida dela, Tess decidira conhecê-lo de maneira cautelosa. Ela passou na livraria em um dia tempestuoso de novembro.

— É um menino — anunciou ela, alisando a barriga de grávida. — Queria que fosse surpresa, mas deu para ver no último ultrassom, até com meus olhos de leiga. Vai ser igual aos irmãos e ao pai.

— Que maravilha — disse Natalie. — Precisa de um livro de nomes para bebês?

— Ainda temos os que compramos nas outras gestações. Mas preciso de um livro. É aniversário do meu pai — explicou ela. — Então pensei em lhe dar alguns livros de presente.

— De que tipo? — perguntou Natalie, gesticulando para os mostruários da livraria.

— Boa pergunta. Mal o conheço. Quer dizer, o que pensar de um cara que fingiu sua própria morte e desapareceu por décadas e depois voltou querendo "retomar o contato" com as filhas que nunca conheceu? — Tess sorriu diante da expressão de Natalie. — Meio complicado, não é?

— Parece coisa de novela. E *eu* achava que tinha problemas com meu pai.

— Depois de todo esse drama, quero conhecê-lo. Ele estava inacessível desde antes de nascermos, e estou tentando ficar bem com isso. Agora que sei tudo o que aconteceu, eu entendo. E, mesmo sendo difícil, gosto de tê-lo em minha vida. Ele lê muito, então não vou errar comprando um livro.

— Que tal um romance? — Ela entregou a Tess uma cópia do best--seller de Robert Dugoni, *A vida extraordinária de Sam Hell*. — É sobre um cara que viaja meio mundo. Ou é próximo demais da realidade?

— Não sei. — Tess pôs o livro no balcão e escolheu alguns best-sellers de não ficção imperdíveis, um de Erik Larson e outro de Timothy Egan. — E vou levar este aqui, porque é meu favorito — acrescentou ela, pegando *A arte de correr na chuva*.

— Sempre achei que dá para conhecer alguém pelos livros favoritos da pessoa.

— Mal não vai fazer.

Tess também pegou um caderno e caneta-tinteiro.

— Você vai precisar de uma sacola maior — disse Natalie, pegando uma debaixo do balcão.

Enquanto Natalie embrulhava as compras, Tess perguntou:

— Então, como vão as coisas com o sr. Maravilhoso?

— Ele está fazendo outra reforma em Russian... — Natalie se deteve. — Ah, você estava falando de Trevor Dashwood.

— É? — Tess levantou uma sobrancelha. — Que história é essa agora?

— Ele não é casado — Natalie deixou escapar.

— Peraí, vamos começar do zero. De qual sr. Maravilhoso estamos falando?

— Peach — disse ela.

Tess fez uma pausa.

— Ah. O faz-tudo.

— Esse tempo todo eu achava que ele era casado, por causa da filha. No baile de gala, descobri que ele está divorciado há alguns anos.

— E isso faz a diferença porque…? — A sobrancelha de Tess subiu novamente.

— Porque percebi uma certa afinidade entre a gente — admitiu Natalie.

— E é claro que você estava ignorando porque achava que ele era casado.

Natalie assentiu.

— Agora é diferente, mas… Não sei, Tess. Rolou um clima na festa de gala da Associação do Patrimônio. Eu acho, pelo menos. — Na verdade, parecia ter sido muito mais que isso, quase um terremoto. — E não tenho ideia do que ele está pensando.

Ela tinha certeza de que ele não havia passado metade da noite em claro e acordado com o coração disparado.

— Pergunte a ele — sugeriu Tess. — Pergunte o que ele está pensando.

— Isso seria estranho.

Agora que sabia o estado civil dele, Natalie tinha um milhão de perguntas para fazer, coisas que não seriam apropriadas para perguntar a um homem casado.

Natalie olhou para a tela do computador.

— Precisei de toda a minha força de vontade para não fuçar a vida dele na internet. Parece errado procurá-lo nas redes sociais ou jogar o nome da banda ou da ex dele no Google ou usar qualquer outro detalhe que ele deixou escapar.

— Provavelmente é uma boa política — concordou Tess. — Quando uma pessoa quer que você saiba alguma coisa, ela diz.

— Pois é.

Natalie percebeu que Peach havia lhe contado muito pouco sobre si mesmo. Seria falta de interesse? Tinha sentimentos ambíguos por causa da família? Ou ele só a via como uma cliente? Ele tinha uma conduta estabelecida sobre isso, no final das contas.

— Ou você podia perguntar — repetiu Tess.

— Pare com isso. De qualquer forma, não daríamos um bom casal. Peach é divorciado e tem uma filha, e foi muito sincero sobre quanto isso dificulta as coisas para ele.

— Dominic era divorciado com *dois* filhos quando o conheci — apontou Tess. — E sim, foi difícil. Ainda é. A mãe dos filhos mais velhos dele não é a pessoa mais fácil de se lidar. E estou sendo generosa.

— Você só está provando o que eu disse. Por que eu começaria um relacionamento que provavelmente vai dar errado?

Natalie estremeceu, tentando evitar a sensação terrível de vulnerabilidade. Foi isso que fez sua mãe ficar sozinha a vida toda? Medo? Dúvida? Convicção de que acabaria de coração partido?

Agora entendia a devoção de Blythe à livraria. Ao contrário dos homens, os livros eram fáceis. Eles provocavam todas as emoções do mundo — alegria, pavor, medo, sofrimento, satisfação — e então acabavam. As pessoas eram diferentes. Imprevisíveis. Impossível de controlar.

— Porque pode *não* dar errado — lembrou Tess. — E, vai por mim, o relacionamento certo deixa tudo melhor.

— Vou tentar me lembrar disso.

Tess estudou o pôster anunciando a sessão de autógrafos de Trevor Dashwood.

— Talvez tente se lembrar *dele* também.

Não havia como negar que Trevor tinha tudo — talento, boa aparência, charme. Natalie não acordara pensando no beijo dele, mas era só um beijo, e os dois ainda estavam no início. Talvez ela não devesse tirar conclusões precipitadas. Sobre nenhum dos dois homens.

— Ele está me mantendo muito ocupada. Essa sessão de autógrafos está tomando proporções cada vez maiores. Os ingressos estão esgotados, inclusive.

— Que bom que já garanti os meus. As crianças estão muito animadas. E ele *ainda* é o sr. Maravilhoso?

— Você está brincando, né? Claro que sim.

Natalie contou à amiga sobre o cruzeiro ao pôr do sol e o encontro que teriam no restaurante Rendez-Vous, em Napa. Ele a levaria para jantar lá depois da sessão de autógrafos.

— Nossa, agora *eu* quero sair com ele.

— Muito engraçado. — Natalie lhe entregou os livros embrulhados. — Olhe, estou feliz por você e sua irmã conhecerem seu pai. Espero que dê tudo certo.

Depois que Tess saiu, Natalie foi engolida pelo furacão Trevor Dashwood. O telefone começou a tocar, Bertie e Cleo chegaram, e ela teve que cuidar dos inúmeros pequenos detalhes da sessão de autógrafos. Mesmo com a ajuda da organizadora de eventos de Trevor, ainda tinham que arregaçar as mangas e trabalhar juntos. "O Outro Lado com Trevor Dashwood" estava uma loucura. A igreja unitariana na esquina seria o local do evento, e Natalie, Cleo e Bertie foram, para alegria de todos, inundados com compras de exemplares na pré-venda e pedidos especiais.

Durante tudo isso, Trevor foi *mesmo* o sr. Maravilhoso, recrutando um exército da editora para ajudar. Seu relações-públicas havia marcado uma entrevista com a *Bay Area Life Magazine*. Haveria um artigo e um vídeo complementar. Uma equipe com repórter, fotógrafo e cinegrafista chegaria à livraria naquela noite.

Natalie ficou de olho no relógio, arrumando a livraria obsessivamente, pensando quais perguntas seriam feitas e torcendo para não acabar soando estranha ou falsa. Trevor chegou cedo com um presente que quase a fez desmaiar de gratidão — uma estilista para ajudá-la a se vestir, fazer o cabelo e a maquiagem.

— Como você sabia? — disse ela, sem conseguir conter um sorriso.

— Um passarinho chamado Bertie me contou. — Trevor o cumprimentou com um aceno de cabeça.

— Bertie e Cleo são maravilhosos — respondeu Natalie, que ficou emocionada por um momento e se virou para os dois. — Eu amo vocês. Quando trabalhava naquela empresa de vinhos, nunca tive colegas de trabalho a quem eu pudesse dizer isso.

A estilista se chamava Shelly e era supermoderna, com um corte de cabelo curtinho assimétrico e uma tatuagem na clavícula. E, ainda melhor, ela tinha um ótimo olho e era muito habilidosa — segundo ela, devido ao tempo que passara nos bastidores dos parques da Disney responsável pela atração das princesas. Ela escolheu uma blusa azul-marinho justa, calça jeans escura e sandálias plataforma — nada chamativo demais para a câmera, explicou ela. Ao ver a caixa de joias de Blythe, ela decidiu vasculhá-la e encontrou uma pulseira verde-limão e brincos de argola dourados.

Natalie ainda não havia examinado o conteúdo da caixa de joias. Embora não fossem valiosas, as bijuterias traziam muitas lembranças. Ao longo dos anos, os admiradores de sua mãe a presentearam com vários acessórios. Ela até se lembrava do cara que dera os brincos. Um tal de Langdon, um poeta com barba que cheirava a cigarro francês. Sua mãe o conheceu quando a editora dele organizou um sarau de poesia na livraria. Natalie estava no ensino médio e ficou no caixa durante o evento. Lembrava de como sentira que era sua noite de sorte, porque um grupo de estudantes da Academia Greenhill aparecera. Havia pouco tempo que Natalie tinha deixado de pensar no sexo oposto como uma forma de vida alienígena. Todo domingo, ela estudava a programação de entretenimento no jornal e sonhava em ir a um show com um garoto, talvez em ter seu primeiro beijo enquanto Counting Crows se apresentava no Slim's.

Os rapazes de aparência certinha e garotas loiras de rabo de cavalo, todos estudantes de Greenhill, a intrigavam. Natalie até chamou a atenção de um dos meninos, um rapaz com dentes perfeitos e um brilho nos olhos. Ele se sentou em uma das cadeiras dobráveis de metal mais para o fundo e deu um tapinha no assento vazio ao seu lado.

Natalie estava se sentindo nas nuvens quando foi se sentar ao lado dele.

— Meu nome é Natalie. Eu trabalho aqui.

— Prescott — respondeu ele, e ela não sabia se esse era seu nome ou sobrenome. As crianças ricas tendiam a ter nomes que pareciam sobrenomes.

— Você gosta de poesia? — perguntou ela.

— Não. Nossa professora de inglês disse que receberíamos ponto extra se viéssemos.

A mãe de Natalie apresentou o poeta, supostamente um dos discípulos mais talentosos de Lawrence Ferlinghetti, o orgulho da região. Ele sem dúvida parecia estar imitando seu mentor com aquela barba e o chapéu coco.

O garoto chamado Prescott começou a fazer anotações em um caderno com uma capa marmorizada. Entre as páginas, havia um folheto da Autoescola do Sr. Lee — era o lugar onde todos aprendiam a dirigir. Todos, tirando Natalie, provavelmente. Apesar de ainda faltarem alguns anos para Natalie poder tirar a carta, Blythe já tinha avisado que não havia sentido em fazer aulas de direção, primeiro porque não tinham carro e segundo porque dirigir na cidade era impossível, de qualquer maneira.

Prescott notou o olhar dela e desenhou um polegar fazendo joinha ao lado da brochura. Então, na margem da página, escreveu: *Qual é seu telefone?*

Natalie quase desmaiou, mas pegou o lápis dele e anotou seu nome e telefone. Quando o autor começou a leitura, o poema parecia bastante sutil, uma coletânea de imagens sobre trens e túneis. Então ela começou a ouvir muitas referências a engrenagens e pistões e uma mulher delineando a boca úmida com batom... e foi aí que as cotoveladas e risadinhas começaram. A maioria dos poemas seguintes tinha metáforas ainda mais óbvias. As bochechas e as orelhas de Natalie pegaram fogo, e ela ficou curvada na cadeira, sentindo-se presa entre a voz alta e áspera do poeta e as risadinhas sufocadas dos alunos do ensino médio. Quando o sujeito recitou um poema sobre uma ida ao zoológico em que viu um gorila comendo um cachorro-quente cru, ela quase morreu de vergonha.

Durante uma pausa na leitura, os adultos mais sérios que estavam sentados na frente da plateia começaram uma discussão e Prescott perguntou em que escola ela estudava.

— Na St. Dymphna's — sussurrou ela. Não tinha tanto prestígio quanto Greenhill. — Talvez eu estude em Greenhill no ensino médio — acrescentou.

Até parece. Se ela pedisse para estudar em Greenhill, sua mãe diria que não tinham dinheiro, que era a resposta dela para quase tudo.

— Você não está no ensino médio? — perguntou Prescott. Ele olhou para o número que ela havia escrito com todo cuidado no caderno. — Talvez eu te ligue daqui a alguns anos, então.

Natalie tentou sumir. Quando isso não deu certo, ela escapuliu discretamente, saindo pelo almoxarifado e subindo os degraus dos fundos do apartamento. O avô e May Lin estavam assistindo a uma série de TV. Quando Blythe apareceu mais tarde, Natalie deu o bote.

— Aquele cara era muito estranho, mãe. Aqueles poemas sobre bater e queimar... Credo.

Sua mãe soltou a gargalhada espalhafatosa que todos amavam. Em vez de tirar os sapatos e as roupas de trabalho, pegou um casaco do armário. O vermelho-cereja bonito da I. Magnin.

— São minhas partes favoritas. Ele não é estranho. Acho ele legal.

Natalie reconheceu o tom de sua mãe. Ela tendia a ficar empolgada quando começava a sair com um cara novo.

— O quê? Você vai sair com ele?

— Vou. — Blythe se inclinou para perto do espelho da entrada e afofou o cabelo. — Assim que passar meu batom.

Ela deu uma piscadela, pegou um batom e pintou a boca oval de vermelho.

— *Mããããe*. — Natalie transformou a palavra em uma queixa prolongada.

— Não se preocupe. Não deve durar muito.

— Feche os olhos e fique parada — instruiu Shelly, a estilista, inclinando o rosto de Natalie na direção da luz. — Vou colocar um pouquinho de delineador, só para dar uma definição.

Natalie fechou os olhos. Como sua mãe havia previsto, o poeta não durara muito, mas ela guardara os brincos de argola. Quando Shelly terminou de arrumá-la, Natalie não pôde deixar de sorrir para a imagem no espelho.

— Uau, você é boa — disse ela.

— Imagina, você já é linda — respondeu Shelly. — Agora vamos lá para baixo. Devem estar prontos para falar com você.

A equipe de filmagem havia organizado uma área de estar acolhedora em frente às prateleiras que iam do chão ao teto. A iluminação dramática destacava a escada de rodinhas da livraria e as gregas no carvalho antigo. Até Sylvia, a gata, tinha aparecido, e estava farejando as coisas.

— Meu coração quase parou agora — disse Trevor quando Natalie ficou sob a luz. — Quero dizer, você é sempre linda, mas...

Houve uma batida na porta. Natalie olhou e viu Peach. O que ele estava fazendo ali depois do expediente? Ela foi destrancar a porta para ele.

— Olá — disse ela. — Pode entrar.

— Esqueci meu detector de metais — explicou Peach.

Ela se afastou para dar passagem.

— Fique à vontade. Estamos trabalhando em uma matéria sobre a sessão de autógrafos deste fim de semana.

Ele a observou de maneira demorada, seu olhar caloroso ao reparar no cabelo e na maquiagem produzidos.

— É? — disse ele. — Você está...

— E aí, cara, é bom ver você de novo. — Trevor Dashwood estendeu a mão.

Peach a apertou.

— Minha filha está ansiosa para a sessão de autógrafos.

— Mal posso esperar para conhecê-la. Dorothy, não é?

A tensão entre os dois era palpável. Natalie não podia vê-la, mas sentia, como dois touros andando em círculos, prestes a se enfrentar. Então Peach deu um passo para trás.

— Está bem, então. Vou pegar minhas coisas e parar de atrapalhar. Boa sorte com a sua... — Ele apontou para a área iluminada. — Até a próxima.

Todos disseram que o artigo e o vídeo complementar ficaram ótimos. Natalie resolveu acreditar neles porque era tímida demais para assistir a um vídeo seu. Além disso, não tinha tempo. O dia do evento foi um turbilhão, e ela teve que se desdobrar entre a livraria e o auditório para cuidar dos últimos preparativos. Natalie estava nervosa e empolgada.

O único ponto negativo do dia era que o avô estava se sentindo mal — de novo — e ia perder o evento. Os médicos ainda não conseguiam entender por que ele não parava de perder peso e estava com dificuldade para respirar.

Quando estava perto da hora do evento, Natalie foi ajudar Bertie e Cleo a montar a caixa registradora no vestíbulo. Algumas pessoas já esperavam do lado de fora. Era uma tarde ensolarada como poucas, em que o sol banhava todo o ambiente em um tom dourado.

— Está quase na hora — disse ela. — Parece um sonho.

— E fiquei sabendo que você tem um encontro com o sr. Darcy depois — disse Cleo. — Lá no Rendez-Vous? — Ela se abanou.

— Não é... Não sei o que é — resmungou Natalie. — Eu mal o conheço.

— É por isso que é um encontro — disse Cleo. — Para você poder conhecê-lo.

— Só tome cuidado — pediu Bertie. — Promete?

— Cuidado? — Natalie se virou para ele. — Você ficou sabendo de alguma coisa?

Bertie balançou a cabeça.

— Nada. É que ele é uma celebridade, então... — Ele deu de ombros. — Quase não dá para descobrir nada além do que sua biografia diz. E ela é tão... cuidadosa.

— Ele cresceu longe da civilização — explicou Natalie. — Aposto que os pais são obcecados por privacidade. Ele é legal, Bertie. Você está se preocupando sem motivos. Mas ele não é... Sei lá, não vejo a gente dando certo. Quer dizer, o cara é um dos escritores mais vendidos do mundo.

— E você é a melhor livreira do mundo e deveria sair com ele, sim — disse Cleo.

— Eu não sou a melhor livreira do mundo — respondeu Natalie. — Mas sou a mais sortuda.

Bertie foi abrir as portas. Várias crianças começaram a entrar com os pais e os avós, ansiosas para ver o autor favorito. Tess e Dominic chegaram com a família completa, dos filhos mais velhos aos mais novos.

— Você está maravilhosa — disse Tess. — Essa calça jeans ficou perfeita. Caramba, mal posso esperar para não estar mais grávida.

— Vá se sentar. Eu... — Natalie viu um rosto familiar de relance e voltou-se para ter certeza. O que *ele* estava fazendo ali? E acompanhado de duas crianças? — Com licença.

Dean Fogarty se aproximou.

— Olá — disse ele. — Fiquei sabendo sobre o evento, então pensei em trazer os gêmeos para verem seu autor favorito.

Ele apontou para uma menina e um menino, que pareciam ter 10 anos.

— Vovô, podemos pegar lugar lá na frente? — perguntou o garoto.

Ele usava uma camisa de futebol e estava com o joelho esfolado. Natalie se lembrou de seu primeiro e último treino de futebol. Aquele que havia sido arruinado quando ela vira Dean com seu filho "de verdade".

— Pode ir, Hunter — disse Dean. — Guarde um lugar para mim.

— Eu não sabia que você já era avô.

— Olha, se for estranho para você eu estar aqui...

— Não é estranho. — Era superestranho. — Eles vão adorar Trevor Dashwood.

— Eles já adoram. — Dean se demorou mais um pouco. — Olha, eu li uma matéria sobre aquele vaso raro que você encontrou na livraria. Impressionante, Natalie.

Ele parecia prestes a dizer mais. O estômago de Natalie ficou tenso. Dean queria ter contato com ela? Será que ela deveria contar que sabia sobre ele ter pagado sua escola?

— Dean, escute — disse ela. — Queria dizer que minha mãe nunca me contou que você pagou minha mensalidade na St. Dymphna's e fez a poupança para minha faculdade. Só descobri depois que ela morreu.

— Deixei a decisão para Blythe — explicou ele.

— Foi… uma surpresa. E foi correto da sua parte. Fico muito agradecida, Dean. — Ela estendeu a mão.

Ele a apertou. A dele era quente, e envolvia a dela.

— Obrigado. Sabe, eu era apaixonado por Blythe. Quando ela me contou que estava grávida, quis deixar minha esposa e meus filhos para ficar com sua mãe. Ela é que não deixou.

A vida de Natalie teria sido completamente diferente. A imagem que tinha dos homens fora moldada pela ausência de Dean.

Agora ela percebia que ele mantivera distância em respeito a sua mãe.

— Minha mãe fez uma escolha difícil — disse ela a Dean, lembrando-se da conversa com Frieda. A mãe dela se apaixonava, mas era sempre passageiro.

— Fez mesmo. — Dean soltou a mão dela. — Sempre me arrependo de ter colocado ela nessa posição.

Natalie deu um passo para trás. Só conseguia pensar em como Dean havia partido o coração de sua mãe tantos anos atrás e a deixado sozinha. Ele criou vários filhos com a esposa que traíra e agora tinha netos.

Minha mãe deveria ter tido netos, pensou Natalie. Para isso, é claro, sua filha teria que ter vencido sua relutância em se casar. Que confusão. Não era de admirar que Natalie não tivesse ideia de como formar uma família em que pudesse confiar. Ela jamais teve um relacionamento que servisse de exemplo, então acabava com caras como Rick e Trevor. Caras superlegais por quem ela não conseguia se apaixonar. Será que sua dificuldade de confiar nas pessoas tinha começado com Dean? Será que ele tinha tanto poder sobre ela?

— Bem, preciso voltar ao trabalho — disse Natalie, afastando-se. — Espero que as crianças gostem.

— Oi, Natalie! — Uma voz aguda interrompeu seus pensamentos. Dorothy correu até ela, puxando Peach pela mão.

— Dorothy! Bem-vinda à sessão de autógrafos de Trevor Dashwood. Seus assentos estão na ala VIP. Primeira fila, mocinha. — Natalie apontou para as portas do auditório.

— Oba! Mal posso esperar.

Dorothy estava uma graça com tranças, legging de arco-íris por baixo da saia godê e uma blusa com um busto de Jano — a ilustração da capa de um dos livros de Trevor.

Natalie fez contato visual com Peach, depois desviou o olhar rapidamente, sentindo as bochechas corarem. Aquele beijo. Aquele maldito beijo lhe dera energia por dias. Aquele momento no jardim noturno transformara Peach de impossível para uma opção tênue... para a qual não estava preparada.

— Oi — disse ele.

— Oi — respondeu ela.

— O evento está impressionante, Natalie.

— Obrigada.

— Seu avô veio? Tenho sentido falta de vê-lo sempre.

Natalie balançou a cabeça.

— Ele não tem se sentido muito bem.

— Lamento ouvir isso. Acha que ele toparia uma visita um dia desses?

— Claro. Ele adoraria ver você.

— Vamos lá, pai. — Dorothy puxou a manga da camisa de Peach. — Somos VIPs. Quer dizer que somos pessoas muito importantes. Vamos lá! — Ela o arrastou em direção ao auditório que se enchia rapidamente.

Natalie foi até os bastidores, onde Shelly retocou sua maquiagem e o cabelo. Era surreal que ela tivesse uma pessoa para cuidar de seu visual. Shelly também havia escolhido as roupas de Natalie para aquele dia — calça jeans e tênis branco, uma camiseta branca e um cachecol de seda cor de arco-íris. Um visual apropriado para o público infantil, explicara Shelly. Divertido e acessível. Era algo que Blythe poderia ter vestido, e Natalie se sentia uma impostora com o figurino, mas confiava na estilista.

O palco tinha sido preparado com três bancos e uma pequena mesa com garrafas de água. Ao fundo, havia um biombo decorado com os títulos e as artes de capa dos livros de Trevor.

Enquanto se preparava para subir ao palco, a boca de Natalie ficou seca e sua garganta apertou. Ao olhar para os números vermelhos em um relógio digital, viu que tinha exatamente um minuto para se recompor. O zum-zum-zum no grande auditório aumentou. Trevor apareceu atrás dela e apoiou as mãos nos ombros de Natalie.

— Eu também ficava nervoso.

— Eu estou sendo ridícula, eu sei.

— Claro que não. E tem mais. Eu costumava dizer a mim mesmo que era só um auditório cheio de crianças. Por que um adulto ficaria intimidado por um bando de crianças, não é mesmo? Porém, isso não ajudou em nada. Um público de crianças é tão difícil quanto um público de adultos. E mais inquieto.

— Isso não está ajudando — sussurrou ela.

— Eu sei. Nada ajuda. — Trevor apertou os ombros dela. — Nós só precisamos aguentar firme. E, aliás, você está linda e estou muito animado para o jantar hoje à noite.

— E você é bom demais para ser verdade.

Ele soltou os ombros de Natalie e a empurrou de leve em direção ao palco.

— Vou lembrar que você disse isso.

As luzes do palco se acenderam e a iluminação do auditório diminuiu, provocando uma nova onda de ruído da plateia, seguida pelo silêncio.

Natalie se lembrou da mãe ao longo dos anos, caminhando com confiança até o pódio da livraria para apresentar um convidado de honra. Ela era tão sofisticada, desenvolta e espirituosa, sempre capaz de preparar a multidão. *Seja como mamãe*, disse a si mesma, passando as mãos pelo cachecol brilhante.

Natalie se lembrou de quando esteve em um pódio diante dos demais funcionários da Pinnacle, o peito úmido por causa do vinho que a colega de trabalho havia derramado em sua roupa impecável. Um desastre acontecera naquele dia. Ela estava se preparando para um desastre agora.

Natalie deu um passo à frente, o que foi um pouco como pular de um penhasco, mas de alguma forma suas pernas a conduziram até o centro do palco.

— Meu nome é Natalie Harper e estou muito empolgada com os livros da coleção Outro Lado — disse ela. — Quem aqui também está?

Aplausos e gritos. Bater de pés. Ela esperou o barulho diminuir e continuou.

— Foi o que pensei. Obrigada por apoiarem a Livraria dos Achados e Perdidos, que nasceu aqui em São Francisco.

Ouviu aplausos leves, principalmente dos adultos sendo educados.

— Mas vocês não vieram aqui para isso — reconheceu Natalie. — Vocês vieram ver o autor favorito dos Estados Unidos, Trevor Dashwood.

Muitos aplausos.

— Algumas palavrinhas rápidas sobre Trevor. Ele mostrou ao mundo que tudo tem um outro lado. Toda história tem um outro lado. Não importa qual for a situação, Trevor sempre consegue ver o outro lado e transformá-lo em uma história. Seus livros ganharam prêmios e foram publicados pelo mundo todo. Mas nós o amamos pelas histórias que conta. Então, por favor, uma salva de palmas para o sr. Trevor Dashwood.

Os aplausos e gritos abafaram tudo, até mesmo o medo que Natalie sentia de estar no palco. Câmeras foram apontadas para ela, e blogueiros e membros da imprensa local chegaram mais perto, fazendo anotações. Ela provavelmente desmaiaria de alívio mais tarde, mas naquele momento ficou de pé sorrindo enquanto Trevor se aproximava do meio do palco a passos largos. Ele tinha um talento natural para falar em público, estava bem à vontade e vestido como o cara mais descolado do pedaço, inclusive com um boné de beisebol com o logotipo de uma lagarta.

Natalie estendeu a mão para cumprimentá-lo. Trevor segurou a mão dela, mas, em vez de apertá-la, curvou-se rapidamente diante dela e então fez Natalie girar como uma dançarina enquanto os aplausos continuavam.

Trevor continuou a segurar a mão dela e esperou uma pausa nos aplausos.

— Espere um pouquinho — disse ele a Natalie. — Quero que todos aqui hoje saibam quem é essa moça simpática. Ela é livreira. Uma mercadora de sonhos. A melhor amiga de um escritor. Vejam bem, um livreiro é o elo que leva as histórias que contamos até os leitores. Sem isso, uma história não tem como viver fora da imaginação do escritor.

Como um apresentador experiente, Trevor tirou o boné e o recolocou virado para trás. Uma borboleta presa por um fio de nylon se soltou e flutuou em volta de sua cabeça. Murmúrios deliciados percorreram a plateia.

— Eu não conheço vocês — disse Trevor —, mas quando vejo alguém lendo um livro que amo, automaticamente considero a pessoa minha amiga. Então, se você está aqui por causa dos meus livros, está entre amigos. Eu fui uma criança bastante solitária. Aí vieram os livros. Sabem o que é ensino domiciliar? — perguntou ele. Como muitas mãos se levantaram, ele prosseguiu: — Como fui educado em casa, uma ida à livraria para mim era mais do que um simples passeio para fazer compras. Era um lugar onde eu me sentia seguro e podia aprender e fazer o que eu mais amo no mundo: ler. — Trevor gesticulou para a plateia. — Vocês estão fazendo uma coisa boa ao virem aqui hoje. Não só para mim, mas para esta livraria, que é um tesouro do bairro há décadas.

— Obrigada — disse Natalie, sorrindo. — Isso foi lindo.

Ele ofereceu outra reverência com um floreio e deixou o boné de lado.

— Ok, crianças. A parte sentimental chata acabou. Vamos nos divertir!

Natalie ficou grata por poder deixar o palco. Desceu uma escada lateral no palco e se acomodou em um assento da ponta da primeira fila.

— Bom trabalho — sussurrou Bertie, inclinando-se para Natalie.

Ela virou para trás para olhar o auditório lotado.

— Queria tanto que minha mãe estivesse aqui para ver isso.

Bertie deu um tapinha na mão dela.

— Quem sabe? Talvez ela esteja.

— Tomar a frente da livraria é a coisa mais difícil que já fiz, e estou amando mesmo assim.

Natalie mordeu o lábio e prestou atenção no palco. Nunca pararia de se incomodar com a ausência da mãe. Talvez a questão não fosse superar a morte, mas viver com ela. *É tão difícil*, disse ela à mãe. *E isso quer dizer que você era importante.*

Trevor contou uma história engraçada sobre si mesmo, fazendo uma brincadeira com o tema do outro lado. *O outro lado da escola é o ensino domiciliar. O outro lado de ser filho único é ter um irmão. O outro lado da vida na cidade é a vida selvagem.* Ele pintou uma imagem encantadora de seu eu passado, um menino que cresceu isolado do resto do mundo, com livros como companheiros e uma imaginação fértil que especulava sobre como as outras crianças viviam.

— Ele está atuando — sussurrou Bertie após uma piada que provocou risadas.

Natalie franziu a testa.

— Como assim?

— Ele está atuando. Dá para ver.

— O cara faz essas apresentações o tempo todo. Claro que está atuando.

— Sim, mas tem algo a mais... é uma coisa sutil. Como se não estivesse contando a própria história.

— Bem, a julgar pelas reações das crianças, está funcionando bem.

Então Trevor mudou o ritmo, chamando duas crianças — selecionadas previamente por sua equipe — para o palco, cada uma representando uma visão oposta. Irmão e irmã. Cão e gato. Gordo e magro. Para o deleite do público, Trevor sugeria uma situação e deixava as crianças dramatizarem a história. Natalie se inclinou e olhou para Dorothy e Peach, que estavam sentados no meio da fileira. A garotinha olhava Trevor com toda a atenção, completamente concentrada na performance. Peach olhava o celular com o canto do olho.

Quando Trevor chamou Dorothy ao palco, ela estava radiante ao subir e se empoleirar em um dos bancos. Natalie se inclinou para a frente e fez contato visual com Peach, dando-lhe um sinal de positivo com o polegar. Ele guardou o telefone e voltou a prestar atenção no palco. A expressão de orgulho no rosto dele a fez sorrir.

A outra garota, chamada Mara, já estava lá, mas era tão tímida que literalmente não conseguia falar.

— Tudo bem — disse Trevor com naturalidade. — Mais tarde voltamos a você, talvez a gente consiga transformar esse seu silêncio em barulho.

Então ele se virou para Dorothy.

— Qual é sua história? — perguntou Trevor. — Me dê uma ideia, qualquer coisa que você esteja pensando. Qualquer coisa mesmo.

— É meio difícil — respondeu Dorothy, a voz estridente de nervosismo.

— É mesmo — concordou Trevor. — Mas sabe de uma coisa? As melhores ideias são aquelas que vêm do coração, não da sua cabeça. São ideias que fazem a gente sentir alguma coisa forte.

— Ah! Hã...

Ela olhou de um lado para o outro.

— Algo grande. Não pense, apenas fale — reforçou Trevor. — Pense grande.

— Odeio o divórcio dos meus pais!

Houve uma pausa, um vazio repentino seguido de um silêncio incerto. Algumas pessoas se remexeram em seus assentos. Tossiram. Então Trevor disse:

— Muito bem. É exatamente disso que estou falando, Dorothy. Uma grande ideia que provoca sentimentos fortes. Quer dizer então que você odeia o divórcio dos seus pais.

Dorothy estava de olhos fixos no colo e mal assentiu com a cabeça.

— Aposto que muitas crianças se sentem assim — acrescentou Trevor.

Natalie olhou para Peach. Ele estava imóvel, como se a admissão nua e crua de sua filha o tivesse transformado em pedra. Então ela notou que uma das mãos dele estava tremendo.

— Parece horrível mesmo — disse Trevor. — Agora vamos ver como a história funciona. Qual é o outro lado de odiar esse divórcio?

Dorothy chutou os degraus do banquinho, as bochechas ficando vermelhas.

— Desculpe. Eu não devia...

— *Devia*, sim. Com certeza. Vou dizer uma coisa. Não dá para evitar o que a gente sente, nem há certo ou errado quando se trata de sentimentos. Eles simplesmente existem. Então, será que há um outro lado nessa história?

Ela deu de ombros, erguendo-os tanto que quase chegaram aos ouvidos.

— Mas sempre há um outro lado. Veja, se eu estivesse escrevendo essa história, pensaria nas coisas de que mais gosto no divórcio. Como... ter duas casas diferentes onde morar. Dois quartos para bagunçar! Não é?

Dorothy ergueu o olhar para ele e assentiu de leve com a cabeça.

— Você já teve duas festas de aniversário? Uma com sua mãe e outra com seu pai?

— Já — disse ela. — E dois Natais.

— Isso aí — elogiou Trevor. — Você está encontrando coisas que não odeia no divórcio. Vamos pensar em outra palavra para isso. Divórcio é uma daquelas palavras de que ninguém gosta. Nós podemos fazer isso, sabia? Pensar em uma nova palavra para uma palavra de que não gostamos. — Ele se virou para a plateia. — E aí? Alguém tem alguma ideia?

Cada vez mais alto, as crianças começaram a sugerir palavras sem sentido. *Dinada. Pré-Não. Divorsificação. Loucórcio. Disbobeira.* Em poucos minutos, a plateia começou a rir e, finalmente, Dorothy sucumbiu às gargalhadas.

— Minha mãe, uma senhora muito inteligente, costumava me dizer que eu não gostaria de várias coisas na vida, mas que isso não era motivo para deixar de gostar da vida — concluiu Trevor. — Quero pedir uma coisa, Dorothy. Quando chegar em casa, escreva dez coisas de que goste muito. Pode ser?

A menina assentiu, agora com sua animação de sempre. Natalie olhou para Peach. A mão dele tinha parado de tremer.

— E você, Mara? — Trevor voltou sua atenção para a garota tímida. Ela estivera observando a conversa entre ele e Dorothy com uma expressão horrorizada que aos poucos se transformara em fascínio. — Pronta para falar sobre histórias? Diga o que está pensando e faremos uma história juntos.

A garota murmurou alguma coisa. Trevor segurou o microfone mais perto dela.

— Fale um pouco mais alto, porque é uma boa.

— Eu não sei nadar — disse a menina, com a voz aguda e um pouco trêmula.

Em instantes, Trevor estava conduzindo o público por uma história excêntrica, parecendo se divertir com a participação estridente das crianças. Ele manteve os ouvintes entretidos, e no fim houve aquela correria para tirar fotos com ele.

Dorothy estava toda sorridente na hora de posar para uma foto com Trevor, segurando seu livro. Ele havia sido gentil, mas será que houvera também uma pitada de oportunismo? Porém, não havia como contestar o prazer nos olhos de Dorothy. Trevor era um profissional. Ele sabia o que estava fazendo.

Na hora de se despedirem, Trevor e Peach apertaram as mãos.

— Obrigado por suavizar aquela situação no palco — disse Peach.

— Sem problemas. As crianças sempre encontram um jeito de dizer a verdade.

21

— *V*ocê está muito quieta. — O comentário de Trevor interrompeu os pensamentos de Natalie.

Sentada no banco do carona do belo carro elétrico de Trevor, ela se virou para olhá-lo. Após a sessão de autógrafos, Natalie tinha posto um vestido com calça legging e um xale de cashmere que sua mãe usara por anos. Parecia apropriado estar envolta no xale de Blythe depois do evento mais bem-sucedido da livraria.

— Estou olhando a paisagem — respondeu ela.

O sol estava se pondo sobre as colinas de Napa, criando uma paisagem tão deslumbrante que quase não parecia real, mas sim uma cena perfeita idealizada por um artista. Os cimos arredondados e os vales sombreados formavam um berço para as nuvens de algodão-doce acima do horizonte ondulado.

— Eu amo essa região do vinho — disse Trevor. — Fico feliz por podermos dividir isso hoje à noite.

— É realmente muito linda — concordou Natalie, relaxando no banco de couro luxuoso.

Cada vinícola pela qual passavam tinha um charme próprio. Algumas eram construções arquitetônicas ultramodernas. Outras eram rústicas e singulares, e algumas eram tão grandiosas quanto as da Europa. Sua mãe havia organizado uma seção na livraria sobre a região vinícola. Ela costumava dizer que era muito melhor do que enfrentar o trânsito para visitar uma pessoalmente.

— Mas você não ama a região — observou Trevor, descansando o pulso na parte de cima do volante. Eles deslizaram por uma colina, com a grama escura coberta pelas sombras da tarde e a névoa se acumulando nos vales.

— Eu… — Natalie fez uma pausa. — Quando trabalhava em Sonoma, nunca consegui me ligar de verdade à área. É linda, mas nunca me senti em casa… Não é igual ao que sinto quando estou em São Francisco.

— Então a cidade é onde você se sente em casa — concluiu ele.

Ela abriu um pequeno sorriso.

— O trânsito é péssimo e o custo de vida é alto, mas ainda é meu mundo. Todas as lembranças que tenho da minha mãe estão ligadas à cidade. Quando estou lá, me sinto mais perto dela.

— Conte-me sobre ela — pediu Trevor. — Uma lembrança favorita.

Eram tantas, Natalie pensou, vívidas como se fosse ontem. A paisagem da janela foi substituída pelas recordações, e ela as descreveu para Trevor. Antes do início de cada ano escolar, ela e a mãe faziam sua visita anual à I. Magnin na Union Square. O salão principal grandioso, os expositores de vidro, os tetos dourados e os lustres de cristal Lalique impediam que Natalie se encantasse com qualquer outra loja de departamento. O deslumbrante banheiro feminino de mármore era um passeio por si só, e na época de vacas gordas elas paravam no café para comer uma salada de caranguejo. Em tempos mais difíceis, pediam batata frita no Kerry's e iam ao Musée Mécanique, repleto de brinquedos mecânicos assustadores. Sempre tinham um trocado para os músicos e artistas de rua por onde passavam. Embora a mãe não tivesse carro, às vezes pegava um emprestado quando os Blue Angels, o Esquadrão de Demonstração Aérea da Marinha, estavam ensaiando. Quando a formação de jatos perfeita se aproximava para pousar no Campo Moffett, o trânsito ficava completamente concentrado naquela região.

Natalie balançou a cabeça, percebendo que se afastara para o passado. Ela odiava lembrar que agora só lhe restavam lembranças.

— Desculpe por ficar falando sem parar — disse ela a Trevor.

— Eu gosto de ouvir você falar sobre sua mãe.

— Aproveite sua mãe enquanto pode — aconselhou Natalie.

— Pode deixar, ela é bem presente na minha vida. Acho que chegamos. — Trevor virou o carro depois de uma placa com pouca luz indicando o prédio coberto de videiras. — Estou doido para mostrar este lugar para você.

Um manobrista levou o carro, e eles foram conduzidos pelo belo salão de jantar até um canto com vista para uma horta urbana.

— Este lugar é lindo — disse Natalie, sentando-se no sofá meia-lua estofado de veludo. — Maravilhoso.

Tudo ali exalava um luxo discreto e de bom gosto.

— Que bom — respondeu ele. — Você merece ficar maravilhada.

— Eu sempre quis vir aqui — confessou ela. — Infelizmente, teria que vender um rim para pagar a conta.

Trevor riu.

— Nesse caso, fico feliz em salvá-la da automutilação.

A sommelière apareceu com um champanhe rosa em taças de cristal, que ela serviu com um floreio.

— À Livraria dos Achados e Perdidos — brindou Trevor. — Obrigado por me receber hoje.

— Obrigada por trazer vida à livraria — disse ela.

Eles tocaram as taças e beberam um gole. Era como estar no céu, com bolhas.

— O prazer foi todo meu — disse Trevor. — E um obrigado à pequena Dorothy Gallagher por nos reunir. Ela fez tudo isso acontecer.

— É verdade. — A menção a Dorothy fez Natalie pensar em Peach, e pensar em Peach enquanto tomava champanhe com Trevor a fez se sentir culpada. E se sentir culpada era irracional. Por que ela se sentia culpada? — Aquela hora em que ela deixou escapar que odeia o divórcio dos pais... Você contornou a situação muito bem.

Natalie visualizou o rosto de Peach, a mão cerrada no braço do assento, sua agonia silenciosa e impotente.

— Você achou?

— Com certeza. Você pensa rápido.

— Obrigado. Não importa quantas crianças eu conheça, alguma sempre consegue me pegar desprevenido. Quando você passa muito tempo com elas, nunca sabe o que vai ouvir.

— Você lidou perfeitamente com a situação. Você levou a sério o que ela disse, mas também a fez rir.

— Duvido eu que tenha feito ela gostar mais do divórcio dos pais. É tão difícil para as crianças. Fiquei tentado a dizer que o outro lado do divórcio teria sido os pais dela continuarem juntos e tentarem salvar a relação por mais algumas décadas, mas achei melhor não.

Um garçom apareceu com um canapé. O garçom demorou mais tempo para explicar o pequeno aperitivo de abalone defumado artesanalmente com pesto de urtiga em um chip de waffle rústico do que Natalie e Trevor para comê-lo. Ainda assim, estava delicioso.

— Então — disse Trevor, saboreando o vinho seguinte. — Acha que o paciente vai sobreviver?

Natalie franziu a testa.

— Ah. Você está falando da livraria.

Agora que entendia o estado das finanças de sua mãe, precisaria estabelecer prioridades. Uma sessão de autógrafos com um autor muito popular fora muito bem-vinda, mas não seria suficiente para tirar a livraria do buraco. Ela abriu um sorriso cheio de esperança. O sucesso do evento daquela noite dava motivo para sorrir, com certeza.

— Você caiu do céu — disse Natalie.

O rosto de Trevor se iluminou com prazer. *Ele é realmente deslumbrante*, ela pensou. Era uma sensação diferente, estar com alguém que era tão completamente *tudo* — gentil e inteligente, bonito e engraçado. Trevor parecia focado não só em ajudá-la, mas em mimá-la.

— Você sempre é legal assim? — Natalie deixou a pergunta escapar.

Trevor riu, e sua risada era tão encantadora quanto o resto dele.

— Vai por mim, às vezes sou um babaca. Mas não agora. A verdade é que estou muito a fim de você, Natalie Harper.

Ela riu também.

— É mesmo?

— O que estou tentando dizer, de uma maneira bem imatura, é que gosto de você. E é ótimo. Não conheço ninguém especial há algum tempo, e quando você apareceu, meu coração quase explodiu.

Ela ficou chocada demais para responder.

— Eu não sei o que responder. — Finalmente conseguiu falar.

— Basta dizer que está animada para esta refeição incrível.

— Pode acreditar, eu estou — disse ela.

Trevor era perfeito. Rick também era. *Ela* é que tinha problemas. Natalie ainda estava processando isso quando o jantar começou de verdade. Os garçons de treinamento impecável fizeram da refeição uma experiência perfeita. Um por um, eles trouxeram os nove pratos do menu degustação, harmonizados com vinhos diferentes, como um desfile de deleites. Havia cogumelos e ervas exóticos dos quais nunca tinha ouvido falar, além de queijos cremosos e produtos locais, e até uma seleção de sais exóticos de vários lugares do mundo apresentados com toda a pompa em uma caixa.

— É a melhor refeição de minha vida. Sério.

— Que bom que gostou. Eu queria impressionar você.

— Foram duas horas de pura extravagância — disse ela.

Trevor se recostou e deu um tapinha no estômago.

— Deus abençoe a graspa — brincou ele, tomando um pequeno gole da bebida transparente.

A sommelière lhes dera uma aula sobre as qualidades digestivas da graspa, um humilde licor feito de algo chamado bagaço.

— Ou seja, o que sobra depois que o suco é extraído das uvas — explicou Natalie. — Nunca foi um sucesso de vendas na empresa onde eu trabalhava, mas tem seus fãs.

— *Cin cin*, como dizem na Itália — disse ele.

— Bem, obrigada mais uma vez — respondeu ela, relaxando em uma embriaguez confortável. — Pelo evento de hoje, pelo passeio de carro maravilhoso pelo campo... por tudo.

Trevor pegou a mão dela e a trouxe até os lábios.

— Tenho boas e más notícias.

— É? — Ela estudou as costas da mão onde ele a havia beijado.

— A má notícia é que acabei de tomar nove tipos de vinho diferentes e não estou em condições de dirigir. A boa notícia é que reservei uma suíte.

— É? — repetiu ela. Não era bem uma pergunta.

Ele sorriu e estendeu a mão para tocar seu ombro de maneira delicada.

— Não vá dar uma de sabina agora. É uma suíte de dois quartos.

Natalie corou e riu baixinho.

— Estou impressionada com a referência às sabinas.

— Eu me lembro de ter visto em um livro de história da arte. Quando eu tinha 12 anos, esses livros eram minha *Playboy*. "O rapto das sabinas" ocupava duas páginas na *Enciclopédia da Roma Antiga*. Eu não conseguia parar de olhar para aquele monte de peitos.

— Então, como você era quando tinha 12 anos?

— Você quer dizer, além de obcecado por peitos? — Ele riu. — Era como Huckleberry Finn, mas sem o cachimbo. Sem TV ou videogame. Sem internet. Não dava valor a isso na época, mas realmente tive uma infância mágica, cheia de livros e natureza.

— Seus pais deveriam escrever um manual sobre educação dos filhos. Como criar seu filho sem tecnologia. Seria um best-seller.

— Ah, você tem alma de livreira. — Ele terminou sua graspa. — Vamos para a suíte, então?

Natalie sentiu uma onda de pânico.

Trevor segurou a mão dela e a ajudou a se levantar.

— Você está se deixando levar pela sua sabina interior de novo.

— Não estou.

Ela continuou a segurar a mão dele enquanto passeavam pelos jardins iluminados por tochas, caminhando em direção à pousada adjacente ao restaurante. A noite estava fria, e ela se lembrou do jardim noturno com Peach. *Vá embora*, Natalie disse a ele.

A pousada se chamava L'Auberge Magnifique, uma mansão vitoriana com uma varanda que circundava a construção como um sorriso de dentes brancos. Dentro havia muita chita floral e babados, papel de parede com rosas e móveis de madeira esculpida.

— Eles não adotaram a estética minimalista — sussurrou Trevor.

Foram levados a uma suíte que se chamava O Salão.

Natalie não pôde deixar de citar:

— "Queres vir ao meu salão?"

E Trevor completou:

— "... a aranha veio à mosca convidar."

Natalie começou a rir quando ele a abraçou e a apertou contra o peito. Ainda rindo, ela o olhou e eles se beijaram.

— Escute — disse Trevor, sussurrando no ouvido dela —, eu gostaria de fazer mais do que um simples beijo. Poderia passar a noite inteira beijando você, mas só se você quiser, Natalie. Prometo que serei um cavalheiro. Quero fazer isso direito.

— Você não me parece uma pessoa que comete muitos erros.

— Adoro que você pense assim e odeio que você esteja errada.

Ela deu um passo para trás.

— Você é bom demais para ser verdade. Você sabe disso, certo?
— Eu sei que não é verdade — disse ele.
— Bertie acha que você está atuando.
— Como assim?
— Como... um ator.
— Eu não sou bom demais para ser verdade. E com certeza não sou um ator. Já cometi muitos erros e tive muita sorte na vida. E agora sou só um cara. Um cara que gosta muito de você. Espero que isso não seja um problema.

— Tiramos cara ou coroa para ver quem ia ficar com a cama grande — contou Natalie a Cleo no dia seguinte.

Aos domingos, a livraria era aberta às onze da manhã, e as duas estavam cuidando dos preparativos. Trevor a levara de volta cedo para que Natalie pudesse ver como o avô estava. Ela lhe dera um beijo demorado de despedida, cheio de desejo... e confusão. Por que ela não estava mergulhando de cabeça em uma relação com aquele homem incrível?

No momento em que Cleo chegou, ela começou o interrogatório, querendo detalhes.

— O quê? Cara ou coroa? — Cleo deu um pequeno empurrão no ombro dela. — Não acredito.

Natalie riu, arrumando uma pilha de livros que Trevor havia autografado no dia anterior.

— É sério. Era uma cama de dossel cheia de almofadas. E muito rosa. Muito macia. A cama no outro quarto estava mais para um sofá-cama. Não era tão grande e luxuosa. Foi onde ele dormiu, porque ganhei no cara ou coroa.

— Mas... Trevor Dashwood.

— Eu sei. A noite toda foi incrível. Ontem... ainda não estava na hora, sabe? Nós tínhamos bebido muito e estávamos meio cheios do jantar. Estamos bem no comecinho e nos conhecendo ainda, Cleo. Tudo é muito novo.

— Essa é a melhor hora para dormir com a outra pessoa — apontou Cleo. — Para ver se existe alguma coisa ou não.

— Vou considerar — disse Natalie.

Ela entrou no escritório dos fundos para cuidar do inventário e da contabilidade. Graças ao evento de Trevor, aquele seria o melhor mês da história da livraria. Natalie tinha esperanças de que fosse o início de tempos melhores. Ela estudou os documentos de consolidação de dívidas, perguntando-se se sua mãe havia entendido o que estava assinando. Natalie tinha uma reunião com o banco e com um consultor tributário para criar um plano e resolver o que era possível. Não queria pressionar o avô para vender tudo e se mudar dali, mas, a menos que um milagre acontecesse, estavam caminhando para isso. Agora havia um fio de esperança, e Natalie se agarrou a ele até os dedos doerem.

Chegou uma caixa pelo correio, uma distração bem-vinda. Os diários de Colleen haviam sido arquivados por um profissional, e a Associação do Patrimônio estava catalogando os originais. A caixa continha cópias fac-símiles organizadas para Natalie e o avô lerem.

Encontrar as medalhas de guerra tinha sido curioso. Descobrir o vaso antigo fora muito empolgante. Mas as cartas e os desenhos de Colleen podiam mudar sua vida e ser uma janela para a história de sua família.

Natalie provavelmente nunca saberia se sua mãe havia percebido quanto aquele material era importante, nem como tinha acabado escondido, sem ser lido ou manuseado por gerações, ao que parecia.

Querendo uma folga do século XXI, Natalie foi atrás do avô. Ele estava do lado de fora, no pequeno jardim dos fundos, acomodado em sua poltrona de vime com um cobertor de lã, de luvas com os dedos de fora, virando as páginas de seu livro. Ele parecia não conseguir se livrar dos sintomas que tanto intrigavam sua equipe médica, principalmente o cansaço e a falta de apetite.

Vê-lo entre as folhas amarelas, as rosas vermelho-cereja caídas e as malva-rosas desbotadas soltando sementes ao longo do muro do jardim encheu o coração de Natalie de felicidade. Naquele momento, entendeu por que a mãe havia sido tão irresponsável financeiramente, fazendo tudo para cuidar daquele senhor tão amado.

— O que o senhor está lendo? — perguntou ela.

— Um livro maravilhoso.

Ele o ergueu para que Natalie pudesse ver a capa. *Mortais*, de Atul Gawande.

O livro sempre tivera boas vendas na livraria, uma reflexão sobre viver com alegria mesmo no fim da vida. Mesmo quando não havia mais o que fazer do ponto de vista médico.

— E por que o senhor está gostando tanto?

— Porque é honesto. Eu entendo, na maior parte do tempo, o que está acontecendo comigo.

Natalie se sentou na ponta da espreguiçadeira e descansou as mãos no cobertor.

— Ai, vovô. Isso... O senhor está com medo?

Ele hesitou.

— Às vezes, quando a confusão é muito grande e não sei mais o que é real e o que não é.

— Eu sinto muito. Como posso ajudar?

— Eu poder estar aqui, no meu lugar no mundo... essa é a ajuda de que preciso. — Andrew apontou para o jardim. — Foi aqui que brinquei quando menino. Onde vivi com Blythe e fiz um balanço para você quando ainda era uma garotinha. Onde eu costumava ficar sentado de mãos dadas com May Lin. E agora é onde passo meu tempo lendo um livro, aproveitando o sol do outono. — Ele pôs a mão por cima da dela. — Me ajude a lembrar das coisas importantes. Não quero esquecer todo o amor que tive na vida.

— Se o senhor esquecer, eu lembrarei por você. — Natalie tentou falar em tom leve, forçando as palavras a passarem pelo aperto na garganta. — E agora, temos isso. — Ela pegou a caixa e abriu a tampa.— As cópias digitalizadas chegaram. Pensei que podíamos ler a história de Colleen juntos.

— Eu adoraria — respondeu ele. — Mas você vai ter que ler. Acho a letra dela um pouco difícil de decifrar.

— Eu também — disse ela. — Mas vou tentar. O arquivista colocou as coisas na ordem que considerou cronológica.

Andrew acomodou os pés em cima da espreguiçadeira e se recostou de novo.

— Então vamos começar.

Parte Cinco

Tente ser conspicuamente exato em tudo, imagens e texto. A verdade não só é mais estranha que a ficção como também é mais interessante.

— WILLIAM RANDOLPH HEARST

22

Meu nome é Colleen O'Rourke. Tenho 15 anos e estou sozinha no mundo. Este é um registro dos meus dias, conforme os vivo. No ano da graça de Nosso Senhor Jesus Cristo de 1887, mamãe perdeu outro bebê depois do Dia de São Miguel, e Declan fez seus votos, e papai voltou para casa da oficina de cordas trazendo más notícias. Ele perdeu o trabalho. Estávamos fadados à fome. Ficou decidido que iríamos para os Estados Unidos — papai e mamãe e meus dois irmãozinhos, Tristan e Liam. A organização de papai, o Clã na Gael, tinha um grupo em São Francisco chamado Cavaleiros do Ramo Vermelho. Era para lá que iríamos.

Ouvimos tantas histórias, de uma terra que emana leite e mel, muitas delas falsas, como estou descobrindo.

Graças ao treinamento de papai como marujo, ele poderia pagar com seu suor uma travessia para Nova York pelo Mary Dare, e fizemos a viagem, que acabou sendo traiçoeira.

Estávamos em alto-mar quando uma febre levou todos eles. Mamãe deu o último suspiro em um domingo. Por causa do contágio, o descanso dos mortos era no mar, uma provação que se repetia dia após dia entre os passageiros. Em uma mortalha de nevoeiro, mamãe foi jogada às águas como um saco de lastro, afundando nas colinas verde-acinzentadas das ondas que se moviam com vento como em um campo de cevada.

Quando os meninos adoeceram e também sucumbiram à febre, eu estava tão arrasada por dentro que nem pude esbravejar contra o destino que os levou. Papai ia e voltava de sonhos febris e, no fim, olhou para mim e me chamou pelo nome. Disse que eu era um tesouro e desejou que o mundo fosse bom comigo. Enquanto o mar agitado o engolia, não só fiquei arrasada por dentro, mas completamente oca, como se tudo tivesse sido arrancado de mim, me deixando uma casca vazia.

Ocorreu-me, quando eu estava no parapeito do navio, que eu poderia segui-los para o próximo mundo, o paraíso prometido em nosso catecismo. Um mergulho nas profundezas geladas, um segundo batismo breve e brutal, seguido de abençoado oblívio.

Naquele momento, um imenso vazio me oferecia mais conforto e consolo do que a vida sozinha em um mundo novo e estranho. Não tenho palavras para expressar a tristeza que se afundou em minha espinha, minha querida família arrancada de mim para sempre. Nunca mais haveria de sentir o afagar de mamãe em minha bochecha ou haveria de ouvir papai assobiar enquanto afiava o cortador para o dia de trabalho. Nunca mais haveria de ouvir as escaramuças e risadas dos meninos.

Na cidade de Nova York, um bom samaritano me levou até a estação ferroviária e usei as passagens dadas pelo Ramo Vermelho. A jornada por aquela terra ampla e assustadora durou dias. Enquanto estava a bordo, tive a sorte de conhecer a srta. Josie Mendoza, que tem uma pensão na cidade de São Francisco. Como não sabe ler nem escrever muito bem, pediu minha ajuda com seus papéis e para ler as notícias do dia.

As pessoas estranham que eu, nascida em um casebre de chão de terra, sem nada no mundo, saiba letras e desenhos. Isso devo à família Wentworth. A filha deles, Annabelle, vivia muito doente e gostava da minha companhia, e eles atendiam a todos os seus caprichos. Junto de Annabelle, aprendi a ler e escrever, a desenhar e a tocar piano. Tive inúmeros privilégios — exceto, é claro, a riqueza de sua família.

Mamãe não via com bons olhos que eu aprendesse prendas acima da nossa situação, mas a sra. Wentworth disse que eu estava atendendo a um chamado do Senhor para ser amiga de uma menina doente desesperada por companhia. Considerei uma bênção dos Céus quando mamãe permitiu.

O tutor foi um verdadeiro milagre. As criadas cochichavam entre si que o sr. Hugo havia sido expulso de uma posição na família real belga devido a algo que chamaram de "vício francês" e fora exilado no oeste da Irlanda.

Ele tinha um dom extraordinário, e aprendi a ler grandes livros antigos e a escrever com uma caligrafia fina. Mas o maior dom de todos era o desenho. Ele havia estudado na Academia Real de Beaux-Arts e dividiu essas lições comigo.

Aprendi os fundamentos de desenho e composição, mas qualquer habilidade que eu possa porventura possuir devo ao mundo natural ao meu redor. Pratiquei sempre que tinha um momento livre. Desenhei as formas da natureza, folhas e frutos, ervas e nozes da costa e folhas de samambaia compridas. Desenhei um maçarico empoleirado na ponta de um píer e um cormorão com as asas estendidas para pegar a brisa.

*Desenhar é uma maneira de entender o mundo em meu coração e minha
mente. Expresso-me por meio de meus desenhos e às vezes descubro sentimentos
que estavam escondidos de mim.*

*Depois de alguns dias, contei à srta. Josie meu plano de encontrar uma
igreja e implorar por ajuda.*

*Ela soltou uma grande e estridente gargalhada e disse que a igreja poderia
salvar minha alma eterna, mas eu precisava mesmo era de comida e um teto
sobre minha cabeça.*

Natalie fez uma pausa na leitura para que ela e o avô pudessem examinar
os desenhos da jovem.

— Colleen era notável — disse Natalie. — A escrita e os desenhos.
Isso é incrível.

Havia várias páginas cheias de esboços, presumivelmente da viagem
que havia sido uma época de grande tristeza para Colleen. Os desenhos
mais sofisticados mostravam pássaros em voo ou pairando sobre o cordame
do navio e peixes-voadores pulando na superfície das águas.

Outra página mostrava uma fileira de rostos sombrios — um esboço
rápido de uma mulher de xale, dois meninos pequenos e um homem
agachado sobre uma corda enrolada.

— Seus pais e irmãos — disse o avô. — A história de nossa família
parece uma história de perdas.

— E sobrevivência — disse Natalie, retornando à narrativa.

*Jamais vi nada parecido com este lugar novo e estranho. É assustador e fascinante.
Há por aqui gente do Oriente — celestiais, como são chamadas — em um mundo
próprio que chamam de Chinatown. Há pessoas que falam espanhol e tocam
música nas ruas. Os soldados de um posto militar perambulam pelo bairro à noite,
à procura de bebida e mulheres. Comecei a usar calça e botas, e cabelo curto como
o de um rapaz.*

*O salão da srta. Josie é uma algazarra, tão caótico e confuso quanto
o rebuliço do porto. Na verdade é uma casa chique, que é como chamam os
bordéis nestas partes. A srta. Josie não me paga. Para ter minha pequena
caverna no porão e alguns restos de comida, trabalho do nascer ao pôr do sol.
Faço todo tipo de serviço. Conserto e lavo roupas. Esvazio os penicos. Às vezes
trabalho na cozinha, mas o cozinheiro é da China e não consigo entender o*

que ele diz, e o homem vive ralhando comigo, cacarejando como uma galinha molhada.

Além de limpar e cuidar das roupas, fico encarregada de levar o lixo para os caixotes no fundo de Fenton Hill, onde é jogado no mar. Uma tarefa detestável, mas depois de ver toda a minha família ser lançada à eternidade, um por um, quase não sinto a dureza dessa vida. Descobri um campo e um riacho próximos repletos de pássaros e plantas selvagens. A renovação da primavera renovou minha alma. Das profundezas do inverno, o mundo é refeito. Capturo esses momentos em meus desenhos para me lembrar de que devo seguir em frente.

Durante metade do dia aos domingos, tenho permissão para ir à missa. E embora eu talvez venha a arder nos fogos da eternidade pelo meu pecado, nunca vou. Em vez disso, saio para tomar ar fresco e desenhar. Como sou pobre de Cristo, tenho que usar papel descartado e lápis de carvão, mas mesmo assim me perco enquanto crio imagens do mundo ao meu redor.

A maioria dos transeuntes nem sequer olha em minha direção, mas um dia conheci um homem chamado Billy que resolveu me observar enquanto desenhava. Eu estava cansada de ler o Examiner, uma compilação tediosa das notícias do dia. Vi um par interessante de patos-reais e estava fazendo alguns esboços no jornal. Os traços do meu carvão cobriam as colunas impressas enquanto eu recriava a cena. O desconhecido veio me perguntar por que cobri as notícias impressas com meu desenho e, direta e cortante, disse que aqueles fatos e estatísticas me pareciam enfadonhos. O jornal tinha mais serventia como papel do que como leitura.

Ele gargalhou, deu um tapa no joelho e declarou que minha crítica era mais honesta do que todo o seu conselho editorial.

"Ah, não, sou o proprietário deste jornal e pretendo fazê-lo prosperar. O que despertaria seu interesse, então?"

Nunca conheci uma pessoa tão importante. Confessei que sou mais atraída por histórias humanas dramáticas, poemas humorísticos ou escritos brilhantes que criam um mundo em nossa mente.

"Eu devo capturar a atenção do leitor, não de historiadores ou gente muito sofisticada", declarou ele.

Após essa conversa incomum, nossos encontros de domingo se tornaram regulares. Ele é extremamente generoso, e me traz diversos livros para ler e materiais de desenho. Fala com muito orgulho dos escritores talentosos que agora publica — o sr. Ambrose Bierce e Mark Twain.

E então um dia, uma surpresa. Billy vai deixar São Francisco. Veio ao salão para se despedir. A presença de um cavalheiro de brio causou alvoroço, e ele me trouxe um presente magnífico — um conjunto de livros tão grandes que um criado *teve de carregá-los para meu humilde quarto no porão da srta. Josie. O grande pacote continha um conjunto completo de gravuras de pássaros dos Estados Unidos, feito por John James Audubon. Os volumes têm o comprimento de um braço! Fiquei sem fôlego ao contemplar tanta beleza — garças, cisnes e garçotas com os pescoços graciosos curvados, pássaros em pleno voo, aves costeiras em seu habitat.*

Fiquei impressionada com aquele tesouro tão grandioso, mas ele me garantiu que tinha pouco interesse em fotos de pássaros e preferia vê-los na posse de alguém que os apreciaria.

Atrás da página havia uma carta escrita com caligrafia diferente.

À minha estimada amiga Colleen, em apreciação à nossa amizade, por favor aceite estes volumes, que contêm o conjunto completo de gravuras coloridas à mão do sr. John James Audubon. Sei que encontrarão um lar com você, cujas realizações poderão um dia rivalizar as do autor.

Em apreciação e respeito,
William Randolph Hearst

Natalie ergueu os olhos da carta.

— Não sei nem o que dizer. É uma história maravilhosa. Acha que é verdade? Esta carta pode ser autêntica?

— Eu gostaria de saber — disse Andrew. — Meu pai era muito jovem quando Colleen morreu. Mas ele se lembrava dos belos desenhos dela e falava dos "pássaros da mamãe", mas imaginei que estivesse se referindo a pássaros de verdade ou talvez aos próprios desenhos dela. Ele era jovem demais para saber do que se tratava.

— Se a carta é legítima, ela conheceu William Randolph Hearst. Será que ele realmente lhe deu um conjunto de *Aves da América?*

Andrew examinou os desenhos do diário.

— Seus desenhos de pássaros são muito parecidos com as versões do Audubon.

O jardim estava começando a ficar cheio de sombras, que traziam o frio da noite.

— Vamos para dentro — disse Natalie. — Podemos terminar a leitura mais tarde.

Cleo havia fechado a livraria. Natalie fez chá, encomendou o jantar — sopa marroquina de lentilha e pão de fermentação natural — e eles se sentaram à mesa de seu avô. Ela encontrou algumas edições com réplicas das gravuras de Audubon na prateleira e as mostrou a Andrew. Alguns dos desenhos de Colleen eram cópias, como se estivesse aprendendo com o trabalho do grande mestre.

Natalie enviou uma mensagem a Tess, perguntando se era possível descobrir se a família Hearst já possuíra uma cópia do trabalho de Audubon.

O avô pôs mel em seu chá.

— Espero que sua amiga possa esclarecer a questão. Vamos terminar de ler?

Natalie colocou a louça suja na pia enquanto Andrew se acomodava na poltrona de leitura. O brilho amarelado do abajur iluminava suas feições desgastadas pelo tempo, agora com uma expressão satisfeita. Embora suas mãos tremessem sobre as páginas e o corpo estivesse magro e frágil, os olhos brilhavam de interesse. Havia coisas que ainda não tinham sido roubadas de sua memória. Tomada por uma onda de amor pelo avô, Natalie percebeu que devia ser por isso que a mãe fizera questão de mantê-lo ali no lar que ele sempre conhecera.

Maio de 1897. Fui assistir aos jogos de futebol americano no parque Presidio e conheci um homem extraordinário. É um soldado com posto em Astor Battery, que não participou dos jogos que atraíram a multidão neste belo dia. Ouvi alguém tocando e cantando e fiquei encantada pela doçura da melodia. O nome dele é Julio Harper e ele faz parte de um regimento de soldados de cor. Ele me contou que sua mãe acompanhava os soldados espanhóis e cozinhava para um regimento de infantaria, e seu pai era um ex-escravo do estado do Texas. Ele é tão gentil e canta as antigas canções espanholas de sua mãe. Somos um pouco tímidos um com o outro, mas temos um amor mais terno e magnífico do que qualquer pessoa poderia imaginar.

Agosto de 1897. Julio e eu nos casamos com um capelão que se compadeceu da nossa situação. Antes de podermos viver como marido e esposa, Julio deve concluir o serviço militar. Mas como sonhamos! Uma fazenda com um bosque de maçãs e uma grama doce, em algum lugar nas colinas ao norte da cidade. Depois de tantos anos sozinha com meus livros e esboços, estou inundada de felicidade.

"Os soldados vão para a guerra, é o que fazemos", me diz Julio. Ele tenta acalmar minha angústia diante de sua partida. Aqui em São Francisco não há ataques de piratas ou de índios. Ele precisa praticar suas habilidades de luta. Julio é treinado para operar uma grande arma de rodas chamada Hotchkiss, um canhão giratório, mas seus alvos são inimigos imaginários na baía enevoada, fazendo os leões-marinhos se agitarem. Os exercícios e deveres no Presidio são apenas para inglês ver.

Maio de 1898. É o auge da ironia que o homem que alimentou meu sonho seja o mesmo homem que o destruiu. O sr. William Hearst já deve ter se esquecido de como incentivou minha arte e alimentou meu desejo de aprender. E nunca saberá que é em parte responsável por me separar do homem que amo.

Desde aquela época, ele criou um frenesi no país. O Examiner foi só o primeiro. Agora, seus muitos jornais incentivaram a população a pedir guerra à Espanha. Não consigo nem olhar para as faixas na capa do jornal. Ele me separou da pessoa que amo. Do meu marido. _Do meu marido._ Julio foi selecionado para embarcar na primeira expedição por conta de sua facilidade com a língua espanhola e sua habilidade com o canhão.

Quase desmaiei com o calor fora de época quando as tropas passaram pelo Portão da Lombardia do Presidio em sua marcha para os navios que aguardavam. Corri com a multidão até Market Street e depois para as docas. Tudo era barulho e caos quando homens, suprimentos e gado embarcavam nos navios a vapor. O destino era o porto de Manila, nas Filipinas, um lugar de que eu nunca tinha ouvido falar. Não consigo nem imaginar um lugar tão distante.

Quando nos despedimos, eu não sabia sobre o bebê.

— Isso é tão triste — disse Natalie ao avô. — Foi a última vez que ela viu o marido.

— E ela culpava Hearst. Os jornais dele exageraram e até mesmo inventaram acontecimentos para incitar a guerra que tirou o marido de Colleen. Acredito que é aí que tenha surgido o termo "imprensa marrom".

— Por que ele faria isso?

— Para vender jornais. Hearst e Joseph Pulitzer. Os jornais fizeram a população se voltar contra a Espanha e não pararam até a guerra ser declarada.

— E hoje em dia a situação melhorou? — Natalie pensou nas atuais brigas pela internet e campanhas de desinformação, e isso a fez refletir. — O mundo ainda está um caos, mas o jornalismo, o jornalismo de verdade, está muito melhor. Pelo menos gosto de pensar que sim.

As anotações posteriores de Colleen foram mais breves e menos frequentes, provavelmente por estar cuidando de um bebê.

Quando meu lindo filho nasceu, Julio já tinha sido dado como desaparecido e presumivelmente morto. Morto por rebeldes nativos.

Meu bebê é tudo que me impede de seguir Julio para a morte, como ansiava fazer quando minha família partiu. Meu filho, Julius, é minha única âncora neste mundo.

Veja como ele cresceu bem em apenas seis meses. Alegre e feliz, a própria imagem da saúde, apesar de ter nascido com um pé ruim. Meu doce querubim. Nunca conhecerá o pai.

— Olhe só esses esboços — disse Natalie. — São de seu pai.

Olharam os desenhos, um por um. Julius bebê e depois um pouco maior. E então um menino, esbelto e com olhos grandes e inocentes, usando calça curta.

— Será que essa é a velha macieira de que você se lembra?

Natalie mostrou ao avô um desenho do menino, descalço e sem camisa, sentado em um galho baixo. Debaixo do desenho estava o nome *Julius Harper* em uma caligrafia infantil.

Meu menino tem muito potencial, escreveu Colleen em 1906. Os bons irmãos de Saint Swithin concordam, e é com um orgulho sofrido que eu o mando para ficar aos cuidados deles todos os dias.

— Ele estava indo para a escola — disse Natalie. — Ai, meu Deus. Olhe só a data.

O último registro tinha sido feito em 16 de abril de 1906.

Dois dias antes do terremoto.

Parte Seis

Voici mon secret. Il est très simple: on ne voit bien qu'avec le coeur. L'essentiel est invisible pour les yeux.

Eis o meu segredo. É muito simples: só se vê bem com o coração. O essencial é invisível aos olhos.

— ANTOINE DE SAINT-EXUPÉRY, *O PEQUENO PRÍNCIPE*

23

*T*revor veio buscar Natalie e Andrew para irem ao teatro. Bertie tinha conseguido um papel em uma peça de Noël Coward, e Trevor os levaria para a apresentação e depois para jantar. Era uma noite chuvosa e ela tinha acabado de fechar a livraria.

— Ele está cortejando você — disse o avô, curvando-se para encher a tigela de água de Sylvia. Ele estava tremendo muito naquele dia e acabou derramando um pouco da água.

— Ele está se saindo muito bem — admitiu Natalie, pegando um papel-toalha para secar a água.

Apesar de muito ocupado, Trevor encontrava tempo para sair com Natalie, e ela apreciava a paciência. Ele era como sua série de livros — tinha dois lados que incorporavam conceitos opostos. Um homem solitário e muito popular. Bem-sucedido e inseguro. Um livro aberto de segredos.

Natalie se virou para o avô, estudando o rosto dele.

— Você está se sentindo bem?

Andrew acenou com a mão, dispensando a preocupação.

— Estou me sentindo velho. Vou esperar ali na livraria conversando com seu pretendente.

Ela mandou uma mensagem para o médico, mencionando os tremores do avô e a respiração pesada. *Por favor, não me deixe perdê-lo agora.*

Jude Lockhart, um dos sócios da Casa de Leilões Sheffield, entrou na livraria, espanando as gotículas de chuva do ombro.

— Desculpe não ligar primeiro — começou ele. — Tenho notícias.

Natalie o apresentou rapidamente a Trevor. Quando os dois homens ficaram se avaliando, ela sentiu uma pontada de exasperação.

— Que notícias? — perguntou ela.

Jude lhe entregou uma pasta de documentos impressos.

— George Hearst possuía uma cópia de *Aves da América*.

— Mentira. Ouviu isso, vovô? — Natalie se virou para Trevor. — Os diários da minha bisavó fazem menção aos livros de Audubon. A gente ficou pensando se ela não poderia ter sido presenteada com uma edição original rara. — Ela olhou para Jude. — George Hearst era o pai de William Randolph Hearst?

— Isso mesmo. Ele era um político, ficou rico trabalhando no ramo da mineração. Tinha uma das edições originais coloridas à mão, quatro grandes volumes. Foram produzidas apenas duzentas cópias, a maioria perdida e o restante em coleções ou instituições particulares.

Jude se virou para pegar uma página na pasta.

— Nosso grafologista está bastante confiante de que a carta que você encontrou é autêntica.

— Meu Deus. — Trevor estudou o relatório de procedência.

— Não é? Imagino que nunca saberemos o que aconteceu com eles. Perdidos para sempre, como Colleen.

Natalie deu um tapinha na mão do avô. Estava gelada.

— É triste perder uma parte nossa — disse Andrew. Uma gota de sangue escorreu de sua narina.

— Ai, vovô... — Natalie ofegou quando o avô escorregou para o chão como se seus ossos tivessem se tornado líquidos. Ela olhou para Jude e Trevor. — Chamem uma ambulância.

O avô ficou internado durante a noite em observação e para fazer alguns exames. Os sintomas físicos, disseram a Natalie, eram secundários à demência e os exames não revelavam a causa. Eles o trataram com esteroides e antibióticos, e de manhã Andrew estava pronto para receber alta.

Enquanto aguardavam a papelada, o avô cochilou. Natalie ficou sentada ao lado da cama, lendo mais um guia de como lidar com a demência. Os livros e panfletos ofereciam muitas informações e estratégias, mas pouca esperança.

Natalie começou a estudar o processo para dar entrada no pedido de curatela. Era provavelmente o próximo passo, mas ela estava protelando.

Será que sua mãe considerara fazer isso? Às vezes, Natalie examinava os gastos descontrolados de Blythe e se sentia frustrada. Ao ver as quantias que haviam sido desperdiçadas em tratamentos alternativos, xamãs e curandeiros cuja única credencial era um site chique, a frustração de Natalie se transformava em raiva. Agora entendia. Quando um ente querido estava sofrendo, a pessoa estava disposta a tentar qualquer coisa.

— Você está com saudade de Peach — disse o avô de repente, ainda piscando depois de acordar.

— O quê? — A observação a sobressaltou. — Por que está dizendo isso?

— Porque sou velho e não penso antes de falar.

— Ah, vovô. — Natalie deixou o guia que estava lendo de lado. — Queria poder ajudar. Queria saber o que fazer pelo senhor.

— Eu estava pensando em você, não em mim. Você tem cuidado bem de mim e me trazido muitas alegrias. E a alegria faz bem para a saúde, mas você precisa se permitir. Se serve de consolo, também sinto saudade dele. Não como você, é claro, mas gostava das nossas conversas.

— Como assim, como eu? — Ela se sentiu estranhamente repreendida e na defensiva.

— Ele deixa você mais alegre.

— Não sei... — Mas Natalie sabia. Com frequência excessiva, os pensamentos dela se voltavam para aquele passeio noturno no jardim. Aquele beijo. — É ótimo que ele tenha conseguido dar conta de tantos consertos. Mas isso... não foi um relacionamento. Era só trabalho.

Ela tinha que admitir, no entanto, que sentia saudade dele e havia se acostumado a tê-lo por perto. Agora que ele tinha partido para a próxima obra, ela se pegava desejando poder ouvir o zumbido das ferramentas de Peach, seus comentários irônicos, seu riso fácil.

O avô acenou, fazendo pouco-caso de seu comentário.

— Pare com isso, Blythe. Você não tem só uma chance. Entende?

— Vovô...

— Dean Fogarty não era sua única chance de amar alguém. É horrível ter o coração partido, mas não é uma condição permanente. Se você deixar, seu coração vai se recuperar e você vai ser feliz de novo.

Em vez de discutir com ele sobre a mãe, Natalie sorriu.

— Foi isso que aconteceu com o senhor? — perguntou ela. — May Lin foi sua segunda chance?

— Ela era tudo de que eu precisava — disse ele. — Amá-la foi a maior conquista da minha vida. Sua mãe estava tão preocupada com outras coisas que nunca encontrou a única coisa que eu queria para ela.

Natalie estudou o rosto amado e enrugado do avô, vendo a sabedoria e a compaixão que a haviam guiado de maneiras que ela só estava descobrindo agora.

— Ficar desejando que sua filha encontrasse um amor assim foi difícil para o senhor?

— Para um pai, querer coisas para os seus filhos não é a parte mais difícil — explicou ele. — A parte difícil é convencer vocês a acreditar. Você precisa acreditar na possibilidade.

Natalie não sabia se o avô achava que estava falando com ela ou com a mãe.

A enfermeira que cuidava da alta e a assistente social apareceram com receitas e instruções, e finalmente chegou a hora de ir embora. O avô não falou na corrida de táxi para casa. Apesar do dia frio, queria se sentar no jardim enquanto fazia sol. Natalie pegou o cobertor de lã e o colocou na espreguiçadeira.

— O senhor acha que ela se sentia sozinha? — perguntou ela, ainda pensando na mãe.

Os olhos do avô ficaram distantes com as lembranças enquanto ele parecia se perder no passado.

— Ela vivia para os livros que preenchiam seus dias. E, claro, tinha uma filha maravilhosa. É impossível se sentir sozinha quando você está na presença de uma criança encantadora.

— Eu era? — perguntou Natalie. — Uma criança encantadora? Acho que nunca me descreveria assim.

— Bem, é claro que nenhuma criança é sempre encantadora, mas, sim, você com certeza foi. Você também era uma criança ansiosa — continuou Andrew. — Preocupada. Você se preocupava com assuntos que estavam além da sua idade. Dinheiro. Poluição do ar. Gatos de rua. Suas notas. E você se preocupava com as pessoas nos livros que lia. Nós achávamos encantador, mas você ficava sem dormir por causa dos personagens daqueles livros de mistério da Gertrude Warner.

Ela sorriu.

— Ainda não sei como aguentaram a doença de Violet no primeiro livro.

Então Natalie olhou ao redor do jardim de cores desbotadas, que estava um pouco negligenciado, as flores mortas e semeadas. Havia algumas tábuas soltas no galpão e uma vidraça quebrada, e seu primeiro instinto foi ligar para Peach. Ela sabia que não faria aquilo, no entanto.

— May Lin sempre manteve o jardim tão lindo — disse Natalie ao avô. — Vou tentar arrumar um tempinho para melhorar as coisas. Que tal?

— Vou perguntar a ela hoje à noite — disse o avô. — Tenho certeza que ela adoraria ajudar.

Natalie sentiu uma onda de preocupação.

— May Lin já...

— Eu a vejo nos meus sonhos — explicou ele. — Todas as noites.

Ela mordeu o lábio, depois estendeu o braço e cobriu a mão do avô com a sua.

— Depois me diga o que ela falou.

— Aonde o príncipe encantado vai levar você esta noite? — perguntou Bertie a Natalie.

Ela estava usando o casaco vermelho bonito da mãe e botas de salto.

— Não sei.

Após o episódio com o avô no outro dia, Trevor prometeu animá-la. Um clube de comédia, talvez. Natalie olhou o telefone para ter certeza de que Charlie estava a caminho. Ultimamente, ela se preocupava em deixar o avô sozinho.

— Para a cama, espero — disse Cleo. — Está na hora, se quer saber.

— Ninguém te perguntou nada — bufou Natalie. — Você não tem que aprontar as coisas para um clube do livro?

Cleo gesticulou para a mesa de lanches e a pilha de romances de mistério esperando a chegada dos membros do clube.

— Está tudo pronto. Sério, não sei o que você está esperando. Ele é ótimo, você é ótima, e ele a trata como uma princesa.

— Ele é maravilhoso — concordou Natalie.

— Mas o quê? — disse Bertie.

Ela suspirou.

— Eu sou uma idiota. Ele parece perfeito para mim.

Natalie queria que Trevor fosse o homem certo para ela. Ele era a escolha fácil, não havia nem o que discutir. A vida com ele transcorreria sem dificuldades. Mas ela tinha fracassado com Rick e estava questionando o próprio julgamento. E com tudo acontecendo com o avô, não estava em condições de começar alguma coisa. No entanto, Trevor continuava voltando, e ela continuava...

— Iiih... — disse Bertie. — Temos companhia.

Uma mulher de jaqueta militar e botas gastas entrou na livraria, trazendo consigo o aroma de álcool e cigarros. O rosto tinha marcas de uma vida dura, e seus olhos cintilavam enquanto faziam uma avaliação inquieta dos mostruários. Por causa da localização da livraria, estavam acostumados a moradores de rua e pedintes. Às vezes, porém, as pessoas só queriam conversar.

A mulher foi direto para o balcão.

— Você é a Natalie? — perguntou ela.

Assustada, Natalie olhou para Bertie e depois para a desconhecida.

— Posso ajudar?

— Tem umas coisinhas que você talvez queira saber sobre seu namorado.

A mulher pegou um livro de Trevor Dashwood que estava exposto em um cavalete. *Real e faz-de-conta*.

Natalie examinou a livraria. Havia alguns clientes pela loja, embora não parecessem ter reparado na recém-chegada.

— Perdão, o que disse? — perguntou ela baixinho.

A mulher virou o livro para mostrar a foto de Trevor na contracapa.

— Você acha que o conhece? Pois não conhece.

— Senhora — disse Bertie. — Podemos ajudar com alguma coisa?

— Ajudar. — Ela torceu o lábio. — Eu é que vim ajudar você. Para início de conversa, esse não é o nome dele. Ele se chama Tyrell Denton. E eu sei bem disso, já que sou a mãe dele.

320

Natalie olhou para a mulher através de um borrão de confusão.

— Desculpe, não estou entendendo.

— Claro que não — disse a mulher. — Eu sou Doreen Denton, o segredinho dele.

Agora, alguns clientes estavam olhando. Natalie não tinha ideia do que fazer.

— Senhora…

— Oi, Doreen. — Uma mulher jovem com celular na mão entrou na livraria. Ela parecia vagamente familiar.

Natalie não conseguiu identificá-la de imediato. Então percebeu que era Emily, uma das assistentes de Trevor.

— Que bom que encontrei você — disse Emily para a mulher. — Nós precisamos ir, está bem?

— Eu não vou a lugar nenhum com você, mocinha. — Doreen deu uma fungada desdenhosa. — Tenho algumas coisas a dizer sobre esse meu filho.

Emily apertou os lábios.

Natalie murmurou:

— Acho que ela está falando sobre Trevor.

— Eu sei. É complicado…

— Você quer dizer…

Emily assentiu, então se virou novamente para Doreen.

— Podemos ir agora?

— Isso, me varra para debaixo do tapete.

A tensão no ar ficou palpável. Um momento depois, Trevor entrou na livraria, segurando o celular.

— Ah, olha só, pessoal, chegou o Figurão. — Doreen acenou para ele.

Alguns clientes começaram a se aproximar.

O rosto de Trevor estava tenso e pálido.

— Tem um carro esperando lá fora — disse ele. — Vamos lá, eu ajudo você.

Doreen começou a zombar dele, mas, de alguma forma, Trevor e Emily conseguiram fazê-la sair. Doreen continuou bradando uma tirada raivosa e estranha, cheia de palavrões, enquanto entrava em um carro de luxo.

Natalie olhou para Bertie e Cleo.

— Meu Deus. — Ela pegou sua bolsa. — Conto tudo mais tarde.

— Por favor, hein — disse Cleo, empurrando-a em direção à porta.

Do lado de fora, Natalie se aproximou de Trevor na calçada. Ele estava olhando o carro preto se afastar e mantinha os ombros rígidos e o rosto impassível.

— Oi. — Ela tocou o braço dele, cujos músculos pareciam feitos de pedra. — O que está acontecendo?

— Ela contou para você — disse Trevor. Não era uma pergunta.

— Você pode me contar sua versão da história.

O outro lado.

Ele respirou fundo.

— Vamos andar um pouco. — Eles entraram juntos no nevoeiro gélido. — Sinto muito que você tenha visto isso.

— Não entendi bem o que foi que eu vi.

Ele levantou a gola do casaco cinza-carvão.

— Você viu minha infância — respondeu ele.

No quarteirão seguinte, Trevor entrou no vestíbulo de um hotel chique com um bar no saguão. Ele pediu dois drinques com uísque, o dele duplo.

— Precisamos conversar — disse Natalie.

Trevor agarrou a borda da mesa e olhou para ela. Natalie nunca o tinha visto vulnerável antes. E naquele momento estava vendo. Trevor parecia completamente triste e derrotado.

— Minha mãe é muitas coisas. Mas, por incrível que pareça, não é uma mentirosa.

Ele tomou um gole de sua bebida.

— Estou ouvindo — disse Natalie. — Está tudo bem, Trevor. O nome dela é Doreen Denton?

Ele assentiu.

— Nós dois morávamos em um estacionamento de trailers em Carson City. Meu pai era um vagabundo que nunca conheci. Minha mãe bebia e trabalhava em um cassino. Às vezes, ela se lembrava de me dar um pedaço de pão e um pote de manteiga de amendoim. Talvez uma caixa de cereal. Consegui continuar na escola, aos trancos e barrancos, e aproveitava cada oportunidade para me esconder na biblioteca. Era o meu santuário.

— Então, tudo… sua história, sua biografia… é tudo inventado.

— É tudo tão fictício quanto meus livros. Uma farsa total.

Natalie tomou um gole de sua bebida, a mente em turbilhão. Ela estava chocada... mas também triste. Apesar de todo o seu sucesso, sua riqueza, suas casas em São Francisco e Carmel, seu estilo de vida luxuoso, a organização sem fins lucrativos que fundara para filhos de viciados, Trevor convivia com esse segredo.

— Então sua mãe, Doreen...

— Não mora em Palm Springs. Consegui uma vaga em uma instituição particular e ela já foi para a reabilitação tantas vezes que perdi a conta. Sinto muito, Natalie.

— *Eu* sinto muito que você tenha crescido assim e que tenha sentido que precisava esconder seu passado.

— Você sabe como é difícil ser publicado. Quando estava tentando vender minha marca, criei essa persona e, quando os livros deslancharam, acabei ficando com ela. É uma merda, eu sei.

— Todo mundo ama você.

— Mas ninguém me conhece.

— Você é quem é. — Natalie estendeu a mão por cima da mesa para tocar a mão dele. — Sabe o que eu queria? Queria poder voltar no tempo e encontrar você quando criança, para lhe dar um abraço e dizer que vai ficar tudo bem.

Trevor afastou a mão.

— Você não ia querer me abraçar. Eu vivia cheio de piolhos e machucados.

— Mais um motivo para abraçar você — insistiu ela. — Ah, Trevor.

Ele tomou um gole da bebida.

— Você sabe o que dizem: nunca é tarde para ter uma infância feliz. E estou feliz agora, querida. Você me faz feliz.

No entanto, havia uma tristeza dentro dele, e Natalie sabia que não poderia preencher aquele vazio. Ela se perguntou se a atração que Trevor sentia por ela, embora à primeira vista romântica, talvez pudesse vir do desejo de estar com alguém constante, confiável e previsível, tudo o que a mãe horrível dele não fora.

Natalie finalmente entendeu por que não tinha conseguido se entregar a Trevor. Não era por não saber julgar os homens. Eram seus instintos lhe dizendo — gritando — para prestar atenção. Ela devia ter ouvido a si mesma. Estava certa em se manter distante de Trevor, embora não entendesse o porquê.

— Você ia me contar a verdade algum dia? — perguntou ela, sem tentar esconder a ponta de raiva na voz.

Ele deu de ombros.

— Gosto de pensar que sim, um dia.

Natalie pensou nele como um garotinho com uma mãe deplorável e a raiva diminuiu.

— Na verdade, não teria feito diferença.

— Você é um doce. — O sorriso dele foi breve. — E eu meio que amo você.

Isso a fez parar de falar. Ele era Trevor Dashwood ou Tyrell Denton? Um mentiroso experiente. Um homem magoado por uma mãe terrível. Natalie vacilou entre a compaixão e a irritação.

— Você fez algo maravilhoso com a sua vida. Você a transformou em algo realmente lindo.

— Mas... — Por cima da borda do copo, Trevor lhe lançou um olhar significativo.

— Mas não sou o que você está procurando. — Sua garganta doeu quando ela trouxe à tona a verdade lá do fundo de seu ser. — Acho que dá para dizer que eu também estava representando um papel. Fingindo ser alguém que sabe como ter um relacionamento, que sabe o que quer. E a verdade é que não sei. E isso é péssimo para mim, porque você é maravilhoso — disse Natalie. — Nunca esquecerei o que você fez por mim e pelo meu avô.

— Merda — disse ele.

— Eu sinto muito.

— Eu sei.

Trevor balançou os cubos de gelo no copo.

— Todo mundo pensa que eu sou uma idiota, porque você é fantástico.

— Eu sou uma farsa — respondeu ele.

Não era por acaso que ele sempre abordava o outro lado em seus livros.

— O que o autor favorito do país faria? Olharia o outro lado, certo? Pense em dez coisas de que você realmente gosta. O que acha?

— De um jeito ou de outro, é como se eu viesse reescrevendo minha história em todos os meus livros.

— Você fez algo incrível com sua vida e tenho certeza de que está fazendo o que pode por sua mãe, e que você merece tudo de bom.

— Sabe, para um término, este é muito gentil.

— Um término gentil? Parece uma das suas histórias de outro lado.

— Você é uma boa pessoa, Natalie. — Ele abriu um sorriso doce e triste. — Só me prometa uma coisa.

— O quê?

— Quando aquela primeira edição rara de *Aves da América* aparecer magicamente, ligue primeiro para mim.

24

Natalie voltou da reunião com a empresa de empréstimos privados sentindo-se totalmente derrotada. Nem mesmo ver clientes circulando pela livraria conseguiu animá-la. Bertie estava fazendo uma leitura dramática de O *livro sem figuras* para um grupo de criancinhas encantadas. Cleo estava no balcão, trabalhando em sua última peça. Ela viu a expressão de Natalie e gesticulou para que entrassem no escritório.

— E aí? — disse ela.

Natalie respirou fundo.

— A situação é ruim. O empréstimo é enorme, e minha mãe estava há três anos com os pagamentos atrasados. A parcela que eles querem no plano de pagamento está muito fora das nossas possibilidades, mesmo agora que nossas receitas aumentaram um pouco. E ainda tem a questão dos impostos...

— Puxa. Sinto muito.

— Estou sem opções. Ontem, meu avô se perdeu no caminho para o centro de idosos e entrou em pânico. Podia ter sido ruim. Ele podia ter sido atropelado ou... Ele precisa de mais cuidados, e essa é minha prioridade. Meu Deus. Ele vai surtar quando eu lhe disser que precisamos vender tudo.

— Ele vai se recusar. E aí?

Natalie piscou para conter as lágrimas.

— Vou ter que dar entrada no pedido de curatela. Não sei se consigo, Cleo. Não sei se aguento tirar isso dele.

— Caramba. É difícil mesmo, Natalie. Queria poder fazer alguma coisa.

Natalie olhou para Cleo, a amiga que ela conhecia a vida toda.

— Você já está fazendo. — Ela abriu um sorriso trêmulo. — Acho que não escolhi um bom momento para largar meu namorado trilhardário.

Ela contara a Cleo e Bertie sobre a situação de Trevor/Tyrell, e o drama rendera assunto por dias.

— Aposto que ele adoraria uma segunda chance — sugeriu Cleo.

— Eu nunca faria isso. Você ouviu o que está propondo?

— Estou meio desesperada.

Pela porta aberta, Natalie viu uma cliente se aproximar do balcão, com duas crianças de aspecto irritado puxando seu casaco e choramingando.

— Eu vou lá — disse ela. — Preciso de uma distração.

Natalie entrou no modo vendedora, que agora lhe parecia tão natural quanto respirar. Apesar dos problemas, ela conseguiu abrir um sorriso enquanto cumprimentava a cliente.

— Posso ajudá-la a encontrar... — Natalie parou de falar, estudando o rosto da mulher. — Kayla?

Ela tinha certeza de que era Kayla Cramer, sua rival da escola.

— Olá, Natalie. É bom ver você. Acabamos de nos mudar de volta para a região, então pensei...

— Mããããe — disse o menino. — Eu estou com fome.

— Eu também — disse a garotinha. — Quero piroca.

— Vamos comprar *pipoca* no caminho para casa — disse Kayla, as bochechas ficando vermelhas. Parecia abatida e mais pesada, os lábios comprimidos de exasperação.

— Aqui, um marcador para cada um — disse Natalie, entregando-os para as crianças. — Tem um labirinto que vocês podem resolver no verso. Agora vou terminar de ajudar sua mãe. Ela escolheu alguns livros muito legais para vocês.

As crianças pararam de choramingar e a encararam, tímidas.

— Como vão as coisas? — perguntou Kayla a Natalie. — Nossa, faz muitos anos. Você está casada? Com filhos? Temos que botar o papo em dia.

— Solteira, sem filhos, com um gato e um avô — disse Natalie.

— Mãe, preciso de uma caneta para fazer meu labirinto — pediu o garoto.

— Eu também preciso de uma caneta, mãe — disse a irmã.

— E este é para mim — disse Kayla, adicionando um romance à pilha de maneira impulsiva.

— Boa escolha — disse Natalie. — *Senhora Tudo* foi um dos meus livros favoritos do ano passado. Espero que goste.

— Vou começar assim que colocar essas pestes na cama. Um livro e uma taça de vinho são o antídoto perfeito para uma noite de inverno ruim. — Kayla olhou em volta para a livraria. — Sempre invejei você por morar aqui — disse ela. — Cercada por todos esses livros.

As crianças começaram a choramingar de novo, puxando a mãe em direção à porta.

— Continue solteira — advertiu ela. — Vai por mim, você vai viver mais.

Anos antes, Natalie tinha imaginado Kayla Cramer levando uma vida fabulosa e despreocupada. E, ao que parecia, Kayla sentia inveja *dela*. Natalie se lembrou de uma das citações favoritas de sua mãe de um dos livros de Anaïs Nin, que tinha um lugar fixo na prateleira PS: "Nós não vemos as coisas como elas são, nós as vemos como nós somos".

Alguns minutos depois, Dorothy Gallagher entrou com uma rajada de vento frio. Suas bochechas estavam vermelhas e ela sorriu ao empurrar o capuz para trás.

O coração de Natalie começou a bater mais rápido. Se Dorothy estava ali, isso significava que Peach não estava muito longe. Talvez passasse para buscá-la. *Calma, garota.*

— Olá, querida — disse ela para Dorothy. — É bom ver você por aqui.

— Oi! — Dorothy abriu o zíper da jaqueta. — Preciso de um presente de aniversário. Whitney Gaines, da minha sala, me convidou para a festa dela.

— De que tipo de livro você acha que ela gostaria?

Dorothy deu uma fungada desdenhosa.

— Provavelmente de nenhum, a menos que fale sobre experimentar roupas e ter um namorado. É com isso que ela e as amigas estão preocupadas. Ela só me convidou porque a professora tem uma regra de que ou você convida a sala toda ou não pode distribuir os convites na escola.

Dorothy frequentava uma escola particular muito exclusiva chamada A Enclave — escolha da mãe dela, segundo Peach. Era conhecida por sua mensalidade caríssima e seu programa de ciências e exatas para meninas... e seu esnobismo velado, mas inegável.

De repente, Natalie conseguiu visualizar a situação.

— Entendi — disse ela. — E você *quer* ir à festa da sua amiga?

Dorothy deu de ombros.

— Minha mãe acha que eu deveria ir, porque ela espera que eu me dê bem com todas as minhas colegas e não seja a esquisita da turma.

— Provavelmente é uma boa ideia — disse Natalie. — Mas é difícil se obrigar a fazer algo que você não quer.

Como tomar as rédeas de uma livraria falida. Como ignorar seus sentimentos por um homem. Como pedir a interdição do avô e assumir a curatela.

Dorothy assentiu de maneira sombria.

— Quando eu tinha sua idade, eu me sentia esquisita — disse Natalie.

— É mesmo? — Dorothy arregalou os olhos.

— É. Eu tinha uma família meio incomum. Éramos só eu e minha mãe, e a gente morava no andar de cima da livraria com meu avô e a namorada dele, que era chinesa. A maioria das minhas amigas tinha pai e mãe e morava em casas grandes, com pátios e garagens, não em apartamentos como o meu.

— É? Mas morar em cima de uma livraria é superlegal.

— As outras crianças achavam estranho.

Dorothy puxou sua trança.

— As crianças lá da escola também acham que sou estranha, porque moro em duas casas diferentes e meu pai vive com a banda dele.

— Isso não é estranho. É bem legal. Muito mais legal que uma livraria.

— Suas amigas falavam de você? — perguntou Dorothy.

— Claro. Perguntavam coisas como "Cadê seu pai?" e "Por que você não tem carro?". E, embora eu devesse ter ignorado a opinião delas, era difícil. Agora me arrependo um pouco de ter deixado as opiniões dos outros mexerem tanto comigo. — Natalie se perguntou se sua mãe tinha ficado incomodada ao vê-la tão preocupada com o que as outras pessoas pensavam. — Suas amigas dizem coisas assim?

— Não. Não é mais politicamente correto. Na nossa escola, valorizamos a diversidade. Mas elas me olham meio torto, sabe?

Natalie sabia. Aqueles olhares condescendentes de *que pena, você não é como eu.*

— Quando eu tinha sua idade e as crianças faziam aqueles comentários, minha mãe citava um trecho do livro favorito dela: "Não se importe de ser chamada de algo que as pessoas acham que é um insulto. Isso só mostra como essa pessoa é mesquinha, e não a atinge". É de *O sol é para todos*.

Ela mostrou a Dorothy uma cópia do livro. *E eu estou ficando igualzinha à minha mãe*, ela pensou.

— Vamos ver se conseguimos encontrar um livro que sua amiga possa gostar.

Natalie foi até a prateleira de livros apropriados a alunos do ensino fundamental e estudou os volumes por um momento. Então pegou uma cópia de *O desejo da festa do pijama*.

— É sobre uma festa do pijama em que acontece uma confusão. A garota do livro faz uma lista de todas as pessoas que *não* quer na festa, mas elas acidentalmente são convidadas em vez das que ela queria.

Dorothy pareceu interessada.

— Ah, e o que acontece?

— Sua amiga vai ter que ler para descobrir, mas prometo que é legal. Mesmo para crianças que não gostam de ler.

— Certo. Vou dar uma chance.

— Ótimo! Que tal eu embrulhar para você?

— Boa ideia. Obrigada! — A expressão preocupada de Dorothy se suavizou, e a menina pareceu mais aliviada. Ela olhou em volta. — Cadê o sr. Harper?

— Ele está na cama, provavelmente lendo. Anda muito cansado nesses últimos tempos. Quer ir lá dar um oi?

Dorothy assentiu.

— Quero.

Elas foram e bateram na porta dele.

— Pode entrar. — A voz do avô soou frágil, como o rangido de uma dobradiça enferrujada. Quando viu Dorothy, seu rosto enrugado se iluminou com um sorriso. — Olá, querida. Como está hoje?

Dorothy relatou a saga de Whitney Gaines nos mínimos detalhes. Andrew ouviu com a atenção e paciência de sempre.

— Pegue aquela caixa ali para mim — pediu ele.

Dorothy obedeceu.

— São suas teclas da máquina de escrever?

— Talvez você possa dar uma ou duas teclas para a sua amiga.

— Ela pode gostar — disse Dorothy, e escolheu as iniciais da garota.

— Obrigada, sr. Harper. — Ela se aproximou da cama. — Natalie disse que o senhor estava doente. Qual é o problema?

— Estou com alguns sintomas — disse ele. — Os médicos dizem que é idiopático. Acho que isso significa que o médico é um idiota e o paciente é antipático.

Dorothy se inclinou e lhe deu um abraço rápido.

— Sinto muito pelo senhor não estar se sentindo bem.

— Esse seu abraço me fez sentir cem vezes melhor — disse o avô.

Natalie estava terminando o embrulho de presente quando uma supermodelo entrou na livraria. Talvez não fosse uma supermodelo, mas tinha a aparência e o jeito de andar característicos — ela exalava uma autoconfiança altiva. Era alta e esbelta, com cabelo liso dourado e olhos enormes, com alongamento de cílios profissional; sua maquiagem era impecável e as unhas estavam feitas; usava botas de salto alto e um casaco luxuoso que parecia ter saído de uma passarela.

Dorothy acenou para a mulher.

— Oi, mãe — disse ela.

Natalie teve que se recompor na velocidade da luz. Aquele unicórnio deslumbrante era a mãe de Dorothy? A ex do Peach? Mas que...?

Ela empurrou o livro embrulhado para presente pelo balcão.

— Acho que Dorothy escolheu o presente perfeito para o aniversário da amiga.

— Isso é ótimo. Fizeram um bom trabalho, então — disse a mulher, entregando seu cartão de crédito platina.

Regina. Peach havia mencionado o nome.

— Obrigada pela ajuda. — Regina olhou ao redor para a livraria, observando os sofás e as poltronas confortáveis, a gata deitada em frente à lareira elétrica. — Dá para ver por que Dorothy gosta daqui.

— Obrigada — disse Natalie. Sua mente tentava processar a ideia de que Peach havia sido casado com aquela criatura linda.

E agora não mais.

E nada disso tinha a ver com ela.

Com um sorriso cuidadoso, ela devolveu o cartão e entregou o presente.
— Divirta-se na festa — disse ela a Dorothy.
— Vou tentar.

— "Superestimado" rima superbem com "complicado", não sei qual o problema — disse Suzzy para Peach. Ela estava sentada no piano vertical, as anotações das composições apoiadas no pedestal para partitura.
— É, mas *complicado?* Todo mundo escreve essa música.
— Porque todo mundo gosta de músicas sobre relacionamentos complicados. Porque todo mundo ama relacionamentos complicados, inclusive você.
Peach tinha pensado em ligar para Natalie, mas acabara desistindo. Ela provavelmente estava ocupada com o avô doente. E também podia estar ocupada com um certo escritor famoso.
— Só se for você — disse ele a Suzzy. — Eu não me dou muito bem com mulheres complicadas.
— Ou, como a maioria das pessoas se refere a elas, *mulheres* — respondeu Suzzy, franzindo a testa para a partitura.
A sessão de composição estava se arrastando naquele dia. Nada parecia ficar bom naquela música sobre remarcar um encontro. Alguns dias, tiravam de letra. Em outros, porém, era como tirar leite de pedra.
— Sim, por que será?
— Sério, se você está querendo um relacionamento descomplicado, arrume um cachorro — disse Suzzy.
— Dorothy bem que gostaria.
Sua filha era uma menina complicada, que Peach adorava de coração. Sua confissão súbita — *Odeio o divórcio dos meus pais* — ainda assombrava Peach, como um eco persistente. Seu principal objetivo na vida sempre fora dar a Dorothy uma vida que a menina amasse, o dia todo, todos os dias. Ele podia lhe dar um teto, ensiná-la a cantar, levá-la ao médico para tomar vacinas e fazer exames, comprar sapatos e livros, ouvir com atenção tudo que ela dizia. Mas não podia lhe dar a coisa de que ela mais sentia falta — sua família de origem.

Apesar do esforço de Peach para morar perto e participar de todos os aspectos da vida da filha, Dorothy sabia que seu mundo nunca mais seria o mesmo. Ela carregava uma tristeza, um anseio silencioso de estarem os três juntos de uma maneira que nunca mais poderiam estar, em uma casa cheia de amor.

Peach e Regina começaram tentando criar um lar assim, como tantas pessoas faziam todos os dias, quando proferiam seus votos de casamento. Mas a vida era imprevisível, e as rachaduras na base do relacionamento apareceram. Começaram como fissuras invisíveis, que foram relegadas até o dano ser grande demais para conseguirem repará-lo.

A insatisfação de Regina havia sido mascarada pela ambição — desejar mais, esforçar-se mais, alcançar mais — e a dele pelos longos dias de trabalho seguidos de sessões de composição, gravação e ensaios. Quando os dois tiravam os olhos das próprias preocupações, percebiam que estavam em lados opostos de um abismo largo demais para ser transposto. Depois de um tempo, ambos concordaram que o casamento tinha acabado.

Mas havia Dorothy. A menina não teve voz na questão. Seu mundo havia sido abalado por um terremoto e nunca mais fora o mesmo.

A única coisa que a filha queria era a única coisa que Peach não podia lhe dar. E a única coisa que ele queria era... complicada.

— Que raça? — perguntou Suzzy.

— O quê? — Ele havia perdido o fio da meada.

— Que raça de cachorro?

— Não sei, nós adotaríamos, imagino — disse ele. — Não muito grande. Sem questões mal resolvidas.

Ela riu.

— Então, um filhote, você quer dizer.

— Com um filhote a gente começa do zero.

— Filhotes dão muito trabalho. Já tentou cuidar de um?

— Na verdade, sim. Quando era criança, um pouco mais velho que Dorothy, alguém deixou uma ninhada de filhotes no estacionamento de um supermercado, e eu trouxe um para casa. Meus pais ficaram furiosos, mas minha irmã e eu os convencemos a nos deixar ficar com ele. Nós o chamamos de Buster.

Sua mãe contratou um adestrador e seu pai chamou um empreiteiro para construir uma casinha de cachorro e um canil na propriedade em Buckhead.

A lembrança o fez pensar em como, antes de tudo ir por água abaixo, sua infância fora idílica, a ignorância uma bênção. Crescera sem fazer ideia de que o pai era um ladrão e a mãe uma especialista em interpretar o papel de voluntária da Junior League, uma das maiores e mais antigas organizações beneficentes formadas apenas por mulheres. Nem ele nem Junebug sabiam que toda a vida de sua família havia sido construída com base em fraudes e mentiras. Ele dormia todas as noites com seu cachorro ao seu lado em uma casa que parecia uma fortaleza contra o mundo.

Talvez essa fosse a infância que ele queria para Dorothy — que ela sentisse que vivia uma aventura despreocupada, segura de que acordaria bem no dia seguinte. Ele e Regina não haviam recorrido a fraudes, é claro. Mas subterfúgios? Provavelmente. Não de propósito, mas provavelmente sim.

— Buster era ótimo — disse Peach. — Você acha que, se tivéssemos um cachorro, Dorothy se incomodaria menos com o divórcio?

— Você já pensou que talvez Dorothy não se incomodasse tanto com o divórcio se o pai dela fosse feliz? — sugeriu Suzzy.

— Eu sou feliz e ela sabe disso — retrucou ele, irritado.

— Até parece.

— Cala a boca e pense na música, Suz.

— Vou mesmo. Em vez dessa ideia idiota de remarcar um encontro, vou fazer uma música sobre um cara que gosta de uma mulher que trabalha em uma livraria, mas não fala para ela.

— É um clichê atrás do outro — resmungou Peach.

— É só você parar de ser clichê, então — disse ela.

Peach estava ocupado com um novo projeto em Russian Hill, um trabalho de restauração em um sobrado dos anos 1920 que não havia sido reformado desde sua construção. O cliente e sua esposa eram médicos — muito bem-sucedidos, a julgar pelo orçamento para a reforma.

Ele estava examinando um aquecedor quebrado, tentando descobrir a melhor maneira de remover a parte externa de ferro. Tinha os dizeres

AQUECEDOR HONEYWELL e, já com a serra elétrica na mão, Peach viu um recipiente em formato de cogumelo ligado a outro reservatório na parte inferior do aparelho. Ele pôs uma lâmina de ferro fundido na serra e estava prestes a começar o trabalho quando algo lhe ocorreu. Trabalhar em prédios antigos significava ficar atento a materiais perigosos. A pequena engenhoca atrás do aquecedor podia trazer problemas.

Ele deixou a serra de lado e fez uma pesquisa rápida no celular. Alguns minutos depois, descobriu que estava olhando para um recipiente de mercúrio, que provavelmente estava repleto da substância líquida.

— Essa porra é séria — murmurou Peach.

Sabia que precisava tomar cuidado ao remover o recipiente para que nada escapasse. Mesmo um pequeno orifício podia ser um perigo. Ele manteve o recipiente intacto, segurando-o na posição vertical, e o colocou em uma sacola plástica para construção bem grossa, depois colocou a sacola em um balde de vinte litros com serragem para mantê-la no lugar. Ele escreveu MERCÚRIO – NÃO ABRA. Então guardou tudo em uma caixa em um galpão vazio e ligou para a estação de transferência de resíduos para que fizessem a coleta. O cliente não ficaria feliz com a taxa extra de descarte, mas era melhor do que acabar com uma intoxicação por mercúrio.

Ele mandou uma mensagem ao cliente e ficou até mais tarde no trabalho. Dorothy estava na casa da mãe e Peach não tinha nada marcado. Ele fez um intervalo e se sentou nos degraus da frente da casa para comer um burrito. A varanda estava um desastre, cheia de tinta descascada e gregas quebradas, mas ficaria linda depois que as obras terminassem. No momento, era um bom lugar para olhar a vizinhança, apesar do frio do inverno. De onde estava, conseguia olhar a Lombard Street, inclinada como um rampa de esqui em direção à beira-mar.

Natalie lhe contara que os diários que tinha encontrado descreviam um desfile de soldados indo para as docas a caminho da guerra nas Filipinas. Será que eles se sentiam como ele se sentira ao entrar para o Corpo de Fuzileiros Navais, vacilando entre a empolgação alimentada pela adrenalina e o medo profundo na barriga, perguntando-se onde havia se metido? Ele tinha acabado de fazer 18 anos quando entrou nas doze semanas de treinamento básico, seguidas pelo treinamento de combate e só então o serviço militar de fato. Na época, Peach ainda estava atordoado por ter de mudar os planos de estudar arquitetura em Emory, usando o dinheiro da faculdade para pagar a ida de sua irmã para a clínica de reabilitação. Natalie tinha mostrado muito tato quando ele lhe contara o que tinha acontecido. Ela era uma ótima ouvinte.

Natalie de novo. Seus pensamentos sempre pareciam se voltar para ela. Ela era a primeira pessoa desde o divórcio que Peach achava que poderia amar. Que Peach *queria* amar.

O celular tocou, mostrando o número do cliente.

— Olá, dr. Jantzen — disse ele.

— Recebi sua mensagem sobre o aquecedor. Ainda bem que você viu. Mesmo um pouco de mercúrio pode ser muito tóxico.

Peach soltou um suspiro aliviado. Estivera prestes a cortar o recipiente com sua serra elétrica.

— Segui todas as orientações de segurança, mas usei serragem em vez de areia de gatos.

— Tudo bem. Se sentir uma dor de estômago forte ou tiver dificuldades para falar, procure seu médico. A intoxicação por mercúrio pode provocar muitos sintomas diferentes, e mesmo a inalação dos vapores pode causar danos nos órgãos ou neurológicos, que vão de alterações de humor a doenças respiratórias e abdominais, e até mesmo tremores.

— Tremores? As mãos tremem?

— As mãos, às vezes até a cabeça.

— Entendi. A coleta está agendada para amanhã bem cedo.

Peach guardou as ferramentas e trancou a caminhonete, considerando algumas letras de músicas. *Você é a causa dos meus tremores e alterações de humor, baby* nunca entraria na playlist de ninguém.

Quando entrou na caminhonete, um pedaço de papel caiu do quebra--sol — um recibo com o logotipo de um sol piscando e o slogan *De olho nos melhores livros.*

Droga.

Peach pegou o recibo e o jogou para o lado. Estava prestes a voltar para casa quando algo, outra lembrança, o deteve. Ele pegou o papel e o alisou sobre o joelho.

Durante o período em que esteve nas Forças Armadas, seu trabalho exigia considerar causa e efeito. Prestar atenção na sequência dos acontecimentos. Andrew Harper — um homem até então sem problemas de saúde — sofrera uma queda. Depois, teve que se mudar para uma parte diferente do prédio, um pequeno apartamento no térreo. E desde então sua saúde entrara em declínio. Por quê?

Por décadas, o apartamento tinha sido usado como depósito. O pai de Andrew era farmacêutico. Quem poderia dizer que misturas foram armazenadas lá dentro? E, mais tarde, o próprio Andrew havia estocado produtos ligados ao conserto de máquinas de escrever — acetona e lubrificantes. Porém, mais recentemente, de acordo com Natalie, o lugar estivera cheio de livros, que haviam sido retirados às pressas para que Andrew pudesse viver no térreo.

Por impulso, Peach virou na Perdita Street e dirigiu até a livraria. Parou na zona de carga e descarga e entrou, tocando a campainha da porta.

— Olá — disse ele para Cleo, que estava no balcão. Não havia mais ninguém na livraria.

— Oi, Peach. — Ela olhou para o relógio por cima da porta. — Eu estava prestes a fechar. Tudo bem?

— Andrew está por aí?

Cleo balançou a cabeça.

— Natalie o levou ao médico e depois foram jantar. Ele anda doente. Estou preocupada.

— Tudo bem se eu der uma olhadinha em uma coisa no apartamento dele? Não vou demorar.

Ela deu de ombros.

— Você tem a senha da porta, certo?

Peach assentiu e foi rapidamente para os fundos do prédio. Já fazia algum tempo que não ia até lá. O apartamento estava bonito, provavelmente graças à habilidade de organização de Natalie. O lugar tinha cheiro de papel velho, tinta velha, homem velho. Uma lâmpada na mesa de cabeceira iluminava o aposento. O zumbido suave do aquecedor antigo enchia a sala.

Peach ligou a lanterna do celular e se agachou, encostando a bochecha no chão para olhar a parte de trás do aparelho.

— Não acredito — disse ele, ao ver o pequeno recipiente de ferro com a parte de cima delgada e uma lâmpada na parte inferior.

O aquecedor. A merda do aquecedor.

25

Os pensamentos de Andrew se agitaram como uma cortina ao sabor da brisa. O vento os separava momentaneamente e ele via um clarão. Então a interrupção da corrente de ar obscurecia a vista e a névoa ressurgia.

Embora não houvesse um tratamento padrão para a intoxicação por mercúrio, a terapia de quelação estava funcionando em todos os órgãos, exceto o cérebro. Isso ele sabia, com base nos exames frequentes de sangue e urina.

Poucas horas depois de Peach avisá-los sobre o mercúrio, Andrew fora internado no hospital. Quando voltou para casa, descobriu que o apartamento — o prédio todo, na verdade, do porão ao sótão — havia sido descontaminado e testado. O gosto metálico em sua boca tinha finalmente desaparecido. Recuperou o apetite e agora conseguia andar em linha reta. Podia alimentar a gata sem derramar nada. Talvez nunca conseguisse de volta os pedaços de si mesmo que perdera, mas, depois do drama repentino de remover a parte tóxica do aquecedor, estava mais esperançoso do que nunca.

Também enxergava as coisas com clareza intermitente.

E sabia o que precisava fazer. Pegou a fita verde esfarrapada que guardava na carteira desde que o pai lhe dera. Sua ligação com Colleen, que nunca havia encontrado o caminho de volta.

— Venha se sentar aqui comigo — disse ele a Natalie quando a neta apareceu em sua porta. — Podemos olhar a chuva. É uma paisagem tranquilizadora, não é?

Ela apertou o ombro dele, curvou-se e beijou sua bochecha. Natalie. Sua Natty querida. Dos beijos levíssimos, expressão preocupada e coração enorme no qual todos confiavam, menos ela mesma. Então sua neta se sentou, colocando uma pasta com algumas páginas impressas sobre a mesa entre os dois. Era a história do Edifício Sunrose, a que Blythe tinha começado... havia apenas um ano? Parecia muito mais tempo. Natalie estava determinada a completar a narrativa, acrescentando as informações valiosas dos escritos e desenhos de Colleen.

— Fico muito grato — disse Andrew. — Não digo isso o suficiente e quero ter certeza de que você sabe disso.

— Eu sei. Como está se sentindo hoje?

— Bem — respondeu o avô. — Olhei o calendário e finalmente não tem um médico ou um exame marcado. Chamei um tabelião para nos ajudar agora de manhã.

Natalie franziu a testa. Fez aquele bico de preocupação encantador.

— Por quê?

Ele pegou os formulários preparados pela sra. Hart, a advogada.

— Estou lhe dando meu mandato geral e também a curatela. Já passou da hora.

— Ai, vovô. O senhor tem certeza?

— Tive um bom tempo para pensar nisso. Sim, tenho certeza.

— Então prometo que farei o possível para cuidar de tudo. Você cuidou de mim a vida toda e agora farei o mesmo pelo senhor.

— Você me ajudou a ficar bem porque me traz alegria. E a alegria vai fazer o mesmo por você, mas você precisa deixar que isso aconteça.

Natalie parecia estar com dor.

— Vou tentar — disse ela. — Vou tentar deixar.

— Sua primeira tarefa vai ser encontrar um comprador para este prédio velho.

— O quê? Você quer vender?

— Já está na hora, Natalie. Você sempre soube e estava absolutamente certa. Também reservei uma vaga para mim — ele estendeu um folheto — nesta casa de repouso para idosos.

Andrew tinha ficado acordado até tarde, estudando o panfleto que Natalie lhe dera em outubro, um compêndio lustroso de pessoas grisalhas jogando golfe, sentadas nos balanços da varanda, olhando o pôr do sol sobre as colinas de Sonoma.

— O senhor quer morar *aí?*

Claro que não queria. Mas era a escolha mais sensata para os dois.

— Você pode voltar para Archangel. Tenho certeza de que sua antiga empresa gostaria de ter você de volta.

As bochechas da neta empalideceram. Natalie fez menção de dizer alguma coisa, mas ele ergueu a mão.

— Já tomei minha decisão. Vamos vender o prédio, e também a livraria e todo o seu inventário. Precisamos ser rápidos antes de perdermos tudo.

Natalie secou algumas lágrimas.

— Não vou fazer nada até termos certeza de que é isso que você quer.

— É, eu garanto. Eu estava sendo um velho tolo. Posso botar a culpa no mercúrio, mas deve ter sido minha própria teimosia. Tentei me agarrar a este lugar porque ele guarda minha vida inteira dentro de suas paredes.

— Vovô...

— Querida, me deixe terminar. Este lugar é uma casca vazia sem May Lin e Blythe. Sem meus pais, que já se foram há tanto tempo. Eles continuarão ausentes da minha vida de qualquer jeito, não faz diferença ficar aqui esperando o inevitável ou me mudar. — Andrew cobriu as mãos de Natalie com as dele. — Quero ficar perto de você em um lugar em que não precisemos nos preocupar com o que vai estragar a cada dia. Podemos tornar isso realidade? Por favor?

— O senhor tem certeza? — perguntou Natalie. Seus olhos preocupados o sondaram como os apetrechos do dr. Yang. — Certeza absoluta?

A incerteza latejava nos ossos de Andrew. Mas aquela era Natalie, sua neta preciosa, e ele não podia mais ser um fardo.

— Eu sei o que está acontecendo comigo. E eu sei como termina — disse ele. — Não quero deixar uma bagunça para você.

— O senhor não é uma bagunça — respondeu ela. — Farei o que for preciso para mantê-lo aqui.

Ele ergueu a mão.

— Já me decidi. Chega de trabalhar doze horas por dia. Chega de correspondências ameaçadoras. Quero aproveitar o tempo que me resta sem essas preocupações constantes.

— Mas...

— É isso. É hora de seguir em frente, Natalie.

Ela respirou fundo e, pela primeira vez em muito tempo, a preocupação em seu rosto diminuiu.

— Uma mulher deixou o cartão dela, Vicki Visconsi. Pesquisei a empresa dela, e ela é corretora de imóveis de alto padrão. Mamãe estava falando com ela antes...

— Ela provavelmente gostaria que você ligasse. — Andrew deixou a papelada de lado. — Isso pode esperar até o tabelião chegar.

— Ai, vovô. — Os olhos de Natalie estavam cheios de ternura. — Vamos sentir saudade deste lugar velho, não é?

O sorriso dele foi um pouco irônico.

— Talvez seja até bom eu estar meio esquecido. — Então o sorriso desapareceu. — Não me preocupo se vou esquecer o prédio. E sim você, Natty querida. Você.

— Escute aqui. Se o senhor se esquecer, eu o lembrarei. Vou amá-lo de coração e você vai sentir esse amor, porque mesmo que esqueça aqui — Natalie tocou a cabeça dele —, ainda vai se lembrar aqui. — Ela pôs a mão sobre o peito do avô com delicadeza. — Eu prometo.

Ele segurou e beijou a mão da neta.

— Você me lembra como sou um homem de sorte. — Para afastar a onda de emoção que ameaçava afogá-lo, Andrew mudou de assunto. — Então, voltando ao projeto de sua mãe. Parece que agora sabemos como termina. — Ele sorriu, e foi bom sorrir. Estava dando à neta o melhor presente que podia, a chance para que ela se livrasse das preocupações e dificuldades. — Vamos terminar a história de Blythe, então?

O sorriso de Natalie foi trêmulo.

— Eu estava protelando, como se terminar isso significasse esquecê-la. Mas estou tentando me desapegar da dor sem abrir mão do amor.

— Você é muito sábia — disse ele.

— É que fui criada direito — respondeu Natalie. — Nem sempre apreciei isso. E acho que descobri o porquê. Cresci ressentida com as coisas que não tínhamos, mas, ao me lembrar do passado e ler as anotações de mamãe, me dei conta de algo que ainda não tinha percebido. No fim das contas, tínhamos uma família incrível, só não era convencional. Você e mamãe e depois May Lin. Tínhamos tudo o que importa, não é?

A neblina estava se assentando de novo, mas Andrew resistiu, fixando-se nas cores brilhantes do rosto de sua neta.

— Tínhamos mesmo — disse ele. — Talvez a história termine assim.

Natalie abriu a pasta para mostrar a primeira página.

A LIVRARIA DOS ACHADOS E PERDIDOS: UMA _____.

— Mamãe deixou em branco. O que ela pretendia escrever?

O silêncio não trouxe resposta. Andrew olhou para o rosto lindo de Natalie e viu a filha olhando para ele.

Natalie respirou fundo e escreveu algo no espaço em branco, depois virou a página para mostrar.

— Uma grande aventura — disse ele, assentindo com a cabeça. — Blythe teria gostado.

Natalie deixou o avô no Chalé Silver Beaver, em Archangel, a casa de repouso para idosos que Natalie encontrara para ele. Nunca imaginara que ele concordaria em se mudar, mas ali estavam eles. A diretora o recebeu de maneira acolhedora, e Andrew deu a Natalie um sorriso e um sinal de positivo quando entrou no carrinho de golfe para o passeio de apresentação do lugar.

Por favor, tomara que ele goste daqui, ela pensou.

— Volto daqui a uma hora — disse Natalie, enfiando o cachecol dele no colarinho. Estava ventando muito. — O senhor está bem agasalhado?

— Ele está em boas mãos — disse a diretora. De rosto redondo e sorridente, a mulher tinha olhos bondosos.

Em seguida, Natalie foi para a Pinnacle Vinhos Finos fazer o que precisava, com muito desgosto. Ela nunca tinha devolvido o cartão de acesso de funcionária, que ainda funcionava na roleta da recepção. No caminho para a sala de Rupert, ela passou pelos cubículos de seu antigo departamento. Como dois cães-da-pradaria, as cabeças de Mandy e Cheryl surgiram para observá-la por cima das divisórias.

Antes Natalie se preocupava tanto com as fofocas do escritório. *Que desperdício de energia mental*, ela pensou agora.

— Natalie, o que a traz aqui? — perguntou Mandy, olhando sua calça jeans e tênis.

Era bem diferente do modo como Natalie costumava se vestir, com saia reta, blazer, sapatos apertados. Ela alisou a calça jeans. Essa era ela, sempre tinha sido. Roupas confortáveis, não pretensiosas.

— Estou procurando Rupert — respondeu, e subiu as escadas para o escritório no canto do prédio.

Natalie havia ligado antes, e ele a estava esperando.

— Bem-vinda — disse ele, cumprimentando-a com um sorriso de político. — Ou devo dizer, bem-vinda de volta para casa.

— Obrigada — disse ela.

— Fiquei feliz por você ter ligado. Acho que podemos pôr nosso pequeno desentendimento em pratos limpos.

— É claro — concordou Natalie, profissional. — Você recebeu o contrato do RH?

— Está bem aqui. Tire um tempinho para analisar tudo, mas não demore muito. O departamento de inventário não é o mesmo sem você.

Zero surpresa nisso, ela pensou.

— Mais uma vez, obrigada, Rupert — disse ela. — Entrarei em contato em breve.

Quando saiu do prédio, uma rajada de vento arrancou as páginas de suas mãos, e Natalie teve que correr atrás delas. Mandy, que havia saído para fumar ao lado do prédio, pisou nelas para que parassem.

— Opa — disse Mandy, olhando o papel timbrado do RH.

Natalie pegou os papéis, agora com a marca da bota da ex-colega.

— Obrigada — respondeu ela.

— Acho que vejo você de novo em breve. — Mandy soprou uma nuvem de fumaça no vento.

Natalie não queria sentir o nó de ansiedade em seu estômago enquanto se afastava da empresa. Sabia que seria bem-vinda de volta à Pinnacle. O trabalho estava esperando por ela. Mas odiava a ideia. Antes, achava que era o trabalho perfeito. Agora sabia que seu tempo era precioso demais para gastar em uma ocupação que não significava nada além de um salário.

Ela precisava de outra coisa, então. Algo que a fizesse se sentir melhor, como o suéter confortável e a calça jeans que usava naquele momento. Não era uma roupa que sua mãe teria escolhido para trabalhar, mas combinava com Natalie. Talvez a livraria em Archangel a contratasse.

É só um emprego, tranquilizou a si mesma. Um emprego estável e previsível para que ela pudesse proporcionar ao avô uma vida sem preocupações.

Comunicar sua decisão a Cleo e Bertie foi mais difícil do que Natalie havia imaginado. Era o fim do dia e eles tinham passado o expediente transportando os expositores de Natal.

Todos os anos, ela, a mãe e o avô iam juntos a uma instituição que vendia árvores de Natal para ajudar crianças carentes para escolher uma árvore para a livraria. Os voluntários, com seus macacões verdes e sorrisos alegres, eram os arautos do inverno ao entregarem a árvore perfeita, e sua mãe sempre doava livros para o programa que mantinham para jovens em situação vulnerável.

Aquele fim de ano sem a mãe seria brutal, uma dor profunda e insuportável. *Sinto saudade da sua voz*, ela pensou, *de quando você cantava as canções natalinas toda desafinada enquanto a gente decorava tudo, e das histórias que tínhamos sobre cada enfeite que pendurávamos. Muito de mim se foi com você, mãe.*

— Será nosso último Natal — anunciou ela baixinho, segurando um anjo antigo cujos braços formavam uma estante de livros.

Bertie e Cleo se viraram para ela.

— O quê? — Cleo perguntou em um sussurro.

— Meu avô concordou em fechar. Conseguimos um comprador, e nós vamos nos mudar para Archangel.

— Ah, querida. — A expressão de Bertie desmoronou e ele trouxe as duas para um abraço em grupo. — Eu sinto muito. Não posso dizer que estou surpreso, mas sinto muito.

— Eu também — disse Cleo. — Natalie, você trabalhou muito e estamos orgulhosos de conhecê-la.

Ela os abraçou bem apertado.

— A data prevista para fecharmos é primeiro de fevereiro, mas fiquem à vontade para procurarem outra coisa quando as festas de fim de ano passarem.

Cleo suspirou.

— Trabalhar aqui era minha desculpa favorita para não escrever. Agora, acho que vou ter que tomar jeito e terminar a peça.

Bertie assentiu.

— E eu vou ter que arrumar um papel em uma produção maior. Sair da minha zona de conforto e mergulhar fundo. Meu professor de teatro vai ficar feliz.

— Ai, gente. Vocês são os melhores amigos que já tive e vou amar vocês para sempre. — Ela os expulsou, dirigindo-os para a porta. — Podem ir, antes que isso fique feio demais.

Depois que os dois saíram, Natalie olhou em volta para a livraria silenciosa. Sylvia se aproximou e ficou se roçando em seus tornozelos, desenhando um oito. Natalie se abaixou para acariciá-la e, pela primeira vez, a gata não a arranhou.

— O que vamos fazer com você? — perguntou ela. — Será que você vai gostar do interior?

Natalie suspirou, sentindo um aperto no peito. Ficara tão frustrada e irritada com a mãe pela contabilidade desleixada, as contas atrasadas, as dívidas que caíram sobre seus ombros. No entanto, redescobrira a magia de sua mãe com histórias. Ela acabou se apaixonando pela livraria, encontrando a alegria que havia sustentado Blythe Harper a vida toda. E agora tinha acabado.

Ela se ocupou com algumas tarefas para passar o tempo enquanto esperava por Peach Gallagher. Ele estava vindo buscar algumas ferramentas e um último cheque por seus serviços, e a ideia de vê-lo outra vez a deixava nervosa. Olhando seu reflexo na vitrine escura da livraria, Natalie alisou a lateral do corpo e se perguntou se deveria trocar de roupa. Em vez da saia e blusa conservadoras de sempre, estava de calça jeans e um cardigã folgado. Resolveu não se arrumar para ele. Essa era ela agora, finalmente à vontade consigo mesma, rendendo-se à decisão que tomara. Ela se perguntou se Peach notaria a diferença.

Seus sentimentos por ele eram diferentes de qualquer coisa que já tinha vivido. Nunca tinha dado certo com outros homens, mas havia potencial com Peach. E não passaria disso, porque ela estava indo embora.

Mas ela queria vê-lo de novo. Precisava lhe dizer que o que ele tinha feito por seu avô não tinha preço. Nunca seria capaz de agradecer o suficiente.

Quando o viu no vestíbulo, Natalie se levantou de um pulo para deixá-lo entrar. Peach chegou com uma rajada de vento úmido de inverno.

— Você estava certo — disse ela, de maneira apressada.

Peach sorriu.

— Já gostei de como a conversa começou — disse ele.

Meu Deus, ela amava o sorriso dele.

— Sobre o mercúrio — explicou ela. — Eles começaram o tratamento imediatamente. Está ajudando muito. A demência é um problema à parte, mas os outros sintomas melhoraram. Ele se sente muito melhor. — *Agora que não está respirando vapor de mercúrio todas as noites*, ela pensou, culpada. — Não sei como agradecer, Peach.

O que ela realmente queria dizer era *Estou com saudade. Por favor, volte.* Mas ela não disse isso porque estava lidando com inúmeras mudanças, inclusive físicas, já que estava indo para Archangel.

— Ele está acordado? Eu queria dar um oi.

— Ele já deve estar dormindo. Os tratamentos são cansativos. Talvez amanhã, se você tiver um tempinho. Mas, mudando de assunto... — A mão dela tremia enquanto lhe mostrava um cartão de visita. — Arrumei um comprador para a livraria. Parece que minha mãe estava discutindo a possibilidade com uma empresa grande, mas meu avô não queria dar o braço a torcer. Eu estava prestes a entrar com o pedido de curatela. E agora não preciso, porque ele finalmente decidiu vender e liquidar todas as dívidas pendentes. Só preciso encontrar uma maneira de me despedir deste lugar. — Ela sentiu uma onda de náusea ao olhar Sylvia, toda enrolada em seu cantinho junto à poltrona de leitura. — Vamos nos mudar para Archangel, em Sonoma. Posso ter meu emprego antigo de volta, se quiser.

— Eu achava que você odiava aquele trabalho — disse Peach.

— Não tanto quanto amo meu avô.

— Ele é um cara de sorte. E aposto que sabe disso. Fico feliz que ele esteja se sentindo melhor. Mas triste pela livraria.

— Nós dois temos muitas lembranças ligadas a este prédio. Minha mãe... Meu Deus, este lugar todo é um santuário para ela. Não sei se estar aqui me deixa com mais saudade dela ou se é um consolo.

Natalie olhou em volta para o espaço familiar. Sua mãe tinha sido sua primeira amiga de verdade. Conseguia ouvir o riso de Blythe toda vez que a campainha da porta tocava. Podia sentir seu toque enquanto escovava o cabelo ou enxugava as lágrimas. Mesmo agora, ainda estendia a mão para pegar o celular antes de se dar conta de que sua mãe tinha morrido. Uma parte de Natalie sempre pensava no momento que tirara Blythe do mundo. Mas outra parte percebia que sua mãe nunca a abandonaria, porque Natalie a conhecera a vida toda. Ela via Blythe Harper sempre que se olhava no espelho.

— Espero que tenha sido um consolo para você — disse Peach em voz baixa.

Ela suspirou.

— Foi, e vai ser difícil partir. Nunca achei que vender livros fosse para mim, mas acontece que realmente amo fazer isso.

— Seu... hã, Trevor. Ele não pode ajudar?

— Trevor? — Ela percebeu que Peach não sabia o que havia acontecido. — Ele não é... não estamos... o que você está pensando. Não é assim.

— Ele não é seu namorado.

— Ele não é meu namorado. — Desde que a mãe dele tinha entrado na livraria, Trevor e Natalie conversaram algumas vezes. Ela garantiu que não havia ressentimentos, que o passado dele era passado e ninguém mudaria a opinião que tinha dele por isso. — Mesmo que fosse, eu não ia pedir a ajuda dele.

— Você poderia ter me dito, Natalie.

— E por que eu *poderia* ter feito isso? — Ela ouviu a irritação na própria voz.

— Porque eu poderia dizer que isso importa para mim. *Você* é importante para mim. E você já saberia disso se falasse comigo.

— Se eu *falasse* com você? Como se fosse minha obrigação?

— Não foi o que eu disse. Mas isso seria muito mais fácil se você me dissesse o que está pensando.

— Isso? *Isso*? Você vai ter que ser mais específico, Gallagher.

Ela se sentia inundada por emoções. Alívio pelo avô, apreensão pelo que estava por vir. Confusão em relação a Peach, parado na frente dela com o coração nos olhos.

— Olha, lamento muito que você esteja triste — disse ele. — E lamento muito que sua mãe tenha morrido junto com seu namorado e que você agora tenha que vender um lugar que você ama. Não posso resolver essas coisas. Só posso resolver o conserto do seu prédio antigo. — Peach segurou as mãos dela. As dele estavam úmidas e geladas da chuva, ásperas e com calos do trabalho. — O que posso fazer é amar você, Natalie Jean Harper. É o que posso fazer. Mas só se você deixar.

Ela o olhou, chocada. Nem sabia por onde começar.

— Como você sabia meu nome todo?

— Chutei. Eu acertei?

— Não.

Ela olhou para as mãos unidas dos dois e depois para o rosto de Peach, e naquele momento ela soube. Algo ia acontecer entre os dois, algo grande. Maior que as dúvidas e medos que sentia. Maior que a livraria. Maior ainda que a estrada à frente dela e do avô. Seria a maior coisa que já tinha acontecido com ela.

— Você está bem? — perguntou ele. — Está um pouco pálida.

— Estou bem. Só para esclarecer. Você disse que poderia me amar.

— Sim. Se você deixar.

— Foi o que achei ter ouvido.

— E então, Natalie? Você vai deixar?

Ela fez menção de responder, mas sentiu um nó na garganta. Olhou para as mãos dos dois de novo. Natalie as segurou com força. Engoliu em seco. Quase tinha sentido saudade disso. Seus instintos estavam certos o tempo todo, mas ela continuava a questioná-los quando não deveria. Lá no fundo de seu coração, ela se ressentia da mãe, porque Blythe havia lhe ensinado que não dava para confiar nos homens. Isso era diferente, ela pensou. *Eu sou diferente.*

Natalie quase não se abrira para Peach, e isso teria sido terrível. De alguma forma, no meio de todo o caos desde o acidente de avião, ela encontrara algo que nem sabia que estava precisando. E só o fato de estar acontecendo já era um milagre. Natalie queria se lembrar de cada momento. Mas se lembrar não era suficiente. A primeira vez que o viu, será que ela já sabia? Quis ter aqueles momentos de volta, torná-los melhores, mais nítidos e brilhantes. Mais memoráveis.

Em vez disso, tinha sido um começo pouco auspicioso. Peach a encontrara na calçada, toda triste, chorando, confusa. Talvez ela devesse ter reparado nisso. Ele a vira em um de seus piores momentos e lidara com aquilo sem se abalar. Sem julgamentos, apenas com aceitação.

— Quer passar a noite aqui? — perguntou ela.

Era a primeira vez deles, então algumas coisas foram típicas de uma primeira vez, como era de se esperar. Momentos embaraçosos. Ondas de timidez. Porém, acima de tudo, mais forte que a novidade da experiência, estava um inegável sentimento de assombro. Por ela poder sentir aquilo por outra pessoa. E por outra pessoa poder sentir aquilo por ela.

Na cama grande, no apartamento aconchegante que ela havia pouco a pouco transformado, Natalie se entregou com um suspiro que era metade excitação, metade alívio. Algo em seu íntimo estava ganhando vida, algo que antes pensava estar fora de seu alcance. Ela finalmente ia amar alguém.

As mãos dele, grandes e ásperas, eram gentis, e Peach era generoso, beijando e tocando, olhando para ela, sorrindo quando Natalie arfou de prazer e depois desmoronou. Foi rápido, talvez porque aquilo estivesse sendo construído havia muito tempo. Ele se moveu uma última vez, devagar e sensualmente, juntando-se a ela, e os dois afundaram de volta, entrelaçados, sem falar por alguns longos momentos enquanto seus batimentos cardíacos se acalmavam e o mundo voltava a ficar nítido.

Natalie acendeu uma das velas aromáticas que vendiam na livraria, uma fragrância intitulada "Biblioteca antiga". Então fumaram um pouco do pequeno estoque que ela mantinha na gaveta da mesinha de cabeceira, e ela desejou que aquela sensação de felicidade durasse para sempre.

— Eu sonhei com isso — sussurrou ela, deixando a confissão escapar em uma onda de honestidade, antes que tivesse tempo de sufocá-la. — Mas nunca acreditei no meu próprio sonho. Não achei que fosse possível. Achei que fosse... Não sei, tipo uma história de um livro em algum lugar, escondida entre as páginas.

Ela roçou o dedo pela tatuagem no braço dele.

— Um trevo?

Ele deu de ombros.

— Meio brega, eu sei. Prova de que já fui jovem. — Peach afinou o violão velho e tocou uma música chamada "E o seu coração?", e Natalie se derreteu. — Compus essa logo depois que nos conhecemos — disse ele.

— O quê? Mentira.

— Verdade. Você estava cuidando de todo mundo, menos de você mesma. Eu via isso todos os dias. Você era sempre a última na sua lista de prioridades. Não faça isso, Natalie.

— Eu só queria construir um bom lar para o meu avô.

— Você fez um bom trabalho. Gostei deste lugar assim que o vi — disse Peach. — Os móveis, os cheiros femininos. Cada vez que passava por essa cama, ficava com tesão.

— Que romântico.

— Não estou sendo romântico. Estou sendo sincero. Este não é o nosso primeiro relacionamento — disse ele. — Na primeira vez que nos vimos, você estava chorando e vi sua barriga sarada... — Ele passou o dedo por ela, leve como uma pluma. — Eu me senti um babaca porque não conhecia você, mas mesmo assim queria... — Peach baixou a cabeça e deu alguns beijos leves na pele dela, até Natalie ofegar. Ele a olhou. — O que sinto por você é...

Peach segurou os pulsos de Natalie acima da cabeça, ficou em cima dela e começaram de novo, dessa vez mais devagar, a urgência dando lugar a uma exploração terna.

Depois de alguns minutos intermináveis, Natalie sentiu um solavanco suave, e a chama da vela tremulou. Ela ficou imóvel, olhando para Peach. Ele estava franzindo a testa.

— Terremoto — sussurrou ela.

— É? Nossa, nunca senti um antes.

— Tenho certeza. — Natalie estendeu a mão e acendeu a luz.

Um segundo depois, um estrondo foi seguido por mais solavancos. A luz piscou. Os quadros nas paredes balançaram. Livros caíram das prateleiras. Em algum lugar distante, vários alarmes soaram.

Peach saiu de cima dela e se sentou.

— O que a gente faz?

Natalie o puxou para debaixo da soleira da porta e agarrou a madeira por uns trinta segundos, o que pareceu uma eternidade, enquanto Peach a segurava com um braço.

— Caramba, hein. Foi tão bom que a terra tremeu.

— Ha, ha. — Ela não pôde deixar de sorrir, mas assim que o terremoto parou, ela disse: — Vamos ver como está meu avô.

— É melhor nos vestirmos primeiro — disse Peach, sorrindo.

Colocaram as roupas e correram escada abaixo juntos. Andrew estava sentado na cama, colocando os aparelhos auditivos. As luzes piscaram de novo, depois se firmaram.

— Tudo certo? — perguntou Natalie.

Ele colocou os óculos e olhou para ela e Peach, fitando a camiseta dos Giants vestida às pressas e o peito nu de Peach, que vestia uma calça jeans com o primeiro botão desabotoado.

— Está tudo bem — disse ele. — Vou ligar no jornal.

— Meu Deus. Ele sabe — disse Natalie, quando entraram na livraria.

— Ele sempre soube. — Atrás dela, Peach segurou os ombros de Natalie e encostou o nariz em sua nuca.

— Como assim?

— Ele falou uma coisa logo que comecei a trabalhar no apartamento dele. Às vezes, eu não sabia se ele estava falando sobre você ou sua mãe.

— O que ele disse?

Peach a virou em seus braços.

— Que você tinha sofrido uma desilusão amorosa, se decepcionado no amor. Mas que nunca tinha decepcionado ninguém. — Ele encostou os lábios na testa dela e ficou parado, com uma pressão suave. — Não vou decepcionar você, Natalie. Você escolheu bem.

Ela fechou os olhos e se apoiou nele. *Finalmente*, ela pensou.

— Ei — sussurrou Peach, passando o polegar pela bochecha dela. — O que foi?

— Você é meu sinal. — Natalie limpou as lágrimas com a manga da camisa.

— Eu sou um sinal?

— Não faz muito tempo que a livraria estava prestes a ser liquidada. Eu estava pensando em solicitar a curatela do meu avô para que eu pudesse vender tudo. Eu precisava de um sinal. Um sinal mínimo que fosse, para ter esperança. — Ela olhou para Peach, colocou a palma da mão no peito nu dele, acima do coração. — É isso que você é.

— Ah, meu bem...

— Mas estou prestes a me mudar, e você precisa ficar aqui por causa de Dorothy, e não sei como... — As luzes piscaram mais uma vez, e não se acenderam novamente. — Ai, não. O que foi agora?

Peach foi até a porta e olhou para fora.

— O resto do bairro ainda tem luz. Vamos dar uma olhada nos disjuntores.

Ele acendeu a lanterna do telefone e moveu o feixe de luz pela livraria.

— Caramba.

Parecia que metade dos livros havia pulado das prateleiras e mesas. Algumas canecas de grês do café haviam se partido.

— Vou verificar a caixa do disjuntor.

Natalie o seguiu até o porão. Ele abriu a caixa e acionou o interruptor principal.

— Estou tentando entender por que ele desarmou — murmurou Peach, puxando o fio da luz do teto. — Ai, que merda — disse ele, examinando uma rachadura que ia do chão até a parede dos fundos. — Parece que tivemos alguns danos aqui.

Natalie ficou desolada ao examinar o tijolo destruído.

— Que ótimo. Bem quando o comprador estava prestes a fazer uma oferta.

Ela se aproximou e viu um grande vão atrás da parede quebrada. Peach iluminou a parede.

— Tem algo aqui dentro.

— Fortunato — sussurrou ela.

— O quê?

— Você sabe, do conto de Poe, "O barril de amontillado". Uma cara prende o amigo na parede do porão.

— Que amigo, hein? Mas nunca li.

— Até que enfim eu ensinei alguma coisa para você.

Ele a segurou e lhe deu um beijo longo e profundo.

— Você me ensinou tudo, Natalie Jean Harper.

— Inga — corrigiu ela.

— O quê?

— Meu nome do meio é Inga, igual ao de minha mãe. Recebemos o nome em homenagem à avó dela.

— Vou me lembrar.

— O prédio é seguro? — perguntou ela, olhando para o chão rachado.

Peach bateu com o punho na parede.

— Você vai precisar chamar um inspetor. — Ele tirou alguns tijolos soltos e espiou a brecha. — Tem algum tipo de armário ou baú de ferramentas ali dentro.

— Será que são mais medalhas de guerra? — perguntou Natalie.

— É grande demais para isso.

Ele pegou uma pá da estante de ferramentas. Trabalhando juntos, os dois tiraram os tijolos e detritos caídos e puxaram a caixa para fora da abertura. Era do tamanho de uma mesa e muito pesada. Eles a deslizaram pelo chão quebrado e a levaram até a bancada de trabalho sob a janela, por onde a luz do raiar do dia começava a entrar. A caixa estava coberta de poeira e arranhões, e as travas e dobradiças tinham sido corroídas. Estava trancada.

— Devo arrombá-la? — perguntou Peach.

Natalie se lembrou da chave antiga que tinham encontrado na bomba do porão.

— Eu tenho uma ideia — disse ela. — Espere aqui.

Ela correu escada acima e pegou a chave do jarro em sua mesa.

— É aquela chave que você encontrou quando o porão inundou.

Peach a pegou. Depois de algumas tentativas, ele conseguiu enfiá-la e girar.

— Não acredito — murmurou ele.

Pôs um pouco de lubrificante nas dobradiças do grande armário. No interior, havia quatro volumes grandes e planos, embrulhados no que parecia ser lona encerada. Cada volume estava dentro de um estojo de couro como um portfólio.

— Talvez sejam mais desenhos — disse Peach.

Natalie mal conseguia ouvi-lo com o martelar em seus ouvidos. Ela não se atreveu a falar enquanto revelava a capa do primeiro volume.

Então perdeu o fôlego. O livro era enorme, encadernado em couro vermelho com bordas douradas.

— Não são os desenhos de Colleen. — Ela teve que lembrar a si mesma de respirar enquanto levantava a capa pesada, revelando um frontispício elaborado com caligrafia rebuscada. — Acho que talvez a gente tenha encontrado... Meu Deus, Peach. Preciso me sentar. — Ela se abaixou e se acomodou em um banquinho. — E se nós tivermos encontrado as *Aves da América*?

— Um livro de Audubon. Legal.

— Não. Quer dizer, sim. Sempre achei que era uma lenda da família. Mas aí encontramos os diários de Colleen, e agora isso...

— Parece antigo — disse Peach. — E está em boas condições. Acha que interessaria a um colecionador?

— É muito mais que isso. Não é *um* livro de Audubon. Acho que esse pode ser *o* livro de Audubon.

— É um livro enorme — observou Peach, esfregando o nariz na nuca de Natalie.

O contato provocou um frisson caloroso no corpo de Natalie, mas ela continuou focada no grande volume.

— Foi impresso em fólio de 127 centímetros de altura. Era o maior disponível na época. Audubon queria que os desenhos fossem em tamanho real.

Ela abriu o livro mais ou menos na metade. A impressão colorida à mão de um par de tetrazes-cauda-de-faisão tinha a precisão e delicadeza que eram a marca registrada do artista, a legenda impressa em fonte ornamentada.

— Ele levou cerca de dez anos para publicar isso na década de 1830. Se for o que eu acho que é... Meu Deus, tenho até medo de dizer. As duas vendas mais recentes foram por cerca de dez milhões. — Ela quase engasgou ao dizer o valor. — Preciso ligar para Tess.

— Precisamos cuidar de uma coisa primeiro. — Peach começou a esfregar o nariz na nuca dela de novo.

— Agora? Sério? — disse ela, dividida entre desejo, diversão e urgência.

Ela se levantou e se virou nos braços de Peach, e ele a beijou profunda e ternamente.

— Sério.

Ele se abaixou, apoiando-se em um joelho, e ela tentou agarrá-lo, achando que ele havia caído. Então Peach olhou para ela, e foi a vez de Natalie de quase cair.

— Peach...

— Provavelmente seria mais inteligente esperar, mas quando se trata de você, Natalie Inga Harper, não sou inteligente. — Ele beijou a mão dela. — Escute. Você pode ter acabado de ganhar na loteria... ou não. Talvez esse seja seu El Dorado. Ou talvez seja ouro de tolo. Então, estou pedindo você em casamento agora, antes de sabermos a resposta. Assim, você vai saber que estou pedindo porque amo você e quero ficar com você para sempre, não importa o que aconteça.

— Peach... — disse ela mais uma vez

Ele se levantou.

— Quero me casar com você. Estou pedindo para você se casar comigo.

As palavras ridículas a deixaram abalada. Lágrimas embaçaram sua visão, e mesmo assim Natalie riu. Peach sempre a fazia rir. E algo em seu íntimo sabia que ele sempre faria.

— Você é maluco — disse ela.

— Talvez. E você vai amar esse meu jeito, eu juro.

Ela já amava o jeito dele.

— Mas Peach...

Estendendo a mão, ele encostou um dedo nos lábios dela.

— Tenho certeza de que comecei a me apaixonar por você no primeiro dia, quando vi você chorando na calçada em frente à livraria.

Natalie sempre se lembraria de como ele tinha sido gentil e paciente. Ela queria esquecer como estava um caco naquele dia.

— Você achou que eu era uma sem-teto — disse Natalie, afastando a mão dele.

— Eu achei que você era bonita e triste, alguém que eu queria conhecer melhor. Cada momento que passei com você me fez sentir mais vivo. Compus músicas sobre você... — Ele fez uma pausa e Natalie ficou chocada ao ouvir sua voz trêmula. — Diga sim, Natalie. Não é difícil.

Também não seria fácil. Ela não era ingênua de pensar que aquilo seria simples. Peach a desafiaria. Ele também a amaria com todo o seu grande coração gigante e mole. Na noite anterior, ela lhe dissera que estava prestes a perder tudo, e isso não tivera a menor importância para ele. Em vez disso, ele havia deixado claro que *ela* era importante.

Natalie riu com a loucura da situação. Ele já havia mudado o coração dela, fazendo-a se sentir mais corajosa, mais ousada.

— Se isso for o que eu penso que é — disse ela, gesticulando para o fólio —, podemos passar a lua de mel na Espanha?

— Podemos passar a lua de mel na Lua, se quiser. Mas, sinceramente, eu iria a qualquer lugar com você. Um motel na praia. Uma caverna. Sério, qualquer lugar.

Natalie soltou uma risada admirada. E, embora aquele fosse ser o maior mergulho às cegas de sua vida, ela confiava no que estava fazendo. Confiava nele. Confiava no que o futuro traria.

EPÍLOGO

OBRA-PRIMA RARA DE AUDUBON É VENDIDA EM
LEILÃO POR ONZE MILHÕES DE DÓLARES

SÃO FRANCISCO — A obra-prima de quatro volumes de John James Audubon, *Aves da América*, foi vendida depois de uma disputa feroz na Casa de Leilões Sheffield. O comprador pediu para permanecer anônimo. Filantropo e conhecedor de livros raros, ele vai doar a obra para o Museu de História, Artes e Ciências da Califórnia. O livro é o maior feito do artista, um fólio de quatro tomos de quatrocentas e trinta e cinco impressões coloridas à mão, mostrando pássaros em tamanho real em seus habitats naturais.

De acordo com a analista de procedência Theresa Delaney Rossi, o tesouro encontrado pertenceu a William Randolph Hearst, que o ganhou de seu pai, o senador George Hearst. Durante os anos pós-Harvard em que viveu em São Francisco, Hearst deu o fólio de presente a uma conhecida, uma imigrante irlandesa chamada Colleen O'Rourke, dada como morta no terremoto e no incêndio de 1906. Seu filho, Julius Harper, foi uma das centenas de crianças órfãs que sobreviveram ao desastre e foram criadas no Orfanato de São Francisco.

Quando jovem, já veterano da Primeira Guerra Mundial, Julius Harper descobriu que o lar de sua infância, o Edifício Sunrose, na Perdita Street, ainda estava de pé, embora abandonado. Ele adquiriu a propriedade e viveu lá pelo resto da vida, convencido de que sua mãe havia deixado um tesouro para trás, jamais encontrado.

O edifício agora pertence a Andrew Harper, de 79 anos, proprietário da Livraria dos Achados e Perdidos. O terremoto de dezembro causou danos significativos ao prédio e, na ocasião, os livros foram encontrados atrás de uma parede do porão que havia desmoronado.

[Legenda: Andrew Harper e sua neta, Natalie Harper, dona da livraria em frente ao Edifício Sunrose.]

O sr. Harper recebeu inúmeras ofertas de colecionadores e instituições particulares.

"É um tesouro que está em minha posse, mas não me pertence", disse ele em um comunicado. "Pertence ao mundo. Depois de cuidar de minhas próprias obrigações e liquidar minhas dívidas, o resto do dinheiro será doado para a preservação."

E, conforme prometido, Andrew Harper criou um fundo sem fins lucrativos em benefício da Associação Nacional de Preservação Ornitológica. Também fundou o Centro de Memória de Perdita Street, um espaço que presta assistência a pacientes com demência.

DRAMATURGA LOCAL RECEBE GRANDE PRÊMIO

SÃO FRANCISCO — A dramaturga Cleo Chan ganhou o prêmio Círculo dos Críticos da Bay Areapor com sua encantadora peça *A Livraria dos Achados e Perdidos: Uma grande aventura*, baseada em uma possível relação entre uma criada que se tornou artista e William Randolph Hearst, ambientada na antiga São Francisco. Inspirada em fatos reais, a história traça a jornada de um livro raro e seu impacto em uma família local.

A produção estreou no Teatro Sutter e logo ganhou elogios por seu conteúdo histórico imaginativo. A atuação de Bertrand "Bertie" Loftis na pele de um Hearst jovem, atraente e supreendentemente vulnerável foi muito elogiada, e o papel mudou sua carreira, rendendo-lhe o prêmio de Melhor Ator numa Peça Teatral.

[Legenda: Cleo Chan, dramaturga, Bertie Loftis, ator, Natalie Harper Gallagher, dona da Livraria dos Achados e Perdidos, no Teatro Sutter.]

A cerimônia foi realizada em Hilltop Marquis. Chan e Loftis dedicaram seus prêmios à memória do falecido Andrew Harper, filantropo da baía de São Francisco.

NASCIMENTOS, SEPULTAMENTOS E CASAMENTOS

HOSPITAL MERCY HEIGHTS — Peter "Peach" Gallagher e Natalie Gallagher anunciam o nascimento de seu filho, Andrew Julius Gallagher.

Andrew Julius nasceu na segunda-feira, 23 de março, às 4h47 da manhã, pesando 2,90 quilos e medindo 52 centímetros.

Sua irmã, Dorothy Gale Gallagher, tem 12 anos e é estudante com mérito da Academia Greenhill.

AGRADECIMENTOS

*E*ste livro começou como uma conversa com dois dos melhores escritores que conheço — John Saul e seu parceiro, Michael Sack. Obrigada, cavalheiros, pela sessão de *brainstorming* que deu início a essa ideia. A história foi refinada com os conselhos de Michael Hauge, brilhante analista de história e meu amigo pessoal.

Minha mãe, Lou Klist, foi minha primeira mentora na escrita e também minha primeira leitora, e inspirou o personagem de Andrew Harper. Te amo, mãe.

Todos os livros que escrevo são enriquecidos pela minha agente literária, Meg Ruley, e sua sócia, Annelise Robey, e trazidos à vida pela incrível equipe de editores da William Morrow Books — Rachel Kahan, Jennifer Hart, Liate Stehlik, Tavia Kowalchuk, Bianca Flores e seus muitos colegas criativos que tornam a publicação de livros uma aventura tão grande.

Meus agradecimentos especiais a Laura Cherkas e Laurie McGee pela edição de texto inteligente e perspicaz e a Marilyn Rowe pela ajuda com a revisão.

Sou grata a Cindy Peters e Ashley Hayes por manterem tudo atualizado on-line.

Como todos os escritores, sou grata aos muitos livreiros que tornam suas comunidades mais ricas — Jane e Victoria, da Eagle Harbor Book Co., Suzanne e Suzanne, da Liberty Bay Books, e tantos outros profissionais. Obrigada a Donna Paz Kaufman e Laura Hayden pela ajuda na pesquisa.

A maioria dos livros e autores citados nesta história existe. São escritores cujo trabalho amo, e eu os recomendo muito.

LIVROS E AUTORES MENCIONADOS

Segue aqui uma lista com todos os livros publicados mencionados — direta ou indiretamente — ao longo da história, em ordem de aparição. Entre parênteses estão os títulos em português em tradução livre ou, quando houver, com o título de sua edição brasileira.

- *Tuck Everlasting* (*A fonte secreta*), Natalie Babbitt
- *One family* (*Uma família*, em tradução livre), George Shannon, Blanca Gomez (Il.)
- *Smells Like Dog* (*Cheirando igual Cachorro*, em tradução livre), Suzanne Selfors
- *Angelina Ballerina* (*Angelina Bailarina*), Katharine Holabird, Helen Craig (Il.)
- *Charlotte's Web* (*A teia de Charlotte*), E.B. White
- *Beezus and Ramona* (*Beezus e Ramona*, em tradução livre), Beverly Cleary, Tracy Dockray (Il.)
- *Lilly's Purple Plastic Purse* (*A pequena bolsa plástica roxa de Lilly*, em tradução livre), Kevin Henkes
- *The Noble Eightfold Path* (*O nobre caminho óctuplo*), Bhikkhu Bodhi
- *New and Selected Poems* (*Poemas novos e selecionados*, em tradução livre), Mary Oliver
- *Odisseia* (*Odisseia*), Homero
- *The Rime of the Ancient Mariner* (*A Balada do Velho Marinheiro*), Samuel Taylor Coleridge
- *The Grapes of Wrath* (*As vinhas da ira*), John Steinbeck
- *The Hitchhiker's Guide to the Galaxy* (*O guia do mochileiro das galáxias*), Douglas Adams
- *Maya Running* (*Maya correndo*, em tradução livre), Anjali Banerjee
- *Anne of Green Gables* (*Anne de Green Gables*), Lucy Maud Montgomery
- *The Story of the Gold at Sutter's Mill* (*A história do ouro no Moinho Sutter*, em tradução livre), R. Conrad Stein

- *The Chronicles of Narnia* (*As crônicas de Nárnia*), C.S. Lewis
- *Rebecca of Sunnybrook Farm* (*Rebecca da Fazenda Sunnybrook*, em tradução livre), Kate Douglas Wiggin
- *The Minpins* (*Os Minpins*), Roald Dahl
- *Harry Potter and the Philosopher's Stone* (*Harry Potter e a pedra filosofal*), J.K. Rowling
- *The Sword in the Stone* (*A espada e a pedra*), T.H. White
- *To Kill a Mockingbird* (*O sol é para todos*), Harper Lee
- *The Things They Carried* (*As coisas que eles carregam*, em tradução livre), Tim O'Brien
- *Practical Demonkeeping* (*Guia prático para cuidar de demônios*, em tradução livre), Christopher Moore
- *Ivanhoe* (*Ivanhoé*), Walter Scott
- *Silas Marner* (*Silas Marner*), George Eliot
- *Pretend You Don't See Her* (*Finja que não está vendo*), Mary Higgins Clark
- *Goosebumps Series* (*Série Goosebumps*), R.L. Stine
- *Tales of Magic Series* (*Série Lendas de Magia*), Edward Eager
- *His Dark Material Series* (*Série Fronteiras do Universo*), Philip Pullman
- *The Wonderful Wizard of Oz* (*O mágico de Oz*), L. Frank Baum
- *Wedgie & Gizmo* (*Wedgie e Gizmo*, em tradução livre), Suzanne Selfors
- *Bastard Out of Carolina* (*Uma bastarda fora da Carolina*, em tradução livre), Dorothy Allison
- *Goldilocks and the Three Bears* (*Cachinhos Dourados e os três ursos*), Robert Southey
- *The San Francisco Earthquake: a Minute-By-Minute Account of the 1906 Disaster* (*O terremoto de São Francisco: um relato minuto a minuto do desastre de 1906*, em tradução livre), Gordon Thomas e Max Morgan-Witts
- *The Artist's Way* (*O caminho do artista*), Julia Cameron
- *Horton Hears a Who!* (*Horton e o mundo dos Quem!*), Dr. Seuss
- *A Farewell to Arms* (*Adeus às armas*), Ernest Hemingway
- *The Secret Garden* (*O jardim secreto*), Frances Hodgson Burnett
- *The Man in the Iron Mask* (*O homem da máscara de ferro*), Alexandre Dumas
- *The Prince and the Pauper* (*O príncipe e o mendigo*), Mark Twain
- *Letters for a Spiritual Seeker* (*Cartas para um inquiridor espiritual*, em tradução livre), Henry David Thoreau

- *The Watchbirds* (*Os pássaros observadores*, em tradução livre), Munro Leaf
- *And I Mean It, Stanley* (*Estou falando sério, Stanley*, em tradução livre), Crosby Bonsall
- *Babar and the Wully-Wully* (*A história de Babar, o pequeno elefante*), Laurent de Brunhoff
- *Turn This Book Into a Beehive* (*Transforme este livro em uma colmeia*, em tradução livre), Lynn Brunelle
- *Lalani of the Distant Sea* (*Lalani do Mar Distante*, em tradução livre), Erin Entrada Kelly
- *The Beach House Cookbook* (*O livro de receitas da casa de praia*, em tradução livre), Mary Kay Andrews
- *A Clash of Kings* (*A fúria dos reis*), George R.R. Martin
- *A Christmas Carol* (*Um conto de Natal*), Charles Dickens
- *Great Expectations* (*Grandes esperanças*), Charles Dickens
- *White Fang* (*Caninos brancos*), Jack London
- *Burning Daylight* (*Claridade ardente*, em tradução livre), Jack London
- *Call of the Wild* (*Chamado selvagem*), Jack London
- *Queen of the Damned* (*A rainha dos condenados*), Anne Rice
- *The Samurai's Garden* (*O jardim do samurai*, em tradução livre), Gail Tsukiyama
- *Joy Luck Club* (*O Clube da Felicidade e da Sorte*), Amy Tan
- *A Series of Unfortunate Events* (*Desventuras em série*), Lemony Snicket
- *Pride and Prejudice* (*Orgulho e preconceito*), Jane Austen
- *The Clocks* (*Os relógios*), Agatha Christie
- *Love and Trouble* (*Amor e caos*, em tradução livre), Claire Dederer
- *Alice in the Wonderland* (*Alice no País das Maravilhas*), Lewis Carroll
- *Forever* (*O primeiro amor*), Judy Blume
- *The Great Gatsby* (*O grande Gatsby*), F. Scott Fitzgerald
- *Chapman Piloting & Seamanship* (*A bíblia da navegação*, em tradução livre), Jonathan Eaton (Ed.)
- *Crazy Rich Asians* (*Asiáticos podres de ricos*), Kevin Kwan
- *Beauty and the Beast* (*A Bela e a Fera*), Madame de Beaumont, Madame de Villeneuve
- *A Wrinkle in Time* (*Uma dobra no tempo*), Madeleine L'Engle
- *The Extraordinary Life of Sam Hell* (*A vida extraordinária de Sam Hell*, em tradução livre), Robert Dugoni

- *Dead Wake* (*A última viagem do lusitânia*), Erik Larson
- *The Worst Hard Times* (*Os piores tempos difíceis*, em tradução livre), Timothy Egan
- *The Art of Racing in the Rain* (*A arte de correr na chuva*), Garth Stein
- *Adventures of Huckleberry Finn* (*As aventuras de Huckleberry Finn*), Mark Twain
- "The Spider and the Fly" ("A aranha e a mosca"), Mary Howitt
- *Being Mortal* (*Mortais*), Atul Gawande
- *The Birds of America* (*Aves da América*, em tradução livre), John James Audubon
- *The Little Prince* (*O pequeno príncipe*), Antoine de Saint-Exupéry
- *The Boxcar Children* (*O mistério do vagão*), Gertrude Chandler Warner
- *The Book with No Pictures* (*O livro sem figuras*), B.J. Novak
- *Mrs. Everything* (*Senhora Tudo*, em tradução livre), Jennifer Weiner
- *Seduction of the Minotaur* (*Sedução do Minotauro*, em tradução livre), Anaïs Nin
- *Wish Upon a Sleepover* (*O desejo da festa do pijama*, em tradução livre), Suzanne Selfors
- "The Cask of Amontillado" ("O barril de amontillado"), Edgar Allan Poe

Autores mencionados, sem livro específico:
- Dave Eggers
- Bret Harte
- Charles Warren Stoddard
- Ina Donna Coolbrith
- Lawrence Ferlinghetti

Este livro foi impresso pela Vozes, em 2025, para a Harlequin. A
fonte do miolo é Weiss Std. O papel do miolo é avena 70g/m²,
e o da capa é cartão 250g/m².